À ma Lili,
Andrew,
nos enfants
et à toi cher lecteur.

Le destin des runes

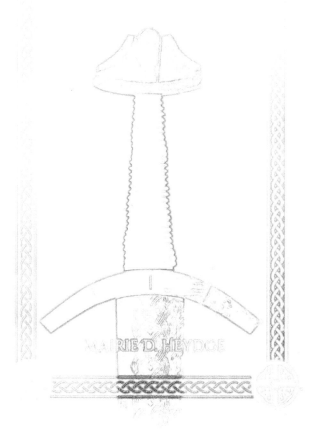

MARIE D. HEYDGE

Création couverture : ©K2K_design_
Crédit photo couverture : Shutterstock
Crédit fonts utilisés : ShipsNBoats (Drakkar) ©Manfred Klein
Runelike (titre couverture et intérieur) ©Kiedra

© 2022, Màirie D. Heydge
Tous droits de reproduction, d'adaptation et de traduction, intégrale ou partielle réservés pour tous pays.

PROLOGUE

866 dans un comté du Rygjafylke[1]

Leifr Sigurdrson se tenait à l'entrée de la petite cabane de Unni, la seiðkona[2]. Il ne se sentait pas vraiment à son aise, les rapports entre eux deux n'étant pas ce qu'on pouvait appeler cordiaux. Depuis bien des années maintenant, Unni montrait ouvertement sa désapprobation concernant le Jarl. Leifr en connaissait les raisons, ce qui le rendait nerveux à l'entrée de l'habitation. Unni était bien consciente de sa présence et flaira sa nervosité ; elle y prit un immense plaisir !

Il y a bien des années, il avait mis sa parole en doute. Il n'avait pas écouté ce que les Nornes lui avaient ordonné. Le Jarl en payait le prix, aujourd'hui. Elle tourna la tête vers lui et verrouilla son regard dans celui du Jarl, durant un moment, ce qui le rendait toujours aussi mal à l'aise.

— Que veux-tu, Leifr ? Pourquoi ne rentres-tu pas te rapprocher de moi ? Aurais-tu peur ?

---

1 Rogaland en vieux norrois.
2 Prêtresse ou prophétesse en Norvège, se prononce *seidkona*.

Le sourire moqueur de Unni en disait long. Leifr baissa les yeux.

— Je... inspira-t-il longuement pour se donner du courage. J'aurais besoin... hésita-t-il encore en se passant les doigts dans les cheveux. Je veux dire que j'aimerais apprendre ce que les runes[3] ont à dévoiler concernant la traversée de mes fils. Savoir si Einarr va revenir.

— Uniquement Einarr ? Tu viens de me dire *tes fils*. Qui d'autre part avec lui ? le questionna Unni.

— C'est Rókr[4] qui a eu l'idée ! Einarr l'accompagne à sa demande. Je me pose des questions : Rókr n'a jamais aimé son frère. Pour quelle raison lui demander de se joindre à lui ? Pourquoi, alors que Rókr a son propre navire, demande-t-il à Einarr de prendre son herskips[5] ? Qui prend un navire de combat pour du commerce ? Toute cette histoire sent le traquenard ! Je ne lui fais pas confiance ni à Gudrun, sa mère.

— Elle est également ton épouse, non ? le fixa-t-elle d'un regard pénétrant, comme si elle lisait au fond de lui. Ne l'as-tu pas épousée malgré ma mise en garde ? N'as-tu pas désobéi aux Nornes[6] ? Dis-moi, que veux-tu exactement ?

— Apprendre si Einarr nous reviendra sain et sauf. Il est celui que je prédestine à ma succession, le seul de mes fils étant digne de devenir un Jarl.

---

[3] Selon les vikings, le mot rune signifie « secret murmuré », utilisé par les Seiðkona pour connaître les messages des Nornes.

[4] Se prononce Rookr.

[5] Des navires de guerre, le plus souvent de grandes dimensions.

[6] Les Nornes (ou Nornir) étaient les trois déesses du Destin. Elles décidaient de la Destinée de tous : hommes et dieux.

— Rókr est l'aîné !

— Oui, il l'est, mais il n'a rien en lui digne d'un bon Jarl, tu le sais aussi bien que moi ! Tu me le fais comprendre à chaque fois que tu daignes te rendre dans ma demeure.

— Tes autres fils sont encore jeunes. L'un d'eux pourrait également montrer des aptitudes dignes d'un Jarl ! Ne crois-tu pas ?

— Certainement pas Bjǫrn[7] ! Il est comme Rókr !

— Non, il ne l'est pas, malgré qu'il soit un fils de Gudrun. Il n'est pas aussi fourbe que son frère, tu le sais parfaitement ! Il fait tout pour te plaire et il suit Einarr partout, depuis qu'il sait marcher.

— Tu ne le vois pas au quotidien. Moi, oui !

— Non, uniquement quand il est entouré de Gudrun ou de Rókr ! Sans eux, il est une autre personne.

— Il est loin d'être un homme, Unni, très loin ! Il a eu quinze ár[8], n'a même pas participé à un félagi[9], a encore moins mis les pieds sur un snekkja[10]. Sa mère, cette maudite femme, le garde près d'elle. Par Óðinn[11], elle en fait un pleutre ! Il est la risée de tous mes hommes ! Non, jamais un des fils de Gudrun ne deviendra Jarl après ma mort. Jamais, m'entends-tu !

Unni se pencha vers Leifr et lut en lui d'un intense regard, plus déstabilisant encore.

---

[7]   Se prononce Bjeurn.

[8]   Année, en vieux norrois.

[9]   Association de commerçants en période viking.

[10]   Le plus connu des navires de combats Viking, de la catégorie langskip.

[11]   Se prononce Oodinne.

— Ne te l'avais-je pas dit ? Ne t'ai-je pas prévenu de ce qu'il adviendrait à ne pas obéir aux Nornes ? Ne viens pas te plaindre ; c'est entièrement de ton fait ! Je veux bien essayer d'apprendre ce qu'elles prédisent de ce voyage, mais uniquement si tu me donnes ta parole : tu feras ce qu'elles t'ordonnent maintenant !

Sinon tu peux retourner chez toi, auprès de Gudrun, le prévint-elle d'un sourire narquois et tu t'en remordras les doigts. Ástríðr[12] est à tes côtés. Elle t'a donné trois fils et trois filles. Vraiment, je ne te comprends pas.

Leifr fixa pensivement les flammes de l'âtre. Au bout d'un moment, il releva la tête :

— Je ferai ce que les Nornes attendent de moi, tu as ma parole. Elles peuvent me prendre ce qu'elles veulent, mais pas Ástríðr et les enfants que j'ai eus avec elle.

— Je ne crois pas que ce soit à toi de décider !

Unni prit un peu de poudre et la jeta dans les flammes. Pendant un long moment, la vieille femme se balança d'avant en arrière en murmurant des paroles incompréhensibles. Elle attrapa ses Runes et les lança en l'air. Quand elles retombèrent dans un ordre désigné par les Nornes, Leifr eut beau les regarder, il ne comprit pas ce qu'Unni pouvait bien y lire.

Elle les étudia un long moment...

— Ton fils reviendra.
— Rókr ou Einarr ? Dis-moi ?
— Les Nornes révèlent que ton fils va revenir. Ne m'interromps plus ! Il sera accompagné de deux personnes : une qui revient d'un lointain passé et qui révélera une

---

[12] Se prononce Aastriidr.

trahison. L'autre forgera l'avenir, proche et lointain. Ton fils aura des projets qui lui tiendront très à cœur. Tu devras les accepter ouvertement, devant tous. Si tu ne le fais pas, tu le perdras lui et tout ce qui compte pour toi. C'est ce que les Nornes ont prévu. À toi maintenant d'être digne de ce qu'elles t'ont dit !

— Ils partent demain, à la marée. Viendras-tu à leur départ ?

— Einarr a déjà demandé ma présence et je lui ai promis que j'y serai. Contrairement à toi, il fait ce que les Nornes lui disent, très respectueux de nos coutumes. Ástríðr en a fait un homme digne et valeureux. Mais méfie-toi, tu pourrais perdre son amour, ainsi que son estime pour toi.

— Je te remercie. Tu sais, tu peux venir dans ma demeure quand tu veux. Tu y es la bienvenue, je n'ai jamais refusé ta présence ! Ástríðr a un grand respect envers toi. Elle t'aime beaucoup.

— Ástríðr, oui, mais pas Gudrun. Je préfère éviter de me retrouver avec son couteau planté dans le dos. Si tu peux me garantir la vie sauve, je reviendrai dans ta demeure. Mais je préfère attendre le retour de ton fils.

Leifr l'observa un long moment, comme à la recherche de réponses à toutes ses questions.

— C'est toi qui vois, tu es la bienvenue chez moi.
Le Jarl quitta le skáli de la seiðkona, fermement décidé d'obéir aux Nornes, cette fois-ci, pour l'amour de son fils Einarr.

Chapitre 1

Fin Tvímánuður 866 à proximité des Orkneyjar[13]

Einarr tenait son épée ensanglantée. Les muscles tendus, sa respiration haletante, il fixa son frère étendu sur le pont du navire. Rókr tenta de parler en tendant la main vers le pommeau de son épée. De rage, Einarr la fit glisser hors de portée d'un coup de pied. Son frère ne méritait pas de mourir en guerrier ni d'espérer une place au banquet d'Óðinn au Valhǫll[14]. Les Valkyrjar[15] ne viendraient pas l'emmener. Il y veillait personnellement.

Rókr était un traître, un *lâche*, projetant de le poignarder dans son sommeil, avec la ferme intention de l'occire. Sans Thoralf, ainsi que ses propres réflexes, ce serait lui qui serait allongé, ensanglanté sur le pont de son snekkja ou probablement mort !

---

[13] Les Orcades (îles écossaises) en vieux norrois.

[14] Valhalla en vieux norrois. Dans la mythologie nordique, le Valhǫll est le palais d'Odin où les valeureux guerriers défunts sont amenés.

[15] Les Valkyries ou Walkyries, en vieux norrois, dans la mythologie nordique sont des divinités mineures dites *dises,* qui servaient Odin, maître des dieux.

Tout s'était déroulé très vite. Alerté par le cri d'avertissement de Thoralf, Einarr, ne dormant que d'un œil comme tout guerrier, avait pu dégainer son épée tout en se remettant sur pied, évitant de justesse la dague de Rókr.

Einarr s'agenouilla aux côtés de Rókr, leva sa lame des deux mains et l'enfonça dans son cœur de toutes ses forces en poussant un hurlement de rage. Il venait de tuer son frère ! Le fratricide était un crime grave pour un Norrœnir[16] ! Comment en étaient-ils arrivés là ?

Tout avait commencé lorsque Ólafr Ragnvaldrson avait avoué à Thoralf la véritable raison de ce voyage. Il n'était nullement question de commerce et encore moins d'échange. Rókr avait accepté de se rendre en Alba[17] pour y occire une femme. Une *femme libre* !

Se relevant péniblement, Einarr ordonna de balancer le corps à la mer, ses trois complices attachés à lui, abstraction faite de leurs supplications. Bien qu'ils soient débattus, ils moururent noyés. De toute façon, il facilitait leur trépas. Celui-ci viendrait les prendre plus vite que s'il les avait jetés à la mer tout simplement.

À l'arrière du navire, Einarr se laissa glisser sur le pont, adossé à la coque, en essayant de récupérer son souffle. Sa conscience le tenaillait. Ses entrailles se tordaient dans son ventre. Son cœur battait à tout rompre, ses mains tremblaient et son crâne semblait prêt à exploser. Il avait un détestable goût de bile dans la gorge.

Il fixa les étoiles illuminant une nuit sans nuage. Petit à petit, sa respiration se régula et sa tête le fit moins souffrir. Thoralf, son meilleur ami et second, s'approcha et s'assit à ses côtés en lui tendant une gourde.

---

[16]   Un norvégien, en vieux norrois.
[17]   Ancien nom de l'Écosse.

— Bois ! C'est de l'öl[18] coupé avec de l'eau. Cela chassera le mauvais goût dans ta gorge.

Einarr la prit, le remerciant d'un signe de tête. Il but une longue gorgée, puis une deuxième. Le goût de bile ne disparut pas ! Il soupira, prit une nouvelle rasade. Il avait plutôt envie de se saouler pour oublier. Mais cela n'aurait duré qu'un moment, après, les souvenirs l'auraient assailli de nouveau.

Les yeux toujours dans le vague, sa respiration revint peu à peu à la normale ; son cœur s'emballa moins. Le tremblement s'était arrêté, mais ce goût dans la gorge persista. Il sut qu'il ne retrouverait plus le sommeil cette nuit, alors autant prendre le tour de garde.

Thoralf, s'étant relevé, se dirigea vers un de ses coffres pour en retirer un plateau et une bourse en cuir.

— Tu sais que tu n'es pas obligé de me tenir compagnie, dit Einarr. Tu peux essayer de te rendormir.
— Non, je n'y arriverai pas non plus, autant faire une partie de tafl[19] !

Einarr, un sourire en coin, observa son ami, un frère. Oui, une partie de tafl l'obligerait à penser à autre chose : ne plus voir le corps sans vie de Rókr, ne plus se souvenir qu'il l'avait tué. Par-dessus tout, ne plus se remémorer que son frère avait tenté de l'occire en traître !

Einarr voulut commencer une phrase, mais son ami leva la main.

---

[18] Bière en vieux norrois.
[19] Jeu de plateau Viking. Il n'y a cependant aucune transmission de la vraie règle de jeu.

— Demain, Einarr ! Demain, nous parlerons à Ólafr ! Là,
maintenant, on va faire une partie de tafl pour remettre tes idées en place. Cela ne te servirait à rien de le questionner en ce moment, car ta colère est encore trop présente.

— Tu me connais bien. Heureusement que tu étais présent. Je te dois la vie.

— On se la doit mutuellement, si souvent, qu'il y a bien longtemps que j'ai arrêté de compter. Tu surveilles mes arrières et moi les tiens ! Maintenant, on laisse les questions de côté, dit-il en plaçant le plateau entre eux deux, sur un coffre.

Il ouvrit la bourse en cuir et en sortit le roi, douze pions blancs et douze noirs. Chacun les plaça ; Einarr choisit les blancs. Ce jeu de plateau avait le don de le calmer. Thoralf le savait.

Au lever du jour, ils n'avaient malheureusement pas terminé la partie, mais Thoralf rangea les pièces. Il y avait plus important que de continuer à jouer.

Avant de remettre le navire à l'eau[20], Einarr devait tenter de comprendre l'acte de son frère. Il lui fallait questionner Ólafr discrètement. Il s'écarta, faisant signe à Thoralf de le rejoindre :

— Il faut que je sache ce qui est arrivé cette nuit. Va quérir Ólafr. Il est le seul à pouvoir répondre.

Thoralf se mit à sa recherche et revint avec lui vers Einarr. Les trois hommes se tenaient à l'écart des autres.

---

[20] Dès que possible, les Vikings échouaient leurs navires sur une plage pour la nuit, ce qui était aisé, vu le faible tirant de Eau.

Ólafr était un ancien guerrier de son père, ensuite de Rókr. Il avait arrêté de participer aux raids depuis plusieurs ár pour s'occuper de sa ferme avec son épouse et ses trois fils.

— Je te dois la vie, Ólafr, sois-en remercié. Mais j'ai pas mal de questions à te poser. Commence par m'expliquer ce que Rókr avait accepté, exactement.

— C'est cet homme, un certain Gillespie, un Skotar[21], qui l'a contacté par l'intermédiaire d'un négociant à Kaupang[22]. Il recherchait un Norrœnir acceptant de tuer une jeune femme, pour qu'il puisse mettre la main sur son túath[23].

Elle est, semble-t-il, une héritière. En plus des cent pièces d'or, nous avions le droit de piller le village, de prendre les plus jeunes femmes avec nous.

— Des noces seraient un moyen plus noble pour se l'approprier, objecta Thoralf.

— C'est certain, mais son mormaor[24] qui est également le cousin de la donzelle, le lui refuse. Si j'ai bien compris, elle ne le désire pas comme époux. Le père de la donzelle était un toísech très important.

— Était ? s'enquit Einarr.

— Oui ! Il est décédé, il y a quelque temps, déjà. Ni la femme ni le mormaor ne voulaient rien entendre, ce qui fait qu'il a décidé d'agir. Il a demandé à Rókr de la tuer, de le

---

[21] Un (une) écossais(e), en vieux norrois.

[22] Kaupang était une ville norvégienne de l'ère viking avec un emporium saisonnier établi vers c. 780 et abandonné vers c. 950.

[23] Un túath (pluriel : túatha) était une unité politique et administrative en Écosse médiéval.

[24] Le titre de Mormaor désigne un souverain régional ou provincial dans le royaume des Scots médiéval.

blesser lui, légèrement. Ainsi, il peut faire croire qu'il a défendu la vertu de la jeune héritière, précisant également qu'il n'y aurait aucun garde afin d'agir à notre guise.

— Où est-ce, exactement ?

— À quelques lieues du l'Fjǫrðr[25] Tay.

— Connais-tu le nom du mormaor, le cousin de la femme ?

Ólafr réfléchit à la question. Il avait entendu Rókr le prononcer, mais les Skotars portaient des noms tellement bizarres…

— Oui, cela me revient : Daividh.

Einarr fronça les sourcils, de plus en plus perplexe. Il connaissait Daividh depuis son enfance. Il le considérait même comme un ami bien qu'ils ne se soient plus vus depuis quelques ár.

— Serait-ce *Daividh Stewart* ?

— Oui, c'est le nom que Rókr a mentionné, se souvenait Ólafr.

— Tu me dis donc que cette femme est la cousine de Daividh ? Pourquoi as-tu accepté cette mission ?

— Ils tiennent mon épouse et mes trois fils en otage. Je n'ai eu d'autre choix que d'obéir. Au départ, il n'était pas question de t'occire, uniquement la femme. Ma conscience m'interdit d'être le complice de ton meurtre.

— Mais pourquoi avait-il besoin de toi ? Je ne comprends pas ! l'interrogea Einarr, de plus en plus intrigué.

---

[25] Fjord ou estuaire, en vieux norrois, se prononce fjeurdr.

— Simplement parce que je sais exactement où se trouve ce túath. On y est allé souvent avec ton père, pour y commercer. Rókr n'a jamais navigué en Alba, ne l'oublie pas.

Einarr acquiesça, avant de poursuivre :

— Maintenant, explique-moi pourquoi il voulait ma mort ?
— T'occire discrètement, ensuite jeter ton corps à la mer, que tu sois mort ou blessé, cela n'avait pas grande importance à ses yeux ! Rókr était parfaitement conscient que tous t'auraient préféré à lui le jour où il faudra succéder à ton père pour devenir Jarl. Il supposait qu'il aurait toutes les chances d'être élu[26], si tu n'étais plus là.
— Père est loin d'être mourant ! D'ici là, il risquait de se retrouver devant un autre rival. Comptait-il tous les tuer ?
— On ne le saura jamais maintenant qu'il n'est plus. Le fratricide est un acte grave : je ne voulais pas y être mêlé et ce malgré le fait qu'ils tiennent mon épouse et mes fils !
— Sais-tu qui les retient ?
— Non, seulement qu'ils sont cinq. Ils ont débarqué chez moi en pleine nuit. Je n'ai pas vu leurs visages, mais je sais qu'ils les retiennent dans la grotte du vieux Halfdan le Fou.

Thoralf réfléchissait à tout ce qu'il venait d'entendre :

— Il y a des troubles dans le raisonnement de Rókr. Comment pouvait-il croire que nous ne tenterions pas de comprendre comment tu aurais disparu en pleine nuit, à

---

[26] Le titre de Jarl n'était pas hérité. En règle générale, il est élu.

bord de son navire ? Nous savions tous à quel point il te haïssait, Einarr ! On l'aurait forcément soupçonné.

Pourquoi maintenant ? On peut se demander s'il n'y a pas d'autres dangers. Aurait-il envisagé de tuer ton père, également ? Était-il seul à agir ou y a-t-il une autre personne qui agit dans l'ombre et qui a planifié tout ceci ?

—Tu penses à Gudrun ? supposa Einarr, comprenant où son ami voulait en venir.

—Elle a changé, dernièrement, se donnant une plus grande importance qu'avant. Je l'ai maintes fois vue discuter à voix basse avec Rókr. Sur le moment, cela ne m'avait pas interpellé. Crois-tu que ce soit possible ?

—Honnêtement, venant de Gudrun plus rien ne m'étonne !

—Maintenant que tu en parles... Elle me demandait comment allait ma famille. C'est peut-être une coïncidence, mais il se peut qu'ils aient monté ce complot ensemble. Ceci est à prendre en considération. Je me méfierais, à ta place, Einarr, le mit en garde Ólafr qui écoutait attentivement, depuis le début.

Einarr plissa les yeux pensivement.

—Rókr n'est plus. S'il y avait un plan, il vient d'échouer.

Thoralf ricana.

—Que fais-tu de Bjǫrn ?

Einarr le fixa un long moment.

—Bjǫrn n'est pas comme son frère. Je l'aime bien et je crois que c'est réciproque.

— Il est encore jeune ! Quoi, quinze ár ?

Einarr hocha la tête affirmativement.

— Très maniable, à cet âge, continua Thoralf. L'aurais-tu oublié ? On aurait fait n'importe quoi pour le sourire et l'attention d'une *donzelle*. Combien de fois avons-nous gonflé le torse pour faire croire qu'on était très musclés afin d'attirer leur admiration. Il n'est pas différent des autres au même âge ! Quelqu'un peut aussi monter la tête d'une jeune fille pour le manipuler.

— C'est ce qu'on a tous fait, confirma Einarr. Ólafr, nous allons t'aider à retrouver ta famille et les libérer, poursuivit-il. Dès notre retour, nous mettrons tout en œuvre pour te les rendre sains et saufs, tous les quatre.

— Je te remercie, répondit Ólafr.

Les deux hommes, en guise de promesses, se serrèrent le bras.

— Je te suis reconnaissant et redevable, car c'est grâce à toi que je suis encore en vie, ce matin. Si un jour tu as besoin de mon aide, je serai là pour toi ou pour un membre de ta famille. J'ai à discuter avec Thoralf, seul à seul, maintenant.

Ólafr hocha la tête avant de se retourner les laissant à l'écart.

Il avait un poids en moins sur sa conscience. Il ne se le serait jamais pardonné si Rókr avait réussi à occire son frère. Jamais il n'aurait pu regarder son Jarl en face après cela ! Or, il lui devait tout : sa ferme, ses terres, même son épouse !

Les deux amis l'observèrent s'éloigner en silence. Einarr se passa les doigts dans les cheveux tout en expirant fortement. Thoralf, lui, le toisa avec un air soupçonneux, les bras croisés.

— Que faisons-nous, maintenant ? demanda Thoralf.

Einarr tourna la tête et le fixant droit dans les yeux et se remémora la conversation mentalement tout en se grattant la barbe. Que devaient-ils faire ? Retourner chez eux ou se rendre où ils avaient prévu d'aller ?

S'ils rentraient, chez eux, il devrait affronter son père et surtout Gudrun et leur expliquer pourquoi il avait tué son frère. Son père le croirait très certainement, mais Gudrun !

Après réflexion, un passage en Alba pour mettre en garde Daividh et sa cousine que Gillespie manigançait contre eux demeurait plus judicieux et charitable.

Il ne connaissait qu'un toísech[27] ayant un lien de parenté avec Daividh : Ewan ! Il était donc décédé il y a peu, laissant sa fille en danger. Le croiraient-ils ? Daividh y réfléchirait sûrement, puisqu'ils se connaissaient. Mais ce prétexte suffirait-t-il pour que sa cousine n'y soupçonne pas une ruse de la part d'un Norrœnir, débarquant de nulle part ?

Lui expliquer qu'elle venait d'échapper à une mort certaine pourrait sembler invraisemblable ! Décidément, cette traversée virait au cauchemar. À croire que Loki[28] s'était invité au voyage !

Il se tourna vers son ami.

— Oui, qu'allons-nous faire ? Daividh est un excellent ami. Tu sais qu'on a passé quelques ár ensemble pendant notre enfance. Je dois prévenir sa cousine. Mon honneur me dit d'agir ainsi.

---

[27] Équivalent de baron en Écosse.
[28] Dieu de la malice, dans la mythologie scandinave.

S'il s'agissait d'une de mes sœurs, j'espère qu'elles seraient averties d'un danger. Mais j'imagine qu'en débarquant, elle puisse ne pas nous croire : un Norrœnir la mettant en garde contre l'un des siens ! Il me faut également trouver un moyen de faire parvenir une missive à Daividh. Je sais que lui ne mettra pas ma parole en doute. Ce dont je suis certain, c'est que nous devons agir. Nous devons juste trouver comment.

— Si nous allions nous sustenter ? Je réfléchis mieux le ventre plein ! Parles-en aux hommes ; ils auront probablement des suggestions.

Aussitôt le repas terminé, Einarr exposa le problème à l'équipage. Ils écoutèrent tous attentivement, les visages graves, acquiesçant sur le fait que débarquer pour la mettre en garde ne serait pas chose aisée.

— C'est bien de vouloir prévenir la donzelle, Einarr, mais cela ne la mettra pas à l'abri d'une autre tentative, signifia Gauti Sorrenson.

— Que conseilles-tu, dans ce cas ? le questionna Einarr.

— C'est ce Gillespie qu'il faut empêcher de nuire. Tu l'arrêteras, cette fois-ci, mais il recommencera ! Qui sait où se trouve Daividh, en ce moment ?

Quand aura-t-il ton message ? C'est bien d'aider la cousine de notre ami, mais cela ne résoudra pas le problème à sa source ! Il pourra toujours demander et payer des mercenaires pour la tuer. Je dis ça, je ne dis rien. Ou tu l'élimines en amont, ou tu ne fais rien du tout !

— Que devrions-nous faire de ce Gillespie ?

— Soit l'occire, soit le faire prisonnier !

— Oui ! Fais-en un þræll[29] ! ajouta Snorri Haakonson.

---

[29]   Esclave masculin en vieux norrois.

— Il peut nettoyer les porcheries et les latrines, même en hiver ! ricana Oddvakr le frère de Gauti. Il aura de quoi faire ! On le nourrira au pain sec et à l'eau.

— Donc, selon vous, nous devrions le garder pour les tâches les plus ingrates, en représailles ? demanda Thoralf.

— Oui, c'est exactement cela ! s'exclama Oddvakr. Il y a pas mal de corvées à réaliser dans notre village ! Qu'en penses-tu, Einarr ? Cela résoudrait le problème de la *donzelle* ?

Einarr gratta sa barbe en réfléchissant. Il est vrai que laisser Gillespie auprès de la cousine de Daividh ne la mettait pas hors de danger. La suggestion de Snorri était excellente ! Ils agiraient donc de cette façon.

La missive envoyée, ils prirent à présent le large jusqu'au tuath de Daividh. Quant à Gillespie il voyagerait attaché au mât. Autant l'habituer à son nouveau mode de vie.

Quelle horreur ! Mildrun, la dame de compagnie de Iona venait de surprendre une conversation hallucinante concernant la vie de sa pupille. Déboussolée, elle courut la retrouver dans sa chambre.

— Bonjour à toi, Mildrun. As-tu passé une bonne nuit ? Viens, descendons rompre le jeûne.

— Iona, il faut que je te parle à tout prix ! l'interpella-t-elle tout essoufflée. Il est très important que l'on soit très discrètes. Personne ne doit nous entendre.

— Tout ceci me semble bien mystérieux, ma chère amie. Tu m'as l'air très bouleversée ! Est-ce donc si grave ?

Mildrun inspira plusieurs fois pour se donner du courage. Comment expliquer à une jeune femme de seize ans, si innocente, que sa vie était en grand danger, qu'on voulait l'assassiner pour un titre et un túath.

— Assieds-toi, ma chérie. Ce que j'ai à te dire risque de t'anéantir.

Iona prit place sur un tabouret à dossier[30] devant l'âtre de sa chambre.

— Explique-moi ce qui te met dans un tel état. On croirait que tu vas te pâmer.
— Iona, ma douce, je viens de surprendre une conversation entre Gillespie et son capitaine. Il lui disait avoir passé un marché avec un Nortman.
— Voyons, Mildrun, tu sais qu'on fait beaucoup de commerce avec eux !
— Je t'en prie, ma chérie, ne m'interromps pas, implora Mildrun. Il ne s'agit pas de commerce. Il veut qu'ils attaquent notre túath !
— Quoi ? Tu as du mal comprendre ! Pourquoi voudrait-il faire une pareille chose ? Cela n'a pas de sens !
— Iona, écoute-moi. Il a passé un arrangement avec un Nortman pour piller, puis saccager notre túath, ainsi qu'enlever les jeunes filles en âge d'enfanter.

Iona poussa un cri d'effroi !

— Non, tu as du mal comprendre, Mildrun, supplia-t-elle. Il ne peut pas faire une telle atrocité !

---

[30] Il existait des tabourets à dossier au Moyen-Âge.

— Mon enfant, ce n'est pas tout ! Il y a plus grave, encore.
— *Plus grave* que de s'en prendre à nos gens ?

Mildrun hocha la tête pour affirmer, ce qui fit pâlir Iona.

— Que peut-il y avoir ? Dis-moi, je t'en prie !

Mildrun déglutit, comment annoncer une chose aussi grave, violente et horrible ? Que Dieu lui vienne en aide.

— Il… Il veut… tenta Mildrun, les yeux humides. Il veut te faire occire, finit-elle par murmurer.
— M'occire ! Mon Dieu, ce n'est pas possible ! Mais pourquoi ? se demanda-t-elle avant de saisir. Il veut s'approprier mon túath, n'est-ce pas ? chuchota-t-elle.

Mildrun, le regard au sol, confirma d'un hochement de tête. Elle remarqua tout de même quelques larmes silencieuses sillonner les joues de la jeune femme. Une personne si douce, si aimable, confrontée à une telle cruauté était insupportable.

Elles devaient agir pour la protéger elle et leurs gens. *Dieu notre Père, faites que nous trouvions une solution !* pria Mildrun silencieusement.

— Quand suis-je censée mourir ? demanda Iona sarcastiquement.
— Durant la pleine lune de la semaine prochaine. Elle éclairera l'entrée du navire dans notre village, tout en donnant la discrétion qu'il faut aux Nortmans pour te trouver.

Iona déglutit : plus que quelques jours. Son sang se glaça d'effroi.

Elle se leva et se dirigea vers la fenêtre, et admira la vue sublime sur le fleuve qu'elle aimait tant regarder. Souvent, des canards et d'autres oiseaux d'eau barbotaient joyeusement. La surface était habillée d'un léger voile de brume d'automne. Mais cette histoire rendait le Tay moins charmant.

Aujourd'hui, elle était signe de mort et de destruction. Des larmes coulèrent silencieusement sur ses joues. Que ses parents et son frère lui manquaient ! En réalité, en cet instant, c'était surtout le sentiment de sécurité, probablement plus que celui de leur amour et de leur affection.

Elle ne pouvait même pas prévenir ou demander l'aide de Daividh, ne sachant pas où il se trouvait, en ce moment. Il aurait volé à son secours sans tarder, chevauchant nuit et jour, s'il le fallait.

Il lui était impossible de quitter le donjon pour se lancer à sa recherche. Les hommes de Gillespie l'en empêcheraient sûrement. Iona soupira ne sachant que faire. Elle se tourna vers Mildrun, le regard suppliant.

— Je ne veux pas mourir, Mildrun, sanglota-t-elle. Je suis si jeune, encore. J'ai envie de me marier, un jour, d'avoir des enfants. Je désire vivre…

Le reste de sa phrase fut engloutie par des sanglots déchirants.

— Nous allons trouver une solution, je te le promets, ma chérie.
— Comment ? Crois-tu que deux femmes puissent arrêter une armée de Nortmans ? Tu vas simplement te

mettre sur leur chemin pour leur demander de faire demi-tour ? ironisa Iona.

Mildrun se répétait silencieusement la dernière phrase de Iona en boucle, réfléchissant à un plan qui pourrait tous les sauver. Elle devait l'élaborer pour qu'il soit faisable.

Pendant les trois jours suivants, Mildrun ne cessa de chercher une solution. Le plus difficile pour les deux femmes était d'agir comme si de rien n'était, comme si elles n'avaient pas une épée de Damoclès au-dessus de leurs têtes.

Iona était très nerveuse et anxieuse. La lune serait pleine dans quatre jours et les deux femmes n'avaient aucune garantie que les Nortmans n'arriveraient pas plus tôt.

Mildrun garda en tête l'idée d'aller au-devant des Nortmans. N'en était-elle pas une elle-même ! Les Danis[31] seraient les seuls à ne pas prendre en considération sa demande, mais ils venaient rarement en Alba.

Plus elle y réfléchissait, plus cela lui semblait faisable. Elle devait le tenter. Oui, elle le ferait. Elle quitterait sa chambre par les passages secrets pour se rendre aux abords du fleuve et guetter le navire, qui, pour garantir l'effet de surprise, resterait certainement hors de vue du village.

— Voyons, Mildrun, tu ne peux pas croire un seul instant que je puisse t'autoriser à faire une telle chose. C'est bien trop dangereux, chuchota Iona pendant qu'elles étaient seules dans sa chambre.

— Si, je le peux ! Je le ferai à partir de cette nuit !

— Tu vas rester toute la nuit hors des murs du donjon ? Mais c'est de la folie ! Et que feras-tu durant la journée ?

— Je resterai au lit, prétendant être souffrante. Personne ne viendra vérifier. Nous mettrons Moira dans la

---

[31]   Vikings Danois en vieux norrois, Dani au singulier.

confidence. Étant la guérisseuse, elle pourra confirmer une maladie nécessitant de rester alitée !

Les doigts de Iona se crispèrent autour de ceux de Mildrun.

— Es-tu certaine que ton plan réussisse ? Je ne veux pas te perdre, Mildrun. Tu es la seule famille qu'il me reste. S'il t'arrivait malheur, jamais je ne me le pardonnerai, *jamais* ! Autant mourir !
— Ne dis pas cela, s'insurgea Mildrun. Nous réussirons, nous allons vivre, tu m'entends ? Tu dois y croire, ma chérie.

Iona baissa la tête, mais Mildrun avait vu sa lèvre trembler. Elle aussi avait des craintes. Imaginons que son plan soit un échec : qu'elle n'arrive pas à convaincre les Nortmans ! Elle leur offrirait tous les bijoux qu'Iona et elles possédaient, ainsi qu'une petite bourse de pièces d'argent.

Mildrun pria en silence pour trouver le courage nécessaire au bon fonctionnement de son plan. C'était leur seul espoir.

Elle venait de passer sa deuxième nuit aux abords du fleuve. Celles-ci s'allongeaient et il faisait froid, avec des matins de plus en plus brumeux. Au lever du jour, elle empruntait le passage secret pour retourner à sa chambre.

Moira avait confirmé que la Dame, très souffrante, devait rester alitée. Iona montait chaque matin et soir un plateau dans la chambre de sa tutrice. Gillespie n'y vit que du feu ! Les deux femmes espérèrent que la suite du plan soit tout aussi efficace. Chaque matin, Iona se rendait à la chapelle, priant avec plus de ferveur qu'à son habitude.

Gillespie, assis à la grande table, observa autour de lui avec fierté. Bientôt, tout ceci lui appartiendrait, rien qu'à lui !

Iona quitta sa place pour se rendre aux cuisines avec Moira, la guérisseuse. Le fils du forgeron avait eu un accident et s'était brûlé.

Son capitaine, quant à lui, se trouvait Dieu seul sait où. Il avait probablement coincé une des petites servantes pour la chevaucher. Grand bien lui fasse ! Sirotant un vin d'excellente qualité, il le vit revenir furieux.

— Que t'arrive-t-il, Angus ? Elle s'est rebiffée ? Elle t'a mordu ? Non, laisse-moi deviner, elle t'a coupé les bourses et te les a fait avaler, suspecta Gillespie hilare.
— Que nenni. Quand je vous aurai narré mon histoire, vous vous gausserez moins, seigneur !

Gillespie étudia le visage grave du capitaine les paupières plissées. Méfiant de nature, il était tout ouïe.

— Continue, ordonna-t-il.
— Vu l'attaque imminente des hommes du Nord, sachant que jamais ils ne laisseront derrière eux cette ribaude de Mildrun, en tant qu'une des leurs, je voulais me payer un peu de bon temps en sa compagnie. Je comptais la chevaucher jusqu'à ce que mes bourses soient totalement vides. Étant souffrante, elle n'aurait pas la force de se débattre.
— Et alors ? En a-t-elle trop, malgré sa maladie ?
— Non, sa chambre est vide ! Elle n'est nulle part. J'ai vérifié celle de la jeune donzelle, vide également.

Gillespie plissa un peu plus les paupières, trouvant suspecte cette histoire :

— Où est Iona ? l'avez-vous vue en cuisine, là où elle est censée être en ce moment ?

— Elle vient de monter, se préparer pour la nuit.

— Déniche Mildrun ! Moi je vais de ce pas questionner cette donzelle, ordonna Gillespie.

Le capitaine se mit tout de suite en quête de Mildrun. Même s'il devait retourner tout le donjon, il la retrouverait et ferait probablement plus que la chevaucher ! La gueuse, elle le lui paierait très cher !

Gillespie quitta la table pour se rendre dans la chambre de Iona. Il était furieux que ces deux-là se payent sa tête. Il avait été très patient, mais Iona montrait son dégoût envers lui trop souvent. Il allait lui faire comprendre que le maître, c'était lui.

Iona s'apprêtait à moucher les chandelles avant de se mettre au lit, quand soudain sa porte s'ouvrit dans un grand fracas. Elle en sursauta. À la vue de Gillespie, furieux, elle fut prise d'une terrible angoisse.

— Que faites-vous dans ma chambre, messire ? Il est inconvenant d'entrer ainsi dans celle d'une dame. Veuillez sortir, je vous prie.

— Silence, gueuse ! vociféra-t-il. C'en est fini, Dame Iona, de vous gausser de moi. Où est-elle ?

— Mais de qui parlez-vous, messire ?

— De votre Dame Mildrun, parbleu !

— Elle doit être alitée, car comme vous le savez, elle est souffrante.

Gillespie se rua vers la jeune femme, la prenant par le devant de sa chemise.

— Que nenni, *ma mie*, elle ne l'est pas. Elle est tout aussi malade que vous et moi. Vous allez me dire *où* elle se trouve, ce que vous manigancez toutes les deux, ou il vous en coûtera ! Parlez ! Où est-elle ?

— Je vous jure, messire, je n'en sais rien, croyez-moi, je vous prie.

Hors de lui, Gillespie lança son poing vers le visage de la jeune femme tout en la tenant par l'encolure de sa chemise. Iona vit des étoiles tournoyer.

— Où est-elle ? Répondez ! hurla-t-il, hors de lui.

Iona fit non de la tête.

— Je vous jure, je ne sais pas où elle est.

Il continua de lui donner des coups au visage

— Vous allez parler ?
— Je ne sais pas où elle se trouve, sanglota Iona.

Il la lança avec force au sol. Dans sa chute, la tête de Iona heurta violemment le pied du lit et elle sombra. La dernière chose qu'elle sentit fut un douloureux coup de pied dans les côtes.

La nuit était froide et humide. Mildrun, cachée derrière un buisson, épiait le fleuve. Elle tendit l'oreille, car il lui sembla entendre un bruit, un très léger bruit de pas feutrés dans l'herbe. Quelqu'un arrivait ! Elle scruta à travers les branches et vit bizarrement trois hommes avancer quasi silencieusement. Leur navire devait se trouver hors de vue d'où elle se tenait. Elle attendit encore un peu.

Devaient-ils en premier occire Iona, avant que le reste de l'équipage débarque ? Ils avançaient lentement, sans bruit. Comme tous les Nortmans, leur taille paraissait démesurée. Mais l'un d'eux semblait dépasser les six pieds[32] !

Mildrun se mit courageusement en travers de leur chemin. Les trois hommes, en l'apercevant, se figèrent ! On aurait dit que Mjǫllnir[33], le marteau de Þórr[34], les avait frappés. Ils la fixèrent étrangement. Elle découvrit comme une crainte dans leurs regards !

La Dame crut voir un mouvement de recul, mais cela ne devait être qu'une impression : trois guerriers Nortmans ne pouvaient craindre une simple femme. Elle n'était pas une Walkyrie, par Óðinn !

Ils continuaient à se fixer tous les quatre, sans faire le moindre geste. Le froid l'assaillait douloureusement ; elle se risqua alors à faire un pas en avant, vers selon elle, le meneur, celui du milieu, le plus grand. Elle s'arrêta net, les yeux écarquillés. Tout à coup, une pointe d'épée se trouva dans son champ de vision.

Pourtant elle avait vu la garde dépasser derrière l'épaule droite de l'homme. Elle était dans son fourreau, l'instant d'après elle était dirigée vers sa gorge. Il secoua la tête, lui faisant comprendre de ne pas bouger.

---

[32] Plus de 1,82 m.
[33] Se prononce Mjeullnir.
[34] Thor, en vieux norrois.

— Cela ne se peut ! dit celui à la droite du meneur. Quel est ce seiðr[35] ? Comment est-elle arrivée ici ? As-tu vu ses habits ?

Le chef hocha affirmativement.

— C'est Loki : il s'est invité à notre voyage. Depuis notre départ, nous n'avons que des soucis.

Merci, mon Dieu !, pensa Mildrun. Ils ne semblaient pas dangereux et elle en fut tellement soulagée qu'elle inspira profondément. Elle ne s'était même pas rendu compte qu'elle avait arrêté de respirer à la vue de l'épée.

— J'ai besoin de votre aide, se risqua-t-elle.

Les guerriers, méfiants, l'encerclèrent, tirant leurs armes, prêts à en découdre. Que cachait-elle, réellement ?

— Je vous en prie, écoutez-moi, continua-t-elle. Nous sommes prêtes à vous payer en bijoux et pièces d'argent. En échange, ne tuez pas ma protégée, ne pillez pas notre village. S'il vous plaît !
— De quoi parles-tu, femme ? la questionna Einarr.
— J'ai appris pour quelle raison Gillespie vous a fait venir ici. Nous vous demandons de faire demi-tour et d'épargner les villageois, mais surtout ma petite ! Je vous en prie, laissez-nous et partez !
— On n'est pas ici pour tuer qui que ce soit, expliqua-t-il.

---

[35] Désigne un ensemble de pratiques magiques propres à l'ancienne religion nordique. Se prononce *seidr*.

Mildrun l'observa avec étonnement. Qui étaient-ils, dans ce cas ? Elle fronça les sourcils. Décidément, elle ne comprenait plus rien.

— Mais alors, pourquoi êtes-vous ici ?

Einarr haussa les sourcils, étonné ! Cette femme qui ressemblait étrangement à Ástríðr, sa mère, le déroutait.

— Mais qui es-tu ?
— Je suis Dame Mildrun.

Les trois hommes baissèrent leurs épées, la fixant, perplexes.

— Einarr, commença Thoralf, n'est-ce pas …
— Oui, le coupa-t-il.

Mildrun les vit, soulagée, rengainer leurs armes. Il semblait qu'elle ne présentait plus une menace.

— Es-tu Mildrun, fille d'Alvaldr, fils d'Erík, fils de Feykir ? lui demanda Einarr.
— D'où connais-tu mon père ?
— Je suis le fils d'Ástríðr, ta sœur.

Cette fois-ci, ce fut Mildrun qui reçut un coup de marteau sur le crâne ! Elle mit ses mains devant sa bouche, scrutant le jeune homme avec beaucoup plus d'attention.
Malgré l'obscurité, elle lui découvrit des traits de sa sœur, mais surtout de son père Alvaldr. Elle l'avait vu pour la dernière fois quand il avait six ár ! C'était un adulte, maintenant !

— Einarr, n'est-ce pas ?

Ce dernier acquiesça. Mildrun avança lentement vers son neveu, soupirant de soulagement. Dieu l'avait exaucée : elle avait sauvé sa pupille et les villageois. Elle lui sourit alors tendrement.

— Je n'espérais plus revoir un jour un membre de ma famille. Cela fait si longtemps ! Tu as bien grandi, depuis, dit-elle. Tu dois avoir vers les vingt-et-un ár, non ?
Tu suivais tout le monde partout, surtout ton père et Unni. Toutes ces questions qui fusaient, tu voulais tout savoir, tout comprendre. Es-tu toujours aussi curieux ?

Thoralf et Oddvakr éclatèrent de rire.

— Non, expliqua Thoralf. Maintenant, c'est lui qui répond aux questions de ses jeunes frères.
— Dis-moi, Mildrun, pourrais-tu nous mener à Gillespie ? demanda Einarr.

Elle se figea ! Pourquoi voulait-il voir ce scélérat ?

— Que lui veux-tu ? le questionna-t-elle soudain méfiante.

Einarr, un sourire sarcastique aux lèvres, se pencha vers Mildrun et répondit :

— On est venu l'emmener. Nous avons grandement besoin d'un þræll pour nettoyer nos porcheries et nos latrines. C'est lui que nous avons choisi !

Mildrun eut un hoquet de surprise.

— Il vous a payé cent pièces d'or pour devenir un þræll ?

— Ce n'est pas nous qu'il a payés, mais Rókr. N'étant plus parmi nous, nous avons pris les choses en main, expliqua Oddvakr, avec un sourire carnassier.

Mildrun l'observa se disant qu'elle ne le voudrait jamais comme adversaire !

— Où est Rókr ? se soucia-t-elle.
— Il nourrit les poissons quelque part près des Orkneyjar ! confia Oddvakr.
— Je peux vous emmener vers Gillespie par un passage secret, commença-t-elle. Vous pourrez reprendre le même chemin pour repartir sans être vus. Venez, suivez-moi.

Mildrun les guida dans le dédale de couloirs et de marches. Malheureusement, la chambre du maître que Gillespie s'était attribuée était vide !

Einarr tendit l'oreille, leur fit signe de se taire et d'avancer le plus discrètement possible vers le bruit qu'ils entendaient au loin. Celui-ci se transforma en voix. Mildrun vint poser une main sur son épaule pour lui chuchoter :

— C'est la chambre de Iona. Je me demande ce qu'il fait là !

Einarr ouvrit le passage qui y donnait accès, se retrouvant derrière une tapisserie. L'écartant légèrement, il avait une vue restreinte de la pièce. Il entendait plus qu'il ne voyait Gillespie.

— Sale ribaude, je vais te chevaucher ! Ah, je ne suis pas assez bien né pour toi ? Tu vas le regretter, espèce de puterelle !

— Je vais entrer discrètement, chuchota Einarr à Thoralf. Tiens-toi ici près du passage. Dès que je lui ai fait tourner le dos, tu l'assommes !

Thoralf acquiesça. Tandis que Gillespie passait des paroles aux gestes, Einarr s'approcha derrière lui, accroupi, l'épée à la main. Alors que le mauvais bougre tripotait les lacets de ses braies, le Norrœnir se releva subitement, le menaçant de sa lame.

— Qui es-tu ? Un homme de Rókr ?
— Je ne dirais pas cela, non : il n'a jamais été mon chef. Toi, tu es Gillespie.

Ce n'était pas une question.
— Si tu viens pour elle, j'étais là avant, mon ami. Je tiens à profiter de son étroitesse vaginale, si tu vois ce que je veux dire. Tu pourras ensuite occire cette pucelle, pour ce que j'en ai à faire, puisqu'elle mourra de toute façon, ricana Gillespie.

Einarr baissa le regard vers l'entrejambe de celui face à lui, haussant un sourcil.

— Est-ce tout ce que tu as dans tes braies ? se moqua-t-il. Pas étonnant que tu doives violer, si tu veux te faire une *donzelle*. Laquelle voudrait d'un homme si peu fourni ? Tu vas commencer par fermer tes braies et sache que je ne suis pas *ton ami* !

Gillespie ne bougeant pas, Einarr pressa sa pointe d'épée un peu plus sur sa gorge. Paniquant, le Skotar rattacha les lacets de son vêtement.

— Comme si tu n'avais jamais violé une femme, *barbare* ! marmonna-t-il.

Einarr sourit largement.

— Je n'ai jamais eu besoin d'en passer par là pour partager sa couche.
— Que comptes-tu faire de moi ? Me tuer ?
— Non, ta dernière heure n'est pas encore arrivée, bien que j'aie vraiment envie d'en finir avec toi, avec une mort lente et douloureuse.

Il serait si facile d'enfoncer, très légèrement, la pointe de mon épée. Juste assez pour que tu te vides de ton sang, lentement, *très lentement*, puis t'enfermer dans une oubliette remplie de rats. Tu sais ce qu'ils font quand ils sentent l'odeur du sang ?

Einarr, qui entendit le bruit d'un faible écoulement, baissa les yeux.

— Je vois que tu as saisi. Tu es tellement courageux que tu en pisses dans tes braies. Décidément, tu n'es pas un homme. Je connais un grand nombre de femmes ayant plus de courage que toi. Tu n'es qu'un pleutre ! le ridiculisa-t-il en tournant autour du Skotar.

— Je peux te donner des pièces d'argent, si tu veux, pourvu que tu me laisses vivre, pleurnicha Gillespie.

— Je n'en veux pas. Ne t'ai-je pas dit que je ne te tuerai pas ? Non j'ai bien mieux pour toi !

— Pitié, Nortman, ne me fais pas de…

Mais il ne termina pas sa pénitence, embrassant plutôt le sol, à cause d'un violent coup sur la tête. Thoralf, l'assommeur et Einarr se regardèrent avec dégoût. C'était là le genre d'homme qu'ils détestaient, un *lâche*.

— Il pue ! constata Thoralf !
— Il vient de mouiller ses braies !
— Le courage de certains m'étonnera toujours ! soupira Thoralf.

Einarr acquiesça, puis se tourna vers le lit. Ce qu'il y vit le fit reculer d'effroi. La jeune femme était inconsciente, le visage ensanglanté, des hématomes gonflant ses yeux. Sa chemise était relevée sur ses jambes, rouées de coups également. Il s'avança lentement vers elle pour tâter son pouls.

— Elle est toujours en vie.

Mildrun et Oddvakr les rejoignirent dans la chambre. À la vue de Iona, Mildrun se précipita vers elle. Avec douceur, elle écarta les cheveux de son visage tuméfié, puis leva la tête vers son neveu :

— On ne peut pas l'abandonner. Elle est en danger et nécessite des soins. Gillespie a des hommes à son service, ici, au donjon. Ils finiront ce qu'il a commencé.

Einarr fut du même avis. Il réfléchit tout en scrutant la malheureuse.

— Mildrun, emballe ce dont vous avez besoin toutes les deux. Pas plus d'un baluchon chacune, rien de lourd ni de difficile à emmener. Connais-tu quelqu'un de confiance qui peut quitter le donjon sans être suspecté ?

— Oui, mais pour quelle raison ?

— Tu vas écrire une missive à Daividh lui expliquant ce qu'il vient de se passer et ce que Gillespie avait commandité. Dis-lui que pour la sécurité de ta protégée, tu as dû quitter le donjon, mais que vous reviendrez au vár[36].

Ne nous mentionne pas, uniquement que tu es partie avec une personne en qui tu as une entière confiance. Thoralf et Oddvakr, ligotez et bâillonnez-moi cette vermine. Amenez-le à bord, redressez le mât[37], puis vous l'y attachez, un bandeau sur les yeux, qu'il ne puisse même pas se relever. Veillez-y ! Ensuite, revenez pour aider Mildrun.

— Attendez ! les arrêta-t-elle. Où se trouve le navire, exactement ?

— Juste avant le coude du fleuve, hors de vue.

— Dans ce cas, il est possible de s'y rendre en tournant à gauche dans le passage secret, à hauteur d'où j'ai allumé notre torche. Vous le suivez jusqu'à la sortie cachée derrière un buisson. De là, vous devriez le voir.

Tous s'activèrent. Mildrun commença par rédiger la missive avant de rejoindre les cuisines par un autre tunnel, la remit à une personne de confiance, lui ordonnant de la transmettre à Daividh en main propre.

Puis elle remonta vers les chambres pour préparer leurs baluchons, sans oublier d'emporter des remèdes pour les soins de Iona. Ils se retrouvèrent pour prendre le passage afin de rejoindre le navire qui les attendait. Einarr porta la jeune blessée toujours inconsciente.

---

[36] Printemps en vieux norrois.
[37] Les mâts des herskips étaient amovibles.

Thoralf et Mildrun marchèrent devant lui. Oddvakr, quant à lui, ferma la file.

Le capitaine entra avec grand fracas dans la chambre de Iona. Vide ! Mais où était Gillespie ? Tout dans cette pièce indiquait qu'une bagarre avait eu lieu : des chandeliers au sol, une table renversée, même une tache d'urine au sol près du lit. Quelque chose ne tournait pas rond !

Il cria ses ordres tout en fouillant le donjon pour les retrouver. Il mit tout le monde à contribution pour inspecter chaque pièce. Ne trouvant rien, ils se dirigèrent vers le village et réveillèrent brutalement les habitants pour examiner chaque habitation, chaque grange, chaque étable.

Ils ne trouvèrent toujours pas les trois personnes manquantes ! Le capitaine, ayant une intuition, sella un cheval et partit au grand galop en aval du fleuve. Au loin, il observa le navire disparaître.

Ils étaient déjà trop loin, trop rapides pour pouvoir les rattraper. Le vent s'étant levé, ils n'avaient pas besoin des rameurs pour quitter le fleuve et prendre le large vers… Vers où, en fait ? Gillespie ne lui avait jamais dit si c'étaient des Danois qu'il avait contactés.

Le capitaine le maudit, haïssant tous les Nortmans. Il allait devoir garder le secret concernant les trois disparitions. Cela ne devait absolument pas venir aux oreilles de Daividh ou son arrêt de mort était signé. Oui, maudits soient Gillespie et sa soif de pouvoir.

Les hommes avaient monté un abri en peaux de phoques pour protéger les deux femmes. Pour le confort de la blessée, ils étaient même allés jusqu'à lui confectionner une couche avec toutes les peaux d'ours, loups et moutons qu'ils avaient trouvées à bord. Mildrun soignait et pansait Iona. En plus des nombreux hématomes sur pratiquement tout le corps, elle avait trois côtes cassées.

Le soir suivant leur fuite, la jeune femme se mit à délirer. Elle était consumée par une très forte fièvre qui ne descendait pas facilement. Einarr décida de ne pas passer par les Orkneyjar, mais de se rendre directement en Rygjafylke.

Thoralf le rejoignit avec son jeu de tafl.

— Du changement ? demanda-t-il en s'installant.
— On dirait que la fièvre baisse, mais elle souffre énormément.

Les deux hommes installèrent le jeu de plateau, ainsi que les pions.

— Dis-moi, te souviens-tu de la disparition de Mildrun ? Quand était-ce ? s'enquit Einarr.

Thoralf réfléchit à la question.

— C'était peu après la naissance de ton frère Bjǫrn, mais avant celle de ta sœur Érika.

Einarr fixa son ami pensivement, constatant qu'ils en revenaient constamment à la même personne : Gudrun.

— À quoi penses-tu, Einarr ?

— Que Mildrun devrait avoir exactement les réponses. Comment se fait-il qu'on la retrouve là où Rókr devait occire une femme ?

— Tu crois que c'est lié ?

— Tant que nous ne lui avons pas parlé, il m'est impossible de le dire.

— Attendons-la et posons-lui la question.

Les deux hommes se concentrèrent sur le jeu.

En se réveillant, Mildrun trouva Einarr et Thoralf non loin de l'abri qu'elle occupait avec Iona. Ils avaient veillé sur elles, en pleine partie.

Cela faisait bien des ár qu'elle n'avait pas vu ce jeu et autant qu'elle n'y avait pas joué. Les pions étaient de belles pièces, finement sculptées. Elle s'approcha silencieusement pour ne pas les déranger. Einarr la voyant arriver lui sourit.

— Les pièces sont magnifiques ! Je peux les observer de plus près ? osa-t-elle.

— C'est Einarr qui me les a sculptées. C'est un des plus beaux présents qu'il m'ait offerts, lui expliqua Thoralf en lui en déposant une dans la main.

— Tu sculptes, Einarr ? Elles sont splendides ! Regarde ces détails !

Einarr hocha la tête en guise de remerciement. Il n'a jamais aimé entendre les autres le vanter.

Il étudia les traits de sa tante pensivement.

— Mildrun, commença-t-il, pourrais-tu nous expliquer ta disparition ? Il y a quoi, quinze ár ?

L'expression de la Dame changea tout à coup, un voile de tristesse s'installant dans son regard. Elle soupira profondément.

— Oui, un mánaðr[38] après la naissance de Bjǫrn.
— Pourquoi ? Comment es-tu partie ? Ton père t'a cherchée pendant des ár.
— C'est une longue histoire, Einarr ! murmura-t-elle.
— Nous avons tout notre temps. Tu sais que nous, les Norrœnir, adorons les écouter.
— Sauf que je ne suis pas scalde[39] !
— Peu importe. Qui mieux que toi pourrait raconter ta propre histoire ?

Mildrun, fixant l'étendue d'eau, commença à conter sa disparition, quinze ár plus tôt. Einarr et Thoralf l'écoutèrent avec attention, sans l'interrompre. Elle ne vit pas que l'équipage avait cessé toute occupation, se rapprochant, l'écoutant, eux aussi, silencieusement.

Leurs expressions changèrent au cours du récit, tantôt des regards de colère, tantôt des lueurs de tendresse. L'histoire de Mildrun Alvaldrdóttir ne les laissa pas insensibles. Elle raconta sa mésaventure avec beaucoup d'émotions, parfois en pleurs, puis avec le sourire, même de l'hilarité dans la voix.

---

[38] Mois en vieux norrois.
[39] Un poète scandinave, équivalent du troubadour.

Chapitre 2

La traversée fut clémente. Ayant vogué jour et nuit, ils arrivèrent en vue de Rygjafylke le quatrième jour en milieu de matinée. Malgré la hâte de retrouver leurs foyers, Einarr décida de rendre visite à son grand-père, le Jarl Alvaldr Eríkson.

Il tenait son jour de doléances. Il avait instauré cette pratique il y a quelques ár, garantissant une paix durable dans son clan. Il était important pour lui que ses gens soient satisfaits de l'avoir suivi. Il écoutait avec beaucoup d'attention les deux fermiers se tenant devant lui.

Soudainement, tous furent interrompus par le son d'une corne qui annonçait l'approche d'un navire dans le fjǫrðr. Alvaldr se leva au moment où un de ses hommes venait le rejoindre.

— Sait-on de qui il s'agit ? demanda le Jarl.

— Non, il est encore trop éloigné pour en être certain. C'est un snekkja qui se dirige droit vers nous.

Un deuxième coup de corne retentit, signal d'un navire-ami. Qui cela pouvait-il être ? Se dirigeant vers l'embarcadère, il reconnut celui de son petit-fils. Ils s'étaient quittés il y a quelques vika[40], à leur retour d'un félagi. Était-il reparti ? Si tard dans la saison ?

---

[40] Semaine en vieux norrois.

L'équipage lança des cordes vers les hommes à quai pour amarrer le navire. Einarr descendit seul à la rencontre de son grand-père et ils se saluèrent tous les deux chaleureusement. Le Jarl aimait et admirait beaucoup son petit-fils, devenu un jeune homme de qualité !

— Dis-moi ce qui t'amène ? l'interrogea-t-il suspicieux. Je connais tous tes compagnons restés sur le bateau, mais je ne vois pas ton frère ! Tu viens de la mer, à ce que je vois. Mais pourquoi ton snekkja ?
— Justement, c'est à cause de lui que je viens vers toi. Il... Il est mort, annonça Einarr, rempli d'amertume.

Alvaldr plissa les paupières, quelque chose dans sa voix trahissait sa colère.

— Que s'est-il passé, mon garçon ? Raconte-moi.
— Peux-tu monter à bord ? Je... hésita-t-il en se passant les doigts dans sa chevelure. C'est une longue histoire. Je... soupira-t-il.

Intrigué, Alvaldr le suivit. Il ne l'avait jamais vu aussi troublé. Einarr avait toujours été un homme très sûr de lui, très réfléchi et courageux.

Les deux hommes montèrent à bord où ils rejoignirent la poupe et s'installèrent sur des coffres à proximité du gouvernail.

— Dis-moi comment Rókr est mort, le questionna son grand-père.
— Je l'ai tué, répondit Einarr baissant la tête, se remémorant la scène.

Il en était toujours autant dégoûté, une colère bouillonnante en lui et ce goût de bile affreux dans la gorge.

— Peu après notre départ, continua-t-il, Ólafr Ragnvaldson nous a expliqué, à Thoralf et moi, que Rókr comptait m'assassiner au cours du voyage. Il m'était difficile de croire que mon frère désirait ma mort, confia-t-il tristement.

— Que s'est-il passé ensuite ? s'enquit Alvaldr.

— Il a absolument voulu que nous passions par les Orkneyjar, bien que ce ne soit pas la voie la plus courte. Une nuit, il a tenté de me poignarder pendant mon sommeil.

Thoralf venait de prendre son tour de garde. Sans l'avertissement de Ólafr, il n'aurait pas pu le surveiller discrètement ni m'avertir. J'ai tiré ma lame et on s'est battus. Je l'ai blessé grièvement à l'abdomen.

Il s'est écroulé à mes pieds me suppliant de lui donner son épée pour qu'il puisse rentrer au Valhǫll ! se remémora-t-il, le regard dans le vide. Je n'ai pas voulu. Je l'ai écartée d'un coup de pied et lui ai enfoncé la mienne dans le cœur ! J'ai ordonné qu'on attache ses trois complices à son corps pour les jeter ensemble à la mer.

Alvaldr scruta son petit-fils qui se trouvait en conflit avec sa conscience. Ce dernier, ayant la ferme intention de la soulager, se tourna vers son grand-père.

— Aurais-je dû laisser Rókr mourir l'épée à la main ?

— Non. Le fratricide est un acte très grave. Il ne méritait pas de festoyer avec Óðinn.

— Aurais-tu agi ainsi ou l'aurais-tu présenté au Þing[41] ?

---

[41] Se prononce Thing. Assemblées gouvernementales dans les anciennes sociétés germaniques de Europe du Nord.

— J'aurais agi exactement de la même façon. Tu ne pouvais pas garder un traître ni ses complices à bord !

Einarr inspira profondément. Les paroles de son grand-père le soulagèrent.

— Mais tu crains Gudrun, n'est-ce pas ? reprit Alvaldr. Tu ne devrais pas. Une femme est maîtresse de sa demeure, pas d'un navire. Elle n'a même pas le droit d'exiger un wergeld[42], vu que tu t'es défendu. Tes hommes peuvent en témoigner !

— Justement, ce sont *mes hommes*.

Alvaldr les observa, un à un.

— Ólafr en fait-il partie, habituellement ? demanda-t-il en le pointant du menton.

— Non, il ne participe plus à des raids ni à des félagi depuis un bout de temps, sauf si mon père décide de reprendre la mer, ce qui m'étonnerait.

— Dans ce cas, il fait un excellent témoin si jamais Gudrun appelle à notre justice. Tu n'as rien à te reprocher. Tout Norrœnir aurait agi de la même façon.

— Rókr et ses hommes ont pris sa femme et ses fils en otage pour le contraindre à les mener en Alba, continua l'homme, après avoir acquiescé pensivement. Apparemment, il aurait rencontré un négociant à Kauplang et aurait accepté de se rendre dans un túath, pour assassiner une jeune femme noble, l'héritière d'un toísech.

Alvaldr renifla bruyamment.

---

[42] Indemnité que l'auteur d'un dommage payait à la victime ou à ses ayants droits.

— Une cousine de Daividh, ajouta-t-il en fixant son grand-père droit dans les yeux.
— Daividh Stewart, avec qui nous avons un commerce et des échanges fructueux ?
— Lui-même !

Alvaldr sembla avoir reçu un coup de Mjǫllnir.

— Il devait la tuer parce que Daividh et la jeune femme refusaient la demande en mariage d'un dénommé Gillespie. Il a imaginé le plan de la faire tuer tout en se faisant blesser légèrement, et en leur laissant piller le village. Rókr avait l'ordre d'enlever les jeunes femmes en âge de procréer.
— Un túath de Daividh ?

Einarr hocha affirmativement la tête.

— Par Óðinn ! Rókr aurait déshonoré un accord très fructueux ! Nous aurions eu à affronter un ennemi bien armé grâce à nous ! À quoi pensait-il en acceptant ce marché ?
— Cent pièces d'or, des richesses pillées dans l'église, des femmes... probablement aussi sa soif de sang. Rókr a toujours préféré piller et tuer plutôt que de négocier.
— Qu'as-tu fait ensuite ?

Einarr continua le récit sans quitter son grand-père des yeux.

— Nous avons décidé de continuer vers Alba pour enlever Gillespie et en faire un þræll.

Son grand-père s'esclaffa des représailles comiques de son petit-fils.

— Tu le vois là, attaché au mât ?

— Il me semble être un guerrier très féroce, ricana Alvaldr à nouveau.

— Si féroce qu'il s'est pissé dessus !

— Te voilà avec un þræll de choix !

— Ce n'est pas tout, Alvaldr, poursuivit le jeune homme, l'expression de son visage redevenant grave. Arrivés sur les lieux, une femme a tenté de nous arrêter. Elle croyait que nous venions pour assassiner sa protégée.

— Une femme, arrêtant des Norrœnir ?

— Il n'y avait qu'Oddvakr, Thoralf et moi. On devait seulement capturer un homme, alors nous n'avions pas à être plus nombreux.

— Mais quand même : une seule femme pour arrêter trois guerriers Norrœnir. Connaissant leurs petites tailles, elle est digne d'être une guerrière courageuse !

— Pas si petite que cela, expliqua-t-il. C'est compréhensible quand on connaît son père !

— Un grand guerrier ?

— Un très grand.

— Je le connais ? Dis-moi qui il est que j'aille le féliciter !

Einarr fixa le Jarl intensément.

— Qu'y a-t-il ? s'inquiéta son grand-père.

Mais la réponse lui parvint d'un lointain passé. Le pas léger et le tissu de la robe qui bruissait, une jeune femme s'approcha lentement vers lui. Interdit, le Jarl posa un regard embrumé sur elle. L'hébétement le priva de parole, ce que constata Einarr pour la première fois.

Mildrun et son père Alvaldr se retrouvèrent au bout de quinze ár avec une telle vive émotion qu'ils ne purent empêcher quelques larmes de couler. Était-ce un mauvais tour de Loki ? Il étudia le visage souriant de la Dame.

Puis réalisant que non, il rendit la chaleureuse accolade à sa fille qui s'était jetée à son cou. D'ordinaire, un Norrœnir ne montrait aucune effusion de sentiments en public. Mais ce cas exceptionnel valait la peine de transgresser cette règle de pudeur.

— Je croyais ne plus jamais te revoir, Père !
— Mildrun, on a tant cherché après toi. Mais on avait perdu espoir de te retrouver un jour. Voilà que mon petit-fils te ramène à moi saine et sauve ! Comment es-tu arrivée en Alba ? Qu'y faisais-tu ?

Mildrun se tourna vers Einarr qui l'encouragea d'un signe de tête. Elle s'installa et commença à raconter à son père les événements tels qu'ils s'étaient déroulés :

— Mère m'avait envoyée auprès d'Ástríðr qui devait enfanter. Tu t'en souviens ?

Alvaldr acquiesça.

— Une nuit, n'arrivant pas à dormir, je me suis relevée quérir de l'eau pour étancher ma soif. Entendant des voix, je me suis cachée et sans le vouloir, j'ai entendu une drôle de conversation entre Gudrun Thorolfdóttir, l'épouse de Leifr, et Dagfinnr Dagfinnrson.

J'ai compris qu'ils étaient amants depuis un très long moment et qu'ils avaient engendré Rókr et Bjǫrn ensemble. Ils se disputaient, car lui voulait rompre, mais Gudrun le supplia de ne pas la quitter. L'amant craignait que Leifr découvre sa trahison et que d'autres enfants naissent.

Le Jarl comprendrait alors que Gudrun le trompait et sa supercherie ne marcherait plus. Il ne voulait plus de ces rencontres secrètes qui le déshonoraient. Gudrun, en pleurs s'accrochait toujours à lui, le suppliant encore.

Elle promit qu'il n'y aurait plus d'autre enfant, qu'elle prendrait des herbes pour les faire disparaître. Je me suis retirée discrètement pour rejoindre l'alcôve d'Ástríðr où je passais mes nuits.

Le lendemain, prétextant le manque de quelques sacs de farine, Gudrun est venue me demander de l'aider à les compter. Je l'ai alors suivie sans crainte. C'est une fois dans la réserve qu'on m'a assommée. Je me suis réveillée au bord d'un rodrarferja[43], avec Dagfinnr et deux autres hommes que je n'ai pas reconnus.

À Kauplang, je me suis retrouvée sur le marché des þrælar[44] où j'ai été vendue à un négociant pervers qui s'était établi à Dyflin[45]. Il… m'a violée à plusieurs reprises, avoua-t-elle, la voix tremblotante. Ayant des goûts spéciaux, son épouse lui permettait de prendre autant d'ambáttir[46] de lit qu'il souhaitait.

Elle portait ses enfants, pour le reste, elle s'occupait uniquement de sa maison. Quand… quand l'une de nous, les ambáttir, tombions enceinte, elle nous donnait des herbes pour les perdre. Elle ne voulait pas d'autres enfants que les siens dans la demeure. Il la laissait faire et elle le laissait agir à sa guise avec nous.

Les souvenirs de ce douloureux passé l'immergeaient tellement que Mildrun dut reprendre son souffle entre deux sanglots.

---

[43] Bachot à rames : petit esquif pour les déplacements le long des côtes.
[44] Esclaves au pluriel.
[45] Dublin en vieux norrois.
[46] Esclaves féminins en vieux norrois, singulier : ambát.

— Par quatre fois, j'ai porté un enfant de cet homme que son épouse a fait disparaître. Deux ár plus tard, il est décédé. Nous avons étés vendues par son épouse. Elle ne supportait pas la présence des ambáttir de son défunt époux dans sa maison. J'ai été vendue la dernière. J'avais partagé la couche de mon maître l'avant-veille de son trépas, j'avais des traces de coups, j'étais pour cette raison difficile à vendre.

— Des coups, dis-tu ?

— Oui, il avait besoin de nous frapper pour... pour, euh...

Elle se tourna vers Einarr le suppliant de lui venir en aide.

— Il avait besoin de frapper les femmes pour bander, précisa-t-il.

Alvaldr eut l'air dégoûté !

— C'est un Skotar qui m'a achetée pour le compte d'un toísech. Arrivée dans son túath, la première chose qu'il a faite a été de me retirer mon collier d'ambát ! Ensuite, son épouse m'a soignée. Une fois guérie, ils m'ont questionnée et quand ils ont appris que j'étais la fille d'un Jarl, ils m'ont considérée comme une Dame.

J'ai vécu alors comme une femme de la noblesse Skotar. Dame Aileas m'apprit à lire et à écrire et je l'aidais pour l'intendance de leur domaine. J'étais très heureuse parmi eux. Le toísech Ewan et son épouse me respectaient énormément. Il y a deux ár, Dame Aileas et leur fils sont décédés de la peste noire.

Le toísech, leur fille Iona et moi étions anéantis. Elle était très aimée. Il y a quelques mánaðr, Ewan a fait de moi la tutrice de sa fille, puis a déclaré son neveu et mormaor

Daividh, son tuteur, sentant sa fin arriver, afin de mettre la seule héritière de son titre et de son túath à l'abri. Daividh venait de temps à autre prendre de nos nouvelles.

C'est un homme qui bouge sans cesse, allant de túath en túath, vérifier que tout se passe selon ses souhaits. Il est très juste, contrairement à son père. Il y a à peu près deux mánaðr, Gillespie est venu s'inviter lui-même au donjon. Il voulait absolument épouser Iona et ainsi devenir le nouveau toísech, malgré le refus de Daividh.

Il nous a terrorisés avec ses hommes, des mercenaires. Nous étions ses prisonniers, Iona, les serfs, les vilains et moi. Un jour, j'ai surpris une conversation entre Gillespie et son capitaine où il révélait avoir payé un Norrœnir pour assassiner Iona, piller et ravager le village, enlever les jeunes femmes en âge de procréer.

Pendant quelques nuits, je me suis cachée, dans l'intention de les intercepter et de leur demander de quitter notre túath en les rémunérant de bijoux et de pièces d'argent. C'est ainsi que je me suis trouvée face à face avec Einarr.

Tu peux deviner, Père, mon étonnement de me retrouver en présence du fils aîné de ma chère sœur. Quand il m'a expliqué qu'il comptait faire de Gillespie un þræll, je l'ai conduit par des passages secrets, vers la chambre seigneuriale. Or, le mécréant ne s'y trouvait pas.

Einarr l'a retrouvé dans la chambre de Iona où il s'apprêtait à la violer. Il l'avait pratiquement battue à mort, sanglota Mildrun. Einarr nous a emmenées, m'a aidée à soigner ma petite protégée. On lui doit la vie, toutes les deux, Père ! Iona est ici, avec nous, sous sa protection.

Alvaldr ferma les yeux un long moment pour se remettre de cette histoire rocambolesque et au combien triste. Quand il les rouvrit, il s'attarda longuement sur son petit-fils, en proie à une immense gratitude. Ce jeune homme, négociant hors pair, de vingt-et-un ár, venait de lui rendre sa fille perdue depuis si longtemps !

Grâce à lui, Alvaldr découvrit une injustice commise envers les siens, une traîtrise impardonnable ! Il devait réfléchir, décider de la marche à suivre afin qu'on lui rende justice. Avant tout, il devait recouvrer ses esprits, trop en colère pour pouvoir prendre les bonnes décisions.

— Où est ta protégée ? questionna-t-il sa fille, qui gardait le visage baissé.
— Là, sous les toiles, expliqua Einarr. Au vár, je la ramène dans son túath.

Alvaldr étudia l'abri, puis l'homme attaché au mât.

— Comment se porte-t-elle ? Peut-elle quitter le navire ? s'enquit-il.
— Elle est dans un bien piètre état, répondit Einarr.

Alvaldr réfléchit à tout ce qu'il venait d'entendre. Il devait agir, entreprendre certaines choses. Il ne pouvait pas laisser impunis les agissements de Gudrun. Mais il devait avant tout se calmer, laisser sa colère retomber. Prendre une décision dans la hâte, avec une telle fureur en lui, n'apporterait rien de bon.

— Restez ici au moins une nuit. Demain, nous en reparlerons et déciderons de ce que nous devons faire. Je ne peux pas laisser les actes de Gudrun et Dagfinnr sans demander justice. J'aurai besoin de ton aide, ordonna-t-il à son petit-fils.

Einarr accepta l'invitation.

— Nous allons installer la jeune blessée dans une alcôve et je vais faire mander notre guérisseuse, poursuivit le Jarl. Toi et tes hommes pouvez utiliser notre cabane à étuve. Ce soir, nous fêterons les retrouvailles avec Mildrun.

Le lendemain matin, après le premier repas du jour, tous les hommes écoutèrent attentivement le Jarl et Einarr exposer leurs intentions. Chacun comprit qu'il ne pouvait laisser impuni l'enlèvement de sa fille. Leurs lois étaient claires à ce sujet.

Il fut décidé qu'Einarr et ses hommes resteraient un jour de plus, ce qui laissait à Alvaldr la possibilité de convoquer trois Jarlar[47] en tant que jurés, dont le Jarl Thorolf, le père de Gudrun.

Des messagers furent envoyés avec les invitations qui exigeaient leur assistance chez le Jarl Leifr Sigurdrson, le père de Einarr. Alvaldr partirait avec ses hommes en fin d'après-midi, voulant être présent avant l'arrivée de tous.

Einarr et son grand-père, assis côte à côte à la grande table, planifièrent les événements du lendemain. Tout devait se dérouler minutieusement pour arriver à ce que la culpabilité de Gudrun et de Dagfinnr soit reconnue. Einarr était conscient que cette histoire affecterait profondément son père.

Il devait comprendre qu'Alvaldr ne mettait pas en cause son clan, mais deux individus seulement. L'honneur de Leifr ne serait, en aucun cas, mis en doute.

Ils entrèrent dans le fjǫrðr qui menait chez eux, dans leur village. La beauté du paysage lui semblait toujours aussi saisissante. Einarr contempla avec le même émerveillement les montagnes habillées de pins sur leurs flancs, dont les cimes demeuraient tapissées de neige

---

[47]   Jarl au pluriel.

éternelle. Les vertes étendues lui donnaient, depuis toujours, un sentiment de fierté et d'appartenance. Il était chez lui !

Au loin se dessinait un lac recouvert de brume. Ici et là, il découvrit leurs troupeaux de moutons et de bovins. Le ciel était clément en cette fin d'été scandinave. Skammdegi[48] serait bientôt là avec ses journées très courtes, la neige et la glace. Il aimait cette saison où, face aux éléments de la nature, rien n'était acquis. Avant de se réjouir de la beauté hivernale, il allait devoir passer cette pénible journée.

Il tourna la tête vers l'abri dans lequel Mildrun prenait soin de Iona. Cette dernière n'avait plus de fièvre, mais se trouvait toujours dans un état de semi-inconscience. Il demanderait à Unni de l'examiner avec son pouvoir de seiðkona.

À la vue de son village, il sentit son ventre se nouer, mais il devait passer par cette épreuve ; son honneur le lui dictait. Il espérait que tous les Jarlar étaient bien arrivés dans la demeure de son père. Alvaldr avait minutieusement tout préparé, cela devait réussir. Il ne pouvait en être autrement.

Les six Jarlar étaient effectivement assis à la grande table, terminant le premier repas du jour. Ils contaient, à qui voulait l'entendre, leurs exploits lors des raids qu'ils avaient jadis effectués. Des rires fusaient de toutes parts dans la pièce.

Un des hommes d'Alvaldr entra et fit un signe vers son Jarl, comme convenu, pour l'informer de l'arrivée du knǫrr. Le visage soudainement grave, le Jarl demanda la parole.

---

[48] Les mois d'hiver en vieux norrois.

— Je vous ai tous mandés de venir ici, en plus du Jarl Thorolf, parce qu'il m'est impossible d'attendre le prochain Þing au vár afin de vous demander justice.

— Quelle injustice a été commise envers toi, Alvaldr ? demanda Finnr, le plus âgé des Jarlar présents.

— Pour l'enlèvement et la vente comme ambát de ma fille Mildrun, par Gudrun Thorolfdóttir et Dagfinnr Dagfinnrson !

Des cris d'exaspération, des exclamations d'effroi, de colère et d'incompréhension s'élevèrent. Le Jarl Alvaldr était reconnu par tous pour sa bravoure et sa droiture. La plupart, par contre, ne pouvaient pas croire ce qu'ils venaient d'entendre. Gudrun, présente s'était levée, indignée par cette accusation. Portant son attention vers son père, elle s'exclama :

— Vous voyez, personne ne me respecte ici, encore moins la famille de la deuxième épouse de Leifr.

Thorolf, contrarié par l'intervention de sa fille, lui fit signe de se taire. Personne ne pouvait prendre la parole sans y être invité, encore moins une femme.

— Peux-tu nous apporter des preuves de tes dires, Alvaldr ? le questionna Finnr.
— Oui, je ne suis pas venu ici, devant vous, avec uniquement des suspicions. Ma preuve est un témoignage.
— Le témoignage de qui ? s'enquit Thorolf.

Lui et Alvaldr étaient amis depuis l'enfance. Si sa fille était effectivement coupable de ces accusations, il ferait tout pour rendre justice à son meilleur ami.

En cet instant, la porte s'ouvrit pile au bon moment. Quand Einarr, accompagné de Thoralf, entra, Alvaldr épia scrupuleusement la réaction de l'accusée. Celle-ci restait sans appel : les yeux écarquillés, les mains qui tremblaient... Son expression livide trahissait l'évidence ; Gudrun ne s'attendait absolument pas à revoir son beau-fils. Cela laissait présager un avenir peu avantageux...

— Einarr ! s'exclama Finnr. Te voici donc de retour.
— Effectivement, me voilà, répondit-il en fixant Gudrun. Mais cela semble étonner certaines personnes… Permettez-moi de vous amener le témoin du Jarl Alvaldr.

Einarr céda le passage à Mildrun Alvaldrdóttir. Ástríðr, à la fois la mère du jeune homme et la sœur de Mildrun, eut un cri de surprise.

Il y eut un silence de mort dans la pièce, tandis que tous observèrent la femme avancer vers son père. Alvaldr, épiant toujours les réactions de Gudrun, vit dans le regard de celle-ci de l'incrédulité, ainsi qu'une panique sans nom.

— Est-ce toi qui as retrouvé Mildrun Alvaldrdóttir ? demanda Finnr, ayant reconnu la jeune femme.
— Oui, répondit Einarr. Je l'ai découverte dans un túath au bord du fleuve Tay, en Alba.

Leifr, le père de Einarr, examina à son tour les expressions de Gudrun. Il était certain de la véracité de l'accusation la concernant. Mais Dagfinnr ! Il était son meilleur ami, son second, un frère !

Soudain, Unni entra dans la pièce sans plus de cérémonie. Leifr se remémora alors les paroles des Nornes :

Il va revenir accompagné de deux personnes : une qui revient d'un lointain passé et qui va révéler une trahison.

Leifr ferma les yeux et pensa qu'il ne pouvait pas y avoir de pire trahison envers son beau-père Alvaldr que celle-ci.

Retrouvant ses esprits, Finnr continua :

— Mildrun Alvaldrdóttir, peux-tu confirmer les accusations portées par ton père envers Gudrun Thorolfdóttir et Dagfinnr Dagfinnrson ?

— Oui, je les confirme, répondit-elle haut et fort.

— Mildrun, demanda le Jarl Eric, peux-tu nous raconter comment ils t'ont enlevée et pour quelle raison ? N'omets aucun détail, du début jusqu'à aujourd'hui. Cela est très important afin de pouvoir juger en conséquence.

Mildrun raconta ce qu'elle avait entendu cette nuit-là, puis l'enlèvement qui avait suivi, pour se retrouver à Kauplang, sur le marché des þrælar où elle expliqua ensuite sa condition perverse, puis comment cette mésaventure s'était enfin achevée.

Dans toute la pièce, on percevait des exclamations. Le Jarl Thorolf fixa sa fille tout au long du récit. Les réactions étaient à elles seules des aveux de culpabilité.

À la fin, il prit la parole :

— Mildrun Alvaldrdóttir, pourrait-on savoir ce qu'il t'est arrivé après que tu fus vendue ?

Il se pencha vers la femme la fixant dans les yeux :

— Je n'émets aucun doute concernant la véracité de tes dires, n'aie crainte de cela. Il nous est indispensable de connaître la totalité du préjudice qui a été commis, envers toi et ta famille. Les faits sont graves. Nous voulons agir en conséquence. Comprends-tu ?

— Oui je comprends. J'ai été achetée par un négociant de Dyflin comme ambát de lit.

— Gudrun Thorolfdóttir, que peux-tu nous dire pour ta défense ? demanda Finnr.

— La seule chose que j'ai à dire c'est que ces accusations sont totalement fausses. Alvaldr et sa famille m'ont toujours détestée, uniquement parce que je suis la première épouse de Leifr, la mère de son fils aîné.

— Donc, tu prétends ne jamais avoir eu d'amant ni d'enfant avec lui, encore moins d'avoir enlevé Mildrun ? insista Finnr.

— Oui, je l'affirme.

— Dans ce cas, demandons à Dagfinnr Dagfinnrson. Où est-il ?

— Un de mes hommes est allé le quérir, répondit Einarr.

— Bien, attendons-le ! Avez-vous des questions à poser à Mildrun ? interrogea le Jarl à ses confrères.

Les autres Jarlar présents firent non.

— Dans ce cas, Mildrun, tu peux aller prendre place auprès de ta sœur Ástríðr. Si besoin, il se peut qu'on te pose d'autres questions.

Mildrun acquiesça.

Lorsqu'elle se dirigea vers sa sœur, la porte s'ouvrit, laissant entrer Oddvakr dans la pièce, accompagné de Dagfinnr Dagfinnrson.

Le Jarl Eric prit la parole.

— Dagfinnr Dagfinnrson, le Jarl Alvaldr nous demande de juger une injustice qui a été commise envers lui et sa famille, il y a quinze ár. Il t'accuse d'avoir été complice de l'enlèvement de sa fille Mildrun et de sa vente en tant qu'ambát de lit à Kauplang.

Étant une femme, Mildrun ne peut, selon nos lois, témoigner. Nous l'avons néanmoins écoutée, par respect pour le plaignant. Peux-tu confirmer ces accusations ?

Dagfinnr chercha son ancienne maîtresse des yeux.

— Ils disent vrai, dit-il en toisant Gudrun. Nous étions amants et avons engendré Rókr et Bjǫrn. Quand elle a remarqué la présence de Mildrun Alvaldrdóttir qui nous écoutait, elle a planifié son enlèvement, ainsi que sa vente au marché des þrælar pour se venger.

Gudrun le foudroya.

— Tu n'es qu'un pleutre, Dagfinnr. Je me demande ce que j'ai pu te trouver. Heureusement que mes fils ne te ressemblent pas ! Rókr, lui est un homme et Bjǫrn en deviendra un, lui aussi !

— Tais-toi, femme ! coupa Thorolf.

Gudrun sursauta à l'intervention de son père. Jamais il ne l'avait dévisagée avec tant de mépris et de haine ! Elle devint encore plus pâle et chancelante.

Après les aveux de Dagfinnr, sa vie en tant qu'épouse de Jarl était terminée. Elle scruta tout autour d'elle. Tous les hommes de Einarr, ainsi qu'Ólafr, se trouvaient là, mais aucune trace de Rókr, ni de ses hommes. Le doute s'installa en elle. Einarr ne cessa d'étudier ses expressions, ses réactions. Par contre, elle n'arriva pas à lire les siennes.

Leifr se leva, toisant Dagfinnr avec dégoût :

— Toi, tu es celui que j'ai toujours considéré comme mon meilleur ami, mon frère, mon bras droit. Comment as-tu pu faire une chose pareille ? Tu étais là, présent, lorsque

Rókr et Bjǫrn sont nés, tu m'as laissé les reconnaître comme le sang de mon sang, la chair de ma chair. Comment as-tu pu ? POURQUOI ? hurla-t-il.

— Je n'ai aucune excuse pour ma lâcheté, Leifr. J'étais jeune, le sang en ébullition. Je n'ai plus rien voulu savoir d'elle après ce qui s'est passé avec Mildrun. Maintes fois, j'ai voulu t'avouer ce qu'on avait fait. Je suis un *lâche* ! Je le reconnais ! s'apitoya-t-il.

— Tu n'es plus mon ami. Quoi que dira la sentence, tu quitteras ce village avec ta famille. Je ne veux plus jamais te voir ni entendre ton nom.

Leifr épia son fils, debout, droit, les bras croisés, le regard glacial, qui examinait les expressions de Gudrun. Il constata la présence de son équipage, ainsi qu'Ólafr, mais pas de trace de Rókr. Sa conversation avec Unni lui revint à l'esprit :

— *Ton fils reviendra.*
— *Rókr ou Einarr ? Dis-moi ?*
— *Les Nornes disent que ton fils va revenir.*
Quand j'ai rendu visite à Unni, je ne savais pas que Rókr n'était pas mon fils. Est-ce cela que les Nornes ont voulu dire, qu'Einarr était mon seul fils embarqué sur le navire ? se demanda-t-il.

— Einarr, s'enquit-il, où est Rókr ?

Einarr inspira longuement avant de répondre

— Il est mort, Père.

Un cri de douleur surgit du côté des bancs des femmes. Gudrun, le regard plein de douleurs, se dirigea vers Einarr.

— C'est toi qui l'as tué ! Tu le détestais vraiment à ce point ? hurla-t-elle.

Sans avoir changé de posture, Einarr la toisa.

— Oui, je l'ai tué, après qu'il eût voulu me poignarder dans mon sommeil. Comme tout traître, il est mort sans épée à la main. Pas suffisant de vouloir commettre un fratricide, il avait, en amont, accepté cent pièces d'or pour assassiner une jeune femme.
— TU MENS ! hurla-t-elle. Mon fils était un homme bon. Tu étais jaloux, voilà tout !
— Peut-être est-ce toi qui lui as fait croire qu'Einarr le haïssait, dit Alvaldr. Je t'ai à l'œil depuis son entrée et j'ai bien compris que tu ne t'attendais pas à son retour. Rókr, oui, mais pas Einarr ! Jusqu'où va ta traîtrise, Gudrun ? Qui était le prochain ? Leifr ? Les deux autres fils d'Ástríðr ?

Les deux hommes ne lui prêtèrent plus aucune attention. Gudrun saisit l'occasion et s'empara d'un poignard. Un cri strident alerta Alvaldr. Se retournant, il vit Gudrun plonger vers Einarr, la lame en main, prête à le tuer.

D'instinct, il se jeta alors devant son petit-fils et reçu l'arme dans le bras à sa place. Les hommes d'Alvaldr avaient toutes les peines du monde à maîtriser la furie. C'était le chaos total dans le skáli.

Einarr tenta de faire sortir son grand-père de la salle, pour l'amener au calme panser sa blessure. Unni avança au milieu de tout ce monde, s'arrêta devant la grande table, se retourna et cria :

— SILENCE !

Tous se calmèrent : plus un bruit, la pièce était comme figée.

Unni se tourna vers Einarr.

— Emmène-le, qu'on puisse examiner sa blessure, ordonna-t-elle. Quant à vous tous, laissez parler le Jarl Finnr, sinon sortez ! précisa-t-elle à l'audience.

En toisant les personnes présentes dans la pièce, Finnr prit la parole.

— Il y a eu plusieurs accusations, aujourd'hui : envers Gudrun Thorolfdóttir et Dagfinnr Dagfinnrson. Elles sont graves, en plus d'une tentative de meurtre, par Gudrun. Nous allons, les Jarlar Eric, Magnar et moi, nous retirer pour décider des jugements à rendre. Tant que ceux-ci ne le sont pas, les accusés sont intouchables, comme vous le savez.

Nous demandons à Mildrun Alvaldrdóttir de ne pas s'éloigner au cas où nous aurions d'autres questions à lui poser. Toutefois, je vous rappelle que les accusations touchent uniquement deux personnes, le clan du Jarl Leifr Sigurdrson n'est pas mis en cause, sachez-le ! À présent, je vous demande à tous de sortir d'ici et de retourner vaquer à vos occupations.

Tout le monde quitta le skáli dans le silence. Il n'en fut plus de même une fois à l'extérieur où tous donnèrent leur opinion.

Einarr avait emmené Alvaldr dans son alcôve, suivi par Unni. Elle examina la blessure superficielle, ne nécessitant pas de grands soins. Unni observa Einarr tout en faisant le bandage d'Alvaldr.

— Tu devrais aller la chercher, mon garçon, l'emmener ici dans ton alcôve. Pour l'instant, elle est en sécurité, parce que personne ne connaît sa présence. Mais Rókr a des amis, des hommes à lui, ici. Tu dois te méfier et la protéger. Il n'y a qu'ici qu'elle l'est totalement.

— Comment sais-tu… Non rien, forcément que tu le sais. Reste avec Alvaldr, je te prie.

— N'aie crainte, je ne quitte pas cette pièce. Mais ce n'est pas pour tenir compagnie à ton grand-père, dit-elle en souriant largement.

Einarr hocha la tête en arborant un sourire en coin. Quand apprendra-t-il qu'Unni restait toujours au courant de tout ?

Il prit la direction de son navire où Gauti montait la garde. Le þræll avait déjà été emmené pour effectuer sa première tâche : nettoyer la porcherie d'Oddvakr. Einarr se dirigea vers l'abri où était alitée Iona. Il la souleva avec précaution afin qu'elle ne souffre pas.

Il passa par la porte arrière pour rejoindre son alcôve. Il déposa délicatement la jouvencelle sur son lit et laissa Unni l'approcher. La vieille femme l'examina avec beaucoup d'attention. Elle plaça ses mains à différents endroits en exprimant des incantations incompréhensibles pour le jeune homme. Elle fouilla dans sa poche et en sortit une petite bourse en tissu.

— Il faut absolument lui donner un bain en y ajoutant ces herbes, expliqua-t-elle. Peux-tu demander à Inga et Dagmar de me rejoindre dans la maison des bains ? Dis-leur que j'ai besoin d'elles pendant un bon bout de temps. Nous allons la soigner, faire tomber cette fièvre.

Après avoir porté Iona dans la maison des bains, Einarr croisa son père.

— Peux-tu me dire ce qui se passe ? Que nous caches-tu ? questionna-t-il son fils.

— Je ne vois pas de quoi tu parles, je ne cache rien.
— Vraiment ? Qui est avec Unni, dans cette pièce ?
— Inga, Dagmar et Iona. Je veux dire, Dame Iona.

Leifr haussa les sourcils le fixant droit dans les yeux.

— *Dame Iona* ?
— La fille du toísech Ewan. Tu te souviens de lui ?
— Certes, son épouse est la sœur de celle d'Angus Stewart.
— Était.
— Comment cela : *était* ?
— Elle est décédée, il y a deux ár, ainsi que leurs fils. Ewan est décédé il y a quelques mánaðr. C'est leur fille que Rókr devait assassiner.
— Vraiment ! La cousine de Daividh Stewart ?

Einarr confirma.

— Est-ce parce qu'elle est en danger que Daividh t'as demandé de la cacher ici ?
— Il n'est pas au fait de ce détail.

Leifr n'en crut pas ses oreilles !
— Tu l'as *enlevée* ? vociféra-t-il.
— Pas exactement.
— Comment cela *pas exactement* ? Quel nom donnes-tu à ce que tu as fait en l'amenant ici ?
— Elle était en danger dans son túath. Mildrun est sa tutrice. Vu son état et ses blessures, nous avons décidé qu'elle serait plus en sécurité ici que chez elle. Mildrun a fait parvenir une missive à Daividh, lui expliquant qu'elle

mettait Iona en sécurité jusqu'au vár. Elle en a le droit. Il n'y a donc pas *d'enlèvement*.

— Tu devrais peut-être tout me raconter depuis le début, parce que là, je t'avoue ne pas très bien suivre ton explication. Surtout, ne t'avise pas d'omettre un seul détail.

Einarr raconta tout, depuis leur départ d'ici avec Rókr. Leifr l'écouta sans l'interrompre, mais en le grondant de temps à autre. Il n'omit aucun détail, comme son père l'avait exigé. Tout en l'écoutant, Leifr se remémora une partie des prédictions de Unni, la veille du départ de Einarr et Rókr :

Il va revenir accompagné de deux personnes, une qui revient d'un lointain passé et qui va révéler une trahison. Mildrun est la personne du passé, n'est-ce pas Unni ? L'autre personne va forger l'avenir, proche et lointain. Serait-ce cette Iona ? Quel avenir, Unni ? Celui de Einarr ? De notre clan ? songea-t-il.

— Que dit Unni des blessures ?
— Je le saurai dès qu'elles seront sorties de là, dit-il en pointant du menton la maison des bains.

Leifr examina l'expression de son fils longuement, attentivement, en plissant les paupières. Il étudia ce visage fier, honnête, parfois renfermé. Il est le fils que tout homme rêverait d'avoir. Il était l'homme qu'il désirait voir lui succéder pour le bien de leur clan.

Mais il était également têtu, *très têtu*, trop parfois, tout comme lui. Il ne voulait pas parler de devenir Jarl, refusait toutes les propositions de noces reçues. Toute femme serait fière de l'avoir comme époux, mais il ne voulait pas en entendre parler, malgré les alliances que cela pourrait forger. Leifr soupira :

— Tu ne devrais pas faire de promesses sans savoir si tu peux les tenir, même celles que tu te fais à toi-même.

— Que veux-tu dire ? Ai-je déjà une seule fois rompu ma parole ?

— Pas que je sache. Mais qui te dit que tu ramèneras cette jeune femme chez elle, au vár ?

— Qu'est-ce que c'est encore que cette histoire ?

— À toi de me le dire ? Cette jeune femme a une tutrice qui pourrait très facilement s'en occuper. Or, tu l'emmènes avec toi en tant que ton *invitée*. Avoue qu'il y a de quoi se poser des questions !

— Unni m'a explicitement ordonné de la garder près de moi, elle est en danger, même ici.

— Comment cela *même ici* ?

— Des hommes de Rókr.

— Par Óðinn, va-t-on devoir surveiller constamment nos arrières ? Sont-ils nombreux ?

— Je ne saurais te dire, je ne les connais pas tous. Sont-ils d'ici ? De passage ? En connais-tu, toi ?

— Quelques-uns. Je vais ordonner qu'on les garde à l'œil.

Dagmar sortit de la pièce des bains : Unni avait terminé les soins de Iona. La jeune femme, aidée de Inga, lui avait fait sa toilette, essuyée et habillée d'une chemise de nuit. Einarr pouvait venir la remettre au lit. Son père retourna à l'intérieur également, attendre la fin du conseil des trois Jarlar.

Après avoir déposé la jeune femme dans le lit, il se tourna vers Unni qui l'avait suivi :

— Quand va-t-elle se réveiller ? Ce n'est pas dangereux de rester aussi longtemps inconsciente ?

— Qui te dit qu'elle l'est ? Là, pour l'instant, elle dort. Je lui ai donné une décoction. Sinon, à certains moments, elle est parfaitement consciente.

Einarr la fixa sans la comprendre. Réveillée ? Ne l'aurait-il pas remarqué ?

— Observe-la très attentivement, ajouta Unni. Dis-moi comment elle doit faire pour ouvrir ses yeux ?

Einarr se passa les doigts dans les cheveux. Il venait de comprendre où Unni voulait en venir. Les yeux de Iona étaient encore tellement gonflés qu'il lui était impossible de les ouvrir.

— Quand ira-t-elle mieux ? s'inquiéta-t-il.
— D'ici une vika, peut-être. Sois patient, elle va se remettre.

Après ses mots de sagesse, Unni quitta l'alcôve avec un sourire mystérieux.

Les trois Jarlar prirent leurs décisions en fin de matinée. Gudrun et Dagfinnr furent accusés des délits à leur encontre : enlèvement et vente d'une femme libre en tant qu'þræll. Pour Gudrun, on y ajouta la tentative de meurtre.

Les deux furent bannis. Le châtiment le plus grave, chez les Norrœnir, puisqu'il provoque l'engloutissement dans le néant. Pour Gudrun, il l'était à vie, Dagfinnr était banni pour trois ár, avec interdiction de revenir dans ce Jarldom après avoir purgé sa peine.

Chapitre 3

En Haustmánuður[49], les moissons venaient d'avoir lieu. Skammdegi approchait à grands pas et s'installerait en Gormánuður[50]. Ils procéderaient aux abattages des moutons, des chèvres, des vaches et des chevaux les plus faibles, ce qui permettait également de nourrir moins de bétail les longs mánaðr de Skammdegi.

Les terres cultivables n'étant pas nombreuses, les récoltes ne suffisaient pas pour nourrir les gens et le bétail. Il y avait donc un choix à faire. Ceci leur permettait également de préparer des salaisons, des venaisons, mais surtout de remplir les garde-mangers. Pendant Skammdegi, ils vivaient au ralenti. Ils devaient constituer de grandes réserves pour passer ces six longs mánaðr des jours courts, puis tenir jusqu'aux prochaines moissons.

Einarr avait formé une équipe pour l'abattage des arbres. Il avait repéré l'endroit où il était nécessaire d'éclaircir quelque peu, en retirer certains pour laisser la place à d'autres qui puissent se développer.

Les deux ár qu'il avait passés en Alba, chez le père de Daividh, lui avaient permis d'en voir les bienfaits. Comme pour les animaux, il était primordial de garder ceux qui promettaient de devenir robustes.

---

[49] Période de mi-septembre à mi-octobre.
[50] Période de mi-octobre à mi-novembre.

Cette technique permettait en plus de constituer une réserve de bois de chauffage ainsi que celui nécessaire à la fabrication de leurs maisons, leurs navires et à leurs réparations.

Il avait eu beaucoup de peine à instaurer cette façon de procéder. Son père et plusieurs anciens, n'arrivaient pas à comprendre les possibilités que cela offrait. Cela lui avait coûté des mánaðr de Explications, d'argumentations, de tensions et de disputes.

Il y a trois ár, las des discussions, il avait préféré prendre les choses en main et agir. Depuis, son père et les anciens, ayant réalisé le bien-fondé de cette méthode, avaient décidé de l'instaurer officiellement.

Non seulement ils avaient du bois pour se chauffer, pour les constructions et réparations, mais au moins, ils ne déboisaient plus entièrement leurs forêts comme c'était le cas avant !

La tourbe étant également nécessaire au chauffage, d'autres s'occupaient d'en rentrer. Généralement, on confiait cette tâche aux plus jeunes enfants. Tous s'activaient aux préparations. C'était indispensable s'ils voulaient passer Skammdegi plus ou moins confortablement.

Thorolf, quant à lui, avait la direction d'une équipe effectuant toutes sortes de réparations. Que ce soit les maisons, les granges ou les étables, tout devait être vérifié. Ils étaient un clan, une grande famille, chacun devait aider, d'autant plus qu'ils avaient du retard, suite à son dernier voyage.

Cela faisait trois jours qu'ils étaient revenus. Le clan se trouvait encore sous l'émoi des révélations concernant Mildrun Alvaldrdóttir. Einarr avait mis tout le monde au travail. La vie continuait et leur survie en dépendait. Il ne tolérait aucun commentaire ni aucun jugement de son clan.

Il venait d'abattre un arbre, s'apprêtant, avec Gauti, à couper toutes les branches, quand soudain quelqu'un l'appela. Levant la tête, il vit un garçon d'une douzaine d'ár courir vers lui, hors d'haleine. Il lâcha sa hache et se tourna vers le jeune Hákon.

— Un souci ?
— C'est Unni ! Elle m'a ordonné de te trouver au plus vite. Tu dois absolument aller la rejoindre.
— Est-ce grave ? lui demanda-t-il accroupi à sa hauteur, les mains posées sur les petites épaules d'Hákon.
— Je ne sais pas. Tout ce qu'elle m'a dit est de te retrouver et de te dire que tu dois absolument aller auprès d'elle dans ton alcôve.

Iona ! Son état s'était-il aggravé ? pensa-t-il, soudain alarmé.

Avant de cavaler au village sur sa monture, accompagné du petit, Einarr dicta ses consignes à Gauti.

— Gauti veille à ce que l'abattage continue, je ne sais pas quand je reviendrai.
— Ce sera fait, ne t'inquiète pas. Va, il vaut mieux lui obéir !

Quand ils arrivèrent à la maison longue, Hákon s'occupa de la monture, tandis qu'Einarr pénétrait dans son alcôve sans perdre un instant. Unni le remarqua la première, alors que face à elle, Mildrun la foudroya du regard, les bras croisés. Inga et Dagmar se tenaient au pied du lit.

— Bien ! Hákon t'a trouvé assez rapidement.

— Que se passe-t-il, ici ? Pourquoi la moitié de la maisonnée est-elle dans *mon* alcôve ? fulmina-t-il les poings serrés sur ses hanches.

Il les observa toutes deux, l'une après l'autre. Unni fut, comme à son habitude, calme, sereine et sûre d'elle, le toisant droit dans les yeux. Mildrun ne cacha pas sa colère. Quant aux deux autres, elles étaient très embarrassées.

— Mildrun refuse de suivre mes ordres concernant les soins à donner à ma Petite.

Einarr se tourna vers elle, puis Iona, ensuite vers Mildrun, de retour sur Iona.

À part si elle le porte dans son cœur, Unni est rarement familière avec quelqu'un, d'autant plus s'il est étranger ! Bizarre !

Iona avait-t-elle donc une grande importance pour Unni ? Il fronça les sourcils tout en continuant d'étudier la jeune femme. Ses yeux étaient un peu dégonflés, mais pas encore assez pour pouvoir les ouvrir. Les hématomes sur son visage avaient changé de couleur.

Du presque noir, ils étaient passés à bleu violet. Einarr se demanda si elle dormait toujours. Néanmoins, Iona entendait tout ce qui se disait dans la pièce.

Elle n'arriva pas non plus à émettre un seul son, mais le fait d'entendre la voix de sa chère Mildrun, sa tutrice, l'empêcha de céder à la panique. Elle ne connaissait cependant pas les autres voix, parlant norrois !

Où suis-je ? Qui sont ces gens ? J'aime bien la voix de la dénommée Unni. Elle est douce et apaisante. Je l'ai déjà entendue quand je me suis retrouvée dans l'eau parfumée, certainement un bain ! Maintenant, la voix de cet homme est revenue. Je l'ai entendu le jour du bain. Qui est-il ?

Einarr se passa les doigts dans les cheveux. Par Óðinn, il avait tellement à faire avant vintr[51] ! Pourquoi ces deux femmes devaient-elles constamment se *chamailler* ?

— Quel est le problème, cette fois-ci ?

Les deux femmes répondirent en même temps.

— Une à la fois ! Bien ! Unni ?
— Cette petite a besoin de soins, des remèdes, mais Mildrun me l'interdit ! Elle ne veut pas que je la touche, que je pose mes mains sur elle ! Comment la guérir, si elle m'en empêche ?
— Mildrun, pourquoi refuses-tu son aide ? Elle est parmi nous depuis de nombreuses ár. Tu la connais, pourtant ! Elle était déjà ici quand tu as séjourné chez nous !
— Iona est chrétienne !
— Et ?
— Je ne veux pas qu'elle ait des soins païens !

Einarr n'en crut pas ses oreilles. Refuser des soins à cause d'une religion ?

— Es-tu devenue chrétienne, toi aussi ?
— Oui ! affirma-t-elle avec foi.
— Je peux donc te demander si c'est à cause de *tes* convictions, ou de celles de Iona que tu lui refuses les médications ? Peux-tu réellement répondre à sa place ?
— Je la connais, c'est suffisant. N'oublie pas que je suis sa tutrice !

---

51   Hiver.

— Toi, n'oublie pas qu'elle est l'invitée de Einarr et qu'il vous a sauvées toutes les deux, l'interpella Unni.

Mildrun eut l'air embarrassé :

— Je t'en serai toujours reconnaissante, Einarr, pour tout ce que tu as fait pour nous deux ! Mais comprends-moi : je ne peux agir contre l'enseignement de la Sainte Église.
Einarr soupira. Elles l'épuisaient toutes les deux !

— Quel est ce soin, Unni ?
— Je veux qu'on lui prépare un bain, dans lequel j'ajouterai des herbes et ferai appel à Frigg[52] pour hâter sa guérison !
— Je ne veux pas qu'elle fasse appel à Frigg ! s'insurgea Mildrun.

Ainsi, il se prénomme Einarr ! Qui est-il ? Mildrun semble bien le connaître. Pourvu qu'il décide qu'on me donne ce bain. Fichtre, j'en ai trop envie !

Je me sens toute poisseuse. S'il te plaît, Einarr, accepte qu'on me le donne ! Je m'en fous que la dénommée Unni fasse appel à Frigg ou même à tous les dieux nordiques. Je veux ce bain !

Einarr étudia à nouveau le visage de Iona, tout en écoutant les deux femmes. Il lui avait semblé qu'elle réagissait aux paroles. Au niveau des yeux surtout, malgré qu'ils soient fermés. Comme si elle essayait de les cligner.

---

[52] Elle était la déesse de l'amour, du mariage, de la maternité et pouvait prédire l'avenir de chacun, également associé à la guérison.

Il avança vers le lit, sans plus tenir compte des arguments de Unni et de Mildrun. Il se pencha vers sa protégée, plaçant une de ses mains à côté de la tête de Iona, il prit de son autre main celle de la jeune femme.

— Que se passe-t-il, Einarr ? s'inquiéta Unni.
— Iona est réveillée. Je suis certain qu'elle nous entend !
— Pardon ? demanda Mildrun.
— Oui, elle nous entend et réagit. Ce sera donc elle qui prendra la décision ! Un bain avec les herbes de Unni ou le refus de Mildrun ? Comprend-t-elle le Norrœnt ?

Enfin quelqu'un qui demande mon avis ! Merci, Einarr !

— Mais voyons ! Tu ne peux pas exiger cela de Iona ! Elle est souffrante, je te signale ! Elle ne sait pas ce qui est bon pour elle ! s'énerva Mildrun et oui elle comprend notre langue.

Quoi ? Comment ça, je ne sais pas ce qui est bon pour moi ? Je veux ce bain !

— Je ne dirais pas comme toi. Je suis d'avis qu'on lui demande.

Voyant qu'elle voulait s'opposer à sa décision, il la coupa dans son élan.

— Non, c'est Iona qui décidera !

Dieu, je vais embrasser cet homme !

— Iona, commença-t-il d'une voix très douce, vous m'entendez, n'est-ce pas ? Serrez ma main, pour répondre.

Elle la pressa en signe d'affirmation. Einarr tourna la tête vers Mildrun.

— Tu vois qu'elle m'entend ! C'est elle qui prendra la décision et ce sera ainsi à chaque fois que cela te plaise ou non, Mildrun.

Mildrun pinça les lèvres. Tout ceci prenait une tournure qui ne lui plaisait pas.

— Crains-tu, Mildrun, de perdre ton pouvoir sur Iona ? demanda Unni. Tu peux être sa tutrice tant que tu veux, mais nous, ici, Einarr et moi, lui offrons son mot à dire. Elle sait mieux que quiconque comment elle se sent et ce qui est bon pour sa guérison ; son corps le lui dicte.

— C'est ridicule ! Elle n'est pas ce genre de guérisseuse !

— Pas besoin d'être guérisseuse seiðkona pour juger ce qui est bon.

— Arrêtez de vous *chamailler*, toutes les deux ! ordonna Einarr. Sinon, sortez de mon alcôve. Est-ce clair ? Vous croyez que c'est bon pour elle de vous entendre vous disputer ainsi ?

Il se retourna à nouveau vers la jeune femme.

— Iona, avez-vous envie d'un bain ?

Elle pinça très fort la main du jeune homme à la voix si douce.

J'espère qu'il comprend que c'est même plus qu'une envie !

Einarr rit tout bas à la réaction de la jeune femme. Il était évident qu'elle le souhaitait plus que tout.

Merci, mon Dieu, il m'a comprise !

— Iona, Unni est notre guérisseuse, mais aussi notre seiðkona. Comprenez-vous ce mot ? Bien ! conclut-il après qu'elle eut répondu. Elle veut vous faire prendre un bain avec des herbes, faire appel à Frigg pour hâter votre guérison. Acceptez-vous ce qu'elle vous propose ?

Elle fit comprendre que oui. Einarr, souriant très largement, se tourna vers Unni :

— Iona vient d'accepter tes soins. Tu peux faire préparer son bain.
— Tu ne peux pas sérieusement demander l'avis de Iona. Elle n'a pas les idées claires, tenta Mildrun.

Einarr posa sa main sur le front de la jeune blessée, puis sur sa joue. Elle était fraîche, d'une douceur veloutée, comme une peau de pêche. Il dut se faire violence pour retirer sa main. Iona, en plus, semblait réagir à son toucher. Einarr fronça les sourcils.

— Elle n'est pas fiévreuse ; sa peau est bien fraîche. Elle peut donc prendre cette décision en toute conscience. Elle aura son bain et je ne veux plus en discuter ni entendre d'arguments. Est-ce clair, Mildrun ? J'ai accepté de plaider ta demande, de rester ici avec elle, auprès d'Alvaldr, ce qu'il a accepté.

Pourtant, tu sais aussi bien que moi que ton père désirait plus que tout ton retour auprès des siens. Lui, en retour, a plaidé ta cause auprès de ta mère pour qu'elle accepte *ta* décision. Je te conseille vivement de ne pas jouer avec ma patience, sinon je te renvoie auprès des tiens.

— Mais…

— Il n'y a pas de *mais* ! Tu acceptes mes décisions, que cela te plaise ou non. J'ai assez à faire pour nous préparer à la venue de Skammdegi. Je n'ai ni le temps ni le loisir de m'occuper de tes constantes chamailleries avec Unni, que tu mettes en cause toutes les décisions qu'elle prend en tant que guérisseuse, surtout pour des broutilles de ce genre !

C'était *toi* qui m'avais demandé de l'emmener, mais n'oublies pas que c'était *ma* décision d'accepter, ce qui la met sous *ma* protection. Maintenant, préparez-lui ce bain !

Je la porterai jusque-là. Ensuite, avec l'aide de Inga et de Dagmar, vous pourrez le lui donner. Faites-moi appeler pour la ramener ici. Après cette mise au point, je ne veux plus être dérangé pour vos disputes, sinon tu retournes chez ton père. Vous fatiguez un homme !

Inga et Dagmar se pressèrent de quitter les lieux pour préparer le bain de la jeune blessée qu'Einarr emmena plus tard. Unni se pressa de la couvrir avec la cape la plus chaude du jeune homme pour la protéger du froid.

Bien que le trajet jusqu'à la maison des bains ne soit pas bien long, la différence de température était importante et Iona risquait de prendre froid. Mildrun, quant à elle, continuait à broyer du noir.

Pendant que les femmes s'occupaient du bain de Iona, Einarr, espérant un peu de tranquillité, alla se rafraîchir dans le skáli où il trouva son père. Que permettrait à un homme d'obtenir un moment de paix ?

Observant les traits tirés de son fils, il se risqua à l'interroger. Einarr, affalé au fond de son siège, souffla de désespoir, les yeux fermés. Après une longue gorgée d'öl, il répondit enfin, à contrecœur :

— Mildrun !
— Mais encore ?
— Elle est farouchement opposée aux soins qu'Unni prodigue à Iona.

Leifr haussa les sourcils d'étonnement :

— Elle s'y oppose ? Quelle idée ! Que lui prend-il ?
— Unni veut faire appel à Frigg pour hâter la guérison.
— Logique, il me semble. Où est le souci ? Qui veut-elle invoquer, à la place ? Unni est la mieux placée pour ce détail, non ?
— Mildrun s'est convertie au christianisme et ne veut plus entendre parler de nos pratiques *païennes* ! Ce sont ses mots.

Leifr écarquilla grand ses yeux.

— Chrétienne, dis-tu ? Nos pratiques ancestrales n'ont plus aucune valeur à ses yeux ?
— Non plus aucune.

Le Jarl renifla de dégoût.

— Comment se fait-il que tu y sois mêlé ? C'est une histoire de femmes !
— Unni a envoyé le jeune Hákon avec l'ordre de la rejoindre au plus vite. Tu sais tout comme moi qu'il vaut mieux obéir, quand cela vient d'elle.

Son père affirma.

— Ensuite ?
— Elles se chamaillaient, argumentaient et pendant qu'elles parlaient, j'ai constaté qu'Iona était totalement réveillée. Elle n'arrive pas encore à ouvrir les yeux, mais peut pincer les paupières. Je lui ai laissé la décision.

Leifr rit de bon cœur.

— Et laquelle a-t-elle prise ta petite protégée ?
— Un bain avec les herbes et l'aide de Frigg ! Unni *jubilait*, je peux te l'assurer. D'ailleurs, j'en ai une autre à t'apprendre.
— Ah oui ? Quoi donc ?
— Unni lui a donné un surnom.
— À Mildrun ?
— Mais non : à Iona !
— Lequel ?
— *Ma petite*. Je t'avoue que cela m'a étonné. Et toi ? Un souci ?
— Bjǫrn.
— Comment cela *Bjǫrn* ?
— Il n'est pas mon fils.

Einarr n'en crut pas ses oreilles.

— Il l'est depuis quinze ár, je te signale !
— Il ne l'est pas et ne l'a jamais été. C'est le fils de Dagfinnr ! Tu étais présent, non ? Tu l'as entendu aussi bien que moi et tous les autres. Il n'est pas le mien !

Qu'avaient-ils tous, aujourd'hui ? S'étaient-ils passé le mot pour qu'il perde du temps à des *chamailleries*, des états d'âme, pendant qu'il avait tant de choses à faire ?

— Tu l'as reconnu à sa naissance, tu l'as mis sur le sol, tu l'as regardé, vérifié qu'il soit robuste et viable, sans défaut, pris dans ta cape et aspergé d'eau. Ensuite, devant tous, tu lui as donné le nom de Bjǫrn, fils de Leifr, fils de Sigurdr. Tu l'as fait devant témoins. Il restera ton fils que tu le veuilles ou non : c'est la loi.

— Mais moi et tous les autres maintenant, savons qu'il ne l'est pas et que j'ai été trahi par mon meilleur ami et cette femme ! Oh et puis comment pourrais-tu comprendre ? Tu n'as ni épouse ni enfant !

— Ce que je comprends, par contre, c'est que Bjǫrn est également secoué par ce que nous avons appris. Ne crois-tu pas qu'il a besoin de toi, en ce moment ? Tu es le seul père qu'il connaisse depuis sa naissance. Il t'admire, te respecte ! Ne crois-tu pas qu'il serait aussi perdu que toi ?

— Il n'est pas mon fils ! Comment peux-tu exiger que je le considère comme tel ? cria Leifr.

— Ne l'as-tu pas fait pour Thoralf et Svein ? Tu les as recueillis, puis adoptés, après le trépas de leur père ! Ils n'avaient plus de parents, vu que leur mère était décédée depuis ár !

— Ce n'est pas pareil !

— En quoi ? Dis-moi, *en quoi* n'est-ce pas pareil ? Tu crois que Bjǫrn a demandé ce qui s'est passé ? Il en est autant victime que toi !

— Tu ne vas quand même pas m'obliger à l'aimer ! hurla Leifr.

— Je ne t'oblige pas à l'aimer, uniquement à ne pas le rejeter. Il ne mérite pas cela ! Que deviendra-t-il ?

— Cela n'est pas *mon* problème. Il peut aller trouver cette femme, sa mère.

— Elle est bannie !

— Et alors ? Je ne vois pas où est le problème !

— Bjǫrn ne l'est pas. Il n'a rien fait pour mériter cela ! Tu le sais parfaitement.

— Il n'est pas mon fils ! Sa vue me rend malade ! Je veux qu'il quitte ma demeure !

— Tu n'as pas le droit de faire cela !

— Ah non ? J'ai *tous* les droits et toi tu me dois le respect ! Je suis non seulement ton Jarl, mais aussi ton père !

Furieux, Einarr se leva en renversant brusquement la chaise. Il devait absolument quitter cette pièce, mais avant, il se retourna et lança à son père :

— Tu veux que je te respecte ? Bien ! Dans ce cas, comporte-toi comme un père, mais surtout en *Jarl*, parce que là, devant moi, il n'y a ni l'un ni l'autre. Je ne vois qu'un pleurnichard !

— Comment oses-tu ?

— J'ose parfaitement ! Je te préviens : tu chasses Bjǫrn, je quitte également *ta* demeure.

— Ne me pousse pas, Einarr, surtout, *ne me pousse pas* ! s'époumona Leifr, très en colère.

Mais le jeune homme, les poings serrés, le défia du regard. Après toutes les nombreuses erreurs de son père, le mépris qu'il développait soudainement pour son cadet restait pire que tout, inadmissible, pour l'aîné ! Bjǫrn le respectait, l'admirait, le considérait même comme son héros, son modèle.

Dagmar prit son courage à deux mains pour s'approcher de Einarr. Unni l'avait envoyée. Elles avaient toutes les trois terminé les soins de la Skotar. Il fallait la ramener au lit. Elle avança de deux pas.

— Einarr ? se hasarda-t-elle.

Celui-ci, toujours en colère, le regard foudroyant, se retourna vivement vers la jeune servante.

— Quoi, encore ? Ne peut-on pas avoir la paix, ici ? cria-t-il.

S'apercevant qu'il s'agissait de Dagmar, recroquevillée, il se calma.

— Excuse-moi, Dagmar. Tu ne mérites pas ma colère. Que puis-je pour toi ?
— C'est Unni qui m'envoie, car nous avons terminé avec la jeune femme. Unni demande que tu viennes nous aider, chuchota-t-elle anxieuse.

Après un dernier coup d'œil vers Leifr, Einarr prit la direction de la maison des bains. La jeune femme était couchée sur un banc, déjà emmitouflée dans sa cape. Unni le fixa.

— J'irai lui parler après. Il finira par entendre raison.
— Crois-tu, demanda-t-il tandis qu'il continuait à observer sa protégée.
— Oui, il finit toujours par entendre raison, mon garçon, toujours.

Einarr fit oui en soupirant.

— Si tu le dis, se résigna-t-il, le regard maintenant plongé dans celui de la guérisseuse. J'espère seulement que tu puisses avoir raison. Bjǫrn ne mérite pas son mépris. Il n'a rien à se reprocher.

— Rien, effectivement. Ne t'inquiète pas, Bjǫrn a un bel avenir, dit-elle en souriant.

Einarr lui sourit en retour.

— Bien ! Porte donc cette petite au lit. Elle a grand besoin de repos. Elle s'est endormie, il y a peu.

Einarr souleva Iona et la ramena dans son alcôve.

Après avoir veillé à ce qu'elle soit bien installée, Unni se dirigea vers le skáli où elle trouva Leifr toujours en colère. Sentant sa présence, il se tourna vers elle. Elle lui lança un regard plutôt méprisant et cela le dérouta, le blessa.

C'était pour lui totalement incompréhensible. N'était-il pas le Jarl, celui à qui l'on devait le respect, qu'on devait écouter ? Unni leva le menton, puis un sourcil. Par Óðinn ! Savait-elle lire ses pensées ?

— Que veux-tu, Unni ?
— Dois-tu vraiment poser cette question ? Depuis quand brasses-tu du vent, *Jarl* ?
— Dit ainsi, on le prendrait pour une insulte !
— Probablement parce que l'homme que j'observe assis-là ne ressemble pas à un Jarl !

Piqué par ces paroles, Leifr foudroya Unni. Qu'avaient-ils tous ?

— Regarde-toi, Leifr ! Où est passé le *Jarl* ? Ne viens pas te plaindre et surtout, arrête de geindre ! Tout est de ton fait ! C'est *toi* qui as désobéi aux Nornes, pas les autres !

Tu n'en as fait qu'à ta tête, dans la fougue de la jeunesse. Tu as laissé ta virilité prendre le dessus ; tu as agi comme un animal en rut. Maintenant, tu veux punir deux innocents pour tes actes irréfléchis ? Honte à toi, *Jarl Leifr Sigurdrson* !

Leifr eut la décence de se détourner, mais Unni n'en avait pas fini avec lui, malheureusement :

— Tu n'as aucun droit de punir Bjǫrn ! Ton devoir est de parfaire son éducation en tant que père. Quoi que tu en penses, tu l'as reconnu selon nos rites et nos lois. Il ne tient qu'à toi de te parjurer, mais je ne te laisserai pas apporter la honte à notre clan. *Jamais* ! Entends-tu ?

Les coupables, *les seuls coupables*, ont été jugés et la sentence exécutée. J'aimerais également te remémorer les paroles des Nornes, ce qu'elles t'ont dit lors de ta visite, la veille du départ de Einarr : *Ton fils aura des projets qui lui tiendront très à cœur. Tu dois les accepter ouvertement, devant tous. Si tu ne le fais pas, tu vas le perdre, tu perdras tout, pas uniquement ton fils.*

Notre avenir à tous repose entre les mains de Einarr. Ne le sous-estime pas, sinon tu cours à ta perte. Je te laisse réfléchir à tout ceci. Ne t'en prends plus à Bjǫrn et surtout pas à Einarr. Tu lui dois des excuses. Tu ferais bien de te mettre au travail, il y a encore beaucoup à préparer avant l'arrivée de Skammdegi.

Leifr hocha la tête honteusement. Après un dernier regard, Unni quitta la maison longue. Elle aussi avait encore maintes occupations.

Einarr se dirigea vers l'écurie. Il restait encore un peu moins d'un æt[53] avant le coucher du soleil et encore des

---

[53] Le jour où la journée en tant que période de 24h, était divisée en æt. Les 24 heures de la journée se décomposent en 8 ættir de 3h environ, portant chacune un nom.

arbres à abattre. À mi-chemin, il s'arrêta net, remarquant son frère assis sur un ballot de paille, les épaules affaissées. Il devait avoir entendu les cris qu'il avait échangés avec leur père. Einarr soupira. Il avait hâte que cette journée se termine.

— Bjǫrn ?

Le jeune homme se retourna vivement, affichant un visage triste, l'esprit perdu. Einarr avança doucement vers lui en soupirant.

— Tu as entendu ?
— Je crois bien qu'on vous a entendus jusqu'au lac !
— Crois-tu ? Il est loin ! remarqua-t-il en observant en direction de l'étendue d'eau.
— Vous ne vous êtes pas entendus ! ricana-t-il. Vous ne vous êtes jamais disputés aussi violemment. Et pourquoi ? Pour moi, un fils sans parents. Ce n'est pas la peine de prendre ma défense : je ne suis rien, même moins qu'un þræll.

Einarr s'assit à côté de son frère. Il l'observa un petit moment. Il devait être totalement perdu, ne possédant plus un seul repère.

— Je pensais tout ce que j'ai dit, Bjǫrn ! Tu étais mon frère,
hier et tu l'es aujourd'hui, puis tu le resteras demain. Pourquoi cela changerait-il ? Hum ?

Bjǫrn le fixa incrédule.

— Tu me demandes pourquoi ? Je suis le fils et le cadet de celle et celui qui ont tenté de te tuer. Je ne suis même pas ton demi-frère, puisque celui que je croyais être mon père, ne l'est pas.

Einarr, plissant les paupières, scruta au loin, vers les montagnes.

— Tu sais, Bjǫrn, tu n'es pas Gudrun ni Rókr mais simplement *toi*, uniquement. À toi de voir quel homme tu veux devenir. Thoralf n'est pas mon frère non plus. Pourtant, c'est ainsi que je le considère depuis toujours, lui expliqua-t-il en vrillant son regard sur le sien.
— Parle pour toi. Mais les autres pensent que je suis le *bâtard*, dont la mère a été bannie.
— À toi de voir, Bjǫrn : veux-tu de moi en tant que frère aîné ? Je ne t'oblige pas, car c'est à toi de décider. Soit, tu restes ici sur ce ballot à te morfondre jusqu'à souffrir de la froideur de nos nuits. Soit, tu te lèves, selles un cheval et tu viens m'aider à terminer le travail d'aujourd'hui.
— Je ne m'occuperai pas de l'avis des autres. C'est ta façon d'agir qui fera de toi l'homme que tu deviendras, que les autres verront ! intervint Thoralf, sans qu'aucun des deux l'eurent entendu arriver.

Einarr le remercia d'un clin d'œil.

— Moi aussi, je te considère comme mon frère, Bjǫrn, continua-t-il. Que tu le veuilles ou non, te voilà flanqué de deux grands frères insupportables. On t'en fera voir de toutes les couleurs lors des entraînements, jusqu'à te faire crier grâce.
On rigolera gentiment lors de tes émois amoureux, mais tout en te donnant malgré tout quelques conseils, surtout moi, en fait ! Einarr ne sait pas s'y prendre avec les

femmes ! On va faire de toi un guerrier farouche, un excellent négociant. Je te préviens, on s'occupera de toi très attentivement.

Bjǫrn sourit enfin. Les deux hommes qu'il admirait le plus l'acceptaient, après la débâcle d'il y a quelques jours.

— Dès la vika prochaine, on va t'entraîner à l'épée, à la hache et à l'arc. Au vár, on t'embarquera ensuite avec nous. Il est temps de parfaire ton éducation.

Le visage du jeune Bjǫrn s'illumina. Il se savait entre de bonnes mains, à présent ! Il remercia Thoralf d'un sourire reconnaissant.

— En fait, Einarr, reprit ce dernier, je te cherchais. Callum souhaiterait te parler. J'ai vu Mildrun se rendre chez lui et maintenant, il aimerait bien avoir une petite discussion avec toi.

Einarr haussa les sourcils.

Quoi encore ? pensa-t-il, la tête baissée. *Quand cette journée va-t-elle se terminer ?*

Il se redressa en soupirant, puis partit en direction de la maison de frère Callum. Il trouva le prêtre devant son habitation, assis sur un banc en admirant la vue. Il ne lui semblait pas contrarié. Mais à vrai dire, il avait toujours un visage paisible.

— Callum, tu désires me parler ?
— Ah, mon garçon ! J'admirais ce paysage. Je ne m'en lasse pas. Ne trouves-tu pas qu'il a un effet reposant ?

— Tu m'as fait demander pour admirer le paysage ? Désolé, je n'ai pas le temps, j'ai à faire.

Le moine soupira.

— Effectivement, ce n'est pas pour parler du paysage que j'ai demandé à te parler. Viens, entrons. J'ai un bon fromage de ma confection à te faire goûter. Nous parlerons tout en le dégustant.

Du fromage pour m'amadouer ! J'aurais tout vu aujourd'hui !

Einarr entra dans l'habitation, voulant en finir le plus rapidement possible. Le jeune homme avait l'impression de négliger son devoir envers son clan, vu ce qu'il restait à accomplir.
Callum prit le fromage, le plaça sur le banc à côté de Einarr, puis mit également du pain et un couteau. Servant ensuite un peu d'öl à son jeune ami, il s'installa également.

— Mildrun est venue me parler.

Nous y voilà !, se dit-il en fixant le prêtre, attendant la suite.
Callum chercha une réaction sur le visage de son jeune ami, en vain. Il n'y avait rien, même pas de l'ennui !
Il inspira avant de continuer.

— Tu te doutes bien de quoi elle m'a parlé, n'est-ce pas ?
— J'ai ma petite idée.
— Oui, j'en suis certain.

— Viens-en au fait, Callum. J'ai maintes choses à faire avant la fin de la journée !

— J'ai écouté patiemment Mildrun. Je dois t'avouer que je ne la connais pas bien, mais toi, oui, depuis de nombreuses ár, mon garçon. Je veux donc avoir ta version.

Éberlué, Einarr fixa le prêtre.

— Tu veux *ma* version ? Celle d'un *païen* ? Tu es sérieux ?

— Ce qu'il y a de plus sérieux !

— Comment expliques-tu cela ? Une bonne chrétienne vient te voir, mais c'est *ma version* que tu veux entendre ?

— Oui, c'est exactement cela ! Je te connais, tu as toujours eu un très grand respect pour mes convictions. Tu as accepté de venir à mon secours quand j'en avais besoin.

Tu m'as trouvé cette maison, offert ta protection et ton aide. Tu es allé à l'encontre d'une décision prise par Angus, le père de Daividh, pour moi, pour m'aider. Tu as sauvé mon salut. J'ai une totale confiance en toi. Donc oui, je veux connaître *ta* version.

Einarr opina en scrutant attentivement le prêtre. Il prit le temps de couper à chacun un morceau de fromage.

— Je l'ai fait comme jadis au monastère.

— Il est excellent ! Tu t'es bien souvenu de la recette. Ce fromage est une des choses que j'ai énormément appréciées quand j'étais chez Angus.

— Tiens, prends un peu de pain. Dis-moi exactement ce qui s'est déroulé avec Mildrun.

— J'ai comparé cela à un combat d'autorité entre Unni et Mildrun. J'ai tranché en laissant la jeune femme décider.

Callum rit de bon cœur.

— Ainsi, tu ne prenais le parti d'aucune des deux ! Bien joué, mon garçon ! Je suis fier de toi. Mais Mildrun ne le voit pas de cette façon, tu sais.

— Je m'en doute ! Callum, je respecte et je veux bien comprendre qu'elle se soit convertie. Mais ici, Unni est notre guérisseuse et notre seiðkona. Elle a un grand pouvoir ; on la respecte énormément. Elle a même plus d'influence et de pouvoir que mon père, le Jarl.

Constatant qu'Iona était éveillée, je l'ai laissé prendre la décision. Elle sait exactement qui est Unni et c'est elle qui a tranché. Que voulais-tu que je fasse ? Il y a déjà assez de tension dans la demeure de mon père depuis notre retour. Je ne veux pas en ajouter. Nous avons encore tant à faire, alors je n'ai ni le temps ni l'envie de me préoccuper de ses états d'âme ou de son imagination.

Mildrun doit s'adapter à notre mode de vie. Tu l'as bien fait, toi, un prêtre ! Jamais tu ne te plains. Tu ne nous juges pas ; tu nous respectes. Ne peut-elle pas en faire de même ? Une Norrœnir en plus ! Doit-on lui rappeler ? Elle s'adapte ou je la renvoie chez son père. Transmets-lui ce message.

— Avant que tu ne partes, explique-moi ce que tu veux dire avec *son imagination*.

— Elle s'imagine qu'on lui vole sa petite protégée, alors que c'est elle qui nous a suppliés de les emmener ! soupira-t-il, conscient qu'il arrivait à saturation.

Il se frotta ensuite les yeux, puis poursuivit en lui redemandant :

— Que voulais-tu que je fasse ?
— Suis ton intuition. Elle t'a toujours été de bon conseil. Je vais parler à Mildrun. Je ne te promets pas qu'elle s'adaptera, mais nous pouvons essayer. Tu sais, je

comprends que tu veuilles faire pour le mieux, que la guérison de Dame Iona est ta priorité. Renvoyer Mildrun chez son père ne serait pas une si mauvaise idée, tu sais.

— Elle est la tutrice de Iona et elle ne la laissera jamais ici. Je suis responsable de sa sécurité.

— Ne t'inquiète plus ! Je me charge de Mildrun. Comme tu me l'as dit, tu as tellement de choses à faire. Vaque à tes occupations. C'est bien plus important pour notre survie.

Einarr hocha la tête en soupirant profondément. Il était las de toutes ces tensions. Il prit un nouveau morceau de fromage qu'il partagea avec le prêtre.

— Il est très bon, ce fromage, Callum.

Le moine sourit au jeune homme. Il vit bien qu'il était sous tension, ayant entendu sa dispute avec son père.

— As-tu trouvé une solution pour Bjǫrn ?

Le visage de Einarr se crispa.

— Toi aussi, tu as tout entendu ?
— Oui, à partir du moment où vous avez commencé à élever la voix.
— Je crains qu'il veuille chasser Bjǫrn de sa demeure. Je ne peux rien faire ; il est le Jarl et mon père.
— Si cela peut vous aider, toi et Bjǫrn, il peut venir ici. Je l'accueillerai avec joie. C'est un bon garçon, totalement perdu. Il n'a plus aucun repère.
— Merci, Callum, pour Bjǫrn. Si besoin, je te l'amène. Je vais te quitter, maintenant, dit-il en se levant. Merci pour le fromage.

— Va en paix, mon fils.
— Puisse-t-Il t'entendre ! Bonne soirée.

La journée s'acheva sous un coucher de soleil morose. Malgré l'impression d'une journée perdue à n'accomplir aucune tâche, il se sentait si épuisé ! Il décida de prendre un moment de détente dans un bain. Après cela, il rejoignit la grande maison pour le repas du soir sur le point d'être servi.

Sur le chemin, il rencontra à nouveau Thoralf qui accompagnait Bjǫrn et Svein. Quand Einarr leur emboîta le pas, il les vit se diriger vers son père. Par Óðinn ! Il s'inquiétait d'un nouvel affrontement qu'il avait préparé mentalement. Si le Jarl décidait de bannir son petit frère, il le suivrait, quoi qu'il lui en coûte.

— J'ai entendu que tu allais t'entraîner avec tes frères ? demanda Leifr à Bjǫrn.

Einarr plissa les paupières. Avait-il bien entendu ? Son père avait-il dit *tes frères ?*

— Oui, c'est ce qu'ils ont décidé.
— Tu es en de bonnes mains. Si besoin, tu peux venir me trouver, fils !

Einarr soupira, ayant une pensée pour la seiðkona : *Merci, Unni, les dieux sont avec* toi.

Tous s'installèrent d'humeur joyeuse pour le repas. Einarr, décontracté, en profita pleinement.

Enfin, il allait pouvoir se retirer ensuite pour la nuit ! Après cette journée difficile et éprouvante, il ne désirait qu'une chose : dormir !

Entrant dans son alcôve, il s'arrêta net. *Oh non, quoi encore ?* Sa mère se tenait près du lit où Iona était allongée.

Il remarqua qu'elle avait un bol dans les mains. Elle tourna la tête vers son fils et vit son regard interrogateur.

— Je viens de lui faire manger un peu de bouillon. Elle avait faim.
— Tu constates aussi quand elle est éveillée ?

Sa mère sourit.

— Je dois avouer qu'elle me tendait la main, chose qu'on ne fait pas quand on est endormi. Ne crois-tu pas ?
— Comment se fait-il que ce soit toi qui la veilles ?
— Mildrun s'est retirée de très mauvaise humeur. Einarr, cela ne peut pas continuer ainsi !

Non, pas ce soir, je veux la paix !

— Iona est-elle endormie ? demanda-t-il pour changer de sujet ?
— Oui, elle a besoin de se reposer pour prendre des forces, lui répondit-elle tout en étudiant l'expression de son fils. Je sais que *tu as* eu une très rude journée, mon fils. Je suis au courant. Je sais également que tu as parlé avec Bjǫrn et Callum.
— Y a-t-il des choses qui t'échappent, parfois ?
— Très peu, en vérité. Mais j'ai une chose à te dire : tout ce qui concerne la maisonnée est de mon autorité. Si Mildrun ne s'adapte pas, je la renvoie chez notre père. J'étais très heureuse que tu l'aies retrouvée, mais je ne la reconnais plus.
— Elle a vécu des moments difficiles, Mère !
— Certes, mais cela ne peut pas l'excuser d'oublier les règles de l'hospitalité ! Elle est chez moi, ici. Cela ne lui plaît pas ? Elle retourne chez notre père.

— Oui, Mère ! Je te comprends. Ne pouvons-nous pas en parler demain ? Je suis las, j'ai eu ma part, pour aujourd'hui.

— Certes, tu as raison. Excuse-moi, se repentit-elle en caressant tendrement la joue de son fils. Repose-toi. Tu en as bien besoin. On en reparlera plus tard.

Ástríðr quitta la pièce.

Einarr se tourna vers Iona et ferma les yeux. Elle ne dormait pas et avait tout entendu ! Il secoua la tête, désemparé.

Ainsi, Mildrun a retrouvé sa famille ! Elle se trouve donc chez la sœur de sa tutrice, mais cela ne semble pas se passer très bien. Alors Einarr est son neveu ? pensa Iona, pendant ce temps-là, tandis qu'elle entendait son hôte se préparer pour la nuit.

En effet, pour l'heure, il passa outre ce détail et se déshabilla, déroula sa paillasse et souffla enfin les bougies. Il craignait, néanmoins, de voir le lendemain arriver, avec son lot de soucis.

Très rapidement, elle entendit la respiration de son sauveur devenir régulière. Il s'était endormi. Fatiguée, elle fit de même.

Chapitre 4

Pendant ce temps-là, dans le túath de Iona en Alba

— Donc, tu prétends que vous avez été attaqués par des Nortmans ? demanda Daividh au chef des mercenaires.

Celui-ci se faisait appeler *Capitaine*, mais n'était qu'un guerrier se vendant au plus offrant. Devant lui se tenait le genre d'homme que Daividh méprisait plus que tout !

— Oui, Messire, une horde de sauvages féroces venus du Nord, précisa-t-il, à genoux, tenu en respect par la garde de Daividh.

Il scruta attentivement le hameau situé aux abords du donjon. Toutes les chaumières étaient intactes, ainsi que le moulin un peu plus à l'écart. Dans l'enceinte, il n'y avait pas de dégâts non plus. La forge, les écuries, la pièce d'armes, même la chapelle n'avaient subi aucun pillage.

— Une horde, dis-tu ? Combien étaient-ils, selon toi ?
— Bien une quarantaine, Messire.

— Autant ? Alors, explique-moi comment une quarantaine de *sauvages féroces venus du Nord* n'ont rien pillé, brûlé ni tué ? Hum ?

L'homme maintenu agenouillé suait, mal à l'aise, le regard fuyant.

— Probablement n'ont-ils rien trouvé à leur goût, excepté mon seigneur et les deux femmes ! tenta-t-il.

Daividh le gifla.

— Je sais que tu mens !
— Je vous jure que non, Messire. Pourquoi vous mentirais-je ?
— Mais pour cacher la véritable raison de ta présence et celle de tes hommes, ici, dans le túath de ma chère cousine, devina Daividh, un sourire mauvais en coin, avant de se pencher vers le *Capitaine*.

Tu vas me dire ce qu'il en est exactement, ou il t'en coûtera. Personne ne s'en prend à ma chère cousine sans en payer les conséquences. Je vais t'avouer une chose : je tiens toujours mes promesses ! chuchota-t-il à l'oreille du mercenaire.

Se redressant, il observa autour de lui et aperçut un jeune serf se dirigeant vers le chenil. Il se tourna vers Aidan, son capitaine :

— Amène-moi ce garçon, mais surtout, empêche-le de nourrir les chiens.

L'homme exécuta l'ordre sans attendre et rapatria fermement l'enfant auprès de Daividh.

— Comment te nommes-tu, mon garçon ?

— Iain, Messire.

— Dis-moi, Iain, quand ont-ils été nourris la dernière fois ? demanda-t-il en indiquant le chenil du doigt.

— Depuis hier, Messire. Je suis en retard. J'aurais dû les nourrir plus tôt, ce matin, avoua le serf, le regard baissé. Je ne les oublierai plus, Messire.

— N'aie crainte. Je vais t'ordonner d'attendre encore un peu.

Il redirigea toute son attention vers le mercenaire, car il savait qu'il mentait. Il avait reçu la missive de Dame Mildrun. Elle ne contenait absolument pas la même version. C'était, à vrai dire l'opposé.

— Bien, puisque tu ne veux pas me dire la vérité, je vais devoir trouver un moyen pour te faire cracher le morceau, n'est-ce pas ?

Le mercenaire déglutit bruyamment, paniqué. Daividh le fixa droit dans les yeux, très déterminé. Puis observa le chenil. Les chiens étaient réellement affamés, excités par l'odeur de viande dans le baquet du jeune Iain.

— Mettez-le avec les chiens, ordonna-t-il. Ils vont certainement apprécier la viande fraîche. De bons chiens de chasse méritent une proie vivante, n'est-ce pas ? N'êtes-vous pas du même avis que moi, *Capitaine* ?

L'homme agenouillé devant Daividh blêmit. Il venait de comprendre les intentions du mormaor.

— Pitié, Messire, supplia-t-il.

Tout en ayant encore les yeux fixés sur le chenil, Daividh s'adressa à l'homme agenouillé.

— Tu réponds à mes questions sans mentir et j'envisagerai de te laisser la vie, lui assura-t-il en se retournant vers la potentielle victime. Commence par me révéler pourquoi Gillespie était ici, malgré mon interdiction ?
— Pour protéger la jeune *donzelle*, Messire ! Seule, avec tous ses prétendants convoitant son héritage, il se devait d'être son protecteur !
— Emmenez-le au chenil, ordonna Daividh.
— Nooooon, je vous jure, Messire ! Pitié ! Je vais dire la vérité, pleurnicha l'homme. Il voulait la forcer à l'épouser, continua-t-il en sanglotant. C'était pour lui le seul moyen d'arriver à ses fins.
— Toi et tes mercenaires étiez ici pour quelle raison ?
— Nous devions nous emparer du donjon et prendre l'autorité sur les hommes de Dame Iona, admit le pleurnichard.

Daividh examina cette vermine avec dégoût.

— Épouser ma cousine, malgré mon refus ? Croyait-il réellement que j'allais accepter ?
— Il voulait l'*engrosser* le plus rapidement possible, de force, si nécessaire, chuchota-t-il.

Furieux de ce qu'il entendit, Daividh attrapa le mercenaire par son encolure, approchant le visage du mécréant à hauteur de ses yeux.

— Si besoin, la violer pour pouvoir l'épouser ? Est-ce ce que tu essays de me dire ?

L'homme hocha nerveusement la tête. De grosses gouttes de sueur perlèrent sur son front.

— Maintenant, explique-moi cette histoire de Nortmans.
— Gillespie, voyant que Dame Iona refusait de l'épouser, qu'elle le regardait avec dédain et mépris, a contacté un Nortman.

Il l'a payé cent pièces d'or pour occire la donzelle, le blessant lui légèrement pour faire croire qu'il l'avait défendue. Il a promis au Nortman qu'il n'y aurait aucune résistance.

Ils pouvaient piller le hameau, la chapelle, prendre tout ce qui a de la valeur, ainsi qu'enlever toutes les femmes et jeunes filles. Mais rien ne s'est déroulé comme prévu ! Le soir de leur venue, je cherchai dans tout le donjon après Dame Mildrun qui semblait avoir disparu.

Après mes recherches infructueuses, je me suis rendu dans la chambre de Dame Iona où Gillespie devait se trouver. Or celle-ci était vide et il y avait des signes de lutte.

Personne n'a vu Dame Iona et les autres quitter les lieux ni vu les Nortmans. Nous avons alors fouillé tout le donjon, puis le hameau, mais n'avons rien trouvé.

J'ai sellé une monture pour suivre le Tay en aval, là j'ai vu un navire se diriger vers l'estuaire. Il m'aurait été impossible de revenir ici, prendre des hommes pour aller à leur poursuite. Ils étaient trop loin. C'est la vérité, Messire. Je vous le jure, pleurnicha-t-il.

Grâce au Ciel, ils ne connaissent pas les passages secrets ! pensa le mormaor, soulagé.

— Quel genre de navire était-ce ? Un pour les attaques ou un pour le commerce ?
— Je ne vois pas de quoi vous parlez ! C'était un navire de ces sauvages !

— Sa forme était-elle basse, allongée et étroite avec des boucliers ou au contraire plus large et un peu plus haut ?

— Il était très rapide et pas haut du tout. Ils ramaient, malgré la voile.

— Un snekkja, donc, un navire de combat.

Le mercenaire le scruta sans comprendre. En quoi était-ce important ? Les Nortmans avaient enlevé les deux femmes et Gillespie !

— Pour quelle raison cherchais-tu Dame Mildrun ?

Il refusa de répondre.

— Emmène-le au chenil, Aidan ! ordonna-t-il à son bras droit.

— Pitié, Messire. Dame Mildrun avait constamment ce même regard dédaigneux quand elle posait les yeux sur moi. Dame Iona ayant dit qu'elle était malade et alitée, j'ai voulu aller la trouver, lui faire payer son attitude. Une Nordique, une barbare me méprisant ainsi, je ne pouvais pas le tolérer.

— Tu comptais lui faire *payer* comment ?

— Je voulais la violer, puis la passer à mes hommes.

Une gifle magistrale vint frapper le mercenaire.

— Qu'on l'attache au pilori, qu'on dénude son dos et qu'on m'apporte mon fouet ! ordonna-t-il. Amenez tous ses hommes, qu'ils voient de quelle façon nous traitons les mécréants !

Il s'avança vers le pilori en déroulant son fouet qu'on lui trouva très rapidement.

— Dix coups de fouet pour désobéissance, dix pour mauvais traitements aux serfs et vilains de ce túath, puis vingt pour avoir eu l'intention de me tromper sur toute cette histoire. Aidan, tu comptes les coups !

— Un, deux, trois…

On n'entendait que les bruits du fouet et la voix d'Aidan. Le dos du mercenaire n'était plus que sang, mais pas un son, pas un gémissement ne sortit de sa bouche. Après le vingt-cinquième coup de fouet, il s'évanouit.

— Lancez-lui un seau d'eau sur la tête, ordonna Daividh. Je le veux conscient tout au long de son châtiment !

Le mercenaire se réveilla mouillé. Il aura fallu l'asperger trois fois au cours de sa punition. Le bruit des claquements ne s'amoindrissait pas pour autant et ensanglantait toujours plus l'homme châtié !

Satisfait de cette besogne, Daividh rendit son arme de cuir à son écuyer.

— Enfermez les mercenaires dans les cachots, mettez-les à l'eau et au pain, ordonna-t-il en examinant le blessé avec mépris. Quant à lui, laissez-le au pilori.

Qu'il serve d'exemple. Voilà ce qu'il advient de ceux qui me désobéissent ! Aidan, suis-moi, lança-t-il.

Les deux hommes se dirigèrent vers leurs montures. Quittant le donjon, Daividh prit la direction du fleuve en aval. À mi-chemin entre le túath et l'estuaire, ils s'arrêtèrent.

— Pourquoi était-ce si important de savoir quel navire est venu ici ?

— Tu vois, Aidan, ils sont venus en snekkja. Il est rapide, possède en plus de sa voile, jusqu'à vingt bancs de rameurs, très utiles pour repartir rapidement.

Or, ils n'ont pas attaqué. Ce mécréant, ayant vu le navire dans l'estuaire, est un indice sur la rapidité du navire, un knǫrr[54] aurait été moins rapide.

Aidan hocha la tête comprenant où Daividh voulait en venir.

Les deux hommes firent demi-tour vers le donjon. Ils se rendirent ensuite dans la grande salle. Daividh s'assit sur le siège seigneurial sur l'estrade, Aidan à sa droite.

Une servante vint leur offrir de l'hydromel. Daividh réfléchit, son index droit tapotant sa bouche. Au bout d'un long moment, il se tourna vers son voisin et lui demanda :

— Dis-moi, Aidan : je te paie cent pièces d'or, je t'offre l'opportunité de piller, de saccager un hameau, une chapelle pleine de richesses en or, sans compter tout ce que tu vois ici autour de toi qui vaut pas mal de pièces.

Que tu puisses emmener toutes les femmes disponibles. Je te promets même que personne ne t'arrêtera. Mais tu dois également occire une jeune femme et blesser un homme, afin de donner le change. Que fais-tu ?

Aidan prit un moment pour réfléchir.

— J'emmène avec moi tout ce qu'il est possible d'emporter, femmes, y compris. Par contre, j'enlève la fille pour une demande de rançon, surtout en découvrant que celle-ci est la cousine du mormaor. Elle vaut plus vivante que morte.

---

[54]   Le plus connu des navires marchands.

Daividh hocha la tête.

— Sais-tu pour quelle raison les Nortmans incendient les habitations ?
— Non, Messire.
— Parce qu'on va en premier tenter d'éteindre le feu, au lieu d'essayer de les rattraper. Astucieux, tu ne trouves pas ?
— Oui, effectivement. Mais pourquoi ces questions, Messire ?
— Il y a un souci avec le récit du mercenaire, avec toute cette histoire, en fait. Pourquoi se sont-ils contentés d'emmener trois personnes alors que tant de richesses se trouvaient à portée de main ?

Aidan fronça les sourcils : *Oui, pourquoi, effectivement.*

— À quoi pensez-vous, exactement ?
— Je ne sais pas encore. Mais il y a un élément que je ne trouve pas, mais qui expliquerait le tout.

Daividh continua ses réflexions, toujours en tapotant ses lèvres de l'index.

— Que disait le message de Dame Mildrun, déjà ? *Dame Iona et moi sommes en grand danger. Gillespie s'est emparé du donjon avec des mercenaires. Nous nous mettons en sécurité jusqu'au printemps prochain.* Pourquoi jusqu'au printemps ? Cela n'a pas de sens !
— Sauf si elles sont parties avec les Nortmans ! Mais je ne les vois pas bien emmener deux femmes pour les mettre en sécurité !

Daividh tourna vivement la tête vers Aidan.

— Répète ce que tu viens de dire !

— Je ne vois pas bien des Nortmans emmener deux femmes pour les mettre en sécurité, précisément jusqu'au printemps, en plus.

Pour une rançon, oui, avec, à la rigueur, cette date limite, ce qui suppose une issue incertaine pour elles... ! développa-t-il. Mais nous en aurions déjà eu la demande. Mais pour les cacher, ainsi mettre leur vie en sécurité…

— Tu sais d'où est originaire Dame Mildrun ?

— Rygjafylke, il me semble. Je ne sais pas bien où c'est.

— Mais moi je sais ! Connais-tu son nom en entier ? La fille de qui est-elle ?

— Attendez que je réfléchisse… Il me semble que c'est Alvaldrdóttir.

Daividh faillit suffoquer à cette nouvelle.

— Elle serait une des filles d'Alvaldr Eríkson, murmura-t-il. Aidan, tu peux en être certain, elles sont bel et bien en sécurité et reviendrons au printemps.

Elles ne peuvent pas plus tôt, à cause de l'hiver. Les Norrœnir, tous bons marins qu'ils sont, n'arrivent pas traverser la glace avec leurs navires. Elles reviendront, je te le promets.

Daividh redevint songeur. Il aurait dû comprendre plus tôt. Ce scélérat de Gillespie avait contacté le seul Nortman qu'il aurait dû éviter : Einarr Leifrson, le petit-fils d'Alvaldr. Jamais il n'aurait accepté d'occire une femme, quelle qu'elle soit. C'était un homme d'honneur.

Avait-il compris qu'Iona était sa cousine, celle de son ami ? Einarr aurait donc accepté le marché, non pas pour occire Iona, mais pour la protéger ! Mais pourquoi emmener Gillespie ? S'était-il mis en travers de son chemin ? Daividh rit intérieurement.

— Qu'est-ce qui vous fait sourire, Messire ?

Daividh, le regard plein de malice, se tourna vers son bras droit.

— Einarr Leifrson !
— Mais pourquoi Einarr ? Quel est le rapport entre lui et Dame Mildrun ?
— Il est le petit-fils d'Alvaldr Eríkson tu le sais bien ! Il est le père de Dame Mildrun.
— Gillespie s'est foutu dans un vrai sac de nœuds, me semble-t-il, la seule personne à éviter ! Vous êtes certain que c'est Einarr ? Alvaldr Eríkson peut aussi bien avoir fait la traversée.
— Non, en cette saison, Alvaldr s'occupe de toutes ses responsabilités de Jarl. S'il avait été le Nortman contacté, ce dont je doute, il aurait demandé à Einarr de s'en charger. Je l'imagine au quotidien, avec Iona, ajouta-t-il, hilare.

Ma cousine a plutôt les griffes acérées ! Ce n'est pas très gentil de se gausser d'un ami, surtout après un tel service. Mais en l'imaginant entre les mains de Iona, c'est plus fort que moi…
— Honnêtement, Messire, des deux, qui croyez-vous qui est le plus à plaindre, finalement.

Daividh arrêta de rire.

Fichtre, Aidan pouvait bien avoir raison ! Que la volonté du Seigneur soit faite ! pensa-t-il. *Advienne ce qu'il advienne.*

Pendant ce temps-là, en Rygjafylke

Unni entra dans l'alcôve où elle trouva Iona éveillée, assise dans le lit. Elle étudia ce beau visage avec beaucoup d'attention. Les hématomes avaient disparu.

C'était surtout ses grands yeux en amande de couleur pervenche qui attiraient l'attention, ainsi que sa très longue chevelure couleur des rayons de lune. Einarr avait sauvé une très belle jeune femme.

— Bonjour, ma petite.

Dagmar lui tenait compagnie, car Einarr refusait de la laisser seule, veillant à ce qu'uniquement des personnes de confiance restent auprès de sa protégée.

— Bonjour. Vous êtes Unni, n'est-ce pas ? demanda la convalescente qui reconnaissait le timbre de sa soigneuse.

Elle était très étonnée qu'une femme d'un si grand âge puisse posséder une voix aussi jeune. Il était difficile d'estimer l'âge qu'elle pouvait bien avoir.

Sa peau ressemblait à du très vieux parchemin. Ses longs cheveux étaient aussi blancs que la neige ! Ses yeux d'un bleu nuit pétillaient de malice, en ce moment.

— Oui, ma petite. Je suis Unni. Je suis heureuse de te voir éveillée. Comment te sens-tu ?
— Mieux, mais respirer me fait encore très mal. Ma voix me gratte la gorge. J'ai l'impression de ne pas la reconnaître.

Unni lui répondit oui, puis ajouta :

— C'est que tu reviens de loin, ma petite. Ta respiration douloureuse vient de tes côtes. Il faut leur laisser le temps de bien se remettre. Quant à ta voix, dans quelques jours, elle ira mieux. Je te le promets.

Iona sourit en réponse. Elle avait hâte de se rétablir ; le temps lui semblait si long, alitée.

— Désires-tu un bain, mon enfant ?

Iona la regarda avec étonnement. Un bain ? Cela ne faisait même pas une semaine qu'elle en avait pris un, lui semblait-il.

— J'en ai eu un, il n'y a pas très longtemps, non ? Est-ce pour ma guérison ?
— Je peux y ajouter des herbes, si tu le désires, même si cela n'est plus vraiment nécessaire. Vois-tu : nous avons la coutume d'en prendre au moins un chaque vika !

Grâce aux différentes routes de commerces qu'Einarr nous a ouvertes, nous avons des pains de savon aux parfums délicats, ainsi que de nombreuses huiles pour enduire le corps, lui chuchota-t-elle, malicieuse. Cela te tente ? Je suis certaine qu'Ástríðr ou Einarr voudront bien t'en offrir.

Quelle perspective alléchante ! Les yeux de Iona brillaient d'anticipation. Elle avait déjà entendu parler de ces huiles, mais n'en avait jamais fait l'expérience.
— Vous croyez que ce serait possible ? s'enquit-elle enthousiaste.
— Mais certainement, ma petite ! Pourquoi en serait-il autrement ? dit Unni souriante. Attends, je vais aller en demander à Ástríðr.

Unni quitta l'alcôve avec l'intention de trouver Ástríðr, mais c'est Einarr qu'elle croisa en premier.

— Mon garçon, tu vas me rendre un service.

Einarr haussa les sourcils ; Unni avait toujours une façon bien personnelle de *quémander* son aide.

— Que puis-je pour toi ?
— Il me faut absolument un de tes pains de savon, ainsi que de l'huile, un ayant un doux parfum subtil. Tu vois ce que je veux dire ? Il me le faut tout de suite.

Einarr s'étonna de cette demande. *Unni veut un parfum subtil ? Aurait-elle fait une conquête ? Difficile de se l'imaginer.*

— Ce n'est pas pour moi, mais pour notre petite invitée. À quoi penses-tu donc !

Einarr rit intérieurement. Effectivement, à quoi pensait-il ! *C'était donc pour Iona !*

— Pour quand les voudrais-tu ?
— Mais maintenant, tout de suite ! Je te l'ai déjà dit.
— Ils sont dans un coffre, dans mon alcôve. Tu peux te servir.
— Non, non, viens avec moi. De toute façon, tu vas devoir m'aider. Il faut amener Iona à la maison des bains. Sais-tu où se trouve ta mère ? La petite aurait grandement besoin d'une autre chemise.
— Je viens de la voir se diriger vers la réserve de farine. Retourne auprès de Iona, je t'y rejoins avec Mère.

Quand il réapparut avec sa mère dans son alcôve, il proposa à Unni de choisir les produits qu'elle désirait pour Iona. Celle-ci farfouilla délicatement, huma chacun des pains et des huiles à la recherche de la perle rare.

Puis un large sourire se dessina sur son visage quand elle trouva le parfum parfait à souhait. Einarr fronça les sourcils lui trouvant un air très mystérieux !

Elle se retourna vers Einarr :

— Trouve-moi une pince à épiler, veux-tu.
— Une pince à épiler ? Mais tu en as une, il me semble !
— Pas sur moi. Tu as bien cela dans un de tes coffres, non ?

Einarr soupira. Quand Unni avait une idée en tête, il valait mieux céder rapidement à ses demandes. Il alla vers un autre de ses coffres pour lui trouver une pince à épiler.

— Je te l'offre, Unni, pas utile de me la rendre.
— Oh, mais ce n'est pas pour moi, c'est pour la petite, dit-elle, arborant un très large sourire. Maintenant, si tu veux bien porter notre invitée jusqu'à la maison des bains. Nous en aurons pour un bon bout de temps. Je te ferai demander quand on aura terminé.

Il se dirigea vers Iona qui l'attendait assise sur le bord du lit, emmitouflée dans sa cape la plus longue et la plus chaude. Elle leva vers lui ses yeux pervenche dans lesquels il découvrit de l'embarras, mais également des excuses d'être dépendante à ce point de lui. Elle rougit en baissant la tête.

— Vous permettez, Iona ?

Elle fit oui.

Avec l'aide de Unni, d'Ástríðr et de Inga, Iona fut baignée. Les trois femmes passèrent un très long moment aux soins de sa longue chevelure, vint ensuite sa toilette corporelle. Unni avait choisi un pain de savon au parfum de jasmin. Iona aimait beaucoup cette senteur. Elle se détendit avec ces trois femmes.

Elles parlèrent et *rigolèrent* comme si elles se connaissaient depuis toujours. Elle aimait particulièrement la voix d'Ástríðr : douce, calme et maternelle.

Celle-ci lui souriait souvent, tendrement, affectueusement, presque maternellement. Tout cela avait manqué à Iona, de se sentir dorlotée par un cœur maternel. Était-ce parce qu'elle connaissait les joies d'être mère qu'Ástríðr savait les lui montrer ? Mildrun a toujours été très affectueuse envers elle, mais pas de cette façon.

Après son bain, Inga lui brossa longuement les cheveux pour les sécher, pendant qu'Ástríðr lui épila les sourcils. Ceci était nouveau pour Iona. Jamais elle n'avait entendu parler d'une telle coutume. Ástríðr lui expliqua que c'était pour mettre la forme de ses yeux en valeur.

Malgré l'inconfort de cette pratique, Iona la laissa faire. Inga l'aida à s'installer sur un banc, couchée sur le ventre et commença à l'enduire d'huile en la massant. Que c'était divin ! Cette pratique leur venait des voyages que d'autres Nortmans avaient effectués en terre de Miklagarðr[55].

Les Norrœnirs s'y connaissaient en soins corporels ! Il n'y avait plus de doute dans l'esprit de la jeune femme. Ceci démentait la réputation qui les précédait ! Jamais elle ne s'était sentie aussi bien.

---

[55]   Constantinople en vieux norrois.

Après avoir massé et huilé son corps entièrement, Inga l'aida à revêtir la chemise offerte par Ástríðr. Celle-ci avait de magnifiques broderies à l'encolure.

Ástríðr lui fit des tresses, laissant une grande partie de ses cheveux libre, à la mode Norrœnir. Iona se sentit toute revigorée ! À la demande de Unni, Inga les quitta pour quérir Einarr. Il était temps de la ramener.

De retour dans la chambre, Iona fut confortablement installée par Ástríðr, mais soupira, morose.

— Aurais-tu un souci, mon enfant ? s'inquiéta Ástríðr.

— Je ne veux pas vous sembler ingrate, mais voyez-vous, je me sens inutile. Jamais je ne suis restée ainsi sans m'occuper. Je m'ennuie terriblement.

— Je te comprends, mais Unni refuse que tu quittes ce lit. Je t'avoue que personne n'ose lui désobéir !

— J'ai constaté cela. N'auriez-vous pas un travail d'aiguille

à me donner ? Au moins, cela m'occuperait !

— Il y a bien du ravaudage, mais ….

— Oh oui, s'il vous plaît, la coupa-t-elle. Je vous en prie, Ástríðr ! Cela m'aiderait à passer le temps, supplia la jeune femme.

— Cela ne te dérange vraiment pas ?

— Non, pas du tout. Je vous en supplie : amenez-moi tout ce que vous pouvez trouver.

Ástríðr sourit. L'aide de Iona lui serait bien utile, effectivement.

— Je reviens. Mais ne viens pas te plaindre après ! Vu la maisonnée, le travail est conséquent.

— Ne vous inquiétez pas.

Ástríðr quitta la pièce en souriant. Elles ravauderaient les vêtements ensemble, au moins jusqu'au moment où elle devrait veiller à la préparation du repas du soir.

Plus tard, Einarr les trouva toutes les deux, riant de bon cœur, ravaudant une pile de vêtements énorme. Il y en avait partout sur le lit, ainsi qu'au sol. Le jeune homme étudia sa petite protégée. Coiffée ainsi, on l'aurait aisément prise pour une Norrœnir.

Ses cheveux étaient vraiment très longs, d'une couleur exceptionnelle, un blond tellement clair qu'ils ressemblaient aux rayons de la lune quand elle était pleine. Il n'en avait jamais vu de pareils ! Ses grands yeux en amande pétillaient de malice. Quelque chose avait changé sur son visage, mais il n'arrivait pas à saisir quoi, exactement. Mais son regard avait changé.

Tout en l'étudiant, il écouta ce que sa mère lui racontait. Il fronça les sourcils. C'était ses frasques à lui qu'elle narrait à la jeune femme qui riait de bon cœur !

Il lui faudrait avoir une petite conversation avec sa mère.

Iona, sentant un regard posé sur elle, releva les yeux. Ceux de Einarr se vrillèrent aux siens ! L'intensité la fit rougir, mal à l'aise par ce que cela provoquait en elle.

Elle baissa la tête. Ástríðr sentant le changement de la jeune femme, se tourna vers l'entrée de l'alcôve où elle trouva son fils bras croisés contre le mur.

— Me cherchais-tu ?
— Pas exactement, Mère. Je vais prendre un bain à l'étuve, alors je venais prendre de nouveaux vêtements. Je vois que vous vous êtes trouvé une occupation, toutes les deux, dit-il en examinant les vêtements éparpillés sur le lit.

Ástríðr suivit son regard et réalisa qu'effectivement elles avaient bien avancé dans le ravaudage. Elle sourit, satisfaite de leur travail, puis se figea.

— L'étuve, dis-tu ?
— Oui, Mère ! La journée a bien avancé.
— Aurais-je passé tout mon temps ici ?

Ástríðr fut au comble de la confusion. Elle aurait dû superviser la préparation du repas, donner ses ordres. Au lieu de cela, elle était restée tout ce temps ici, dans l'alcôve, à discuter et à rire avec Iona. Pire ! Son fils aîné venait de la surprendre, lui qui détestait la fainéantise plus que tout.

Einarr semblait avoir deviné les pensées de sa mère.

— Mère, ce n'est pas comme si tu n'avais rien fait ! Il me semble que vous avez passé pas mal de temps à des travaux d'aiguille. Vous avez ravaudé tout ce temps toutes les deux ?
— Oui, effectivement, dit-elle en examinant, pour la première fois, la pile de vêtements sur le lit. Iona m'a gentiment aidée ! N'est-ce pas, ma fille ?

Iona la fixa en hochant la tête, n'osant toujours pas regarder du côté de Einarr. Sa taille impressionnait la jeune femme.

Après un dernier coup d'œil vers Iona, il se dirigea vers un de ses coffres, prit des vêtements, puis quitta la pièce. Sa protégée souffla de soulagement. Ástríðr scruta la jeune femme.

— Il est impressionnant, je sais, dit-elle tendrement.
— C'est un géant ! s'exclama Iona.

— Je n'irais pas jusque-là, mais j'avoue qu'il est un des plus grands que je connaisse. Il est même plus grand que mon père. Iona, voudrais-tu que je prenne mon repas avec toi ? Tu te sentirais moins seule. Après, si tu veux, nous pouvons continuer ou faire autre chose. Qu'en penses-tu ?

— Cela me ferait grand plaisir. Vous savez ce dont j'ai envie ?

— Non, dis-moi.

— Une partie de tafl !

Ástríðr fut très étonnée par cette requête. Cette petite Skotar connaissait ce jeu de plateau ! Certainement l'influence de Mildrun. Que connaissait-elle d'autre concernant leur mode de vie ?

— Malheureusement, je suis une piètre joueuse. Mais si tu veux, je peux le proposer à Einarr. Il y excelle !

— Non ! s'exclama Iona, avant de se reprendre promptement. C'est que, il a certainement des choses bien plus importantes à faire ! Il est si intimidant, dit-elle d'une toute petite voix.

Je ne voudrais pas le déranger. Il a déjà fait tellement pour moi, je ne souhaite pas être une gêne pour lui. On peut continuer à ravauder, cela ne me dérange pas, Ástríðr.

Ástríðr étudia l'expression de la jeune femme en souriant. Elle reconnut bien la confusion qui habitait cette dernière. Elle était comme elle, jadis, en présence d'un homme ! Mais son fils *intimidant* ? Oui, d'une certaine façon. Personne ne le connaissait aussi bien que sa mère, mis à part Unni, naturellement.

— Qu'aimes-tu faire, mon enfant ? demanda Ástríðr tendrement, posant une main sur celle de la jeune femme.

— J'adore broder, mais ce que je préfère par-dessus tout, c'est de tisser !

Ástríðr lança un regard circulaire à l'alcôve de son fils.

— Einarr n'apprécierait pas la présence d'un métier à tisser dans cette pièce. Il n'aurait plus de place.
— Vous voulez dire que je me trouve dans son alcôve ? Mais…
— Ne t'inquiète pas, ma chère enfant, la coupa Ástríðr. Tu ne peux avoir de meilleure protection que la sienne !

Iona se sentit en pleine confusion. Se trouver dans la chambre d'un homme, autre que son époux, était totalement inconvenant, à moins, naturellement, qu'il passât ses nuits ailleurs ! Mais elle n'osait pas poser la question. Elle avait bien un vague souvenir d'une présence, mais il se pouvait que ce soit son imagination.

Ástríðr revint plus tard, portant un plateau avec leurs repas : un ragoût de poulet à l'öl et du pain ! Iona, affamée, fit honneur à ce délicieux plat. Après qu'une servante eut débarrassé, Ástríðr offrit à la jeune femme un bout de tissu en lin, des fils de plusieurs couleurs et une aiguille. Iona fut comblée par ce présent ! Sans attendre, elle se mit à broder des guirlandes de fleurs.

C'est ainsi qu'Einarr la trouva : assise contre la tête de lit, une multitude d'oreillers dans le dos, brodant avec une grande concentration. Elle était tellement prise par son travail qu'elle n'avait même pas remarqué que le jeune homme venait de pénétrer dans l'alcôve.

Il étudia la physionomie de sa jeune protégée pendant qu'elle activait ses doigts. La tête légèrement penchée vers l'avant, ainsi que vers la droite, les yeux rivés sur son ouvrage, il constata, hormis ses doigts, que ses lèvres bougeaient également. Elle les pinçait, mordait sa lèvre inférieure ou souriait. Ce tableau était vraiment attendrissant !

Iona finit par lever les yeux et rencontra ceux de Einarr. Comment était-il possible de se sentir à ce point prisonnier de ce regard pervenche ?

Einarr avança vers le lit.

— N'êtes-vous donc pas fatiguée après cette première journée chargée, Iona ?

— Je... Voyez-vous ? J'aimerais faire cette broderie quand votre mère n'est pas présente. C'est un présent pour la remercier. Elle est si douce, si gentille... Elle me rappelle un peu ma mère, se remémora-t-elle, soucieuse. Croyez-vous que ce soit mal de la comparer à ma mère ?

— Pourquoi le serait-ce ?

Pense-t-elle cela parce qu'Ástríðr est Norrœnir ?

— C'est que j'aimais énormément ma mère. N'est-ce pas la trahir que de comparer une autre femme à elle, d'éprouver les mêmes sentiments ? J'aime beaucoup Ástríðr.

Einarr s'approcha du lit et s'accroupit à hauteur de Iona. Il fixa la jeune femme, perdue dans ses émotions.

— Vous ne l'oubliez pas pour autant, n'est-ce pas ? Votre mère est toujours dans votre cœur, malgré l'affection que vous avez pour la mienne ?

— Oui, bien sûr ! Jamais je ne pourrais l'oublier !

— Je ne crois pas que votre mère vous en voudrait. Peut-être est-ce elle qui a placé Ástríðr sur votre route ! Y avez-vous pensé ? Peut-être veut-elle vous sortir d'une certaine solitude !

Jamais vous n'oublierez l'amour ni l'affection qu'elle vous a donnés, j'en suis certain. Mais vous avez le droit d'ouvrir votre cœur à d'autres. Vous voyez en Mère une figure maternelle, probablement parce que vous en avez besoin !

— Vous avez certainement raison, finit-elle par répondre, après réflexion. Oui, vous devez avoir raison.

— Puis-je voir ce que vous lui brodez ?

Iona montra, non sans fierté :

— Voyez-vous ? Une fois que cette guirlande de fleurs sera terminée, j'aimerais y ajouter, dans le cercle au milieu, un navire Norrœnir, ainsi qu'une partie du donjon de mon père. Ce sont des fleurs qui poussent chez moi, en Alba.

Einarr étudia la broderie. Il n'avait jamais vu un travail d'aiguille aussi fin. Il reconnut parfaitement les fleurs brodées par la jeune femme.

— Pas mal de ces fleurs poussent également ici. Unni pourrait vous apprendre les noms qu'elles portent chez nous et leurs propriétés médicinales. C'est très beau ! Mère sera comblée par ce présent. Elle apprécie, avant tout, ce qui vient du cœur !

Il lui rendit la broderie et se releva.

— Avant que vous ne partiez, pourrais-je vous poser une question ?

Il se retourna vers la jeune femme :

— Que désirez-vous savoir ?

— Pourquoi ne m'avez-vous pas occise ? Gillespie vous a payé pour cela, non ? Au lieu de cela, je me retrouve ici, choyée, soignée, nourrie. Alors pourquoi ? J'aimerais comprendre.

Einarr reprit la position qu'il venait de quitter.

— Ce n'est pas moi qui ai accepté ce marché, mais mon frère Rókr.

Iona le fixa d'un air incrédule.

— Votre frère ?
— Oui. Il avait accepté ce marché avec Gillespie. Je crois même qu'ils se sont rencontrés, étant donné qu'il m'a dit que je n'étais pas Rókr quand je suis entré dans votre chambre.
— Pourquoi a-t-il changé d'avis ?
— Rókr ne l'a pas fait !
— Mais alors, que s'est-il passé ?

Einarr détourna la tête, mais pas assez vite pour cacher à la jeune femme sa lueur de tristesse. La tête baissée, il garda le silence en soupirant. Iona tendit la main pour prendre celle du jeune homme. Elle continua d'une voix très basse :

— J'ai besoin de comprendre !

Il leva la tête, la fixant dans ses grands yeux.

— Rókr m'avait demandé de l'accompagner. Selon ses dires, il avait passé un accord très fructueux, si fructueux qu'il avait besoin de mon navire, nettement plus grand que le sien. J'ai accepté, formé mon équipage, puis nous avons pris la mer.

C'était tard dans l'année, mais n'étant pas si éloigné, la traversée pouvait encore se faire avant les grosses tempêtes que l'on rencontre en cette saison.

Un des hommes, Ólafr, exigé par Rókr, nous a prévenus, mon bras droit et moi, que Rókr comptait m'occire avant notre arrivée au Fjǫrðr du fleuve Tay. Expliquant également quelle était la véritable raison du voyage.

Sur nos gardes, Thoralf et moi, tenions Rókr discrètement à l'œil. Une nuit, il a tenté de me poignarder dans mon sommeil. J'ai tué mon frère !

— Vous vous êtes défendu ! Ce n'était pas un meurtre. Je vous en prie, continuez.

— Avec mon équipage, nous avons décidé de faire prisonnier Gillespie, de l'emmener ici pour en faire un þræll.

— Vraiment ? demanda-t-elle, les yeux écarquillés.

— En vérité, je comptais venir vous prévenir du danger. Mais on redoutait que vous ne puissiez pas croire un Norrœnir, d'autant plus qu'on comptait venir de nuit. C'est Gauti, un de mes hommes, qui a eu l'idée de résoudre le problème à la source.

Arrivés au donjon, Thoralf, Oddvakr et moi-même avons rencontré Mildrun. Je dois vous avouer que nous étions très secoués en la voyant. Elle ressemble tellement à Mère qu'on a cru que Loki nous jouait un de ses tours.

C'est ainsi que nous vous avons trouvée dans votre chambre, en présence de Gillespie. Il était impossible de vous abandonner : vous aviez perdu connaissance et étiez très blessée.

— Et Gillespie ?

Einarr s'esclaffa ! Iona était subjuguée !

— Il est ici et nettoie nos porcheries et nos latrines. C'est une idée d'Oddvakr.

Iona, d'abord étonnée, s'esclaffa également. Imaginer Gillespie à l'œuvre à des tâches si ingrates la comblait de bonheur.

— J'ai une autre question à vous poser. Normalement, vous pourriez demander une rançon. Vous devez savoir que j'appartiens à une famille qui a beaucoup de pouvoir, ainsi que de richesse.

Einarr retrouva son sérieux et la fixa intensément.

— Jamais je ne me pardonnerais de trahir un ami.

Iona, stupéfaite, ouvrit la bouche d'étonnement. Reprenant ses esprits, elle demanda alors :

— Vous connaissez Daividh, mon cousin ?

Einarr se passa les doigts dans les cheveux.

— Daividh est un excellent ami. Nous nous connaissons depuis notre enfance.
— Mais comment ?
— Le comment est une autre longue histoire que je vous conterai une prochaine fois. Sachez que Daividh et moi avons passé trois ár chez Alvaldr, mon grand-père, pour parfaire notre éducation.

Nous, les Norrœnir, nous ne devenons pas page ni écuyer, mais on nous apprend très jeune le maniement des armes, ce que Daividh a appris chez mon grand-père. Alvaldr est le père de ma mère. Ensuite, j'ai passé deux ár en Alba, auprès d'Angus, pour continuer mon apprentissage.

— Vraiment ? Auprès d'Angus ? Avec Daividh ?

Iona n'en crut pas ses oreilles ! Daividh avait séjourné ici, dans ce pays, pendant trois ár !

— Qu'avez-vous appris chez Angus ? Vous ne maniez pas les armes de la même façon ?

— Disons que nous avons échangé nos savoirs. Il a également exigé que j'apprenne à lire et écrire.

— Vous savez *lire et écrire* notre langue ?

— Oui, ainsi que le latin que j'ai appris avec frère Callum, un moine au service d'Angus.

— Je l'ai rencontré deux fois. Il accompagnait Angus lors de ses visites dans notre tuath. Ce qui m'a profondément troublée chez frère Callum était sa grande tristesse dans les yeux. Il ne semblait pas très heureux d'être au service de mon oncle. Il a mystérieusement disparu, il y a trois ár.

Einarr eut un sourire dépité.

— Oui, on peut dire cela.

Il se releva, car il était temps de prendre un repos bien mérité.

— Vous devriez essayer de dormir, maintenant. Vous avez eu une longue journée. Vous devez reprendre des forces.

Il quitta l'alcôve pour que la jeune femme puisse s'endormir. Il y retournerait plus tard, pour pouvoir s'installer pour la nuit également. Personne ne lui avait confirmé ses doutes du fait qu'il passait ses nuits dans son alcôve, sur une paillasse, au pied du lit. Elle n'avait plus abordé le sujet par la suite, croyant avoir rêvé à une présence.

Chapitre 5

Iona se réveilla après une bonne nuit de sommeil. S'étirant voluptueusement, elle repensa à sa conversation de la veille avec Einarr. Soudain, elle se figea. Un homme la fixait depuis le pied du lit.

Se redressant tout en se cachant le haut du corps avec une des peaux recouvrant le lit, elle s'apprêta à pousser un cri. Mais le froc en bure, vêtement typique d'un moine, l'arrêta. Etudiant le visage du visiteur, elle resta stupéfaite. Frère Callum ! Le moine qu'elle et Einarr avaient mentionné la veille. Que faisait-il ici ?

— Je ne voulais pas t'effrayer, mon enfant. Je te prie de m'excuser. Comment te portes-tu ? Einarr m'a dit que ta guérison est en bonne voie, dit-il dans sa langue maternelle, avec ce sourire typique des moines.

— Frère Callum ! Je suis étonnée de vous trouver ici ! s'irrita-t-elle en fronçant les sourcils.

— Je comprends ton étonnement, ma chère enfant. Je vis ici depuis trois ans. On peut dire qu'Einarr m'a sauvé. Oui, on peut le dire ainsi, dit-il en hochant la tête.

Elle écarquilla les yeux.

— Depuis trois ans, dites-vous ? Depuis votre disparition ? Mais comment est-ce possible ?
— C'est une longue histoire. Avant de te la raconter, prenons notre premier repas ensemble et prions le Seigneur. Qu'en penses-tu ?

Iona acquiesça, toujours étonnée de trouver le moine au pied du lit. Elle vit alors le plateau qu'il avait amené avec lui avec un bol de gruau, du pain, du fromage, deux gobelets et une aiguière pour chacun d'eux.

Après le bénédicité, frère Callum rompit le pain et en offrit la moitié à Iona.

— Je le fais moi-même selon la recette du monastère, ainsi que le fromage. C'est un peu du pays que j'ai emmené.
— Avez-vous emporté d'autres choses de chez nous, mon frère ?

Le moine rit de bon cœur.

— Oui, mon enfant. Les plans pour fabriquer des ruches ! Je récolte le miel et j'en fais de l'hydromel. Le Jarl Leifr, le père de Einarr, le déguste avec grand plaisir !
— Einarr est le fils du Jarl ?
— Oui, son fils aîné. Du moins, depuis le décès de Rókr, mais surtout depuis les révélations de Mildrun. Une bien triste histoire.
— Einarr m'en a un peu parlé, hier soir. Il semblait aimer son frère ?
— Oui, c'est ce qui rend cette histoire encore plus triste. Ce sentiment n'était pas réciproque. Malheureusement,

Rókr éprouvait de la haine envers Einarr. Dieu seul sait pourquoi ! Einarr n'ayant jamais rien fait pour provoquer ce sentiment. Je crois que c'est à cause de la préférence de Leifr envers Einarr.

— Comment peut-il préférer un fils à un autre ?

— Ils étaient aussi différents l'un de l'autre que le jour et la nuit. Ils n'avaient pas la même mère. Rókr était le fils de Gudrun, la première épouse, puis Einarr, celui d'Ástríðr, la seconde.

Les deux garçons n'ont pas reçu la même éducation. Je dois aussi avouer qu'ils n'avaient pas du tout la même personnalité. Rókr était vindicatif, colérique, irrespectueux, impétueux, aussi. Einarr est tout le contraire. C'est même quelqu'un de très réfléchi, bon et généreux. On a même eu des fous rires, Einarr et moi ; il a beaucoup d'humour.

Cet homme au visage sévère, si imposant, aurait de l'humour ?

— J'aime beaucoup ce garçon. Il m'a sauvé la vie, surtout mon salut et mon âme.

— Vraiment ? s'étonna Iona.

— Oui, c'est bien ce qu'il a fait. C'est ce qu'ils ont fait tous les deux, Einarr et Daividh.

Iona n'en crut pas ses oreilles : Einarr *et* Daividh ?

— Mais comment ?

— Je connais Einarr depuis pas mal d'années, maintenant.

— Oui c'est ce que j'ai pu comprendre.

— Ah ? Il t'en a parlé ?

— Oui, hier soir, quand je lui ai demandé pourquoi il n'exigeait pas une rançon de Daividh.

— Oui, je vois. Je l'imagine difficilement demander cela à Daividh ! Je comprends aussi pourquoi il m'a rendu visite ce matin me suggérant de venir te voir.

Le connaissant, il n'aurait jamais trahi notre amitié en te racontant mon histoire. C'est un homme digne de confiance. Vois-tu, pour lui l'amitié et la confiance sont très importantes. Ta vie est en sécurité entre ses mains. Je peux te le jurer.

— Que vous est-il arrivé, mon frère, que vous ayez eu besoin de quitter Alba, de venir ici loin de chez vous ?

— En un mot : Angus !

— Mon oncle ? Mais comment cela ? N'était-il pas votre suzerain ?

— Cela veut-il dire que je devais tolérer ses actes en contradiction avec nos Saintes Ecritures ?

— De quoi parlez-vous ?

— Angus était un être vil, capricieux, cruel et démoniaque. Il prenait un grand plaisir aux souffrances des autres, surtout celles qu'il procurait lui-même. Il m'était impossible de rester, pour la paix de mon âme, surtout après sa dernière cruauté !

J'en ai parlé à Daividh, tout aussi ébranlé que moi. Il a réussi à joindre Einarr et tous les deux ont arrangé ma fuite. Daividh m'a accompagné au lieu de rendez-vous et Einarr m'a emmené à bord de son navire.

Depuis, je vis ici en paix parmi ces gens. Oui, mon âme a retrouvé la paix et la sérénité parmi les Norrœnirs. Cela semble bizarre, n'est-ce pas ? De la retrouver parmi des païens ! C'est pourtant le cas.

Iona était très étonnée par le récit du moine. Effectivement, comment croire une telle chose ?

— Que s'était-il passé avec Angus ?

Le moine baissa la tête. Des images du passé revinrent le hanter.

— Il a violé une jeune enfant âgée de onze ans seulement, à plusieurs reprises. Elle est morte en enfantant, murmura-t-il. Elle était trop frêle pour mettre un enfant au monde. Elle a agonisé pendant des heures ; nous étions tellement impuissants ! L'enfant n'a pas vécu. Il valait mieux, car Angus l'aurait fait disparaître, comme ses autres bâtards. Il était d'une cruauté sans pareil.

La jeune femme devint toute pâle à ce récit, suffoquant. Elle retenait péniblement ses larmes.

— Que s'est-il passé, ensuite ?
— Ayant eu un enfant hors des liens sacrés du mariage, personne ne voulait prendre en charge les funérailles de cette pauvre petite, certainement pas ses parents couverts de honte.

Daividh et moi avons creusé sa tombe en terre consacrée. Nous connaissions la vérité ! Nous avons prié ensemble pour son âme et celle de son enfant.

C'est ce que nous lui devions à la petite Deirdre. Cette nuit-là, j'ai supplié Daividh de m'aider à m'enfuir de cet enfer ! C'est ainsi que je me suis retrouvé ici, avec l'aide de Einarr.

Iona fut bouleversée par ce récit, par tant de cruauté commise par un homme qu'elle croyait respectable. Elle fixa frère Callum, les larmes aux yeux, car il restait, pour elle, une question en suspens :

— Mais les Nortmans ne sont-ils pas souvent accusés de viols ? Comment pouvez-vous trouver la paix ici, dans ce cas ?

— Ma chère enfant, un Nortman ne peut pas violer une femme libre[56] ! C'est la pendaison qui l'attend, pour ce crime !

— Mais Mildrun m'a dit qu'ils ont des esclaves de lit ! N'en était-elle pas une elle aussi ?

— Oui, elles existent, mais uniquement avec leurs consentements. Elles ne sont pas obligées de partager la couche de leur maître. Mildrun, ne l'oublie pas, n'était pas celle d'un Nortman, mais bien d'un riche négociant de Eire[57], un chrétien !

— Elle ne m'avait jamais précisé ce détail ! J'ai toujours cru qu'elle était celle d'un Nortman, ne pouvant pas admettre qu'un chrétien puisse agir de la sorte.

— Si tu savais de quoi certains sont capables, malheureusement.

— Je ne vois guère Mildrun, ces derniers temps. Est-elle toujours ici ?

— Oui, elle l'est, mais Ástríðr l'a mise au travail. Les Norrœnirs détestent la fainéantise par-dessus tout. En cette période, à l'approche de l'hiver, il y a énormément à faire.

Mildrun doit montrer un peu de bonne volonté et aider. On peut difficilement accepter qu'une femme, en bonne santé, puisse rester les bras croisés !

— Je me sens coupable de rester au lit !

— Je te défie de sortir de ce lit, mettant en doute l'autorité de Unni ! Il me semble que tu as participé ? N'as-tu pas passé ta journée à ravauder, hier ? Ástríðr n'est que louanges, te concernant ! Les obtenir n'est pas facile, tu sais !

Gênée par les paroles du moine, Iona changea de sujet.

---

[56] Une femme libre veut dire qu'elle n'est pas une esclave. Ceci n'a rien à voir avec l'état civil.

[57] Nom de l'Irlande, au IXe siècle.

— Vous avez donc trouvé la paix, ici ? Avez-vous une chapelle ou une église ?

— Non, rien de tel. Einarr m'apporte pas mal d'objets de culte qu'il m'achète lors de ses voyages. Il m'a trouvé un crucifix, une très belle bible et d'autres choses.

Il ne revient jamais les mains vides. Je lui dois énormément. Je vais te laisser, maintenant. J'ai promis à Unni de lui apporter un peu de fromage.

— Vous savez qu'elle est une seiðkona, n'est-ce pas ?

— Oui, mais elle est également une excellente guérisseuse et une personne tout à fait charmante.

Iona étudia le moine attentivement.

— Vous vous êtes fait des amis, ici, n'est-ce pas ?

— Oui, ils le sont tous devenus. Je me suis adapté et ils m'ont accepté. Certains sont vraiment devenus de Excellents amis, dont Unni. Je suis en paix, ici, comme je te l'ai expliqué.

Callum sourit chaleureusement. Oui, il était heureux ici, parmi les Norrœnir.

Iona ragea, car cela faisait deux semaines, maintenant, qu'Unni l'avait autorisée à quitter le lit. Mais Einarr lui interdisait de sortir de l'alcôve tout en prétendant qu'elle n'était pas prisonnière !

Il semblait bien qu'ils n'en avaient pas la même signification tous les deux. Sa seule sortie autorisée était pour se rendre à la maison des bains.

Sa broderie était terminée et offerte à Ástríðr qui avait été touchée par le geste de la jeune femme. Elle avait demandé à son fils de la tendre dans un cadre et l'avait suspendue dans sa propre alcôve.

Dans toute la maisonnée, il n'y avait plus rien à ravauder ! Qu'allait-elle bien pouvoir faire, maintenant ? Ravauder pour tous les autres habitants du... de... Du quoi, en fait ? Iona ne savait pas quel nom donner à la communauté du Jarl ! Un Comté ? Einarr connaissait certainement la réponse, sauf qu'elle ne voulait plus lui adresser la parole.

Unni, Ástríðr, Mildrun et frère Callum étaient les seuls à lui rendre visite. Elle se morfondait dans cette alcôve. Il lui fallait absolument de l'air frais, la lumière du jour. Sinon, elle craignait de devenir folle !

Selon Unni, ils seraient bientôt en Jolmànadr, novembre donc, traduisit Iona pour elle-même. Elle était ici depuis des semaines. Lasse, malheureuse et dépitée, elle se laissa tomber sur le lit, le regard mélancolique, dans le vide.

C'est ainsi qu'Ástríðr la trouva un peu plus tard. Compatissante, elle prit place à ses côtés sur le lit et l'entoura de ses bras. La jeune femme se mit à sangloter. La douceur et la tendresse d'Ástríðr avaient rompu l'armure qu'Iona s'était construite.

Deux jours plus tard, Ástríðr se fit réellement du souci. Depuis qu'Iona avait éclaté en sanglots dans ses bras, elle n'avait plus mangé ni quitté le lit. Elle avait les yeux dans le vague, mélancolique, triste. Plus un sourire n'apparut ni une parole prononcée.

La jeune femme pétillante et malicieuse n'était plus. Le feu qui l'animait auparavant la quitta, s'éteignit. Ne pouvant pas rester sans agir, Ástríðr s'habilla très chaudement. La neige était apparue avec ce vent glacial qui venait du Nord, recouvrant le village d'un tapis blanc, épais et froid.

Elle partit ensuite chez Unni, la seule à faire entendre raison à son têtu de fils. Elle seule pouvait l'aider à sauver la petite, la tendre et merveilleuse Iona. Unni, assise près du feu, leva la tête vers la femme du Jarl. Ástríðr n'était plus venue depuis un bon bout de temps lui rendre visite.

— Unni, je t'en supplie ! J'ai besoin de ton aide... lui adjura-t-elle, les larmes au bord des yeux. Einarr interdit à Iona de sortir de l'alcôve.

La petite se meurt, sanglota-t-elle. Je t'en prie, aide-moi. Tu ne vas pas me dire qu'il l'a sauvée d'une mort certaine pour la laisser mourir ici !

Unni s'approcha de la femme, lui posant une main sur l'épaule.

— Non, ce n'est pas ce que les Nornes ont prévu pour la petite.
— Qu'ont-elles dévoilé, alors ? Dis-moi !

Unni regarda Ástríðr avec un sourire tendre :

— Ástríðr, notre petite Iona est l'avenir de Einarr, de ce clan, mais aussi de son túath.

Ástríðr l'observa, éberluée.

— Comment dis-tu ?
— Oui, ma chère Ástríðr. Elle est notre avenir à nous tous. C'est elle qui nous sauvera.
— Mais de quoi ? *De quoi* va-t-elle nous sauver ?
— De l'avidité d'un homme qui désire devenir le roi de nous tous !
— Mais de qui parles-tu ?
— Le moment n'est pas encore venu pour moi de le dévoiler, ma chère Ástríðr. D'autres choses que les Nornes

ont prévues pour nous doivent encore se manifester. On l'apprendra en temps voulu.

Ástríðr acquiesça. Les volontés des Nornes devaient être respectées.

— En attendant, que disent-elles ? Peux-tu regarder ?

Unni prit une poudre, qu'elle saupoudra dans les flammes et entra en transe. Elle se balança d'avant en arrière en implorant les Nornes de se manifester. Ensuite, elle lança les runes en l'air qui retombèrent devant elle, ce qui lui permit de les étudier attentivement.

— Einarr sait que la petite est en danger, c'est pour cette raison qu'il lui interdit de sortir. Mais il ne veut pas voir que lui l'est tout autant.
La mort de Rókr a déclenché la soif de destruction et de vengeance. Mais elles ne viennent pas des nôtres, mais de chez nos voisins d'Agðir[58], des alliés de Rókr.
Mais ne crains rien, Ástríðr. Ils ont la protection des dieux. Einarr les trouvera, les éliminera, non pas sans avoir dû subir quelques attaques avant.
Il y aura des morts, des destructions, mais il vaincra. Oui, lui et Iona vaincront les menaces, non sans danger pour eux-mêmes. Un long périple les attend.
— Tu veux dire qu'ils sont *tous deux* en danger ? demanda Ástríðr inquiète.
— Oui ! Elle va sauver ton fils d'une mort certaine. Iona va ouvrir les yeux sur bien des choses, crois-moi. Elle nous respecte et nous aime.

---

[58] Agder, en vieux norrois : un des anciens petits royaumes avant l'annexion par Harald Ier.

Ástríðr n'en doutait pas un seul instant.

— Que les Nornes soient remerciées pour leur bonté envers mon fils. Mais pour le moment, Iona va très mal, Unni. Elle n'a plus mangé depuis deux jours, ne sort plus de la couche, ne me parle même plus. Je crains qu'elle s'éteigne ! Aide-moi, je t'en prie !

Unni se leva, enfila ses bottes en fourrure et son manteau le plus chaud.

— Allons-y, il est temps que la petite sorte et rende une petite visite à Callum.

Les deux femmes bravèrent le froid et les fortes chutes de neige pour se rendre à la maison longue. Elles trouvèrent Iona toujours aussi abattue.
Les bras encombrés de gros bas de laine, de vêtements très chauds, de manteaux, de bottes, elles s'attelèrent à sortir la jeune femme de sa mélancolie.

— Viens, ma petite. Nous allons rendre visite à Callum. Il doit se morfondre dans sa demeure, n'aimant guère sortir par ce temps.

Iona fronça les sourcils. Unni venait-elle de lui dire qu'elle allait sortir d'ici ? Non, son esprit lui jouait un mauvais tour ; elle entendait des mots qui ne pouvaient avoir été dits. Einarr refusait qu'elle quitte cette pièce.
Elle sentit une main se poser sur son épaule. Lentement, son attention se dirigea vers la propriétaire de cette main. C'était bien Unni.
Cette dernière vit Iona se tourner vers elle, mais ses yeux étaient vides de toute émotion. Elle lui pinça légèrement l'épaule, se baissa pour être à sa hauteur :

— Il est temps de sortir de cette pièce, ma petite. Callum sera certainement très honoré de te recevoir chez lui.

Iona scruta le visage de Unni, les sourcils toujours froncés. Soudain, une étincelle s'alluma dans ses prunelles pervenche. Avait-elle bien entendu ? Unni lui sourit.

C'est alors qu'elle remarqua également la présence d'Ástríðr, les bras chargés de vêtements et de fourrures. Dirigeant à nouveau son attention vers Unni, elle l'interrogea des yeux.

— Oui, tu m'as bien entendue, nous allons t'habiller très chaudement pour aller rendre visite à Callum. Tu veux bien ?

Iona fit oui, toujours aussi hébétée par ce qu'elle venait d'entendre. Elle se redressa, mais retomba aussitôt contre les oreillers. Sa tête lui tournait. Si elle se levait, elle en était certaine, elle allait perdre connaissance !

— Ástríðr, qu'on lui amène un peu de bouillon et du pain ! Elle est un peu faible pour se lever, ordonna Unni.

Elle aida Iona à s'installer contre les oreillers. Affaiblie par deux jours de jeûne, elle devait se nourrir avant de pouvoir quitter l'alcôve.

Ástríðr partit quérir la nourriture pour Iona. Elle et Unni l'aidèrent à se restaurer. Iona n'avait toujours pas dit un mot, continuant à les *reluquer*, incrédule.

Ástríðr lui fit mettre de gros bas de laine. Elle n'en avait jamais vu des comme cela. Elle se vêtit d'une chemise en lin, suivie d'une robe bleu foncé en laine, puis un smokkr[59] écru, en laine également.

Le tissu était tissé très finement. Iona caressa la robe, tellement douce et chaude. Ástríðr lui tendit un châle pour recouvrir ses épaules et sa poitrine et le referma avec une belle boucle.

Stupéfaite, elle examina les bottes qu'Unni lui tendait. Elles étaient en peau de mouton, mais celles-ci avaient toujours la fourrure en laine à l'intérieur.

— Tu vas les apprécier quand tu te retrouveras à l'extérieur, expliqua Ástríðr. Il neige depuis quelques jours et il fait très froid.

Enfin, Unni lui passa une cape en fourrure, avec un capuchon, des moufles en fourrure également, puis un bonnet. Elle était prête pour sa toute première sortie !

Einarr, ayant profité d'une petite accalmie pour rendre visite aux plus âgés et isolés, revint vers la maison longue. Il ne s'attendait pas à croiser de braves gens défiant le froid hivernal. Où allaient-elles et pourquoi faire ?

Il continua sa marche tout en essayant de les distinguer en plissant les yeux. Il reconnut Unni, probablement en route pour aller soigner un patient, accompagnée d'un membre de la famille.

Mais sa petite taille l'angoissait. Plus la distance les rapprochait, plus sa colère bouillonnait en lui. Iona ! Pourquoi se trouvait-elle hors de son alcôve, alors qu'Einarr le lui avait interdit ! Rectification : Unni en avait décidé ainsi !

---

[59] Robe tablier portée par les femmes scandinaves au Moyen Âge.

Maintenant, elles se baladent tranquillement toutes les deux, ensemble, à l'air libre. Le fier guerrier pressa son pas, puis les obligea à s'arrêter net, se plantant face à elles.

Tandis qu'Unni le fixait obstinément sans dire un mot, Iona se recroquevilla derrière la vieille femme, apeurée, le regard transperçant le sol. Einarr arqua un sourcil, l'air interrogatif.

— Einarr, quel plaisir de te voir ! Comment te portes-tu ? finit-elle par lui demander.
— Où comptez-vous aller comme cela ?
— Nous allons rendre une petite visite à Callum.

Einarr haussa le deuxième sourcil, surpris par cette décision.

— Serait-il souffrant ?
— Pas à ma connaissance. Nous allons briser sa solitude. Tu sais à quel point il déteste ce froid !
— Hum. Dis-moi, Unni ! Ne m'as-tu pas dit qu'Iona était en danger ? Et je te trouve ici, avec elle, dehors ! dit-il en désignant Iona du menton. Je vais la reconduire vers mon alcôve, là où elle est en sécurité, poursuivit-il.

Il fit un geste pour prendre le bras de sa jeune protégée qui se recroquevilla encore plus contre Unni. Elle avait peur de lui !

— Elle est en sécurité avec moi, Einarr. Regarde autour de toi. Qui nous voit ? Il n'y a personne ! Tu es le seul à braver ce froid. Laisse-nous passer ou accompagne-nous, si tu préfères. Mais cette petite doit sortir. Elle *doit se sentir vivante*.

Einarr étudia la jeune femme. Pour ce qu'il découvrit de son visage, il était étrangement pâle. Ses grands yeux étaient cernés ! Il fixa Unni à nouveau.

— Je sais que je t'ai dit de la garder en sécurité, ajouta la vieille femme. Mais je constate avoir mal agi. Son feu s'éteint à rester enfermée. Son souffle de vie disparaît. Ce n'est pas ce que nous désirons, n'est-ce pas ?

Einarr fit non en soupirant. Toute sa concentration était dirigée vers Iona. Elle était vraiment petite et frêle.

— Je vous accompagne et je ne veux aucune discussion, insista-t-il, sans laisser le temps à Unni de dire quoi que ce soit. Ainsi, je vérifierai que Callum ne manque de rien. Le connaissant, il ne voudra pas déranger, si c'est le cas.

Unni lui sourit en guise de réponse. Elle gagnait toujours contre Einarr !

Iona et Unni passèrent un excellent moment chez le moine pendant qu'Einarr rentrait du bois et de la tourbe. Les deux femmes écoutèrent et rirent de bon cœur au récit de leur hôte. Il avait l'art de rendre les petites choses du quotidien excitantes, comme de braver le froid et les fortes chutes de neige.
Iona était tellement prise par les paroles de Callum qu'elle ne remarqua même pas qu'Einarr s'était joint à eux jusqu'à ce qu'il prenne la parole.

— Ne t'ai-je pas offert des skis ? Il te serait bien plus aisé de te déplacer avec.

Le frère fixa Einarr malicieusement.

— Pour que tu te gausses de moi comme avec les patins ? Non, une fois me suffit.

Einarr se tourna vers Iona lui soufflant à l'oreille :

— Son ventre est tellement bedonnant qu'il perd l'équilibre sur les patins.

Iona se tourna vers lui, incrédule ! Ses prunelles pétillaient de malice. *Fichtre, il a réellement le sens de l'humour !*

— Des patins, dites-vous ? Qu'est-ce que c'est ?
— Des outils de torture, ma chère, intervint Callum hilare ! Ils les fixent à leurs pieds pour glisser sur la glace gelée. Je ne sais pas comment ils font, mais eux restent debout, contrairement à moi !

Je n'ai donc jamais osé utiliser les skis qu'il m'a confectionnés. Non, non, mon postérieur se souvient trop bien des innombrables chutes, mais surtout de la douleur qu'elles ont provoquée !

— C'est donc vrai, cette histoire de skis ? Je n'ai jamais voulu croire Mildrun quand elle m'expliquait que vous en utilisiez pour vous déplacer sur la neige ! Est-ce difficile ?

— Non, ma petite. Pas du tout ! répondit Unni. Einarr t'apprendra. Il est très patient !

Einarr lui lança un regard noir ! *Comme si je n'avais que cela à faire ?*

— Maintenant que Skammdegi est bien installé, Einarr a tout le temps pour te l'enseigner, continua la seiðkona comme si de rien n'était. Il va te fabriquer des skis à ta taille. N'est-ce pas, mon garçon ?

— Je ne crois pas que ce soit convenable, répondit Iona en rougissant.

— Tu es entre de bonnes mains en sa compagnie. N'aie aucune crainte, mon enfant. Il ne peut rien t'arriver.

— Unni, tu sais qu'une jeune femme ne peut se trouver seule avec un homme en public ! intervint Einarr tout aussi choqué par cette proposition.

— Bah ! Qui vous voit ? Il n'y a personne qui s'aventure à l'extérieur, en ce moment.

— Il suffit d'une seule. Je ne mettrai jamais la réputation de Iona en péril !

— Dans ce cas, je vous accompagnerai ! répliqua Unni.

— Toi ? demanda Einarr incrédule.

Mais qu'a-t-elle à absolument vouloir m'obliger à lui apprendre à skier ? Je vais lui parler, seul à seul !

— Me crois-tu trop vieille pour en faire ? s'offusqua-t-elle.

— Ai-je dit une telle chose ? Tu me sembles toujours si occupée, qu'il est étonnant que tu puisses te joindre à nous, tout simplement.

Qu'est-ce que cela cache ? Pourquoi cette obstination ?

Einarr scruta l'air malicieux de Unni qu'il n'aimait pas trop. Il se tourna ensuite vers le moine, puis soupira. Callum étudia également le visage de Unni les paupières plissées. Puis fixa Iona. Celle-ci semblait mal à l'aise par la proposition de Unni.

— Unni, c'est bien gentil de ta part, mais je suis certaine qu'Einarr a beaucoup de choses à faire. Il... il a... Enfin, il a probablement des responsabilités.

Einarr fixa Iona, non sans étonnement. Elle osait, à sa façon, contredire Unni. *Courageuse, la petite ! Je connais peu de personnes osant faire ce qu'elle vient de faire. Même mon père, le Jarl, n'aurait pas osé !*

— Crois-tu ? Non, Einarr fait ce que son père devrait faire. C'est au Jarl de s'occuper de nous, de tout vérifier. Il peut facilement t'apprendre à faire du ski.
— Unni, nous en reparlerons plus tard ! Pour l'instant, je crois que nous avons largement abusé de l'hospitalité de Callum. Il serait temps de rentrer, ordonna Einarr en se levant.

Iona venait de terminer de confectionner une robe. Ástríðr et elles avaient tissé des étoffes en laine des plus fines. Elle avait pris grand plaisir à coudre cette robe à la façon Norrœnir. Elle était confortable et chaude. Il ne manquait plus que de belles broderies à l'encolure et aux bords des manches.

Tout en réfléchissant aux motifs qu'elle avait envie de broder, elle entra dans l'alcôve, s'arrêtant brusquement !

— Oh ! Désolée, Einarr. Je ne savais pas que vous étiez ici. Je vais vous laisser.
— Vous ne dérangez pas. Entrez, je vous prie, l'invita-t-il.

Iona contempla le jeune homme. Elle vit qu'il tenait deux planches étroites, légèrement recourbées à une extrémité, et deux bâtons. Elle fronça les sourcils. Ils étaient plus courts que ceux qu'elle avait découverts accrochés au mur.

— Je vous ai fabriqué des skis, dit-il après s'être raclé la gorge. Unni a raison : il serait bien que vous puissiez apprendre. Ils pourraient être utiles.

Iona avança, observant les deux lattes. Était-il sérieux ? Pouvait-on réellement se mouvoir avec cela attaché aux pieds ? Elle en doutait fortement. La jeune femme les examina d'un air circonspect.

— Je ne crois pas que j'y arriverai…
— Sans même essayer ? Vous me semblez quelqu'un de très courageux. Me tromperais-je, vous concernant ?

Piquée au vif, Iona releva le menton fièrement, arquant un sourcil, tout en fixant les deux lattes. Ástríðr ne lui avait-elle pas expliqué qu'ils apprenaient dès le plus jeune âge à se déplacer ainsi !

— Si un enfant y arrive, je ne vois pas pourquoi je ne réussirais pas !

Einarr arborait un sourire en coin. *Oui, elle est courageuse !*

— Habillez-vous chaudement. Votre première leçon commence aujourd'hui, ajouta-t-il gaiement.

Fichtre, je me suis piégée moi-même ! Plus moyen de me débiner.

— Qui nous accompagne ?
— Personne ! Il n'y aura que vous et moi.

Elle fronça les sourcils.

— Je préfère vous éviter un public lors de vos chutes. J'épargne votre dignité, ajouta-t-il avec le plus grand sérieux.

Elle aurait bien cru en sa sincérité s'il n'y avait pas cet air malicieux dans ses yeux !

— Vous vous gaussez de moi, n'est-ce pas ?

Le jeune homme arqua les deux sourcils.

— Je vous promets que ce n'est pas le cas. Comment pouvez-vous croire une telle chose ?
— Votre regard qui dit autre chose que vos paroles, lui signifia-t-elle les bras croisés.
— J'avais en pensée les images de Callum ! Il avait un public et je crois que c'est ce qui l'a arrêté au lieu de persévérer. Je ne ferai plus cette même erreur.

Cela lui convenait comme réponse, *pour l'instant*.

S'habillant chaudement, elle suivit le jeune homme qui la guida hors de la demeure en évitant le skáli où pratiquement toute la maisonnée se trouvait au chaud, près de l'âtre.

Dans le village, il lui était facile d'avancer grâce aux planches qui longeaient le sol, formant des allées. Cela devenait plus pénible, en revanche, hors du village.

La neige s'était accumulée, rendant la marche difficile pour Iona. Einarr, qui portait les quatre lattes sur une de ses épaules, se retournait souvent. La jeune femme tenait les quatre bâtons. La voyant peiner, il lui prit une main pour la soutenir.

— On y est presque, encore un peu de courage.

Haletante, elle hocha la tête, tenant toujours la main du jeune homme. Iona avança le regard baissé, veillant où elle mettait les pieds.

Peu après, Einarr s'arrêta, planta les quatre lattes dans le sol, puis fit de même avec les bâtons qu'il récupéra. Les mains sur les hanches, il fixa Iona dans les yeux.

— Avant tout, commença-t-il, vous ne devez pas vous *crisper* quand je vous aiderai à attacher les skis à vos pieds. Cela aurait comme seul résultat de vous faire chuter.

La jeune femme opina.

— Les attaches sont faites de sorte que l'avant de vos pieds soit solidement fixé aux lattes, continua-t-il son explication. Vos chevilles gardent toute leur mobilité. Le principe est que lorsque vous avancez, votre ski droit, votre pied à plat, vous fixez le bâton gauche à quelques distances devant vous, dans la neige. Votre cheville gauche va se lever, la jambe fléchir.

Dès que votre ski droit arrive à hauteur de votre bâton gauche, vous inversez le mouvement : fixez le bâton droit, également à quelques distances, vous glissez votre ski gauche en avant. Le droit reste là où il est. C'est comme marcher, en fait. Vous répétez ces mouvements. Prête ?

— Je crois.

Iona, tout excitée à la perspective d'utiliser les skis, espérait réussir. Elle avait envie qu'Einarr soit fier d'elle, qu'il n'ait pas l'impression de perdre son temps.

Il lui attacha les skis aux pieds. Elle commença les mouvements qu'il lui avait expliqués. Très concentrée, Iona fronçait les sourcils en se mordillant les lèvres.

Fichtre, pourquoi je n'avance pas ?

— Iona, dit Einarr patiemment, le principe est d'avancer, pas de rester sur place !

C'est facile à dire. Il n'est pas sur ces fichus skis ! Au moins, il ne se gausse pas...

La jeune femme arrêta ses tentatives infructueuses, mit les poings sur les hanches et le toisa :

— Facile pour vous, vous n'êtes pas sur ces foutues lattes ! Puisque c'est si aisé, selon vous, montrez-moi !

Einarr leva un sourcil. C'est qu'elle avait du mordant ! Alors il releva le défi ! Après s'être chaussé de ses skis, il se plaça à ses côtés et lui montra, un mouvement après l'autre, comment avancer, lentement, mais sûrement. Il glissait sur la poudreuse et même sans efforts insurmontables !

Mince, cela semble si facile quand c'est lui ! Je dois y arriver, au moins presque aussi bien que lui !

Il se repositionna à côté de Iona.

— Essayons ensemble, l'encouragea-t-il.
— Ce serait probablement plus aisé dans une descente, non ?
— Non, lors d'une descente, vous vous laissez glisser, tout simplement. Si vous faites ce mouvement étant novice, vous chuterez. Il vaut mieux éviter, non ?
— Oui, je préfère. Merci de votre sollicitude et de penser à ma dignité.

Unni avait raison : Einarr se montrait réellement très patient. Il réexpliqua, refit les mouvements, avec la même patience. La congratulant quand elle réussissait à avancer d'un pied, la motivant lorsqu'elle perdait espoir, la retenant de ses deux bras alors qu'elle risquait une chute.

Après moult encouragements, Iona réussit enfin à avancer sur une plus longue distance. Elle s'arrêta, se retourna voyant les traces laissées par ses skis, incrédule. Elle avait parcouru un trajet ! Einarr la rejoignit, sourire aux lèvres.

— Vous voyez ! Ce n'est pas si compliqué, hum ?

Elle avait les yeux pétillants, fière de sa réussite. Elle leva la tête vers Einarr, le sourire éblouissant.

— Peut-on aller plus loin ? J'adore cette impression de liberté. Dites oui, je vous en prie ! le supplia-t-elle candidement.

Elle était vraiment resplendissante avec cet éclat au fond des yeux, le nez un peu rouge, les couleurs sur ses joues et ce grand sourire.

Einarr l'observa, souriant, fier de l'exploit de la jeune femme. Elle était déterminée, ne baissant pas les bras. Elle méritait bien une petite *balade*. Il examina le paysage avec attention, puis la position du soleil.

— Vous voyez le groupe de sapins, là-bas, à côté d'un rocher ? demanda-t-il en pointant la direction.

Iona opina.

— Allons jusque-là. C'est plat et pas trop éloigné.

Ils se mirent en mouvement ensemble. La jeune femme comprit que le jeune homme se retenait de prendre de la vitesse pour rester à sa hauteur. Elle avança fièrement sur ses skis jusqu'aux sapins. Elle y mit le temps, mais elle arriva sans se stopper et sans chute.

Hors d'haleine, elle s'arrêta au premier sapin. Skier ne lui semblait pas fatigant au début, mais en réalité, cela lui demandait pas mal de Efforts. Einarr, à ses côtés, se baissa pour retirer leurs skis. Iona découvrit le paysage pour la première fois depuis leur sortie.

Elle avait tellement été accaparée par la leçon, qu'elle n'avait pas prêté attention à ce qui l'entourait. Elle inspira profondément l'air vivifiant, pur et frais. La vallée dans laquelle ils se trouvaient était entourée de montagnes à perte de vue et de sapins alourdis par la neige.

Plus bas, elle observa des arbres dépouillés de leurs feuillages. Ce paysage majestueux était calme et d'une beauté saisissante. Au loin, elle remarqua une différence de niveau :

— Qu'y a-t-il, là-bas ? La neige semble légèrement plus basse sur une grande étendue !
— C'est un lac. Il est entièrement gelé, maintenant. C'est là qu'on utilise les patins.
— Vous voulez bien m'apprendre ?
— À patiner ? s'étonna-t-il.
— Oui ! Cela me semble si excitant de pouvoir se mouvoir sur la glace ! Est-ce difficile ?
— C'est très différent du ski. Il faut surtout un bon équilibre. Vous voulez vraiment apprendre ? Le risque de chutes est bien plus grand.

Iona soupira. Oui, elle le désirait ardemment.

— Si cela ne vous gêne pas, évidemment. Je ne voudrais pas vous déranger. Vous devez avoir pas mal de choses à faire, dit-elle en baissant la tête.

— Je vais pouvoir trouver du temps, si vous êtes réellement certaine.

Un sourire éblouissant lui répondit.

— Il est temps de rentrer ; la nuit va bientôt tomber. Il y a pas mal d'animaux sauvages qui risquent de s'aventurer par ici.
— Des animaux sauvages, dites-vous ? Y a-t-il des ours ? demanda la jeune femme anxieuse.
— Oui, nous en avons ici, mais vous n'en verrez pas en hiver !
— Ah bon ? Iona fronça les sourcils. Pourquoi ?
— Ils hivernent[60].
— Ils *quoi* ?

Einarr scruta l'expression de la jeune femme. Elle était bel et bien sérieuse.

— Ils dorment en Skammdegi.
— Tout Skammdegi ? s'étonna-t-elle.

Ses yeux étaient écarquillés de surprise.

---

[60] Les ours n'hibernent pas, ils *hivernent*. Entrecoupée de nombreux réveils et accompagnée d'une hypothermie modérée, *l'hivernation* n'entraîne pas une interruption de toutes les activités physiologiques. Ainsi, l'ourse donne naissance aux petits pendant l'hiver. Les organes vitaux restent à une température normale pour réagir en cas de danger. Elle se distingue de l'hibernation, qui implique une véritable léthargie et une diminution profonde de la température de l'animal.

— Oui ! Ils font des réserves tout Náttleysi[61] et pour passer Skammdegi, ils se trouvent des grottes, des cavernes, où ils dorment toute la saison. Au réveil, ils ont perdu énormément de poids et sont très affamés. C'est également pendant l'hivernation que les ourses mettent bas.

— Vraiment ? Elles mettent bas en dormant ?

Einarr affirma. Épiant autour d'elle à la recherche d'une grotte ou d'une caverne, elle se remémora les paroles de Einarr.

— Mais alors, quels animaux sauvages risquons-nous de croiser ?

— Des loups, des lynx. En temps normal, ils ne s'approchent pas, mais ils trouvent plus difficilement leur nourriture en hiver. Nous ferions mieux de rentrer avant de rencontrer une meute affamée.

Einarr l'aida à remettre ses skis et ils prirent le chemin du retour.

Arrivés aux abords du village, à la tombée de la nuit, la température chuta énormément. Le jeune homme reconduisit Iona à la maison longue, dans son alcôve, par le même passage discret.

— Vous devriez demander qu'on vous prépare un bain chaud pour délier vos muscles. Demain, vous risquez d'être bien courbaturée. Vous n'êtes pas habituée à tant de Efforts physiques.

— Merci du conseil.

Einarr s'apprêtait à quitter la pièce quand Iona l'interpella.

---

[61]   Les mois d'été.

— Oh, Einarr !

Il se retourna, l'interrogeant des yeux.

— Merci pour la leçon de ski. J'ai vraiment passé un moment très agréable, dit-elle tout sourire.

Il lui sourit en retour.

— Moi aussi, j'ai passé un très bon moment en votre compagnie.

Après un dernier signe de tête, il quitta l'alcôve.

Chapitre 6

Muni de son épée, de son arc et de ses flèches, Einarr suivit les traces de pas sur le sol, puis se tourna vers Thoralf.

—Combien sont-ils, selon toi ?

Thoralf, à son tour les étudia, ainsi que celles partant vers l'est.

—Je dirais quatre ou cinq, six, tout au plus. Toi, que penses-tu ?
—Qu'ils sont six, évalua-t-il soucieux.

Lui et son ami suivaient ces traces de pas qui se dirigeaient hors du village depuis un bon bout de temps. Elles n'appartenaient pas à l'un des leurs, car personne n'avait quitté le village, ces derniers jours.

Qui étaient-ils ? D'où venaient-ils ? Mais surtout, que voulaient-ils, si près de leurs habitations ? Etaient-ce des bannis ? Son instinct lui disait qu'il y avait un danger, mais lequel ? Il se releva pour scruter au loin.

— Rentrons ! La nuit va bientôt tomber. Nous devons être vigilants. Demain, on cherchera d'autres empreintes. S'ils reviennent, ils en laisseront.

Thoralf se leva à son tour afin qu'ils reprennent le chemin du village. Cette découverte inquiétait fortement Einarr. Il n'était pas habituel, en cette saison, de trouver des marques de pas, autres que celles des villageois.

— Sais-tu où ils se sont rendus ? demanda Thoralf.
— Je les ai découvertes près de la grange du vieux Hogni Halfdanson. Il avait entendu du bruit la nuit dernière et m'en avait parlé. Tu le connais aussi bien que moi, il n'est pas homme à s'inquiéter pour rien. Il a également entendu des voix, mais ne sait pas si elles étaient des nôtres.
— C'est inquiétant, effectivement. Tu ne veux pas installer des gardes ?
— Attendons demain. Ce n'était peut-être que des bannis ou des exilés fuyant devant Haraldr Lúfa[62], cherchant de la nourriture ou un abri pour la nuit.
— Espérons que tu aies raison.

Einarr en doutait fortement, en fait, mais il ne voulait pas inquiéter son ami, préférant garder ses soupçons pour lui. Il flairait un danger imminent sans pouvoir le décrire. C'était là un sentiment qu'il détestait par-dessus tout : ne pas savoir d'où et de qui la menace venait.

Le soir, à la grande table, pendant le repas, il demeura toujours pensif. Il n'écouta le scalde que d'une oreille. En vérité, il avait entendu les sagas concernant les aventures de son père tellement souvent qu'il les connaissait par cœur.

---

[62] Harald aux Cheveux-Enchevêtrés, aux Cheveux Hirsutes ou Emmêlés. Le nom qu'Harald Ier portait avant d'être connu en tant qu'Harald à la Belle Chevelure.

Quoique, ce soir, certains détails avaient changé, rendant Leifr bien plus héroïque ! Ses pensées vagabondèrent malgré tout vers les traces laissées par des inconnus.

Mal à l'aise et nerveux, il sentait que des éléments lui manquaient, mais lesquels ? Il tourna la tête vers la droite où Thoralf était assis à sa place habituelle. Il s'amusait, riait à gorge déployée en écoutant le scalde. Se faisait-il des soucis inutilement ? Il l'espérait. À sa gauche, son père s'esclaffait tellement qu'il devait tenir son ventre.

Tous s'amusaient, sauf lui ! Il devrait peut-être suivre leur exemple. Mais quoi qu'il en soit, cette sensation de danger imminent revenait constamment. Jetant un regard circulaire, il observa toutes les personnes de la maisonnée : sa mère, ses deux jeunes sœurs, Mildrun, Iona, certaines de ses demi-sœurs, les servantes et les ambàttir.

Plus loin, aux autres tables, ses frères, demi-frères, les serviteurs et à l'écart, les þrælar ainsi que les familles qui étaient venues s'installer dans la maison longue pour l'hiver.

Son attention retourna vers sa mère et Iona en grande conversation. Il sourit ; elles s'entendaient bien. Puis il fronça les sourcils en découvrant Mildrun. Elle se tenait à l'écart de tout, ne semblant pas retrouver sa place parmi eux. Avec certitude il réalisait qu'elle était très malheureuse ici, loin d'Alba. Une Norrœnir de naissance, mais qui ne l'était plus depuis bien longtemps.

Son intérêt se fixa sur Iona, ravie de sortir enfin de son lit. Contrairement à Mildrun, la jeune femme semblait s'être bien adaptée à ce nouveau mode de vie et même à l'apprécier. Elle aidait Ástríðr dans différentes tâches avec joie et curiosité.

Avec ses cheveux clairs, coiffés à la Norrœnir, on la prendrait facilement pour une des leurs, si ce n'était par sa petite taille. *Petite et frêle*, voilà la parfaite description de Iona ! Elle lui arrivait à peine à l'épaule et encore, s'il ne se tenait pas trop droit. Il sourit intérieurement. Petite, frêle et *très obstinée*. Ne l'avait-elle pas prouvé lors de sa leçon de ski ?

Son attention se tourna à nouveau vers le scalde. Oui, effectivement, il y avait des ajouts aux sagas de son père. Il n'arriva toujours pas à fixer son intérêt entièrement à ce qui se disait.

Il sentit une tension dans ses muscles, une crispation au ventre, comme lorsqu'un danger guette quelque part, dans un coin sombre. Il connaissait toutes les personnes présentes, cela ne devait donc pas venir de l'intérieur. Mais d'où, alors ? Se tournant vers Thoralf, il le vit le fixer.

— Tu le sens aussi ? demanda Thoralf.

Einarr acquiesça. Au moins, il n'était pas le seul à le ressentir. Devait-il en être soulagé ? Il reprit son gobelet, la porta à sa bouche. *Vide !* Fronçant les sourcils, il n'avait aucun souvenir de l'avoir vidé.

— Elle est vide depuis un bon bout de temps, expliqua Thoralf. Tu n'en as bu que deux sur toute la soirée.
— Tu me surveilles, maintenant ? demanda-t-il en haussant un sourcil. Tu peux m'expliquer ?
— Tu sembles ailleurs, je ne sais où, mais pas ici en tout cas. À quoi penses-tu ?
— Je ne sais pas trop. Quelque chose se trame, mais je ne sais pas ni quoi ni où.
— Un rapport avec les traces que nous avons trouvées ?
— Je n'espère pas. Et toi, qu'en penses-tu ?
— Comme toi, je ne sais pas mettre un nom dessus. J'espère qu'on trouvera de quoi il s'agit avant qu'il ne soit trop tard.

Einarr acquiesça tout en se grattant la barbe. Il aurait pu croire qu'il se faisait du souci pour rien, s'il avait été le seul à ressentir le danger. Sauf qu'il venait de comprendre qu'il en était de même pour Thoralf.

Il n'était pas homme à rester sans agir. Mais agir où ? Contre quoi ou qui ? Il lui était devenu impossible d'attendre ici, à table, parmi tous ceux qui s'amusaient. N'y tenant plus, il se leva, puis se tourna vers son meilleur ami.

— Accompagne-moi. Je veux être certain qu'il n'y a pas de danger avant de me retirer pour la nuit.

Thoralf vida sa chope d'öl et prit les devants. Mais Einarr ne le suivit finalement pas, attiré subitement par Iona. Il remarqua de l'anxiété dans ses jolis yeux ; ses fines mains tremblaient légèrement.

Les sourcils froncés, son regard croisa celui de la jeune femme qui se sentit épiée. Éprouvait-elle aussi les mêmes émotions que lui et son compagnon ?

Soudain, des frissons parcoururent l'échine de Einarr. Mais quand il tourna simplement la tête, il vit Unni à l'entrée de la pièce. Rare était l'occasion où la Seiðkona sortait de sa cabane, à une heure tardive, durant les saisons froides. Plus de doute alors, il se tramait forcément quelque chose qui troublerait la paix de tous.

Mais qu'apportait-elle précisément comme présage pour oser affronter le Skammdegi ? Son pouls s'emballa. Sa respiration s'accéléra. Thoralf ne semblait pas en reste ; il le vit dans ses yeux.

— Comptes-tu sortir ou rester là, Einarr ? lui demanda Thoralf, sans se soucier de ce qui pouvait bien occuper son esprit.

Il n'avait pas remarqué la nervosité de Iona ni la présence inhabituelle de Unni. Pourquoi l'aurait-il fait, d'ailleurs ?

— Regarde, Unni vient d'arriver ! lui signifia Einarr. Je me demande ce qu'il se passe...

Thoralf réfléchit également à la question, en fronçant les sourcils :

— Je dois t'avouer que je ne remarque pas toujours quand notre seiðkona entre dans une pièce. Il me semble la voir partout, constamment. Est-ce inhabituel, qu'elle soit ici ?
— D'être présente, non, si elle était arrivée plus tôt. Or, là, elle vient d'entrer à l'instant et Unni brave le froid de nos nuits uniquement si elle doit se rendre auprès d'un malade. Mais il n'y a personne de souffrant, ici, s'inquiéta le guerrier en se dirigeant vers la vieille femme. Que se passe-t-il, Unni ? demanda-t-il en scrutant son visage attentivement.
— Toi aussi, tu le sens. Il y a un mystère qui plane depuis deux nuits, parmi les nôtres et ce n'est malheureusement pas la dernière.

Le sang de Einarr se glaça. Ses soupçons se confirmaient !

— Que sais-tu ? Les Nornes t'ont-elles dévoilé certaines choses ?

Elle le fixa intensément pendant quelques secondes, au grand dam du jeune homme impatient. Elle ne laissa paraître strictement aucune émotion.

Puis le suspense s'arrêta enfin :

— Rien que nous ne puissions éviter, malheureusement. Certaines choses vont se produire et nous n'y pouvons rien. Elles doivent se réaliser pour remettre tout en place.

— Quelle est cette énigme, Unni. Je n'y comprends rien !

— Ah, mon garçon ! Certaines choses n'ont pas été faites comme elles l'auraient dû. Tout a été dérangé, vois-tu ? Maintenant, certaines choses doivent se produire pour en remettre d'autres à leurs places, pour qu'elles viennent là où elles auraient dû être au départ.

On ne désobéit pas impunément aux Nornes ! Elles ont dû tout refiler[63] et cela prend du temps. Les conséquences sont d'autant plus graves.

— Mais de quoi parles-tu ?

— Cela s'est passé avant ta venue au monde. Ce n'est pas de ton fait, mais tu es le premier à devoir en subir les conséquences.

— Moi ? Mais pourquoi, si ce n'est pas de ma désobéissance ? N'ai-je pas toujours fait ce qu'elles me demandaient ?

— Toi, oui tu obéis, mais pas ton père. C'est lui qui a désobéi, il y a un peu plus de vingt-cinq ár. Depuis ton départ avec Rókr, ce qui s'est déroulé durant ton voyage, ce qu'il se passe maintenant et se produira très bientôt, est filé par les Nornes. Elles l'ont clairement dit. Tu comprends !

Elles ont dû recommencer à filer pour retourner la situation, remettre tout en place, pour effacer l'erreur commise, jadis. Je sais que tu ne mérites pas ce qui arrive. Cela ne devrait pas être à toi de subir la colère des Nornes ! Mais je ne suis qu'une pauvre seiðkona leur obéissant.

Einarr recula d'un pas, blêmissant.

---

[63]   On appelait souvent les Nornes les fileuses.

— Mon père ? Mais comment ?

— Oui, ton père ! Il n'a pas tenu compte de la mise en garde des Nornes, dans la fougue de la jeunesse. Il n'en a fait qu'à sa tête, mais aussi avec une certaine soif de pouvoir. Il a épousé Gudrun au lieu d'attendre quelques mois pour obtenir la main de ta mère. Tu n'as pas été celui qu'il a reconnu en premier en tant que son fils.

Il a permis à Gudrun d'installer la sournoiserie de Loki, mais aussi la trahison et le déshonneur dans son foyer. Il y a certains événements que tu pourras empêcher, mais d'autres non. Oui, il y aura de la souffrance parmi les nôtres, avant de retrouver la sérénité.

Mais il y aura des épreuves. Ce sera à toi de les réussir pour prouver aux Nornes que tu es digne de confiance. Le fils doit racheter la trahison du père. C'est ce qu'elles ont décidé. Tu le sais aussi bien que moi qu'elles sont sans pitié ! N'ont-elles pas sauvé la vie de Gudrun, veuve de Sigurd, dans le seul but qu'elle voie ses enfants illégitimes mis à mort[64] ?

Einarr secoua la tête, ébranlé par le récit de Unni. Il se retourna, cherchant son père qu'il foudroya du regard. C'est alors qu'il réalisa le silence dans le skáli. Tous avaient entendu ce qu'Unni venait de dire. N'avait-il pas failli mourir parce que son père avait, jadis, réfléchi avec sa virilité au lieu de sa tête ?

Il avait toujours pensé qu'il serait leur perte. Mais jamais il n'aurait cru que cela mettrait sa propre vie en danger. Il en avait plus qu'assez de sa lubricité avec ses deux épouses et ses cinq concubines, sans parler des autres qu'il honorait dans des coins sombres. Il ne comprenait pas sa soif de prestige qui gonflait son orgueil. Là, c'en était trop !

---

[64] Une saga de la mythologie scandinave expliquant la cruauté des Nornes.

Il avança vers son père, le toisant de haut. Dans sa gorge monta un goût de bile provoqué par le dégoût suite aux révélations de la seiðkona. Être obligé d'affronter la perte de tous, de ce qu'il avait aidé à construire. Tous étaient en danger à cause de Leifr Sigurdrson ! Ils devraient en parler dans les sagas, non ?

— N'est-ce pas digne d'une saga, Père, la perte d'un clan grâce à la queue et la concupiscence de Leifr Sigurdrson ? Qu'en penses-tu ? Ou crains-tu que cela ne soit pas digne de ta prospérité ? En plantant ta semence à droite et à gauche, n'as-tu pas joué avec la survie et la sécurité des tiens ? hurla Einarr.

La colère devait sortir ! Non seulement, le Jarl ne se préoccupait pas de son village, de ses gens et de toutes les responsabilités qui lui incombaient, obligeant Einarr à les prendre à sa place, maintenant, ce dernier apprenait que son père avait désobéi aux Nornes, commettant des impairs qui mettaient aujourd'hui tout et tout le monde en danger et encore une fois, c'était ce jeune guerrier qui devait réparer, en plus d'en subir les conséquences. Il trouvait cela injuste.

— Comment oses-tu t'adresser ainsi à ton père ? hurla Leifr.
— Faudrait-il déjà que tu agisses en tant que tel ! La seule chose que tu sais faire, en tant que *père*, est d'augmenter le nombre de fils et de filles. À chaque retour de voyage, je me pose la même question. Combien, cette fois-ci ? Tu ne te contentes plus de tes concubines, il te faut, en plus, quelques maîtresses. Je n'arrive plus à savoir combien de frères et de sœurs j'ai ! Mais je fermais les yeux.
Ce temps est révolu, tu nous as tous mis en danger. Tu passes tes journées à nous houspiller, nous critiquer, nous hurler dessus, sans parler de tes soirées à boire et à manger,

à t'enivrer. Tes nuits à forniquer comme une bête en rut ! Tu me fais honte ! Regarde-toi, le ventre alourdi par l'öl.

— Et toi, hein ! Quelle image donnes-tu de toi ? Je vais te le dire : celle d'un eunuque ! On te croirait castré ! J'ai un fils qui n'a pas de *burnes* ! Vaut mieux que j'en aie pour deux !

Des voix se firent entendre parmi les personnes attablées.

— Quoi ? aboya-t-il à Alvbjǫrn, son deuxième fils avec Ástríðr.

— Je rectifiais pour les autres que mon frère n'est pas un eunuque. Lors de nos escales, les filles se battaient à mort pour passer quelques heures avec lui. Il a la réputation de savoir comment s'y prendre pour honorer les femmes. Elles ne voient que lui, ne jurent que par lui, dit-il souriant largement.

Alvbjǫrn était très fier de la réputation de son frère, à tout point de vue, même s'il devait se contenter de celles que son frère laissait dépitées derrière lui.

Leifr se retourna vers Einarr qui l'observait les bras croisés, le regard noir, mais avec un sourire en coin.

— Il me semble que tu ne devrais plus avoir de doutes me concernant. Ce qui ne change rien à ton comportement envers nous tous, insista Einarr avant de quitter la maison, accompagné de Thoralf.

Le lendemain, les deux comparses poursuivirent leur enquête concernant les empreintes de pas suspectes. Ils trouvèrent assez rapidement ce qu'ils cherchaient.

D'autres traces toutes fraîches étaient visibles dans le village, néanmoins moins nombreuses que la nuit précédente. Ils avaient eu une autre visite. Tous deux les suivirent.

Cette fois-ci, elles n'allaient pas vers l'est, mais prenaient la direction des quelques fermes isolées, appartenant à leur clan. Thoralf soupira :

— Si on tient compte des révélations de Unni, ce ne serait ni des bannis ni des exilés. Mais alors, qui sont-ils ?

Einarr leva la tête vers son ami.

— Je n'en ai aucune idée. Ne rien savoir d'une menace m'inquiète. Comment leur présence peut-elle *rectifier* les torts du passé ? Pourquoi doit-elle toujours parler par énigmes ? C'est bien plus simple quand un chat est un chat, mais avec Unni, ce chat peut aussi bien être un ours tapi dans l'ombre prêt à l'attaque.

Les deux hommes continuèrent d'étudier les pas pendant quelques toises.

— Les fermes sont inhabitées, en ce moment, non ? Ne viennent-ils pas tous au village, en Skammdegi ?
— Oui, sauf Ólafr ! Il a décidé de rester chez lui, avec sa famille.
— Pourquoi ? Il n'y restait pas, les autres ár !
— Il l'a décidé, avec ses bêtes. Il en a gardé un grand nombre, trop pour les ajouter avec celles que nous avons déjà. On en a discuté, j'ai tout tenté pour le faire changer d'avis.
— Il en a tellement gardé ? Bizarre !
— Surtout des moutons. Il a passé un accord. Il fournit de la laine et en retour, il reçoit une partie des récoltes de

blé et d'orge. Cela me semble être un bon arrangement. Ses moutons fournissent une laine d'excellente qualité.

— Celui qui roulerait Ólafr n'est pas encore né. Il flaire les bonnes affaires. Tu devrais lui proposer de devenir membre de nos félagis de façon définitive !

— Il m'a promis d'y réfléchir, dit-il un sourire en coin.

Thoralf s'esclaffa. Forcément qu'il y avait déjà pensé !

— Rentrons. Il se fait tard. Il ne se passera rien cette nuit, du moins, je l'espère. Essayons de dormir un peu, même si ce n'est que d'un œil.

Einarr se dirigea vers son alcôve où Iona s'était certainement endormie. Il pourrait installer sa paillasse et faire de même. La jeune femme ne savait toujours pas avec *certitude* qu'il y passait les nuits et mieux valait que cela reste encore ainsi. Il passa les doigts dans ses cheveux. Il commençait à accumuler les non-dits et cela le fatiguait.

Il s'arrêta net : elle ne dormait pas !

Par Óðinn ! Je suis las ! Quand vais-je pouvoir dormir ?

— Puis-je vous poser une question et espérer recevoir une réponse honnête ? l'interpella-t-elle aussitôt.

Einarr fronça les sourcils.

— Je n'ai pas la réputation d'être un menteur, je dis toujours la vérité, Iona. Que désirez-vous savoir ?
— Si j'ai bien compris Unni, tout ce qui s'est passé avec votre frère, sa tentative de vous tuer, ferait partie de la rectification prévue par les Nornes ?
— C'est ce qu'elle nous a expliqué effectivement.

Mais où veut-elle en venir ? Une Skotar qui croit aux paroles des Nornes ?

— Est-ce que toutes les décisions que vous prenez, depuis le départ de votre dernier voyage, font également partie de ce que les Nornes ont filé ?
— Précisez votre pensée.
— Comment les Nornes expliquent-elles que vous m'ayez sauvée d'une mort certaine, ainsi que ma présence ici ?

Bouche bée par cette question, Einarr y réfléchit. Il fronça à nouveau les sourcils en étudiant les traits de la jeune femme. Comme à chaque fois qu'il se concentrait, il se mit à se gratter la barbe.

Oui, pourquoi au fait, ai-je pris ces décisions ? On aurait pu revenir, tout simplement. Pourquoi ? Uniquement par amitié pour Daividh ?

Il soupira et se passa les doigts dans les cheveux.

— Vous m'avez demandé de vous répondre honnêtement…

Iona acquiesça.

— Je vais donc le faire…

Elle releva les sourcils interrogativement.

— Je n'ai pas la réponse à votre question.
— Pardon ? s'étonna-t-elle.

— Je ne peux pas l'expliquer. Est-ce au nom de mon amitié pour Daividh ou le fait que je ne supportais pas que Rókr ait accepté un tel marché ou une autre raison obscure ? Honnêtement, je n'en ai aucune idée.

Après cette réponse, Iona sembla aussi perdue qu'Einarr l'était.

— Les Nornes ne vous ont donc rien dit à ce sujet ?

Le jeune homme fit non et précisa :

— Je ne les ai pas consultées avant ce voyage.
— Ah, répondit laconiquement la jeune femme.

Elle réfléchit à toute allure. Einarr étudia les différentes émotions passant sur son visage. Tout comme son cousin, elle se tapotait les lèvres avec son index droit quand elle réfléchissait.

— À quoi pensez-vous ? s'enquit-il attentif, les bras à nouveau croisés.
— D'après ce que j'ai pu comprendre, Unni semblait dire que les Nornes avaient dévoilé certaines choses. J'avais donc supposé que c'était vous.

Einarr se remémora les paroles de la vieille femme, plus tôt dans la soirée.

Toi, oui, mais pas ton père. C'est lui qui a désobéi, il y a un peu plus de vingt-cinq ár. Tout ce qui s'est déroulé depuis ton départ avec Rókr, tout ce qui s'est déroulé pendant ton voyage, ce qui se passe maintenant, ce qui va se produire très bientôt est filé par les Nornes. Elles l'ont clairement dit.

Il ferma les yeux, se pinça l'arête du nez, soupira, secoua la tête, dépité.

Leifr ! Elles l'ont dévoilé à mon père !

— Pas à moi, non. Mais je viens de comprendre à *qui* elles les ont dévoilées.
— Donc ?
— Mon père !

Iona eut un hoquet de surprise.

— Vous voulez dire qu'il vous a laissé partir sachant que Rókr allait tenter de vous occire ? Mais quel père ferait une chose pareille ?
— Elles ne dévoilent pas forcément tout. Peut-être ne connaissait-il pas ce détail ? De toute façon, les Nornes avaient décidé que ce voyage devait se faire.
— Croyez-vous qu'Unni accepterait de me répondre si je lui posais la question ?
— Vous ? Une chrétienne ? Vous voulez consulter les runes ?
— À part vous et Unni, qui le saura ?
— Votre Dieu Tout-Puissant ! Ne risqueriez-vous pas Sa foudre en consultant une seiðkona ?
— Je me confesserai avoua-t-elle en chuchotant.
— Oh ! Après cela, Callum sera également au courant, chuchota-t-il en retour.
— Il y a le secret du confessionnal, dit-elle tout sourire. De toute façon, je ne vois pas beaucoup de chrétiens dans

les parages à qui il pourrait le dévoiler ! Mais sachez que j'ai toute confiance en lui.

— Vous le pouvez. Si vous voulez, je peux demander à ma mère de vous conduire auprès de Unni.

La jeune femme réfléchit.

— Je crois que je préfère m'y rendre seule. Impliquons le moins possible de personnes.

Einarr approuva d'un hochement de tête.

— Il se fait tard, maintenant. Vous devriez essayer de dormir. Je vous souhaite une bonne nuit.

Il se retourna, prêt à quitter l'alcôve.

— Il y a autre chose que j'aimerais vous demander avant que vous ne partiez.

Il refit face à la jeune femme. Elle lui tendit les mains. C'est seulement maintenant qu'il réalisa qu'elle s'était tenue les mains tout au long de leur conversation. Elles tremblaient toujours très fortement.

— Comment expliquez-vous ce tremblement depuis le début de soirée ?
— Vous avez probablement froid, se hasarda-t-il.
— Non. Si c'était le froid, ne croyez-vous pas que mes dents claqueraient et que le reste de mon corps tremblerait également ? Seules mes mains tremblent.

Mais ce n'est pas tout ! Par moments, j'ai ma respiration oppressée, comme si je pressentais un danger. Vous voyez ce que je veux dire ?

— Avez-vous déjà eu cela avant ?
— Oui, chez moi, le soir où Gillespie m'a frappée. Je l'ai ressenti juste avant qu'il entre dans ma chambre.

Einarr lui prit les deux mains dans les siennes tentant ainsi d'arrêter le tremblement.

Effectivement, elles ne sont pas froides, au contraire.

— Quand cela a-t-il commencé, cette fois-ci ?
— À peu près au moment où vous-même avez commencé à tous nous scruter.

Il plissa les paupières.

— Vous étiez en grande conversation avec Ástríðr !
— Cela ne m'a pas empêché de sentir votre regard. J'ai donc tourné le mien vers vous et je vous ai vu nous observer. Que m'arrive-t-il ? Dites-moi la vérité.

Il fixa la jeune femme. Que devait-il dire ? La vérité ? Il soupira.

— Vous m'avez demandé de vous répondre honnêtement. Je crois que vous sentez réellement un danger.
— Un danger ? s'étonna-t-elle.

Il fit oui de la tête.

Aurait-elle appris à se battre ? Souvent, ce sont les guerriers qui sentent le danger ou les seiðkona, comme Unni !

— Auriez-vous appris le maniement des armes, ce qui expliquerait pas mal de choses… ?

— Mon père a absolument trouvé indispensable que je puisse me servir d'un arc et de flèches, ainsi que d'une dague, que je n'avais malheureusement pas sur moi ce soir-là. Elle était sous mon oreiller.

Sous son oreiller ! Elle dort avec une dague sous son oreiller ! Elle n'est donc pas si frêle que je me l'imaginais. Petite, téméraire et courageuse, mais pas frêle.

— Si vous le souhaitez, je vous en procure une, de dague, hum ?

— Merci, je veux bien, quoique je ne sache pas si je suis en danger ici dans cette alcôve.

— Il est partout, surtout là où on s'y attend le moins. Je vous en trouverai une demain.

— Pourquoi m'avez-vous demandé si j'avais appris à me servir d'une arme ?

— Ce que vous ressentez : vos mains qui tremblent, la respiration haletante ou parfois le ventre qui se crispe, les guerriers ressentent cela aussi, en cas de danger.

— Un danger, dites-vous, chuchota-t-elle tout en blêmissant.

— Vous m'avez demandé d'être honnête, je ne vais pas vous mentir.

— Merci, dit-elle d'une toute petite voix.

Peut-être aurais-je préféré qu'il ne dise pas la vérité ! Une certaine anxiété s'était installée dans ses beaux grands yeux pervenche.

— Je veille sur vous, depuis votre arrivée ici. Même si ce n'est pas moi qui suis présent, quelqu'un en qui j'ai confiance le fait.

— Et les nuits ?

— Moi. Je ne suis pas bien loin, jamais. Je ne dors que d'un œil, vous êtes en sécurité, ici, dans cette alcôve.

Je ne vais pas lui dire que je dors sur une paillasse au pied du lit !

— Promis ? Vous veillez ?

— Vous avez ma parole. Maintenant, essayez de dormir. Le tremblement finira par s'arrêter. Croyez-moi.

Elle hocha la tête.

— Vous avez raison. Vous devez être fatigué, vous aussi. Je vous souhaite une bonne nuit.

Fronçant les sourcils, elle scruta attentivement le visage du jeune homme :

— Pourquoi ai-je l'impression qu'il y a quelqu'un dans l'alcôve, la nuit ? Ne me dites pas que vous passez vos nuits ici ?

Einarr haussa les sourcils : *Comment me sortir de ce pétrin ?*

— Vous avez vu ou entendu quelque chose ?

— Non. C'est plutôt une impression de ne pas être seule dans cette alcôve.

— Ce n'est probablement que dû au fait que vous êtes loin de chez vous, entourée de personnes que vous ne connaissez pas. Vous sentez-vous en danger ou menacée ?

— Non, au contraire !

— Dans ce cas, ne vous souciez pas trop. Bonne nuit, Iona. Essayez de dormir. Vous avez besoin de récupérer après cette soirée assez éprouvante émotionnellement.

— Vous avez probablement raison. Bonne nuit.

Après un léger signe de tête, Einarr quitta l'alcôve.

Plus tard, un bruit réveilla Iona. Était-ce son imagination suite à sa conversation avec Einarr ou avait-elle réellement entendu quelque chose ? Elle tendit l'oreille, retenant son souffle. Oui, il y avait bel et bien un bruit dans l'alcôve ! Une respiration ! Elle n'était pas seule ! Cette fois-ci, elle en était convaincue ! *Fichtre, j'aurais dû lui demander la dague tout de suite !*

Le bruit venait du pied du lit. La personne présente se tenait certainement tapie là prête à l'attaque, au moment opportun. Que devait-elle faire ? Hurler ? Peut-être était-ce un des gros chats qu'elle avait vus dans la cuisine.

Oui, probablement un des chats d'Ástríðr.

Mais le doute s'installa. Et si ce n'était pas un des chats ? Respirent-ils aussi fort que les humains ? Doucement, sans faire de bruit, du moins l'espérait-elle, Iona rampa sur le matelas vers le pied du lit. Lentement, elle passa la tête au-dessus du montant en bois. La lune, pleine et grosse, laissait entrer assez de lumière par un trou dans le plafond.

Stupéfaite, elle trouva Einarr couché sur une paillasse ! Il dormait ici, au pied du lit, dans cette alcôve ! Iona en resta bouche bée. Il était couché sur le dos, un bras replié sur les yeux, la bouche légèrement ouverte. Son autre bras était posé sur son ventre. À côté de lui, il y avait son épée.

Comme attirée par un aimant, son regard se reposa sur son torse. Celui-ci se soulevait d'un mouvement régulier. Il était évident pour Iona qu'il dormait profondément et paisiblement. Il ne semblait aucunement souffrir du froid. La peau d'ours, le recouvrant, avait glissé, dénudant le haut de son corps.

Il était musclé, mais pas trop, sauf les épaules et les bras, aussi gros que les grosses branches d'un arbre : pas une once de graisse en trop. Il était recouvert d'une toison dorée. La peau d'ours le recouvrait jusqu'au nombril. Un beau nombril, devait-elle admettre. Mais qu'est-ce qu'elle en savait, elle n'en avait guère vu dans sa vie.

Comme conscient de l'attention sur lui, Einarr marmonna quelques mots inintelligibles avant de se retourner. En se couchant sur le ventre, la peau descendit plus bas. Les yeux écarquillés, prêts à sortir de leurs orbites, Iona fixa les fesses entièrement *nues et rebondies* du jeune homme.

Juste Ciel !

Une main sur la bouche pour camoufler son sourire, Iona était comme hypnotisée par la physionomie du jeune guerrier. Elle en déglutit péniblement.

Einarr, cette fois, articula correctement.

— Dormez, Iona.

La surprise la fit reculer vers son oreiller.

Fichtre ! Il ne dort pas ! Que va-t-il penser de moi ?

Iona se recoucha, se blottissant sous les peaux. Mais le sommeil l'avait lâchement abandonnée. À chaque fois qu'elle fermait les yeux, cette image refaisait surface : les fesses blanches, fermes et rebondies de Einarr. Jamais elle n'oserait le regarder en face, après cet épisode. Que Dieu lui pardonne, mais elle avait aimé ce qu'elle avait vu.

La respiration du jeune homme indiqua qu'il s'était rendormi. Il en avait de la veine ! Se souvenant du récit d'Alvbjǫrn, elle ne fut pas étonnée que les filles se battent pour la moindre petite attention venant de sa part.

Seigneur, pardonnez-moi mes pensées lubriques. Je vous promets que demain, je prierai ardemment pour Votre Pardon ! Je réciterai plusieurs actes de contrition !

Iona finit par s'endormir. À son réveil, elle était seule dans l'alcôve et rien n'indiquait qu'Einarr avait passé la nuit ici. Aurait-elle rêvé ? Après s'être lavé le visage et les mains, elle s'habilla pour rejoindre le skáli afin d'y prendre le premier repas de la journée.

Elle retrouva Ástríðr et s'assit auprès d'elle. Un rapide coup d'œil lui permit de constater l'absence de celui qui peuplait toutes ses pensées. Elle en fut énormément soulagée. Comment l'affronter après l'événement de la nuit ?

Einarr et Thoralf étaient partis tôt à cheval, avant le lever du jour. Il était primordial de découvrir où se cachaient les hommes qui rôdaient autour et dans le village. Ils pouvaient effectivement représenter le danger dont Unni parlait, ou être de simples réfugiés fuyant Haraldr Lúfa. Ils devaient le savoir et le plus tôt serait le mieux.

Les traces menaient vers une grotte où ils trouvèrent les cendres d'un feu déjà entièrement refroidi. Ils étaient partis, mais où ? Ils pouvaient être partout ! Il y en avait plusieurs, partant dans différentes directions. Était-ce pour les dérouter ? Lesquels fallait-il suivre ? Cinq directions différentes ! Comment, en étant que deux, devaient-ils faire ?

— Cela devient compliqué. On aurait dû venir plus nombreux, marmonna Thoralf.
— Comment aurait-on deviné ceci ? Jusqu'à présent, ils étaient tous au même endroit. C'est la première fois qu'ils se séparent.
— Cette fois-ci, je crains qu'Unni ait vu juste.
— Moi aussi et crois-moi, je regrette de l'avouer. J'aurais préféré qu'il en soit autrement. Ils sont plus nombreux. Regarde les traces.

Thoralf étudia consciencieusement les différentes traces au sol. Einarr avait raison, ils étaient au moins dix. Soucieux, il fronça les sourcils.

— Que veulent-ils ?

Einarr se tenait accroupi, observant vers les différentes directions où les empreintes de pas se dirigeaient. L'une d'elles attira son attention. Il se releva, la suivit sur quelques toises, en tenant la bride de sa monture. Il se retourna vers Thoralf, très soucieux :

— Allons jusqu'à la ferme d'Oddvakr. Certaines semblent mener vers cette direction, dit-il avant de monter sur son cheval.

Thoralf prit sa suite aussitôt.
À la vue de la bâtisse, les deux hommes ralentirent leurs montures. Einarr et Thoralf descendirent de leurs chevaux,

qu'ils attachèrent à une des clôtures de la porcherie. Tout était calme.

Les bêtes d'Oddvakr avaient été menées au village, tandis que lui et sa famille étaient hébergés dans la maison longue pour l'hiver. Tout était trop calme pour Einarr. Ils longèrent les murs vers la porte d'entrée de l'habitation. Celle-ci n'était pas entièrement refermée !

Einarr dégaina son épée, fit signe à Thoralf de l'imiter. On s'était introduit dans l'habitation, il en était certain. Il avait vu lui-même Oddvakr fermer cette porte ! Il l'ouvrit très lentement, tout en maudissant son ami, en pensée : *pourquoi n'avait-il pas graissé les charnières !* Personne !

La maison semblait vide. Rengainant son épée, Einarr y pénétra, suivi par son ami. Quelqu'un avait fouillé ici. Les coffres avaient été retournés et les matelas éventrés. Il y avait même de la vaisselle cassée au sol. Einarr fronça les sourcils et se tourna vers son fidèle compagnon. Thoralf parut tout aussi soucieux.

— Que s'est-il passé, ici ? demanda-t-il à Einarr.

Il répondit d'un haussement d'épaules en secouant la tête.

Einarr se dirigea vers les coffres devant lesquels il s'accroupit. Les fonds avaient été éventrés avec, lui semblait-il, une hache. Cherchaient-ils une cache secrète ? Il porta son attention vers les matelas éventrés, mais apparemment, à l'aide d'un couteau.

Celui ou ceux qui avaient agi ici désiraient trouver quelque chose, mais quoi ? Que pouvait bien cacher Oddvakr qui semblait si précieux pour d'autres ? Il se remémora ce que son équipier avait acheté ou échangé lors de leur dernier félagi : des étoffes en soie, des breloques pour son épouse, des épices, des parfums, des pains de savon et des huiles.

Sinon, il avait surtout vendu des étoffes de laine très finement tissées, mais rien d'autre qui ne valait les actions perpétuées dans cette maison. Einarr se tourna vers Thoralf.

— Aurait-il acheté ou échangé quelque chose qui ait tant de valeur qui puisse expliquer ceci ?
— Non, pas à ma connaissance, pas Oddvakr. Tu le connais, il s'en serait vanté pendant tout le voyage.
— Hum. C'est ce que je pense aussi. Que cherchaient-ils, dans ce cas ?

Einarr n'aimait absolument pas les derniers événements qui se produisaient dans leur clan. Avec certitude, il s'affirmait que la menace ne venait pas d'un de ses hommes. Mais d'où venait ce danger. Que désiraient-ils ? Il se frotta les yeux en soupirant.

— Comment expliquer ceci à Oddvakr ? Ils vont devoir remplacer pas mal de choses. Par les corbeaux d'Óðinn, la vie n'est-elle pas déjà assez compliquée avec Leifr ? Partons ! La nuit va bientôt tomber.

Les deux hommes quittèrent la maison pour retourner au village.

Après avoir dessellé et brossé sa monture, Einarr se rendit dans son alcôve, pour y ranger ses armes et prendre des vêtements. Il avait bien besoin d'un moment dans l'étuve !

À peine avait-il franchi l'entrée qu'il y trouva Iona, pensive, assise sur un des coffres. Réprimant de justesse un sourire au souvenir de la nuit dernière, il se dirigea vers la jeune femme.

— Un souci ?

Elle leva la tête vers lui. Une légère rougeur colora ses joues.

— Hum..., euh..., oui, inspira-t-elle sensiblement. J'ai rendu visite à Unni, se lança-t-elle, fronçant les sourcils.

Einarr sourit intérieurement. Elle se souvenait, elle aussi ! Il passa les doigts dans les cheveux, mieux valait penser à autre chose...

— Que vous a-t-elle dit, pour que vous soyez à ce point soucieuse ?

Iona le fixa, fronçant les sourcils de plus belle.

— Dites-moi ? Devine-t-elle toujours qui et quand vient lui rendre visite ?
— Que s'est-il passé qui vous trouble à ce point ?

Iona prit une grande inspiration.

— Elle m'attendait avec mon infusion préférée ! Troublant non ?

Einarr opina, puis sourit.

— Oui, Unni le sait pour chaque visite. Déroutant n'est-ce pas ?

La jeune femme hocha la tête.

— Que vous a-t-elle dit ? lui redemanda-t-il.

— Vous auriez dû m'expliquer qu'elle parle toujours par énigmes. C'est très… comment dire… frustrant ! Voilà, c'est le mot : *frustrant*.

Einarr prit place en face d'elle, s'asseyant également sur un coffre.

— Que s'est-il passé ?
— Après avoir bu notre infusion, elle m'a souri d'une façon si étrange ! Honnêtement, j'en avais des frissons tout le long du dos.

Parler de frissons, j'en ai eu la nuit dernière et pas à cause de Unni ! ….

Elle étudia Einarr, face à elle, les coudes sur les genoux, les mains jointes. Il la fixait avec une telle intensité, une telle concentration, que c'en était déroutant, presque autant qu'Unni ! Confuse, elle baissa les yeux.

— Avant que je n'aie eu le temps de demander quoi que ce soit, elle m'a dit : *Les Nornes sont satisfaites. Einarr a obéi en tout lors de son dernier voyage. N'aie crainte, ma petite ! Une partie du destin s'est accomplie ; les runes l'ont dévoilé !*

Einarr fronça les sourcils et se caressa la barbe, pensivement.

— Donc, si je saisis bien et pour répondre à votre question d'hier soir, les Nornes avaient décidé que je devais vous amener ici ?

— C'est également ce que j'ai compris. Mais pourquoi à moitié morte ? M'auriez-vous emmenée si je n'avais pas été blessée ?

Einarr fit non de la tête.

— Nous avions prévu d'enlever Gillespie, uniquement.
— J'arriverais presque à vous en vouloir de ne pas être intervenu un peu plus tôt. J'aurais eu moins de blessures, soupira-t-elle.
— J'essaierai de faire mieux, la prochaine fois !
— J'espère que jamais il n'y aura de *prochaine fois* ! s'insurgea-t-elle.
— J'y veillerai, je vous le promets, dit-il en souriant. A-t-elle dit autre chose ?
— Oui et c'est ce qui est le plus déroutant, le plus incompréhensible pour moi. Vous pourrez peut-être me le traduire. Elle a ajouté ceci : *Après le feu et le sang, la glace suivra. Quatre jours de ténèbres laisseront la place à la lumière et ensemble, ils ne seront plus qu'un ! Pendant la nuit de Jól[65], il sera créé. Un qui sera l'avenir ici et au loin.*
— Est-ce mot pour mot ce qu'elle vous a dit ?

Iona hocha la tête.
Einarr réfléchit. *Qu'essaies-tu de nous dire, Unni ? C'est incompréhensible !*

Les yeux dans le vide, caressant sa barbe, Einarr tourna en boucle, les paroles de Unni dans son esprit. Il reporta son attention sur Iona.

---

[65] Célébration du solstice d'hiver.

— Pouvez-vous m'expliquer ce qu'est la nuit de Jól ? le questionna-t-elle.

— C'est la nuit la plus longue de l'année, au solstice d'hiver, vous lui donnez le nom de Yule en Alba. A-t-elle ajouté autre chose ?

— Non. Après, je l'ai aidée à préparer quelques onguents et poudres. Ah ! Si ! Elle m'a dit : *Je vais t'en préparer un peu, ma petite, juste ceux dont tu auras besoin pour ne pas vous encombrer.* Elle a bien dit : *vous*, alors qu'elle me tutoie.

Einarr comprenait de moins en moins les paroles de la seiðkona. Elle avait toujours un comportement énigmatique, mais cette fois-ci, elle s'était surpassée. Pourquoi Iona aurait-elle l'utilité d'onguents et d'herbes médicinales ?

— Vous connaissez les herbes ?

Iona sourit.

— Je suis guérisseuse. Unni l'a deviné, Dieu sait comment !

Il était stupéfié par cette réponse.

Petite, courageuse, téméraire, dangereuse — elle dort avec une dague, ne l'oublie pas ! — et guérisseuse ! Comment ai-je pu penser qu'elle était frêle ?

— Elle a donc dit : *après le feu et le sang*. Vous a-t-elle dit quel feu ?

Iona répondit non. Einarr soupira, se passa les doigts dans les cheveux.

— Avez-vous découvert quelque chose qui puisse vous aider à identifier le danger qui nous entoure ?

— On a trouvé d'autres de Empreintes de pas, plus nombreuses que les autres jours. Ils ont également rendu visite à l'habitation d'Oddvakr. On y a découvert les matelas éventrés, les coffres avec les fonds détruits. Heureusement, lui et sa famille sont ici dans la maison longue pour Skammdegi.

— Vous voulez dire que quelqu'un a fouillé et tout détruit dans leur habitation ?

Il confirma.

— Que veulent-ils ? s'enquit-elle.

— On ne sait pas. On a beau chercher, Thoralf et moi, mais rien ne nous vient à l'esprit qui pourrait avoir une valeur au point de détruire tout pour le retrouver.

— Est-ce tellement inquiétant ? Les Skammdegi précédents n'ont pas eu de souci ?

— Non, pas de ce genre-là : des maladies, des enfantements, des blessures, mais rien d'aussi alarmant et mystérieux.

Iona réfléchit aux événements rapportés par Einarr, ainsi que celui de la nuit dernière. Pouvait-elle le questionner sur le fait qu'il passe ses nuits dans l'alcôve et comment aborder ce sujet ô si délicat ? Se raclant la gorge, elle prit son courage à deux mains :

— Hier soir, vous m'avez dit ne jamais mentir vous vous souvenez ?

— Sans me vanter, oui c'est exact, je ne mens jamais.
— Pourtant, vous m'avez affirmé ne pas passer vos nuits dans cette alcôve...
— Je n'ai rien affirmé de tel ! protesta-t-il.
— Einarr Leifrson, vous me l'avez dit, j'en suis certaine ! s'insurgea la jeune femme.
— Non, en aucun cas. Souvenez-vous : je vous ai demandé ce qui vous faisait croire que vous n'étiez pas *seule* dans l'alcôve. Vous m'avez répondu que vous aviez *l'impression* ne pas l'être. Ensuite, je vous ai demandé si vous vous sentiez menacée ou en danger. Jamais je ne vous ai dit que je n'étais *pas* dans cette alcôve, la nuit.

Iona dut admettre qu'il disait vrai.

— Soit. Disons que vous avez menti par omission. C'est tout aussi grave !
— Selon vous, comment dois-je veiller à votre sécurité ?
— Vous pouvez dormir devant l'entrée, de l'autre côté de la porte.

Pour toute réponse, le jeune homme pointa du doigt l'ouverture dans le toit, servant à l'évacuation de la fumée de l'âtre. Iona ferma les yeux. Pourquoi n'y avait-elle pas pensé elle-même. Reportant son attention vers Einarr, il y décela de l'angoisse.

— Ne craignez rien. Quand je vous ai dit que je veillais sur votre sécurité, j'étais sincère. C'est la seule chose qui m'importe ! Vous n'avez rien à craindre de moi, jamais je ne vous ferai de mal. Me croyez-vous, au moins ?
— Je dois avouer que oui, chuchota-t-elle.
— Je suis désolé qu'il n'y ait d'autres moyens.
— Suis-je donc réellement en danger ?

— C'est ce que je crains. Surtout de ne pas comprendre ni la raison ni d'où le danger peut venir. Tout ceci ne doit pas être facile pour vous, je le conçois.

Les yeux de Iona se rembrunirent.

— Depuis le trépas de mon père, il n'y a eu que troubles et menaces autour de moi. Cela s'arrêtera-t-il un jour ?
— Je vous le souhaite de tout cœur. Sachez que je serai toujours là si vous avez besoin de moi.

Redressant les épaules, elle tenta de retrouver un peu de courage :

— Einarr Leifrson de Rygjafylki, vous avez toute ma confiance et ma gratitude ! Bon, revenons à nos moutons : cette prédiction des Nornes ! Que peuvent-elles vouloir nous dire ? Vous accepteriez de faire une partie de tafl avec moi ? Cela m'aide à réfléchir.

Ainsi, elle joue au tafl, la courageuse Iona ! Pas une mauvaise idée ! Ce qu'elle m'a rapporté de sa conversation avec Unni me donne également matière à réfléchir. Pourquoi ne peux-tu pas parler plus clairement, Unni ? Faisons cette partie de tafl, mon bain peut attendre...

Einarr lui sourit et sortit les pièces et le plateau de tafl, plaça un coffre entre eux, faisant ainsi fonction de table. D'office, il offrit les blanches à la jeune femme qui les refusa.

— Non ! Pas de privilège. Je préfère que vous me les présentiez dans vos poings fermés.
— À votre guise.

Il lui présenta ses deux poings. Iona choisit, même de cette façon, les pièces blanches.

Les deux se trouvaient en pleine réflexion, tout en se concentrant sur le jeu. Aucun des deux ne menait vraiment l'autre, ils étaient de Excellents stratèges.

— La seule chose que je comprenne des dires de Unni est la première phrase, commença Iona, du moins la première partie : *Après le feu et le sang*. Il s'agit d'un feu bouté quelque part, très certainement, probablement par ceux qui nous épient et qui ont visité la maison d'Oddvakr. Qu'en pensez-vous ?

Einarr leva les yeux vers Iona, étudiant son visage. Elle semblait réellement très concentrée sur le plateau, ne laissant rien paraître. Elle releva la tête vers lui, leurs regards se vrillèrent l'un dans l'autre.

Il sourit quand elle arqua un sourcil. Elle lui faisait, en cet instant, énormément penser à Daividh : même expression du visage, même mimique lorsqu'ils se concentrent, même stratégie au tafl ! Elle était une excellente joueuse et comme lui, cela l'aidait à réfléchir !

— Vous avez probablement raison. Le souci est que je ne sais pas où mettre des gardes.

— Hum, oui, je vois. Par contre, le sang, je n'aime pas ce que cela peut impliquer.

— Il en est de même pour moi.

Einarr tenta une ouverture en avançant un pion. Iona fronça les sourcils, avança la main, fit un *oh* silencieux et retira la main. Elle lui lança un regard malicieux, puis secoua non. Au moins, il aura essayé !

— Vous êtes une excellente adversaire.

— Merci, répondit-elle tout sourire.

C'est ainsi que Thoralf les trouva, tous deux les bras croisés sur les bords du coffre examinant les pions. Il avança et en étudia lui aussi les positions.

— À qui le tour ?
— Iona ! Moi ! répondirent-ils ensemble, sans relever leurs têtes vers Thoralf.

Thoralf, accroupi à côté d'eux, fixa le jeu.

— Vous permettez, Iona, dit-il en dirigeant la main vers le pion qu'Einarr avait tenté de lui faire bouger.
— Non ! Surtout pas ! l'arrêta la jeune femme en lui donnant une petite tape. C'est ce qu'il souhaitait que je fasse, mais c'est une très mauvaise passe, pour moi, je précise.
— Vous croyez ? Excusez-moi, ne le prenez pas mal de ma part, mais vous êtes une…
— Femme ! C'est ce que vous vouliez dire ?
— Non, une Skotar !
— Et selon vous, une Skotar ne peut pas jouer aussi bien ?

Thoralf ne se sentit pas du tout à son aise. Que répondre, sans offenser cette jeune femme. Il porta son attention vers Einarr. Celui-ci observa Iona l'œil pétillant, un demi-sourire malicieux aux lèvres.

— Vous êtes une excellente joueuse, pas uniquement en tant que Skotar ! C'est Daividh qui vous l'a appris, n'est-ce pas ?

Iona approuva.

— J'aurais déjà battu Thoralf à maintes reprises, ajouta-t-il, au plaisir de la jeune femme.

Un grand sourire illumina le visage de Iona, ses yeux pétillaient de bonheur.

— Comment cela, *tu m'aurais déjà battu à maintes reprises* ? demanda Thoralf offusqué.
— Iona est bien plus réfléchie. Ne le prends pas mal ! Tu es un excellent joueur, toi aussi. Elle est simplement plus stratège que toi.
— *Mouais*, reste à voir. Au fait, j'étais venu te dire que la réserve a eu une visite.

Einarr blêmit en se figeant.

— Répète ?
— Celle où sont entreposés les sacs de farines et de grains, a eu une visite.
— Manque-t-il quelque chose ?
— Je ne peux le dire, je n'en connais pas l'inventaire.
— Mais moi, oui !

Les deux hommes se retournèrent vers Iona.

— Comment cela ? demanda Einarr.
— Je m'y rends souvent avec Ástríðr. Je sais donc ce qu'il y a et où tout se trouve.

Einarr la fixa pensivement. Que décider ? L'emmener alors qu'il pouvait y avoir du danger ou la laisser ici et ne pas découvrir ce qu'il manquait dans la réserve ? Mais à qui le demander ? Il ne voulait impliquer personne d'autre dans cette histoire.

— Mettez un manteau et chaussez-vous chaudement, vous venez avec moi.
— Es-tu sérieux ? l'interpella Thoralf.
— Oui, elle sait ce qu'il y a. Tu veux alerter toute la maisonnée ? Mieux vaut que peu de personnes apprennent ce qui se passe ici ces derniers temps.

Il se tourna vers Iona, vit qu'elle se tenait prête à le suivre.

Tous les trois se rendirent discrètement vers la grange faisant office de réserve. Il y faisait sombre, alors Thoralf alluma une lampe à huile, à l'aide d'une torche qu'il avait laissée à l'extérieur. Iona examina minutieusement le contenu.

— Là, dit-elle en pointant du doigt un espace, il manque trois sacs de farine d'orge et là, des sacs de graines de lin, deux ici, des sacs de farine d'épeautre ! Ce sont les deux farines que l'on utilise le plus pour faire du pain !

Einarr et Thoralf en furent abasourdis. Voler les farines utiles à leur survie lors du long Skammdegi était ce qui pouvait leur arriver de pire ! Les deux hommes observèrent Iona continuant à examiner le contenu de la pièce. Soudain, le visage de la jeune femme blêmit.

— Un souci ? questionna Einarr.
— Où est Gro ?
— Qui est Gro ? s'inquiéta Thoralf.

— Le chat. Elle dort ici sur la paille veillant à ce qu'il n'y ait pas de souris.

Elle se baissa, mit une main sur le nid douillet et constata qu'il était encore tiède.

— Elle se trouvait ici, il y a peu. Sa place est encore tiède.
— Les chats sont des nocturnes ; elle est probablement sortie chasser.
— Non. Ástríðr m'a dit qu'elle a un certain âge, qu'elle ne sort plus la nuit.

Elle fronça les sourcils. Il y avait un liquide rougeâtre sur la paille.

— Est-ce du sang ? demanda-t-elle la voix légèrement sanglotante, en levant les yeux vers Einarr.

Il s'approcha de la jeune femme où il s'accroupit à son tour. C'en était bien.

— Il peut appartenir à une proie, donc rien ne dit que c'est celui de Gro.
— Mais ce n'est pas certain, n'est-ce pas ?

Einarr vit les yeux de la jeune femme devenir humides.

— On peut espérer qu'en entendant du bruit, elle soit sortie par le trou là, dans le coin. Vous le voyez ? Il est assez grand pour laisser passer un chat.

Iona porta son attention dans la direction qu'Einarr avait indiquée.

— Vous êtes attachée à Gro ? lui demanda-t-il en chuchotant.

Elle lui sourit tristement en hochant la tête :

— Quand je viens ici avec Ástríðr, elle se frotte à moi en ronronnant. Elle est très attachante. Quand je m'assois là, indiqua-t-elle l'endroit avec le menton, elle se blottit sur mes genoux, m'offrant son ventre pour le grattouiller.

Elle fixait Einarr avec un air tellement triste qu'il aurait voulu la prendre dans ses bras pour la consoler.
Pendant qu'il cherchait quoi dire, un bruit leur parvint, suivi d'un miaulement. Un large sourire illumina le visage de la jeune femme. Gro venait d'entrer par le trou découvert par Einarr. Le gigantesque chat se frotta contre les jambes de Iona en ronronnant. Elle le prit dans ses bras en le cajolant.
Einarr se releva, un sourire en coin. Il se tourna et se figea ! Iona suivit son regard et se leva également, s'approchant.

— C'est du Fuþark[66], non ? C'est l'écriture Norrœnir ?

Il acquiesça, les yeux toujours rivés sur le message inscrit. Thoralf le vit aussi et se figea à son tour.

— Est-il courant d'écrire sur les murs ?
— Non, pas du tout, répondit Einarr. C'est un message de la part de nos visiteurs.
— Que dit-il ?

---

[66] L'écriture viking. Ceci est la vraie dénomination de ce que nous appelons communément Runes.

Il baissa la tête vers la jeune femme.

— Il vaut mieux que vous ne le sachiez pas.
— Pourquoi ? Il parle de moi ?
— Je ne crois pas, non.
— Que dit-il, alors ?

Il soupira. Il n'aurait pas la paix tant qu'il ne lui révélait pas ce que disait cette mise en garde.

— Il dit : *le sang du traître va couler*.

Iona frissonna en fronçant les sourcils.

— Qui cela peut-il bien être ?

Il secoua la tête. Il n'en avait aucune idée. Il soupira très profondément.

— Je ne sais pas, mais je dois le découvrir avant qu'il ne soit trop tard. Venez, rentrons.

Il conduisit la jeune femme vers l'alcôve et en profita pour prendre des vêtements dans un de ses coffres. Il rêvait d'un bain, ayant besoin de calme et de solitude pour réfléchir. Il pouvait obtenir tout cela dans l'étuve.
Au moment de quitter la pièce, Iona le retint par le bras.

— Vous avez probablement un peu de temps pour trouver qui est en danger.
— Qu'est-ce qui vous fait dire cela ?
— Unni, ou plutôt les Nornes. Vous vous souvenez ?

Après le feu et le sang. Il doit donc y avoir du feu avant, cela vous laisse un peu de temps. Enfin, j'espère.

— Puissiez-vous avoir raison. Priez votre Dieu pour que ce le soit.

— Oui, je vous le promets, dit-elle en souriant faiblement.

Sur un dernier signe de tête, Einarr quitta l'alcôve.

Chapitre 7

Sortant de la cabane d'étuve, retournant vers le skáli, Einarr ralentit le pas. Il se passait quelque chose d'étrange. Le ciel était illuminé d'une lueur rougeâtre. Il s'arrêta pour scruter autour de lui. Tout était calme, pas un bruit à l'extérieur. Il entendit seulement les voix dans la maison où tous se préparaient pour le repas du soir.

Soudain, une odeur de fumée chatouilla ses narines. Il y avait le feu quelque part ! Einarr se hâta vers son alcôve ; il lui fallait son épée et rassembler quelques hommes. En entrant dans la pièce, quand il prit son arme, il remarqua la présence de Iona qui blêmit à la vue de sa lame.

— Allez retrouver ma mère et ne la quittez sous aucun prétexte jusqu'à mon retour. Promettez-le.

Elle acquiesça, les yeux toujours fixés sur l'épée. Elle releva la tête vers le jeune homme et déglutit. Elle ne l'avait jamais vu ainsi, le regard farouche.

— Que se passe-t-il ? demanda-t-elle.
— Il y a une odeur de fumée. Nous devons y aller avec quelques hommes.

— Promettez-moi de revenir ! le supplia-t-elle.

Il s'avança vers elle.

— Vous avez ma parole, dit-il, la fixant droit dans les yeux. L'éclat étant devenu tendre.
— Revenez sain et sauf, en une seule pièce, sans la moindre égratignure ni blessure ni brûlure !

Un sourire en coin se dessina sur son visage.

— Je vous promets de revenir en vie. C'est tout ce que je peux vous dire. Restez avec Mère ! Je vous rejoins dès que possible.

La jeune femme ne put se détourner de l'éclat qu'elle découvrit dans les prunelles de Einarr. Il devait revenir, car elle ne pouvait imaginer ne plus le contempler !

S'armant de courage, elle se mit sur la pointe des pieds et posa ses lèvres sur celles du guerrier. Surpris, Einarr écarquilla les yeux. Le baiser de Iona fut bref et maladroit. Elle se sentit honteuse de son acte. Qu'allait-il penser d'elle, maintenant ? Einarr la dévora des yeux, un sourire en coin.

— Ce n'est pas ainsi qu'on embrasse un Norrœnir ! lui souffla-t-il à l'oreille.
— Je suis désolée, bafouillait-elle confuse. Je ne sais pas ce qu'il m'a pris. Veuillez m'excuser… Je…

Einarr l'attira tendrement vers lui continuant sur le même ton :

— Laissez-moi vous montrer…

C'est ce qu'il fit. Iona flotta quelque part dans les airs. Ce baiser était... sublime... envoûtant... merveilleux ! Ses lèvres se révélèrent douces, caressantes, entreprenantes. De sa langue, il invita sans brusquerie Iona à écarter les lèvres, à lui céder le passage libre pour approfondir leur baiser.

Du bras, il l'attira fermement contre son corps qui épousa parfaitement les formes de la jeune femme. Iona fondit dans cette étreinte en gémissant. L'entourant des deux bras, Einarr la tint contre lui, approfondissant encore plus leur baiser qui devenait passionné. Il releva la tête et vrilla son regard à celui de la jeune femme.

— Je reviendrai, chuchota-t-il tendrement, avec ce sourire en coin qu'elle aimait tant. Allez retrouver ma mère et attendez mon retour.

Ne pouvant prononcer un seul son, elle opina en guise de réponse. Einarr quitta la pièce. Iona fixa la porte, amenant ses doigts à ses lèvres comme pour y garder le goût du baiser échangé.

Seigneur, qu'allons-nous devenir ? Je suis éperdument, follement, passionnément amoureuse de lui !

Iona soupira. Retrouvant l'utilisation de ses jambes, elle partit à la recherche d'Ástríðr.

Einarr rejoignit ses hommes. Ils se mirent à la recherche du feu. Il s'arrêta brusquement, réalisant ce qui venait de se passer dans l'alcôve.

Par tous les dieux, qu'ai-je fait ?

Plus tard ! Il y repenserait *plus tard*. Il devait trouver où ce feu était ; c'était sa priorité. Ils découvrirent d'où provenait l'odeur de fumée. Tous regardèrent hébétés un tas de bois se consumer. Les branches avaient été placées comme pour une stèle funéraire, mais en miniature. Était-ce un message, une mise en garde ou une promesse pour la suite ?

Il ne savait plus quoi penser. Tout semblait si confus. C'est à ce moment qu'il vit Gautie le rejoindre, l'air embarrassé. Quelle mauvaise nouvelle allait-on lui annoncer, cette fois-ci. Craignant le pire, il attendit.

— Le Skotar a disparu. Ses chaînes lui ont été enlevées.

Einarr déglutit, puis ferma les yeux pour réfléchir :

Qu'est-ce que la maison d'Oddvakr, cette stèle funéraire en feu et le Skotar avaient en commun ? La stèle pouvait être un avertissement. Mais de quoi ? Qu'avaient Oddvakr et le Skotar en commun ? L'idée de faire un þræll de Gillespie ? Non, cela ne pouvait pas être la raison. C'était l'idée de Snorri !

Plus il y réfléchissait, plus tout devenait encore plus confus. Qu'avaient-ils d'autre en commun ? Pourquoi l'odeur de fumée persistait-elle, alors que la stèle était entièrement recouverte de neige ?

Il n'y avait plus de fumée qui s'en échappait ! Pourtant, il y avait toujours cette odeur qui chatouillait le nez de Einarr. Fronçant les sourcils, il scruta autour de lui. Il y en avait un autre ailleurs ! Quelqu'un semblait s'amuser à jouer avec leurs nerfs. Il détestait cela !

— Il y a un autre feu quelque part ! Trouvez-le ! ordonna-t-il à ses hommes.

Tous se mirent à la recherche d'un autre incendie. Le village fut fouillé consciencieusement, mais ils ne trouvèrent rien. Aucun incendie, aucun bout de bois en feu, malgré l'odeur persistante. Ils tournèrent en rond. En rage, Einarr s'arrêta, inspectant autour de lui, observant ses hommes un à un. Calmement, il réfléchit, l'air soupçonneux, suspicieux :

D'où cela venait-il, si ce n'était pas dans le village ? Qu'avaient le Skotar et Oddvakr en commun ? C'est là que je trouverai la réponse. Ne devrais-je pas, également, y inclure l'inscription trouvée dans la grange ? « Le sang du traître va couler ».

Si ce n'était pas Oddvakr le traître, serait-ce Gillespie ? Non, personne ici ne le connaissait. Oddvakr avait participé à notre dernier voyage. On avait emmené ensemble Gillespie pour en faire un þrœll, mais ce n'était pas la raison qui expliquait ce feu. Qui était le traître, alors ?

Qui savait pour quelle raison on se rendait en Alba ? La vraie raison du voyage organisé par Rókr. Rókr ! Rókr, oui, mais il n'était plus ! Une vengeance ? Peu probable ! On l'avait envoyé au fond de l'eau, lui et ses complices, attachés à son corps.

Donc ce ne pouvait pas être cela. Mais alors quoi ou plutôt qui ? Qui pouvait être le traître ? Aucun de mes hommes ; j'ai une entière confiance en eux.

L'odeur de fumée devint de plus en plus prenante. Il devait trouver les réponses à ses questions. Dire que si Ólafr ne les avait pas prévenus, lui et Thoralf, il ne serait pas ici à tenter de trouver des réponses. Einarr ferma les yeux.

Oh non ! Par Óðinn ! Pas Ólafr !

C'était Ólafr qui les avait prévenus, donc il pouvait être le traître pour les hommes de Rókr !

— À la ferme de Ólafr, maintenant ! cria-t-il à ses hommes, espérant ne pas arriver trop tard.

La bâtisse était assez éloignée, mais en Skammdegi, les odeurs pouvaient porter loin. Tous sellèrent leurs montures rapidement. Aussi vite que la couverture de neige au sol le leur permettait, ils se rendirent vers la ferme de Ólafr. Elle était la plus éloignée de toutes, ce qui ne rendait pas la tâche facile.

En arrivant, Einarr découvrit le fermier entouré de quatre hommes. Il les combattait farouchement, une épée dans chaque main. Einarr n'attendit pas que sa monture soit à l'arrêt pour sauter et apporter son aide à Ólafr. Ses hommes s'attaquèrent aux autres assaillants présents sur les lieux.

L'effet de surprise leur fut bénéfique, car ils prirent vite le dessus. Haletant, réalisant que leurs adversaires étaient tous tués, Einarr chercha Ólafr. Il gisait là, couché au sol, grièvement blessé.

De la main, il cherchait son épée à tâtons. Einarr avança vers lui, la ramassa et s'agenouilla auprès de lui. Il lui mit le pommeau de l'arme dans les mains qu'il croisa sur sa poitrine. Gardant les siennes autour de celles du guerrier, Einarr se pencha vers lui.

— Ólafr, je suis tellement désolé. J'aurais dû arriver plus tôt !

Ólafr déglutit difficilement, toussota aussi, tout en fixant Einarr dans les yeux, le regard vitreux. La vie s'échappait lentement du corps de ce valeureux guerrier. Einarr en sentit une boule dans la gorge.

— Non, Einarr. Comment aurais-tu pu savoir. J'étais étonné de te voir arriver. Je t'en prie, promets-moi, avant que je ne rejoigne le banquet de Óðinn, de prendre soin de ma famille. Mon épouse et mes enfants n'ont plus de protection. Veille sur eux, je t'en prie.

— Tu as ma parole. Ils vivront dans la maison longue du Jarl. Je m'occuperai moi-même de l'éducation de tes garçons. Va, mon ami. Va montrer à Óðinn ce que c'est que de festoyer et montre-lui surtout ce qu'est un valeureux guerrier.

Einarr serra les mains de son ami, l'aidant à maintenir sa lame lui permettant d'entrer au Valhǫll.

Ólafr expira son dernier souffle, l'épée à la main. Les Valkyrja l'avaient emmené. Einarr ferma les yeux, demandant à Óðinn de recevoir ce valeureux Norrœnir à sa table, dignement, avec les honneurs.

Une boule dans la gorge, il se leva et vit que ses hommes étaient tous présents. Tous connaissaient la bravoure et le courage de cet homme. Il avait été, pendant des années, le meilleur guerrier de Leifr.

— Trouvons son épouse et ses enfants. Ensuite, nous devons nous occuper de son dernier voyage.

— Nous avons trouvé son épouse, assassinée. Elle est là-bas, dans l'étable, expliqua Thoralf.

— A-t-elle été…, hésita Einarr, mal à l'aise.

Ô ! Frigg ! Faites qu'elle n'ait pas connu ce déshonneur ! pria-t-il intérieurement.

— Non, elle a eu la gorge tranchée, seulement. Nous avons également trouvé la tête de Gillespie dans la porcherie.

Einarr fronça les sourcils.

— Uniquement la tête ?

Thoralf acquiesça.

Pourquoi uniquement la tête ? C'était incompréhensible ! Il soupira en se passant la main sur le visage. Examinant les lieux autour de lui, pour la première fois depuis leur arrivée, il constata que c'était la grange qui avait été incendiée. L'étable et l'habitation demeuraient intactes. Il vendrait les bêtes de Ólafr et donnerait les bénéfices à ses fils.

Pour l'heure, ils devaient emmener les quatre enfants loin d'ici, au chaud, dans la maison longue. Sa mère trouverait certainement une place pour ces pauvres orphelins. Il tiendrait sa promesse : s'occuper personnellement de l'éducation des trois garçons.

Entrant dans la maison, il trouva l'aîné des fils se tenant vaillamment, une dague à la main, devant ses deux petits frères et sa sœur couchée dans son berceau. La petite était à peine âgée de quelques vika.

Reconnaissant Einarr, le jeune garçon, âgé d'à peu près sept ár, baissa son arme. Au visage grave de Einarr, il comprit que ses parents n'étaient plus. Il déglutit péniblement, regarda ses frères, se retournant à nouveau vers Einarr, celui-ci s'accroupit devant le jeune garçon.

— On va vous emmener dans la maison du Jarl. Je te promets que ton père aura des funérailles dignes du grand guerrier qu'il était, lui signifia-t-il, une main posée sur l'épaule du jeune garçon. Comment te nommes-tu ?

— Hábjǫrn Ólafrson, répondit le jeune garçon fièrement en levant le menton.

— Hábjǫrn Ólafrson, je ferai de toi un guerrier, digne de ton père, je te le promets, le rassura-t-il droit dans les yeux.

Il y découvrit un voile de tristesse ; ses yeux se mouillaient. Il était encore bien jeune pour vivre une pareille épreuve : perdre ses deux parents le même jour.

— Viens ! Allons-y. Tu ne crains plus rien, maintenant. Nous allons vous emmener dans la maison du Jarl. Ma mère s'occupera bien de vous.

Le jeune homme souleva la petite, qui dormait à poings fermés. Si seulement il pouvait, lui aussi, retrouver cette innocence ne serait-ce que pour une seule nuit !

Tenant fermement la petite, qu'il maintenait chaudement sous sa cape, il sortit de l'habitation. Dans le silence, chagrinés par le décès d'un des leurs, ainsi que pour ces quatre enfants, ils se mirent en route vers la maison du Jarl.

À leur entrée dans le skáli, le silence fut total. Ils fixèrent tous les hommes entrer. Einarr avança vers sa mère et ouvrit sa cape.

— Peux-tu t'occuper d'elle ? demanda-t-il en tendant la petite. Elle vient de perdre ses parents. Il lui faut une nourrice[67]. Il y a aussi ses trois frères et ils doivent avoir faim et certainement être épuisés. Ce sont les enfants de Ólafr. Lui et son épouse ont été tués.

Ástríðr prit la petite et ordonna à ses servantes de s'occuper des trois garçons. Einarr vit Iona suivre sa mère. Maintenant, il devait parler à son père !

---

[67] Les nourrissons scandinaves étaient allaités jusqu'à l'âge de deux ans. Seuls les nantis faisaient appel à des nourrices. Contrairement à ce qu'il se raconte, les Scandinaves n'avaient pas une ribambelle de Enfants, car tant que la mère allaitait, elle ne pouvait tomber enceinte.

Il le trouva à sa place habituelle, celle d'honneur à la grande table. Se tenant devant lui, de l'autre côté de la table, il le toisa, les bras croisés.

— Qui sont ces enfants ? Que font-ils ici ?
— Ce sont ceux de Ólafr. Lui et son épouse ont été assassinés. J'ai donné ma parole que nous nous occuperions d'eux. Demain auront lieu les funérailles. J'espère que tu pourras te dessoûler assez pour lui rendre honneur, comme le mérite le grand guerrier qu'il était ! le défia-t-il droit dans les yeux.
— Comment cela, ils ont été tués ?
— Tu serais moins ivre de temps à autre, peut-être pourrais-tu veiller sur tes gens ? Peut-être aurais-tu remarqué qu'un danger rôde autour de nous ?

Leifr foudroya son fils du regard.

— *Peut-être* que mon fils pourrait me montrer plus de respect ?
— Faudrait-il le mériter, Père ! Or, ce n'est plus le cas depuis plusieurs ár.

Einarr s'avança, puis se pencha vers Leifr, les deux mains posées à plat sur la table.

— Quand tu redeviendras l'homme qu'Ólafr me décrivait, celui pour qui il avait tant d'admiration, alors je te respecterai comme il se doit. Mais tu es loin de cet homme-là, *très loin*. Tu n'es qu'une ombre.
Demain, je te l'ordonne, tu lui présenteras les honneurs dignes du guerrier qu'il était. Si tu ne le fais pas, si tu n'es pas sobre, je te jette moi-même dans le lac glacé pour te dessoûler. Tu es prévenu et tu sais que je tiens toujours mes promesses ! C'est à cause de toi que tout ceci nous arrive.

— Vraiment ? N'est-ce pas plutôt ta petite Skotar, celle que toi et ta mère couvez comme le bien le plus précieux ? C'est depuis que tu l'as amenée ici que nous avons des soucis.

Einarr attrapa l'encolure de son père.

— Touches un seul de ses cheveux, même en pensée, tu en pâtiras, je t'en fais la promesse. Peut-être devrais-je faire venir Unni ? Qu'en dis-tu ? Elle t'expliquera certainement mieux que moi pourquoi *tes* agissements sont responsables de ce qui nous tombe dessus depuis quelque temps.

À la mention de la seiðkona, Leifr blêmit.

— Je vois que le simple fait de parler d'elle te fait réfléchir ! Tu es prévenu ! Demain, tu seras sobre aux funérailles et n'oublie pas : pas un seul cheveu de Iona ne doit être dérangé. Suis-je assez clair ?

Leifr opina. Son fils lâcha donc son encolure, d'un air dégoûté. Ne supportant plus sa vue, il se détourna ensuite de lui et se dirigea vers les cuisines. Il veillerait à ce que les enfants de Ólafr ne manquent de rien.

À l'entrée de la pièce, il trouva Hábjǫrn, une dague à la main, longeant le mur. Einarr fronça les sourcils. Mettant une main sur l'épaule du garçon, il s'accroupit pour se trouver à sa hauteur.

— Il n'y a pas de danger, ici, Hábjǫrn. Tu peux ranger ta dague.

Le jeune garçon tourna la tête vers lui.

— Elle, dit-il en pointant Iona du menton, n'est pas une des nôtres. Elle n'a pas à toucher ma petite sœur. C'est sa faute si mes parents sont morts ! Rókr devait la tuer et au lieu de cela, elle est ici. Tu comprends ? Je dois la tuer pour les venger !

Einarr fut stupéfié par les paroles de l'enfant. D'où tenait-il cette histoire ?

— Est-ce ton père qui t'a raconté cela ?
— Non. J'ai entendu les hommes parler. Déjà ceux qui nous tenaient en otage l'ont dit. Ceux de ce soir également. C'est pour cette raison qu'ils ont assassiné mes parents et qu'ils vont vous tuer tous, tant qu'elle sera en vie. Elle a dérobé les cent pièces d'or qu'ils cherchent, celles que Rókr a reçues pour la tuer et qu'ils devaient se partager.

C'est donc cela, ils cherchent les pièces d'or ! Einarr soupira.

— Tu les as entendus dire que c'est Iona qui les possède ?
— Non, mais qui d'autre les aurait ? Un des nôtres ne ferait jamais cela !
— Elle n'a pas les pièces qu'ils veulent. Rókr les avait reçues, je ne sais pas ce qu'il en a fait. Il était mort quand j'ai trouvé Iona. Elle n'a rien emporté avec elle.
— Comment peux-tu en être certain ? Tu l'as fouillée, elle ou ses affaires ?
— Je n'ai pas eu à le faire, Hábjǫrn. Elle était grièvement blessée et inconsciente quand je l'ai emmenée. Je peux même te dire que c'est moi qui l'ai portée jusqu'au navire.

Hábjǫrn fronça les sourcils.

— Elle n'a rien emmené ?

Einarr fit non.

— Mais alors qui ? interrogea le jeune garçon.
— Le seul qui connaissait la réponse est mort, Hábjǫrn. C'était Rókr, lui signifia Einarr.
— Mais lui c'était un Norrœnir, un grand guerrier, pas un traître !

Einarr soupira.

— Quel nom donnes-tu à un homme qui poignarde son frère dans le dos ?
— Père m'a dit qu'un homme agissant ainsi est le pire traître ! Mais nous, Norrœnir, on ne fait pas cela.
— C'est pourtant ce que Rókr a fait ! Sans la mise en garde de ton père, je ne serais pas ici à te l'expliquer. Il m'a sauvé la vie.

Einarr vit le doute s'installer chez Hábjǫrn. Il observa le garçon attentivement. Celui-ci dévisagea Iona toujours aussi méchamment. Ce serait difficile de lui faire changer d'avis la concernant. Au moins, il avait baissé sa dague. Hábjǫrn tenta de se libérer de la main de Einarr et souleva son bras à nouveau.

Portant son attention à ce qu'il se passait dans la pièce, Einarr découvrit Iona assise, un gobelet en main, la petite fille en pleurs, soutenue par son autre bras. Elle faisait boire le nourrisson, du moins, le tentait-elle !

Einarr se leva alors pour s'approcher de cette scène inhabituelle. Iona chantait doucement pour apaiser l'enfant. Cette dernière se tut. Subjuguée, elle l'écoutait en hoquetant.

Toutes les personnes présentes dans la pièce la contemplèrent avec étonnement. Iona possédait une très belle voix ; la chanson était envoûtante. Avec consternation, tous admiraient la petite avaler maladroitement le contenu du gobelet.

À voir ce qu'elle n'arrivait pas à maintenir dans sa petite bouche, c'était du lait. Einarr fronça les sourcils. Pourquoi n'y avait-il pas une nourrice ? Comme hypnotisé par la scène qui se déroulait devant ses yeux, il ne remarqua pas Hábjǫrn avancer vers Iona, la dague à la main.

Au moment où il s'apprêtait à réagir, une vieille main ridée se posa sur l'épaule du garçon. Einarr découvrit la présence de Unni ! Elle fixa le jeune garçon en secouant la tête.

— Jamais tu ne lèveras la main vers elle, tu m'entends ? *Jamais* !

Sursautant, le jeune Hábjǫrn laissa tomber sa dague. Comme tant d'autres dans le village, il craignait Unni. Blême, il détourna la tête. Unni lui serra légèrement l'épaule, mais pas d'une façon menaçante.

Elle sourit, également attendrie par la scène que tous observaient. Unni se tourna ensuite vers Einarr, toujours aussi hypnotisé par Iona et la petite.

— Elle sera une excellente mère, crois-moi !

Le jeune homme porta son attention vers la seiðkona, un sourcil relevé.

— Pourquoi me dis-tu cela ?

Toujours aussi énigmatique, Unni répondit en haussant une épaule, un sourire en coin, les prunelles pétillantes. Elle s'approcha du jeune homme :

— Un homme doit connaître ces choses-là, chuchota-t-elle à son oreille. C'est important pour lui de savoir qu'une femme sera capable de lui donner de nombreux enfants en bonne santé, de bien s'en occuper. Ne crois-tu pas ?

Einarr fixa la vieille femme longuement, espérant plus de Explications, mais Unni n'ajouta rien de plus. Le regard encore plus malicieux que l'instant d'avant, elle lui tapota l'épaule puis se retourna vers Iona.

Einarr reporta son attention sur la jeune femme, elle continuait de nourrir la petite, chantant toujours de cette voix envoûtante. On aurait dit qu'elle brillait ! Il avança de quelques pas, rejoignant sa mère, émue par la scène également.

— Que lui donne-t-elle ?

Ástríðr se tourna vers son fils. Surprise, elle n'avait pas remarqué sa présence.

— Elle a demandé du lait tiède de chèvre. Inga est allée en traire une et lui a donné. Nous ne savions pas ce qu'elle avait en tête, mais cela semble résoudre notre problème.
— Tu n'as pas trouvé de nourrice ? Il n'y en a aucune parmi toutes les femmes ?
— Si, il y en a une, mais son époux est souffrant en ce moment. Elle ne veut pas quitter ses autres enfants. Qui s'en occuperait ?
— Il doit bien y avoir assez de femmes présentes ici non ?

— Oui, tu as raison. Je vais m'en occuper, dit-elle en posant une main sur le bras de son fils. Einarr, que s'est-il passé ?

Il soupira en observant la main de sa mère, puis la recouvrit de la sienne.

— Il y avait un feu, ici, dans le village, une petite stèle funéraire. C'était un leurre et pendant que nous le cherchions, afin de l'éteindre, ils avaient le champ libre pour se rendre à la ferme de Ólafr.
On est arrivés trop tard, dit-il, dépité. Il se défendait contre plusieurs hommes quand nous l'avons rejoint. Nous les avons tous tués. Thoralf a découvert son épouse égorgée et Oddvakr a trouvé les enfants dans la maison.
— Mais pourquoi ? Avait-il des ennemis ? Pourquoi un leurre ? Je ne comprends rien !
— Hábjǫrn, l'aîné de ses fils, les a entendus parler. Ils cherchent les cent pièces d'or que Rókr avait reçues en paiement, qu'apparemment, il devait partager avec les autres.

Ástríðr blêmit, porta la main à sa gorge.

— Pourquoi Rókr avait-il reçu ce paiement ?
— Ne me pose pas cette question, Mère. Tu n'aimerais pas la réponse.
— Je te l'ai posée ! Alors, pourquoi les cent pièces d'or ?

Il inspira profondément.

— Pour tuer Iona, dit-il d'une voix si basse que sa mère dut se pencher vers lui pour entendre la réponse.

Elle chancela. Elle tourna la tête vers la jeune femme, les yeux humides.

— Est-elle toujours en danger ?
— Je ne sais pas. Nous ne connaissons même pas ceux contre qui nous nous battons. Personne ne peut dire qui étaient les complices de Rókr ni d'où ils viennent.
— Et toi, es-tu en danger aussi ?
— Je crois que tous ceux qui ont participé à cette dernière traversée le sont. La ferme d'Oddvakr a été fouillée et saccagée. On est tous sur nos gardes.

Ástríðr porta son attention vers Iona.

— Protège-la, mon fils. Je ne veux pas que malheur lui arrive. Je me suis beaucoup attachée à elle. En même temps, ce n'est pas compliqué de l'aimer, ajouta-t-elle souriante.

J'avoue ! Pas compliqué du tout ! se dit Einarr. *Mais elle ne m'est pas destinée, car j'ai promis à Daividh de la lui ramener au vár. Ô, Frigg ! Pourquoi as-tu placé ce tourment sur ma route, d'aimer la femme que je ne peux garder auprès de moi !*

— Il y a constamment quelqu'un qui veille, Mère, la rassura-t-il.

Ástríðr déplaça sa main de celle de Einarr la posant contre sa joue. Elle vrilla son regard à celui de son fils. Lisant ses pensées, elle lui sourit tristement.

— Je n'en doute pas.

Après un dernier sourire, elle se retourna pour quitter la pièce, laissant son fils seul avec ses tourments.

Il se faisait tard. Einarr se rendit donc à son alcôve. Une bonne nuit de sommeil lui procurerait du bien. Pourtant, ce n'était pas encore cette nuit qu'il pourrait dormir paisiblement. Le danger guettait toujours, là, caché dans un coin. Il soupira, las de cette situation, de toute cette tension.

Trouver Iona éveillée ne l'étonna pas. Elle allait certainement lui poser bon nombre de questions. Possédait-il toutes les réponses ?

Tant de mystère planait autour d'eux. Ils s'observèrent en silence, ne sachant pas qui devrait prendre la parole en premier. Iona avança de quelques pas, puis s'arrêta, au milieu de la pièce.

—Cette nuit, c'était *le feu et le sang*, n'est-ce pas ? chuchota-t-elle, l'angoisse dessinée sur son visage.

Einarr se passa une main sur le visage en soupirant profondément. Il ne dissimula pas la tristesse dans ses yeux et opina.

—Oui, je le crains, avoua-t-il, fixant la jeune femme, intensément, le regard empli de douleur.

Il secoua la tête, tentant de remettre tout en place dans ses pensées, soupirant profondément, quelques fois.

—On est arrivés en retard ! On n'a rien pu faire ! Je n'ai pas protégé Ólafr ni son épouse ! Je…

Iona s'avança vers lui et agrippa les deux mains du jeune homme.

— Einarr, vous avez fait tout ce qu'il était possible. Je suis certaine qu'Ólafr le savait ! Vous ne devez rien vous reprocher.

— Vraiment ? Croyez-vous réellement ce que vous dites ? Au lieu de tourner dans le village, on aurait dû suivre la direction de l'odeur de fumée ! On serait arrivés avant qu'Ólafr et son épouse se fassent tuer !

Non, au lieu de cela, nous avons perdu du temps à fixer un leurre se consumer, s'éteindre, à rester là, hébétés, nous demandant ce que cela pouvait vouloir dire. *Un leurre* ! Vous comprenez ?

Il nous a tenus éloignés du véritable danger ! hurla-t-il en colère, arrachant ses mains de celles de la jeune femme, reculant de quelques pas.

Nullement effrayée, elle fixa Einarr droit dans les yeux.

— Ne connaissant rien aux pratiques des guerriers, pouvez-vous m'expliquer à quoi sert un *leurre*, exactement ? demanda-t-elle tout en connaissant pertinemment la réponse.

— Quoi ? Quelle question ! Cela sert à tromper l'ennemi, à le dévier du véritable objectif ! Que croyez-vous que ce soit d'autre ?

S'avançant de quelques pas, elle reprit ses mains dans les siennes.

— Vous venez vous-même de donner la réponse. Ne croyez-vous pas que l'odeur de la fumée du leurre était plus persistante que celle se trouvant plus loin, hors du village ? Qu'à cause du léger vent, vous aviez l'impression que l'odeur venait de toutes les directions en même temps ?

Ceux qui ont fait cela ont agi dans cette optique : vous dévier, vous et vos hommes, du véritable objectif. Vous n'avez rien à vous reprocher et vous connaissant, je suis certaine qu'Ólafr est parti dignement, que vous êtes resté avec lui.

Einarr déglutit péniblement, le cœur lourd. Sa respiration, devenue bruyante, s'accéléra. Iona lut une énorme douleur sur son visage. S'avançant encore, elle plaça une main sur sa joue, la caressant du pouce. Einarr ferma les yeux, pressant sa joue plus fortement sur cette main douce, apaisante et réconfortante.

Il garda les paupières closes, ne voulant pas montrer à cette tendre jeune femme qu'elles s'humidifiaient. Le réconfort qu'elle lui donnait par sa simple présence, par ce simple geste, l'apaisa. Sa respiration revint à la normale.

Sans pouvoir contrôler ses sens ni ses mouvements, le front de Einarr vint se poser sur celui de Iona. Il ouvrit les yeux, découvrant ceux de Iona vrillés au sien. Il soupira, déglutissant aussi bruyamment. Il devait se ressaisir.

Il ne pouvait rien y avoir entre eux. Voulant s'éloigner, son corps agit en traître et au lieu de reculer, ses deux mains se dirigèrent vers le visage de Iona, se posant tendrement sur ses joues. Elle avait la peau si douce sous ses doigts rugueux ! Son nez caressa celui de Iona. Il se sentait si bien ! Ses lèvres se posèrent sur celles de la jeune femme, l'embrassant tendrement.

Brusquement, il la prit dans ses bras, la serrant fortement contre lui, rendant leur baiser plus passionné. Il y mit fin en soupirant. Le front posé sur la tête de la jeune femme, une de ses mains vint se poser sur la nuque de Iona, la tenant ainsi plus fortement contre lui.

— Je suis désolé de m'être emporté contre vous, tellement désolé, répéta-t-il. Me pardonnez-vous ? chuchota-t-il.

Iona répondit par l'affirmative l'entourant de ses bras. Ils restèrent ainsi un long moment, tendrement enlacés. Elle sentit qu'il avait besoin de ce moment pour s'apaiser. Einarr était réellement ébranlé par les événements de cette nuit.

Relevant la tête, amenant la main qui tenait la nuque de la jeune femme vers sa joue, il la regarda intensément.

— Vous devez être une sorcière, Iona, une de ces celtes dont Daividh m'a si souvent parlé. Votre voix a calmé la petite, votre simple présence m'apaise. Oui, vous devez en être une !

Iona le dévisagea angoissée. *Était-il sérieux ?*

— N'ayez crainte. Vous savez que nous, les Norrœnir, nous les respectons énormément. Vous avez constaté par vous-même la place qu'Unni a parmi nous !
— C'est que les chrétiens n'en ont pas la même opinion, je risque le bûcher…

Einarr la fit taire en posant un doigt sur ses lèvres.

— Chut ! Ne craignez rien… Je garde le secret, chuchota-t-il, le sourire mutin.

Elle lui sourit. Oui, c'est une chose qu'il ne dévoilerait à personne.

— Merci, répondit-elle sur le même ton, souriant largement.

Einarr retira ses bras et recula à contrecœur.

— Nous devrions essayer de dormir. Je vais vous laisser vous préparer. Je reviendrai plus tard.

Après un coup d'œil dans sa direction, il lui souhaita une bonne nuit. Elle hocha la tête en guise de réponse.

Dans le skáli, tous s'étaient installés pour la nuit, même son père s'était retiré. Seul à être éveillé dans la pièce, pour ne déranger personne, il quitta la maison longue. Il devait réfléchir.

Ses pas le guidèrent donc vers l'écurie. Il y trouva un peu de chaleur parmi les chevaux. Se dirigeant vers sa monture, il prit de la paille pour la brosser. À défaut d'une partie de tafl, cela l'aida également, se remémorant les paroles de Unni en boucle :

Après le feu et le sang, la glace suivra. Quelle glace ? Quelle en était la signification ?

Il croisa les bras sur le dos du cheval et y posa son front. Tout en soupirant, il repassa ces quelques mots, encore et encore, dans son esprit.

Unni, pourquoi ne peux-tu pas être plus claire ? Comment veux-tu qu'un simple guerrier comme moi puisse comprendre tes énigmes ! Il se sentit exténué. Il releva la tête, ferma les yeux. *Avons-nous eu tout le feu et le sang prédits par les Nornes ? Quels autres dangers nous guettent encore ?*

Après une dernière tape sur le dos du cheval, Einarr quitta l'écurie. Iona était certainement endormie. Il avait, lui aussi, besoin d'une nuit de repos.

La jeune femme était effectivement au lit, sa respiration indiquant qu'elle dormait. Il l'observa pendant un long moment. Cette jeune femme le touchait profondément.

Pourquoi elle ? Pourquoi celle qu'il devait ramener auprès de Daividh, en Alba ? Pourquoi avait-il fait cette promesse ? Demander à Mildrun d'écrire qu'elles reviendraient au vár était la chose la plus *stupide* qu'il ait faite !

S'avançant vers une petite table, il vida l'eau de la cruche dans la cuvette. Après avoir retiré sa tunique et sa chemise, il se lava. Depuis la nuit *de Exploration* de Iona, il gardait ses braies. Il s'installa sur la paillasse, mais le sommeil tant désiré ne vint pas.

Les bras croisés sous sa tête, il se remémora les événements de la soirée, ainsi que les prédictions des Nornes. Il devrait dormir, trouver un peu de repos. Il se concentra sur la respiration régulière de Iona. Celle-ci le calma, ses paupières s'alourdirent : le sommeil s'empara enfin de lui.

Dès l'aube, Einarr et quelques-uns de ses hommes construisirent le bûcher funéraire de Ólafr, orienté dans l'axe est-ouest. L'hiver et le sol gelé les empêchèrent de lui creuser une tombe, d'ériger un tertre digne du grand guerrier qu'il était de son vivant.

Tous travaillèrent silencieusement. Les femmes préparèrent les deux corps pour les funérailles. Leifr, contrairement aux craintes de Einarr, fut sobre. Exceptionnellement, Unni garderait l'urne, contenant les cendres, jusqu'au dégel au vár. Ils lui creuseraient une tombe et érigeraient un tertre.

Les guerriers, ayant combattu et navigué avec Ólafr, portèrent les deux corps vers le bûcher. Le Jarl avait sacrifié le cheval préféré de son ancien compagnon d'armes, ainsi que ses chiens de chasse[68].

---

[68] Pour des funérailles, des sacrifices d'animaux étaient courants.

Il alluma le bûcher. Les hommes entamèrent des chants sinistres et sombres. Les femmes se tenaient à l'écart. Iona avait insisté auprès d'Ástríðr pour les accompagner. C'était grâce aux révélations du défunt qu'elle était toujours en vie, saine et sauve. Elle lui devait ce dernier hommage.

Après les funérailles, les femmes retournèrent vers la maison longue préparer le banquet en son honneur. Les scaldes allaient honorer sa mémoire avec de nombreuses sagas. Oui, le grand guerrier qu'il était en avait vu naître, qui traverseraient le temps et resteraient à tout jamais gravées dans les mémoires des hommes.

Il demeurerait, à présent, l'un des héros de ces histoires éternelles. Ayant été un bon vivant, ils allaient lui faire honneur dans la joie. Il méritait bien cela.

Einarr n'avait pas le cœur à participer aux nombreux chants entamés par ceux présents au banquet. Il préféra sortir, seul, loin de tous. Retiré dans ses souvenirs, il ne vit pas Thoralf arriver. Les deux hommes s'assirent sur le tronc d'un arbre déraciné. Chacun dans ses propres pensées, ils restèrent tous deux silencieux. Il faisait froid, mais ils ne le remarquèrent pas.

La nature était calme, aucun bruit ne vint les perturber. Einarr aimait cette saison qui offrait de magnifiques paysages. Cela l'apaisait, le faisait sentir redevable à cette terre qui l'avait vu naître vingt-et-un ár auparavant. Il huma profondément cet air frais et vivifiant. Oui, il aimait Skammdegi, sa beauté, sa quiétude, ce rythme de vie, en temps normal, plus calme et serein.

Les autres ár, il était parti en retraite, plus au nord. Il n'en avait pas ressenti le besoin, cette fois-ci. Pourquoi ? Il ne put pas répondre à cette question.

Il tourna la tête vers son ami. Lui aussi se trouvait loin dans ses pensées. Où pouvaient bien être celles de Thoralf ? Plus qu'un ami, il était son frère, celui en qui il avait le plus confiance.

— Le fils de Ólafr m'a dit que les attaquants cherchaient les cent pièces d'or que Rókr a reçues en paiement.

Thoralf tourna la tête vers Einarr, curieux. Einarr le fixa en retour, pensif.

— Où les aurait-il cachées ? Dans son alcôve ?
— Elle a été entièrement vidée, ainsi que celle de Gudrun. Je n'ai pas entendu qui que ce soit en parler.
— Qui y dort, maintenant, tes deux frères ?

Einarr eut un ricanement moqueur.

— Non. Père a préféré prendre deux concubines de plus et a laissé Alvbjǫrn et Hákon dormir dans le skáli ! Deux fils qu'il a eu avec ma mère, son épouse, passent après des concubines, vois-tu !
— Cela ne nous avance pas. Tu ne connaissais pas les cachettes de Rókr ? Avait-il un endroit important à ses yeux ?

Einarr secoua la tête négativement en haussant les épaules.

— On n'a jamais été proches, même pas pendant notre enfance. Gudrun y veillait ! Je dois dire que je ne connaissais pas mon frère aussi bien que toi.
N'est-ce pas insensé ? Il ne me faisait pas de confidence. Je dois dire que moi non plus, le concernant. J'avoue ne pas savoir s'il en faisait à qui que ce soit. Il a toujours été très secret et méfiant.
— Et sournois !
— Oui aussi. Comment ai-je pu oublier ? confirma-t-il. Notre enfance n'a pas été de tout repos avec Rókr ! À croire

que c'était son plus grand plaisir : nous épier tous les deux, ensuite nous faire châtier. Je vois encore son sourire mesquin quand mon père nous punissait !

Les deux amis restèrent silencieux, tous deux perdus dans leurs souvenirs d'enfance.

Soudain, l'ouïe très fine, Einarr entendit un sifflement. Il se retourna vers Thoralf, le poussa et s'écarta. Il venait de reconnaître le bruit caractéristique d'une flèche dans l'air !

Chapitre 8

Thoralf arriva à peine à réaliser ce qui s'était passé. Il se retrouva assis sur le sol froid devant le tronc sur lequel lui et Einarr avaient pris place. Hébété, il observa autour de lui. Les sourcils froncés et inquiets, il se releva, mais ne trouva pas son ami.

— Einarr ! hurla-t-il. Einarr, où es-tu ?

Un faible bruit de l'autre côté de l'arbre couché attira son attention.

— Ici ! As-tu réellement besoin de hurler ainsi ? répondit faiblement Einarr.

Thoralf rejoignit son ami qui tenait son bras gauche contre lui. Ce dernier grimaçait en tentant de se relever seul.

— Rends-toi utile et aide-moi à me relever, veux-tu ! ajouta-t-il.
— Que s'est-il passé ? Pourquoi m'as-tu poussé ainsi ? La prochaine fois, préviens-moi, au moins !

— Désolé. Je ne te savais pas aussi susceptible. Ta fierté est-elle endommagée parce que ton derrière s'est retrouvé dans la neige ? Maintenant, arrête de ronchonner et aide-moi à me relever, tu veux !

— Pourquoi ne le fais-tu pas le seul, hein ?

— Par Óðinn, c'est qu'en plus d'être bête, il est devenu aveugle !

— Je… commença Thoralf, avant de s'arrêter net en voyant la flèche dans le bras de son ami. Mais tu es blessé ! D'où vient cette flèche ?

— Vu la direction, je te dirais, de ce groupe d'arbres, là-bas. Si cela ne te dérange pas trop, j'aimerais *enfin* me relever !

— Oui, bien sûr, je vais t'aider.

— Allons dans mon alcôve. Ensuite, tu vas prévenir discrètement Iona pour panser ma blessure.

— Pourquoi Iona ? C'est Unni notre guérisseuse ! On ferait mieux d'aller chez elle.

— Unni n'est pas chez elle, mais dans la maison longue, soupira Einarr. L'aurais-tu oublié ? dit-il en secouant la tête. Es-tu certain que tu n'as pas reçu un coup sur la tête en tombant ?

— J'avais tout simplement *oublié* qu'elle y était restée, à croire que certains n'oublient rien, marmonna-t-il. Es-tu toujours aussi grognon quand tu es blessé ?

— Je ne suis pas grognon ! s'insurgea Einarr. Allons-y, maintenant, tu veux bien ?

— Mais pourquoi prévenir Iona ? Que veux-tu qu'elle fasse ?

Einarr soupira.

— Elle est guérisseuse, elle aussi. Si tu préviens Unni, elle ira trouver mon père, lui dire son fait. Je ne veux pas que toute la maisonnée l'apprenne et c'est ce qui arrivera.

Iona, au contraire, restera très discrète. Elle ne dira même rien à Ástríðr, si je lui demande.

Thoralf fronça les sourcils.

— Vous semblez bien proches, vous deux !
— Que veux-tu dire ? se méfia l'intéressé.
— Tu lui racontes tout ce qui se passe. Tu l'emmènes avec nous à la réserve. Tu lui fais des confidences... Mets-la dans ton lit et n'en parlons plus ! Rectification : vu qu'elle est *déjà* dans ton lit, mais seule, rejoins-la !
— Mon poing dans ta gueule, tu le veux ? lui proposa-t-il furieux.
— Quoi ? Tu crois que je ne vois pas la façon dont tu l'épies quand ce n'est pas elle qui le fait ? Si tu ne veux pas la mettre dans ton lit comme une concubine ou une maîtresse, épouse-la ! Mais au moins, fais quelque chose ! Agis !

Einarr blêmit, mais pas à cause de la douleur effroyable...

— Je ne peux pas. J'ai promis à Daividh de la ramener au vár !
— Ah oui ? Et quand cela, je te prie ? N'oublie pas que j'ai fait le voyage avec toi et *jamais* nous n'avons rencontré Daividh !

Einarr soupira en baissant la tête.

— J'ai ordonné à Mildrun de lui envoyer un message dans lequel je lui ai demandé d'écrire qu'elles seraient de retour au vár. Elle a fait ce que je lui ai dit, voilà tout. C'est comme une promesse, tu comprends ?

Daividh m'a expliqué que les écrits restent, mais ne s'effacent pas. C'est comme donner sa parole ! Je dois les rendre saines et sauves à Daividh. Iona doit demeurer aussi intacte et pure. Je... je...

Tu ne peux pas t'imaginer comme je regrette cette promesse. Je ne peux pas, tu comprends, même si j'ai envie de la mettre dans mon lit, de la faire mienne, faire d'elle mon épouse, la mère de mes enfants, je ne *peux* pas !

Thoralf scruta le visage de son ami. Jamais il n'avait vu autant de douleur, de regret dans les yeux d'un homme. Il hocha la tête et passa les doigts dans ses cheveux en soupirant.

— Il doit y avoir une solution ! Je ne t'ai jamais vu baisser les bras ou abandonner. Ce n'est pas maintenant que je vais te laisser faire. Je te dis qu'il y a un moyen et on le trouvera !

— Il n'y en a pas ! Tu crois réellement que je n'ai pas déjà cherché ? s'énerva finalement Einarr.

— Tu demandes sa main à Daividh et tu la ramènes ! En quoi est-ce compliqué ?

— Peut-être est-ce le fait qu'elle soit l'héritière d'un túath et moi un Norrœnir, un homme de la mer, un négociant, un commerçant absent, les longs mánaðr de Náttleysi[69] !

Daividh n'est pas un *imbécile* ! Il ne va pas laisser sa cousine épouser un homme qui ne sera pas présent pour protéger un túath aussi important ! D'autant plus que je n'ai *nullement* envie de quitter cet endroit pour m'installer en Alba ! Je n'ai aucune chance de recevoir son accord, ami ou pas !

---

[69] Les mois d'été.

Rentrons, je n'ai ni l'envie ni la force d'en parler. C'est peine perdue. Mieux vaut ne plus en discuter.

Tout en soutenant Einarr, Thoralf réfléchit au dilemme de son meilleur ami. Pourquoi Frigg aurait-elle mis sur son chemin une femme inaccessible ? Cela n'avait aucun sens !

Arrivés dans l'alcôve, il aida Einarr à s'asseoir sur un coffre, puis partit à la recherche de Iona.

Entrant dans la pièce, elle écarquilla les yeux !

— Einarr ! Juste Ciel, que s'est-il passé ?

Il leva la tête vers la jeune femme.

— Vous pouvez me la retirer et panser mes plaies ? Thoralf et moi étions assis à parler. Soudain, cette flèche est arrivée. Je n'ai pas été assez rapide pour l'éviter, dit-il en souriant timidement.

— Il oublie de vous dire qu'il aurait eu le temps de l'éviter s'il ne m'avait pas écarté du danger avant, ajouta Thoralf.

Ce qui lui valut un regard noir de la part de Einarr. Thoralf le toisa, un grand sourire innocent au visage. Iona, elle, s'activa autour du jeune blessé.

— Thoralf, venez me couper la flèche ici. Je dois pouvoir lui retirer sa cape. Ensuite, vous m'aiderez à lui enlever sa tunique ainsi que sa chemise. Je vais chercher ce dont j'ai besoin. Faites vite ! le pressa-t-elle.

Iona quitta la pièce pour quérir en cuisine de l'eau chaude dans des cuvettes. Revenant dans l'alcôve, elle posa le tout sur un coffre à côté de Einarr, retourna fouiller dans un des siens, qu'Einarr avait gentiment mis à sa disposition.

Elle en sortit des onguents et des poudres qu'elle déposa également sur le coffre. Elle déchira ensuite des bandelettes de lin dans l'une de ses chemises pour en mettre quelques-unes dans une cuvette.

— Merci, Thoralf, c'est parfait, dit-elle en examinant ce qui restait de la flèche dans le bras du blessé. Maintenant, vous allez m'aider à lui retirer cette tunique en évitant le plus possible de bouger cette flèche.

— Je ne crains pas la douleur ! ironisa Einarr.

— Je ne doute absolument pas de votre bravoure, mais tant que je ne sais pas si la pointe est ressortie, nous allons éviter de la faire bouger le plus possible, à moins que vous n'ayez envie qu'elle voyage dans votre bras, hum ! lui sourit-elle innocemment, avant de reporter son attention sur Thoralf. Êtes-vous prêt ?

Doucement, en suivant les directives de Iona, ils arrivèrent à lui ôter sa tunique sans que la flèche bougeât. La jeune femme trouva du sang à l'arrière de la manche. La pointe serait donc sortie !

— Maintenant, retirons-lui sa chemise, de la même façon que la tunique.

— Découpez-la autour de la flèche ou déchirez-la, je m'en fous, mais vous ne me la retirerez pas. Je vous l'interdit ! s'y opposa-t-il en serrant fermement l'avant-bras de sa guérisseuse.

Stupéfaite, le regard de Iona passa de son poignet au visage du jeune homme. Il semblait très sérieux, alors que ce n'était vraiment pas le moment d'être pudique !

— J'ai déjà soigné maintes blessures, vu pas mal de torses dénudés ! Le vôtre aussi, je vous signale !
— Vous ne retirerez PAS ma chemise ! Je vous l'interdis !

Iona délivra son poignet et se redressa en croisant ses bras.

— Bien ! Thoralf, aidez-le à se rendre dans le skáli. Unni se fera un plaisir de le soigner devant toute l'assemblée ! Allez-y ! Je ne veux plus le voir !
— Vous n'oseriez pas, répondit Einarr.

La jeune femme se pencha à sa hauteur, posant ses mains sur les cuisses du blessé :

— Mais je vous en prie, Einarr, tentez-moi ! C'est simple : Unni vous soigne dans le skáli, devant tous ou je vous soigne ici, en toute discrétion. Que choisissez-vous ? lui susurra-t-elle.

Einarr plissa les yeux. Était-elle sérieuse ? Il déglutit :

— Est-ce vraiment nécessaire ?
— Quoi ? Votre chemise ? Comment voulez-vous que je soigne et panse votre blessure ? N'y avez-vous pas réfléchi ? Croyez-vous qu'il suffit de retirer la flèche, de nettoyer la plaie ? Votre pudeur n'a aucune place, ici !

Ce n'était pas de la pudeur, mais une gêne concernant certains détails. Il ferma donc les yeux, inquiet.

— Je... déglutit-il. Ce n'est pas exactement ce à quoi vous pensez, en fait...

Iona le coupa :

— Quoi que ce soit, cela n'a pas lieu d'être. Plus on attend, plus le mauvais sang risque de s'installer dans votre blessure. Vous voulez vraiment perdre votre bras, ou pire la vie, à cause d'une chemise que vous ne voulez pas retirer ? Bien ! Emmenez-le auprès de Unni, Thoralf !

Thoralf s'avança vers son ami, mais celui-ci l'arrêta en levant la main. Einarr fixait toujours Iona.

— Retirez-la, dit-il en relevant fièrement le menton.

Iona eut la délicatesse de le remercier.

— Venez, Thoralf, enlevons-la.

Ce n'était effectivement pas par pudeur qu'Einarr avait refusé, car Iona découvrit une marque sur son épaule gauche. Elle était cicatrisée depuis longtemps, mais elle en était certaine, quelqu'un, un jour, l'avait marqué comme étant une propriété.

Elle avait déjà vu cette marque, mais elle ne se souvenait plus où, exactement. Ce n'était pas la même que celle de Mildrun. Quand elle l'avait découvert, couché et nu au pied de son lit sur une paillasse, elle ne l'avait pas remarquée.

Il avait son bras gauche qui recouvrait ses yeux, l'angle ne lui avait pas permis de la voir. Se concentrant sur la blessure, Iona oublia cette cicatrice.

— Thoralf, la pointe est sortie de l'autre côté. Vous allez devoir pousser pour qu'on puisse la retirer entièrement. Einarr, mordez dans votre ceinture de toutes vos forces.

Il la fixa ironiquement.

— Vous me remercierez après, dit-elle malicieusement, arborant son plus beau sourire.

Comment pouvait-il désobéir à une telle vision ?
Le regard moqueur, il la laissa mettre la ceinture entre ses dents, même si elle constata assez rapidement qu'il supportait la souffrance sans broncher. Mais une vive sensation de brûlure le fit serrer la ceinture de plus belle en gémissant. La douleur était telle qu'il en plissa ses yeux clos.

— Thoralf, le Jarl a de l'uisge-beatha[70], il me semble ?
— Oui. On lui en rapporte chaque saison.
— Amenez-en une cruche entière !
— Vous comptez me saouler ? s'enquit Einarr.

La jeune femme éclata de rire.

— Non, mais j'en ai besoin. Thoralf, ne perdez pas de temps, je vous prie. Allez m'en chercher une cruche pleine !

Thoralf quitta l'alcôve en quête de la boisson demandée par la jeune femme.

— Pourquoi en avez-vous besoin, si ce n'est pour me rendre ivre ?

---

[70] *Whiskey*, en gaélique écossais, signifie littéralement *eau de vie*.

Tout en continuant à inspecter les blessures la jeune femme lui répondit :

— Pour nettoyer les deux plaies et la dague, si je dois l'utiliser. Peut-être devrais-je les cautériser. Mais je ferai tout ce qui est possible pour l'éviter.

Einarr opina.

— Faites ce que vous avez à faire, j'ai une confiance totale en vous.

Iona, s'arrêta, les mains suspendues, puis observa le jeune homme, la respiration s'accélérant :

— J'espère en être digne. Sachez que cela me touche énormément. Je suis loin du savoir de Unni, vous savez ! Pourquoi est-ce à moi que vous l'avez demandé ?
— Comme je viens de vous le dire, j'ai une confiance totale en vous. Unni serait allée trouver mon père devant toutes les personnes présentes, lui aurait dit le fond de ses pensées. Je n'ai pas envie que tous sachent ce qui arrive. Mais surtout, je ne veux pas que le banquet en l'honneur de Ólafr soit perturbé. Il ne mérite pas cela !

Sur ces entrefaites, Thoralf revint avec la cruche d'uisge-beatha. Iona la prit, la porta au nez ; une grimace se dessina sur le visage.

— Peuh ! Qui vous vend cela ? Daividh ?
— Non ! Un négociant dans les îles.
— Vous vous faites rouler. Il est de très mauvaise qualité ! suspecta-t-elle en dévisageant les deux hommes,

tour à tour. Avouez-le ! Vous n'y connaissez rien en uisge-beatha, n'est-ce pas ?

— Leifr est le seul à en boire et il ne s'est jamais plaint !

— Pas étonnant qu'il soit continuellement dans cet état, ainsi que sa méchanceté !

— Pardon ? demanda Einarr. Qu'est-ce que cette boisson à avoir avec son humeur ?

— Une trop grande consommation d'uisge-beatha rend méchant et tout Skotar digne de ce nom le sait ! Selon mon père, c'est ce qui a rendu Angus complètement fou ! En plus, celui-ci est beaucoup trop jeune pour être bu, voyons.

Il doit reposer au moins treize ár avant d'être consommé ! J'imagine aisément d'ici ce négociant, certainement de mèche avec le producteur, se remplir les poches de votre crédulité.

Vous devriez demander à Daividh de vous donner de meilleurs producteurs. Au moins, ne vais-je pas gaspiller un breuvage de bonne confection pour nettoyer vos plaies !

— Pourquoi déranger Daividh pour une telle futilité. Mon père ne s'apercevra même pas de la différence !

— Non, mais vous pourriez en vendre dans les différents comptoirs que vous visitez. Non ?

Les deux hommes s'observèrent. Iona vit bien qu'elle venait de semer une idée dans leurs têtes.

Elle versa un peu du breuvage dans la cuvette contenant les bandes de lin coupées. Malicieusement, un sourire se dessina sur son visage. Elle profita de ce moment de Inattention de Einarr pour verser la boisson sur la blessure à l'avant de son bras. La réaction fut immédiate. Le jeune homme sursauta en retirant son bras.

— Ne faites plus jamais cela ! hurla-t-il.

Aux cris de Einarr, Thoralf prit la poudre d'escampette !

— Quoi, vous soigner ?
— Non, me prendre en traître comme vous venez de le faire ! Prévenez-moi, la prochaine fois.
— Je vais recommencer. Ensuite, je ferai de même à la blessure de sortie. J'ai également mis à imbiber les bandes de tissu qui vont recouvrir vos blessures. Etes-vous prêt ?

Einarr acquiesça, s'apprêtant mentalement à subir cette sensation de brûlure. Stoïque, il supporta le traitement. Seule l'accélération de sa respiration indiqua la douleur que cela provoquait. De grosses gouttes de sueur perlèrent sur son front. Du bout des doigts, Iona fit pénétrer un onguent autour des plaies.

Après avoir pansé son bras, elle prépara une décoction à l'écorce de saule, puis lui présenta le gobelet.

— Buvez ceci, entièrement, jusqu'à la dernière goutte. C'est un ordre, pas une suggestion !
— Qu'est-ce ?
— De l'écorce de saule. Cela empêche le mauvais sang de s'installer et éloigne la fièvre. Allez-y, buvez.

Einarr prit le gobelet, le porta à sa bouche. Après la première gorgée, il fit la grimace.

— C'est infect ! grimaça-t-il.
— Jusqu'à la dernière goutte, je suis sérieuse ! le rouspéta-t-elle en repoussant le godet vers les lèvres de l'homme.

Einarr porta le gobelet à sa bouche et le vida entièrement tout en fixant Iona droit dans les yeux. Une fois vidé, il le retourna pour lui en apporter la preuve. Un sourire éclatant répondit à son obéissance.

Que ne ferais-je pas pour ce sourire ?

— Je vais vous aider à vous rhabiller. Vous n'y arriverez probablement pas seul pendant deux ou trois jours. Il me faudra également changer les pansements matin et soir.

Einarr opina d'un signe de tête.

— Merci.
— Pouvez-vous m'expliquer maintenant ce qui s'est passé ?

Einarr prit une profonde inspiration et raconta à la jeune femme ce qu'il savait. C'est-à-dire : pas grand-chose.

— Ce n'en est donc pas fini avec le sang des prédictions des Nornes, n'est-ce pas ?

Einarr fit non.

— Mais pourquoi ?

Einarr réalisa qu'il n'avait pas tout expliqué. Il en avait parlé avec sa mère, mais pas avec elle.

— Je crois qu'Hábjǫrn m'a fourni, sans le savoir, la raison de ces attaques.

Le regard de Iona devint interrogateur. Il lui raconta tout ce qu'il avait déduit de sa conversation avec le jeune garçon.

— Ce n'est donc pas terminé ?
— Je crains que non. J'aurais préféré pouvoir vous dire le contraire.
— Je ne sais pas, la suite n'est guère réjouissante ! Auriez-vous oublié ? *La glace suivra. Quatre jours de ténèbres laisseront la place à la lumière,* Iona en frissonna d'effroi.

Einarr lui prit la main et la serra dans la sienne.

— Nous y arriverons, je vous le promets. Croyez-moi, vous êtes forte, *très forte*, n'en doutez jamais.
— Vous semblez bien sûr de vous. Si vous vous trompiez à mon sujet ?

Il l'admira en souriant tendrement, ramenant une mèche de ses magnifiques cheveux derrière son oreille.

— Non, je ne me trompe pas. Au fond de vous, il y a une grande force. Je crois en vous. Nous en sortirons vainqueurs, je vous en donne ma parole. Mais j'ai besoin que vous, vous y croyiez aussi.

Sa main était venue se poser sur la joue de la jeune femme, son pouce caressant délicatement sa joue. Il la contempla tendrement, un sourire en coin sur les lèvres. Iona lui rendit son regard, les yeux embrumés.

— C'est vous qui me rendez forte, chuchota-t-elle.

Il posa son front sur celui de la jeune femme, puis l'embrassa. C'était plus fort que lui ; il ne put s'en empêcher. Après leur baiser, laissant leurs fronts l'un contre l'autre, il ouvrit les yeux, la fixant.

— Je ne sais pas ce qui nous attend, mais nous l'affronterons ensemble. Je serai à vos côtés, je vous le promets, chuchota-t-il également. Vous me croyez, n'est-ce pas ? demanda-t-il tout en essuyant les larmes sur les joues de Iona.

Celles-ci étaient venues en traître. Iona détestait le fait qu'il en soit témoin, ainsi que de sa détresse.
Tendrement, il posa la tête de la jeune femme sur son épaule, lui chuchotant des mots tendres et apaisants à l'oreille, tout en lui caressant la nuque et le dos. Petit à petit, Iona se calma et retrouva sa sérénité. Les deux jeunes gens restèrent ainsi un long moment.
Relevant la tête, elle le contempla :

— Que va-t-il advenir de nous ?

Einarr déglutit péniblement en baissant la tête. Il ne pouvait y avoir de *nous* suite à la promesse faite à Daividh.

— Einarr ? insista la jeune femme.

Il releva la tête. Iona découvrit toutes sortes d'émotions sur ce visage : angoisse, tristesse et un grand désarroi. Fronçant les sourcils, elle attendit qu'il réponde. Il inspira fortement, espérant trouver le courage qui lui faisait défaut.

— Il ne peut y avoir de *nous*, murmura-t-il. Je suis désolé, je n'avais pas le droit de vous embrasser, continua-t-il sur le même ton. Je vous donne ainsi l'espoir que nous avons un avenir. C'était très mal agir de ma part.

Iona déglutit péniblement, espérant avoir mal compris les mots qu'elle venait d'entendre.

— Quand on vous a trouvée, poursuivit-il son explication, il n'était pas question de vous emmener, comme je vous l'ai déjà dit. Mildrun a fait parvenir un message à Daividh, à ma demande, l'informant du danger qui vous entourait.

Déglutissant péniblement, il ajouta d'une voix brisée :

— Si vous saviez à quel point je regrette d'avoir fait la promesse que vous serez de retour au vár, tellement, à en avoir mal ! J'ai donné ma parole à Daividh ! Il ne peut rien y avoir entre nous.

Un froid glacial s'empara de la jeune femme. Se relevant, elle se dirigea vers l'âtre. Réfléchir, voilà ce qu'elle devait faire. Il devait bien y avoir une solution ! Elle chercha les mots justes, mais elle ne sut pas ce qu'Einarr espérait : faire d'elle une concubine ou des épousailles ?

— Imaginons, un instant, que vous n'auriez pas fait cette promesse. Quel aurait été votre désir ?

Einarr releva la tête. Il ne voyait pas le visage de Iona, toujours le dos tourné à lui, se chauffant les mains à l'âtre.

— Vous épouser, répondit-il honnêtement. Iona, je suis un Norrœnir ayant la mer dans le sang. Nos félagis font que nous sommes absents de longs mánaðr pendant la bonne saison et j'aime ma patrie. Je ne compte pas la quitter ni changer mon mode de vie !

Iona fit volte-face tout sourire :

— Je n'y vois aucun souci. Si c'est mon désir également de vous épouser, Daividh acceptera votre demande, j'en suis persuadée.

Le jeune homme se releva du coffre sur lequel il était resté assis et se dirigea vers la sortie de l'alcôve. Mais avant de quitter la pièce, il se retourna vers Iona :

— Il ne sert à rien de faire des rêves qui ne peuvent se réaliser, vous vous feriez bien trop de mal. Nous nous ferions trop de mal ! Des épousailles, entre nous, ne seront jamais possibles.
— Pourquoi ? Je ne comprends pas.
— Votre túath.

Einarr quitta ensuite la pièce, non sans avoir aperçu les larmes de Iona, en pleine tristesse. Il se détesta d'avoir blessé de cette façon la seule femme qui ait ravi son cœur.

Les jours passèrent lentement. Einarr laissa Iona soigner son bras deux fois par jour. Il était en bonne voie de guérison. Il n'avait pas eu de fièvre ; le mal ne s'était pas installé dans les blessures causées par la flèche.
Il ne lui adressait plus la parole depuis leur explication. Leur douce complicité avait disparu. Il devinait parfaitement que la jeune femme souffrait tout autant que

lui. La nuit, il rejoignait son alcôve, une fois certain qu'elle était endormie.

Le sommeil l'avait fui. Ses nuits étaient peuplées de Images de ce qui aurait pu être si elle n'était pas une héritière. Le pire était d'entendre sangloter cette douce jeune femme.

Thoralf, accompagné de Snorri, le meilleur pisteur qu'il connaissait, s'était rendu là d'où les deux hommes supposaient que la flèche avait été tirée. Il y trouva les marques d'une présence.

— Il n'était pas seul, ton tireur. Ils étaient au moins trois !

— Trois pour une seule flèche ? C'est illogique ! Ils auraient facilement pu nous tuer, nous n'étions même pas armés !

— Et si ce n'était pas leur but ?

— Ce serait quoi, alors ?

Snorri réfléchit tout en examinant les traces au sol. Heureusement, il n'y avait plus eu de nouvelle chute de neige. Il ne cessait de geler, de nuit comme de jour. Les marques laissées par les assaillants étaient toujours très visibles.

— Je crois qu'ils essayent de jouer avec nos nerfs, nous faire commettre des erreurs. Si tu m'expliquais exactement ce qui se passe ?

— C'est à cause des pièces d'or de Rókr. Ils croient que nous savons où elles se trouvent.

Snorri se gratta le menton tout en réfléchissant.

— Nous n'aurons jamais la paix, dans ce cas, puisque nous ne savons pas ce qu'il en a fait. L'autre possibilité est de les traquer et de les tuer tous. N'oublier personne. Sinon, nous resterons en danger.

On peut suivre ces traces, pour l'instant, mais je sens le retour de la neige dans l'air. Elle va toutes les recouvrir d'ici à leur cachette. Selon moi, ils savent très bien ce qu'ils font. Ils sont organisés. Je pense que ce sont des exclus, des bannis. De toute façon, ils n'appartiennent à aucun clan.

— Ce sont ces traces qui te disent cela ?

— Non, mais le fait qu'ils rodent. Tu en connais beaucoup, toi, qui restent dans des grottes et des cavernes en hiver ?

Thoralf fit non. Snorri avait fait les bonnes déductions. Connaissant Rókr, ce n'était pas étonnant qu'il s'unisse à des rebuts de la société.

Il soupira :

— Jusqu'où pouvons-nous les suivre ?

— Pas bien loin. Regarde les nuages qui arrivent. Ils sont alourdis de neige. Les quantités qui vont nous tomber dessus vont être importantes. Honnêtement ? Je préfère être à l'intérieur au chaud, plutôt que de suivre ces traces et de me retrouver coincé dans une tempête.

— Cette direction mène bien à la grotte du Loup ?

— Oui, c'est ce qu'il me semble. Mais plus loin, tu trouves quelques cabanes de bergers. Ils peuvent aussi bien s'y être réfugiés, à l'abri des loups. Il ne fait pas bon se cacher dans une grotte ou une caverne en hiver. Tu le sais aussi bien que moi. Bien qu'ils soient des renégats, cela ne veut pas dire que ce sont des *imbéciles*.

— Oui, tu as raison. Rentrons. Dès que la tempête sera passée, nous irons voir jusqu'aux cabanes.

— Ce qui représente quelques jours de marche même à ski, avec cette neige toute fraîche qui va tomber ! Sans même avoir la certitude qu'ils y seront toujours.

— Je sais, mais cela pourrait nous indiquer combien ils sont. Ils auront assurément laissé des indices.

— Tout en se trouvant très loin de leur dernière cachette ou embusqués ici dans les parages pour nous anéantir.

— Je ne comprends pas.

— Ils savent très bien que nous essayerons de les débusquer tôt ou tard. Ce sera eux ou nous. Ou même seraient-ils cachés ici attendant notre départ. As-tu pensé au danger de laisser notre clan sans protection ? Crois-tu réellement que Leifr puisse encore prendre les bonnes décisions ou nous défendre ?

— Tu conseilles de rester là à attendre, sans rien faire ? s'insurgea Thoralf.

— Non, nous devons en parler avec Einarr, s'organiser. On se connaît depuis toujours, nous avons grandi ensemble, on est une excellente équipe. Ce n'est qu'ainsi que nous les vaincrons, mais certainement pas en partant tête baissée à leur recherche, laissant le clan à leur merci. Crois-moi : organisons-nous avant. Soyons stratèges, plus malins qu'eux, plus féroces, aussi.

— Hum, oui, c'est ce que nous devons faire, se calma le jeune homme. Rentrons avant la tempête.

Les deux amis se rendirent au village, espérant éviter la tempête qui se profilait dans le ciel et qui se rapprochait rapidement.

— Einarr, nous devons parler, tous ensemble. Je me suis rendu avec Snorri là où la flèche a été tirée.

— As-tu trouvé quelque chose ?

— Disons plutôt que Snorri a quelques hypothèses.

Einarr réfléchit tout en dévisageant Thoralf. Il était temps d'agir. Cette passivité le rendait nerveux.

— Où penses-tu qu'on puisse tous se retrouver sans éveiller les soupçons des autres ? Je n'ai pas envie d'y mêler tout le clan !

— Snorri a suggéré que nous allions tous chez Hákon. Son épouse est absente, pour le moment. Elle est chez sa sœur qui doit bientôt enfanter. Quant à son fils, il est auprès de sa mère. Nous n'y serons pas dérangés.

Einarr réfléchit. Il pouvait demander à sa mère de veiller sur Iona !

— Quand ?
— Dès que possible. Il fait contacter tous nos hommes discrètement. De toute façon, personne ne trouvera étrange qu'on se rende chez lui. Ce ne serait pas la première fois.
— Vas-y déjà. Je vais parler à ma mère.

Certain qu'Einarr trouverait sa mère dans le skáli, il se surprit de son absence. Où pouvait-elle bien être ? Allait-il devoir chercher dans tout le village ? Vu cette tempête, elle ne devait pas bien être loin, du moins, l'espérait-il.

Il décida de vérifier les différentes pièces de l'habitation, toutes les alcôves et les étables, s'il le fallait. Il finit par la trouver dans l'ancienne alcôve de Gudrun. Stupéfait, il constata qu'elle vidait la pièce des coffres d'une des concubines de son père, aidée par Iona.

Fermement décidé à comprendre ce qu'il se passait, il manifesta sa présence en se raclant la gorge, les poings serrés contre ses hanches. Les deux femmes sursautèrent de peur, mais semblèrent soulagées qu'il s'agisse de Einarr, seulement. Ce dernier les interrogea suspicieux du regard.

— Et vous faites... ?

Sa mère avança la tête haute, courageusement, le fixant droit dans les yeux.

— Tu vois ceci ? lui montrant le trousseau de clés qui pendait sur une chaîne à une de ses fibules. Je possède les clés de cette demeure. C'est moi et uniquement moi qui décide de tout ce qui se passe ici.

Je prends les deux alcôves, celle-ci et celle que Rókr utilisait, pour Alvbjǫrn et Hákon, tes frères ! Ils ont le droit de les avoir. Ils passent avant les concubines de ton père. Elles peuvent aller dormir dans le skáli ! Aurais-tu une objection ?

Einarr haussa les sourcils, étonné. Il jeta un regard circulaire dans la chambre.

— Non, uniquement quelques conseils comme brûler les matelas et en donner d'autres à mes frères, dit-il avec un clin d'œil. Apprête-toi à la foudre de Père, mais surtout, surveille tes arrières, Mère. Ses concubines ne sont pas des tendres, surtout Knuthild qui avait cette alcôve. Méfie-toi de sa sournoiserie. Elle est du genre à utiliser une dague, une fois le dos tourné.

— Je sais, Einarr. Je la connais mieux que tu ne l'imagines. Je pourrais la faire renvoyer chez elle si l'envie m'en prenait.

— Qu'est-ce qui t'a enfin décidé à agir ? lui demanda-t-il, alors qu'il fixait Iona.

Einarr ne put expliquer pourquoi, mais il se doutait qu'Iona avait aidé Ástríðr à prendre cette décision.

— Iona les a surprises dans la cuisine à mettre des gouttes de digitales dans *ma* préparation pour ton père. Elle m'a certifié que cela ne l'aurait pas mis en danger, vu le peu qu'elles avaient utilisé, mais qu'il aurait été très souffrant.
— Quoi ? Tu veux dire qu'elles tentaient de l'empoisonner ? C'est un crime ! Il faut les dénoncer !
— Avec quelle preuve ? Iona est la seule les ayant vues faire ! Tu sais aussi bien que moi que Leifr va préférer écouter ses deux ribaudes plutôt qu'Iona. Dois-je te préciser que cette histoire rendrait sa place ici très vulnérable ?

Le sang de Einarr se glaça. Il y avait déjà assez de dangers autour d'eux venant de l'extérieur pour en rajouter à l'intérieur. Pourtant, un autre danger était bien présent.

— Knuthild et Vebjorg savent-elles ce que vous faites toutes les deux ?
— Elles sont absentes, pour l'instant. Nous n'avons parlé de nos plans à personne, lui signifia-t-elle en fronçant les sourcils. Tu nous as trouvées facilement ?
— Non et c'est parce que je devais absolument te parler que j'ai persisté.
— Moi ? demanda Ástríðr stupéfaite.
— Je dois m'absenter. Il n'y aura donc personne pour la sécurité de Iona. Je souhaiterais vivement que tu restes avec elle tout ce temps, que jamais vous ne vous quittiez, toutes les deux. Est-ce clair ?

Les deux femmes opinèrent du chef sans broncher. Quand Einarr arborait cette expression-là, mieux valait obéir.

— Avez-vous la dague que je vous ai donnée, sur vous ?

— Non, elle est dans l'alcôve ! blêmit Iona. Vous croyez que j'en ai besoin ?

— Il vaut mieux être prudente. Venez, je vous accompagne pour aller la récupérer. Vous devez l'avoir sur vous à tout instant ! Promettez-le-moi.

— Je vous le promets.

La jeune femme retrouva la dague et la suspendit à une de ses fibules.

— Que se passe-t-il, Einarr ? Pouvez-vous m'en parler ? demanda-t-elle timidement.

Depuis le jour où elle l'avait soigné, ils ne se parlaient plus. Pire ! Einarr évitait de se trouver seul avec elle dans l'alcôve où il attendait qu'elle s'endorme pour s'y installer pour la nuit. C'était la première fois qu'ils se retrouvaient ainsi, sans une autre personne leur tenant compagnie.

— Nous allons tous, je veux dire mon équipage et moi, nous réunir chez Hákon, un de mes hommes. Nous devons nous concerter. Il est grand temps que nous agissions au lieu de subir ou d'attendre que les événements arrivent.

— Je comprends. Ne vous inquiétez pas, je ne quitterai Ástríðr sous aucun prétexte.

— Bien ! Venez, je vous ramène auprès d'elle. Je tâcherai de ne pas revenir trop tard.

Sur-le-champ, Einarr prit le chemin jusqu'à chez Hákon où il arriva le dernier. Thoralf les avait déjà mis au courant des événements. Tous, sans exception, étaient stupéfaits d'apprendre ce qui se passait autour d'eux. Einarr fixa Oddvakr, le plus réfléchi de ses hommes, celui qui creusait jusqu'à trouver toutes les données. Oddvakr les observa tous, un à un, avant de soupirer profondément, fixant Einarr.

— Si je comprends bien, tout ceci a un rapport avec notre dernière traversée ? supposa Oddvakr.
— C'est pour cette raison, l'attaque chez Ólafr. Il était le seul à être revenu vivant des hommes de Rókr. Ils l'ont considéré comme un traître. C'est ce que l'inscription dans la réserve indiquait, leur fit comprendre Einarr.
— Récapitulons : les visites dans le village la nuit le vol de sacs de farine et de grains, avec l'inscription nous prévenant, suivis par l'incendie anodin dans le village, la disparition et le meurtre de Gillespie, l'attaque chez Ólafr, pour terminer par une flèche dans ton bras. Ai-je omis un détail ?
— C'est tout ce que nous avons, pour l'instant.

Oddvakr se pencha vers l'avant et posa ses deux coudes sur ses genoux. Il releva à nouveau la tête vers Einarr.

— Viennent-ils uniquement pour les cent pièces d'or de Rókr ?
— Précise ta pensée, l'invita Ulric, un autre de leurs compagnons.
— Selon Snorri et je dois dire que je suis du même avis que lui, nous avons à faire à des renégats ou à des bannis. En tout cas, nous avons à faire à des hommes sans scrupule, mais surtout ne respectant en rien nos lois. Si la seule chose qu'ils veulent ce sont les pièces, ils auraient pris un otage. C'est ainsi que nous agissons. Du moins, nous, nous l'aurions fait, par le passé. Le tout est de trouver où ils se cachent, maintenant.
— Pourquoi ? Ne vaut-il pas mieux savoir ce qu'ils veulent, d'abord ? demanda Halli.

— Nous le savons déjà : les pièces et nos têtes ! Nous n'allons pas leur laisser le plaisir de nous massacrer, les uns après les autres. J'y tiens, moi, à ma tête, mon épouse aussi, entre autres choses !

— Le tout est de découvrir comment et où les trouver. Snorri nous a bien expliqué que la neige qui tombe en cet instant recouvre toutes les empreintes qu'ils ont pu laisser, ajouta Thoralf.

— Oui, c'est ce qu'il va se passer. Mais ils vont revenir. C'est à ce moment-là que nous devons être plus intelligents qu'eux. Ce n'est pas plus mal qu'il y ait cette tempête maintenant, ils ne savent pas qu'on s'est réunis, expliqua Snorri.

— Comment devrions-nous procéder, selon toi ? demanda Hákon.

— Dès que cette tempête s'arrête, nous devrions mettre en place une surveillance. Nous nous placerons de façon à ce que nous puissions observer tous les endroits d'où ils viendraient, suggéra Thoralf.

— C'est totalement impossible. Ils savent venir de partout ! s'écria Olvin.

— Dans ce cas, nous vérifierons partout ! s'énerva Oddvakr. On peut voir assez loin, avec cette couverture blanche que procure la neige, même la nuit. Je sais qu'on est en plein Skammdegi et qu'il fait très froid. Mais on est déterminés à rester en vie ou on ne l'est pas ! À vous de voir ! Moi, je n'ai pas envie de me retrouver égorgé, ou du moins, que vous me trouviez dans cet état.

Einarr, qui n'avait pas pris la parole jusque-là, se racla la gorge.

— Oddvakr a raison ! Je n'ai pas envie que vous me retrouviez trucidé ! Si nous n'agissons pas, c'est ce qui arrivera. Vous laisserez des veuves et des orphelins derrière vous. Si c'est ce que vous voulez, c'est que je me suis trompé vous concernant.

Tous s'insurgèrent, car il n'était pas question qu'Einarr pense qu'il était entouré de *lâches*.

— Ils ont raison ! Nous devons agir, dit Yngvi, le plus jeune de tous. Je n'ai pas de famille, mais un jour, j'aimerais prendre une épouse, lui faire une demi-douzaine de Enfants, au moins. Mort, ce serait assez difficile.

Ils rirent tous de bon cœur à la dernière phrase du jeune homme.
Thoralf lui tapa l'épaule.

— Tu as bien raison, mon garçon !

Pendant un long moment, ils mirent en place leur stratégie : où poster les hommes et organiser les tours de garde de chacun. Vu le froid, ils ne devraient pas rester longtemps à l'extérieur. Ils n'étaient que des hommes, après tout, des Norrœnir, certes, mais des hommes malgré tout.

Sur le chemin du retour, Einarr expliqua ce que sa mère et Iona avaient entrepris. Thoralf rit de bon cœur, il aurait aimé voir la tête des deux concubines relayées dans le skáli, au lieu d'une alcôve bien douillette.

— Espérons qu'il n'y ait pas eu une bagarre, ou du moins, qu'elles aient eu l'obligeance de nous attendre pour nous en faire profiter.

Einarr secoua la tête en riant.

— Si tu crois que Knuthild va sagement attendre ton retour, tu te trompes ! le prévint Einarr en s'esclaffant et tapotant le dos de Thoralf.

Dès leur arrivée dans le skáli, ils remarquèrent la tension entre tous les habitants. Leifr était à sa place habituelle, l'air renfrogné.

Einarr se dirigea vers son alcôve pour se laver les mains avant le repas. Ensuite, il rejoignit son siège, à la droite de son père. Un coup d'œil à sa gauche lui permit de constater la présence de sa mère et de Iona.

Ástríðr arbora un sourire triomphant et, se tournant vers son fils, elle releva fièrement le menton en lui montrant les clés. Einarr lui répondit par un clin d'œil et un large sourire.

— Je suppose que tu étais dans le secret ? lui demanda Leifr.

— De quel secret parles-tu ?

— De passer les deux alcôves où j'avais logé mes deux concubines préférées à tes frères.

— J'en ai peut-être entendu parler.

— *Peut-être entendu parler !* l'imita-t-il moqueur. Tu te gausses de moi ?

— Nullement. Je suis bien trop occupé pour me gausser de toi. Tu sais aussi bien que moi que c'est l'épouse qui détient les clés et prend toutes les décisions concernant la demeure. Mère ne fait qu'exercer son droit !

— Forcément ! C'est ta mère et tu ne sais que lui donner raison.

— Avant, j'ai toujours respecté les décisions de Gudrun, même si certaines semblaient insensées. Tu le sais parfaitement. De toute façon, Père, je n'ai pas envie de me disputer ce soir. Mange et pense à autre chose.

— Et je fais comment pour voir mes concubines ? Dans le skáli ?

— Invite-les dans ton alcôve !

— Personne, à part les ambáttir, ne rentre dans mon alcôve. Tu le sais bien !

— Change tes habitudes. Tu ne vas pas en mourir ! Maintenant, j'aimerais manger en paix !

Einarr se servit et commença son repas. Il se remémora la soirée, les décisions qu'ils avaient prises. Il en était certain : bientôt, ils auraient à nouveau la paix, la sérénité dans le clan. Il espérait que tout soit résolu pour la fête de Jól.

Il observa autour de lui et étonnamment, il se sentait heureux que toutes ces personnes ignorent le danger qui planait autour d'eux.

Se rendant dans son alcôve après le repas, il ne fut pas étonné de trouver Iona assise auprès du jeu de tafl. Ils n'y avaient plus joué depuis l'autre soir. La jeune femme cherchait toujours une ouverture après le dernier coup de Einarr.

Il s'assit en face d'elle.

— Avez-vous pris une décision ? se hasarda-t-elle, ne sachant pas comment Einarr allait réagir au fait qu'elle ait attendu.

Il leva les yeux vers elle, opinant.

— Quand cette tempête s'arrêtera, nous allons instaurer des tours de garde. Nous surveillerons l'entièreté des alentours du village. Personne ne pourra approcher sans être vu.

— Serait-ce ce que les Nornes ont prédit ? *La glace suivra. Quatre jours de ténèbres laisseront place à la lumière.* Croyez-vous qu'après quatre jours ils seront découverts ?

— Espérons que ce soit le cas ! Priez votre Christ pour qu'il puisse nous aider.

— Comment le connaissez-vous ?

— Vous oubliez que j'ai passé deux ár chez Angus ?

Angus ! Mais oui, la marque sur son épaule ! Que lui est-il arrivé là-bas ?, pensa Iona.

— Non, je n'ai pas oublié, dit-elle en souriant timidement, les yeux baissés.

— Que s'est-il passé après mon départ ? Mère avait l'air satisfaite, mais ce n'était pas le cas de Père !

— Après que nous eûmes terminé, Ástríðr est allée trouver vos frères pour leur ordonner d'installer leurs coffres dans les alcôves qu'elle leur avait attribuées. En même temps, il faut la comprendre ! Ils les avaient entreposés dans celle de votre mère.

Il n'était pratiquement plus possible de bouger. Votre père a vu vos frères prendre possession des pièces et leur a ordonné d'arrêter. Ástríðr est intervenue, lui montrant les clés pour qu'il se souvienne qu'elle est la Húsfreyja[71]. Depuis, il broie du noir et est d'une humeur massacrante. Naturellement, cela a empiré au retour de Knuthild et Vebjorg.

Elles n'ont absolument pas apprécié et après avoir pris leurs affaires, elles ont prévenu Leifr qu'elles reviendraient une fois qu'Ástríðr leur aura rendu les alcôves. Ce qui n'est pas près d'arriver, si vous voulez mon avis. Leifr a donc perdu deux concubines, ce soir, dit-elle avec un long soupir. Je le plains de tout mon cœur !

---

[71] Maitresse des lieux en vieux norrois. La húsfreyja est l'âme de la maison viking, dont elle détient les clés.

Le large sourire de la jeune femme démentait ses derniers propos ! Einarr rit de bon cœur tout en regrettant d'avoir été absent si longtemps.

— Je comprends mieux l'air triomphant de Mère ! Dites-moi ? Il ne sait pas que vous l'avez aidée, n'est-ce pas ?
— Non, à part vous, nous n'avons croisé personne.
— Cela vous dérangerait de remettre à demain notre partie de tafl ? Une longue nuit de sommeil nous ferait du bien, à tous les deux.

Le lendemain, Einarr se sentit bien pour la première fois depuis longtemps : allégé et d'excellente humeur.

Après avoir pris leur premier repas du jour, ils s'installèrent dans l'alcôve pour leur partie de tafl. Il lui était impossible de rester éloigné de cette femme, de ne pas lui parler, de ne pas se trouver auprès d'elle.

Ils discutaient gaiement, partageant des souvenirs de leur enfance respective. Ils en étaient arrivés à réaliser qu'ils s'étaient déjà rencontrés, jadis en Alba. Einarr ayant rendu visite au toisech Ewan, avec Alvaldr son grand-père, ainsi qu'Angus et Daividh.

Malheureusement pour Iona, ce fut le jour où son père l'avait trouvée coincée dans un arbre essayant de rattraper un chaton. Einarr rit de bon cœur à l'évocation de ce souvenir, au grand dam de la jeune femme.

— Je ne vois pas ce que vous y trouvez de drôle. C'était très embarrassant !
— Vous étiez tellement rebelle quand votre père tentait de vous gronder. Malgré tous ses efforts, il n'arrivait pas à être en colère contre vous. Il a fallu que votre mère s'en mêle !

— En tout cas, je vous remercie, tardivement, je le conçois, de m'avoir aidée à descendre à cet arbre !

— Il semblerait que, même plus petite que maintenant, vous ayez eu besoin de moi !

— Comment cela, *plus petite que maintenant*, sachez que dans mon pays je suis grande, Einarr Leifrson.

— En Alba, peut-être, mais ici, vous êtes *petite*. Mais pas moins courageuse, déterminée et téméraire.

Iona rougit sous les compliments du jeune homme.

— Vous savez, je me souviens que mon père nous a expliqué avoir accepté de devenir le parrain du jeune Northman qui nous avait rendu visite.

— Iona, je suis peut-être baptisé, mais vous devez comprendre que…

— Je sais, le coupa-t-elle. Vous êtes un Northman avant tout ; vous êtes fidèle à vos dieux. Je ne vous critique pas. Cela ne change rien au fait qu'on vous doit la vie toutes les deux, Mildrun et moi.

Vous continuez à me protéger. Païen ou chrétien, honnêtement, Einarr, cela n'a aucune importance à mes yeux. Mon père m'a appris que la valeur d'un homme se lit dans son cœur et se voit dans ses actions. Il avait raison. Si nous continuions cette partie de tafl, qu'en dites-vous !

Il neigea pendant trois jours, période où tous vécurent au ralenti. Iona découvrit une des très grandes passions de Einarr : la sculpture. Il lui offrit une petite statuette représentant un élan.

Le troisième soir, alors que les chutes de neige s'estompèrent, Einarr et ses hommes mirent leur plan en action. Iona était consciente de la pression qu'il sentait à nouveau. Les jours d'allégresse se trouvaient derrière eux. Elle pria fortement pour qu'ils reviennent bientôt.

Le lendemain matin, Einarr et Thoralf revinrent vers la maison longue après leur tour de garde, frigorifiés. Tous deux souhaitaient se réchauffer dans un bon bain.

Soudain, Einarr s'arrêta, car il y avait quelque chose d'anormal. Il lui sembla avoir entendu un cri étouffé.

— Tu n'as rien entendu ?

— Non, mais tu sais que je n'ai pas l'oreille aussi fine que toi ! Qu'as-tu entendu ?

— Comme si quelqu'un essayait de crier. Mais c'est probablement le vent !

— Einarr, il n'y a pas de vent ! D'où cela venait-il ?

— Je ne sais pas, exactement ! Néanmoins, je pense que cela provenait du côté des écuries. Allons vérifier !

Les deux hommes s'y dirigèrent.

Quelques instants plus tôt, Iona et Ástríðr venaient de sortir de la réserve, se dirigeant vers la maison longue. Après trois jours d'enfermement, elles étaient heureuses de pouvoir prendre l'air, même froid.

Les joues rosies, elles pressèrent le pas. Juste avant d'entrer par la porte arrière, Iona entendit un bruit sourd. Se retournant, elle trouva Ástríðr allongée au sol.

Fronçant les sourcils, elle s'accroupit pour toucher l'épaule de son amie, quand soudain, elle sentit une main recouvrir sa bouche et une autre l'attraper par la gorge. Paniquée, elle constata que sur sa gorge se tenait la lame froide d'une dague.

— Tu vas m'accompagner sans broncher ou tu ne vivras plus très longtemps, entendit-elle à son oreille.

Tremblante, elle se laissa emmener par cet homme.

Longeant les murs pour ne pas être découvert, il la fit entrer dans l'écurie. La plaquant contre un mur, il se plaça devant elle. Il était sale et répugnant. Elle en eut un haut-le-cœur. Le regard qu'il lançait semblait le plus effrayant qu'elle n'ait jamais vu. Il rengaina son couteau, puis plaça ses deux mains autour de sa gorge, se frottant contre son corps.

— Je ne vois pas pourquoi on ne prendrait pas un peu de plaisir, tous les deux, avant de te tuer. Qu'en penses-tu, petite Skotar, hum ? Je suis certain que tu as toujours voulu apprendre ce que c'est quand un Norrœnir te fait sienne ! Je me suis laissé dire que les Skotars n'avaient rien dans les leurs braies !

Il tenta de l'embrasser, mais Iona réussit à détourner la tête. Il se frotta de plus belle contre elle et elle le vit ouvrir ses braies d'une main, en sortir son sexe qu'il caressa dans un mouvement de va-et-vient pour le durcir, l'allonger, tout en léchant Iona dans le cou.

Il le lâcha, sa main descendit vers le bord de sa robe, tout en continuant de lui serrer le cou. Sa langue monta vers le lobe d'oreille de la jeune femme. Lentement, il lui releva la robe. Prise de panique, elle tenta de hurler. Devinant son intention, la main tenant sa gorge se plaça sur sa bouche, ce qui étouffa son cri ! Sanglotant, Iona serra ses cuisses fortement l'une contre l'autre.

Il lui fallait à tout prix éviter ce viol, priant intérieurement pour que quelqu'un remarque son absence. Son assaillant introduit une de ses jambes, entre celles dénudées de Iona. Sa robe remontée jusqu'à la taille, elle sentit son sexe durci contre elle, ce qui la fit sangloter de plus belle. Tout en tentant de la pénétrer, l'homme mit ses deux mains autour de son cou et commença à serrer.

Elle respirait de plus en plus difficilement ; sa vue se brouilla. Sa tête tournait. Tout devenait noir devant ses yeux. Elle essaya encore de trouver de l'air, tout en réalisant qu'il tentait de la pénétrer. Elle eut une dernière pensée pour Einarr. Elle se sentait mourir, alors, autant que ce soit avec le souvenir de celui qu'elle aimait pour rendre le moment plus doux. Il lui sembla même entendre ses pas.

Les deux hommes pénétrèrent dans l'écurie. Le sang de Einarr se glaça en apercevant l'homme qui emprisonnait le cou de Iona, les braies au sol, s'apprêtant à la violer. Promptement, il sortit son couteau et égorgea l'assaillant. Iona s'affaissa aussitôt au sol, happant frénétiquement de l'air. Ses poumons la brûlaient, des étoiles devant les yeux.

Elle entendit un bruit de pas. Elle trouva alors le courage de ramper vers un coin sombre pour se mettre en boule afin de devenir invisible pour tout autre assaillant et qu'on ne puisse ni la voir ni la trouver ! Voyant la réaction de la jeune femme, Einarr ralentit, puis s'accroupit. Il ne devait en aucun cas l'effrayer.

— Iona, dit-il d'une voix très douce. Iona, c'est moi, Einarr. Je ne vous veux aucun mal. Permettez-vous que je m'approche ?

Elle crut entendre Einarr, mais ce n'était pas possible, il était parti effectuer son tour de garde. Cela ne pouvait pas être lui ! Elle se recroquevilla alors de plus belle dans le coin.

— Je vous en prie ! Regardez-moi. C'est moi, Einarr.

Elle leva lentement la tête la tournant vers la voix. Einarr sentit son cœur se serrer. Il y avait tant de peur dans les yeux de la jeune femme qui tremblait.

— Vous voyez ! C'est bien moi. Vous permettez que je me rapproche un peu ?

Elle fit oui. Il avança très lentement vers elle et lui montra ses mains.

— Laissez-moi vous soulever, ma Douce. Vous voulez bien que je vous porte jusque chez Unni ?

Elle le fixa dans les yeux. Un semblant de lumière revint, au grand soulagement du jeune homme.

— Auprès de Unni. Vous voulez bien que je vous y emmène ?

Iona bougea légèrement, hochant la tête. Einarr s'avança vers elle et lui tendit les bras très lentement.

— Venez, ma Douce. Approchez un peu.

Iona se tourna vers lui, avança, puis recula subitement, craignant de quitter sa cachette. Elle était toujours très effrayée.

— Je vais venir vers vous, vous soulever. Vous voulez bien ?

À nouveau, elle répondit d'un mouvement de tête affirmatif. Il s'avança très lentement, tenant ses mains devant lui, bien en vue. Dès qu'il fut à sa hauteur, avançant les bras pour l'entourer, elle se jeta sur lui, s'accrochant à sa tunique. Elle se tenait toute recroquevillée contre le jeune homme, tremblant terriblement. Einarr l'enlaça, la serrant fortement contre son torse.

— C'est fini ! Il ne peut plus vous faire de mal, c'est fini, répétait-il en boucle en la berçant.

Elle ne cessait de trembler.

— Je vais vous soulever et vous emmener chez Unni. Vous voulez bien ?

Toujours accrochée à sa tunique, le visage caché contre le torse du jeune homme, elle fit oui de la tête.

— Va voir ma mère, dis-lui que j'emmène Iona auprès de Unni. Ensuite, essaye de découvrir comment cet homme est arrivé jusqu'ici ! ordonna-t-il à Thoralf.

Il quitta l'écurie, la jeune femme toujours tremblante dans ses bras.
Arrivé chez la seiðkona, Einarr ne prit pas la peine de frapper. Il poussa alors la porte d'un coup d'épaule. Unni sursauta légèrement en l'entendant rentrer.

Bizarre, normalement elle sait quand quelqu'un arrive.

— Unni, occupe-toi d'elle. Un homme a tenté de l'étrangler et de la prendre de force.

Il déposa Iona sur un banc couvert de peaux. Unni se précipita vers la jeune femme.

— Quand est-ce arrivé ?
— À l'instant. Je suis venu immédiatement.
— Tu as bien fait. Vous ne devez retourner dans la maison longue sous aucun prétexte !
— Dans ce cas, nous resterons ici, chez toi.

— Non plus. Je t'expliquerai après !

Einarr voulut intervenir, mais la guérisseuse leva la main.

— J'ai dit après, Einarr ! Je vais m'occuper de la petite. Ensuite toi et moi, nous parlerons.

Unni couvrit Iona de plusieurs peaux avant d'aller lui préparer une décoction.

— À quoi sert ce breuvage ? lui demanda-t-il alors qu'il épiait chacun de ses mouvements, sans quitter le chevet de Iona.
— Il faut qu'elle dorme un peu. Ce breuvage la calmera et arrêtera les tremblements. Cela va l'assoupir aussi, car elle doit reprendre des forces. Vous allez en avoir besoin, tous les deux.
— Pourquoi ?
— Après, Einarr. Je t'expliquerai tout.

Einarr resta près de la jeune femme, tenant sa main qu'il caressait du pouce, jusqu'à ce que le tremblement s'arrête et qu'elle s'assoupisse Il l'observa, anxieux, s'imaginant ce qu'elle aurait subi s'il n'était pas arrivé à temps.

— Cela ne sert à rien de penser à ce qui aurait pu être, puisque ce n'est pas arrivé. Viens, approche, laisse-la reprendre des forces. Nous avons à parler. Je dois t'expliquer ce que les Nornes veulent que tu fasses, ce que vous devez faire ensemble, toi et la petite.

Einarr quitta son chevet, avec regret, après lui avoir caressé tendrement sur la joue. Il s'installa près de Unni.

Pendant un très long moment, elle lui donna des directives. Leurs survies en dépendaient ; les Nornes en avaient décidé ainsi.

Chapitre 9

Tous s'installèrent pour le repas du soir. Comme à son habitude, Leifr était affalé sur son siège, ivre. Constatant l'absence de son ainé, il s'insurgea.

—Où est mon fils ? Qui peut me dire où il se trouve ? hurla Leifr en balayant la pièce du regard.

Il se tourna vers Thoralf :

—Vous êtes toujours ensemble, alors dis-moi où il est ! Maintenant ! le menaça-t-il d'un regard torve.

Le jeune homme déglutit, se sentant mal à l'aise. Pourquoi saurait-il où son ami se trouvait perpétuellement ? En l'occurrence, la dernière fois que Thoralf a aperçu Einarr, c'était quand celui-ci était venu récupérer quelques affaires de Iona. Unni et lui la veillaient constamment depuis ce soir-là.

—Je ne sais pas où il est. Je ne l'ai plus vu depuis hier soir.

— Tu mens ! Vous êtes toujours ensemble ; tu es son bras droit ! Si quelqu'un sait où il se terre, c'est bien toi.

— Pas cette fois-ci, Leifr. J'en suis tout aussi inquiet que toi. Unni est la dernière à l'avoir vu. C'est chez elle qu'il se rendait quand je l'ai croisé hier soir !

— Qu'on fasse venir cette femme ici, maintenant ! ordonna le Jarl.

Deux hommes quittèrent la maison longue pour quérir Unni, espérant que celle-ci voudrait bien répondre à l'ordre donné.

La vieille femme écouta les deux hommes, d'un air passible, sans y porter beaucoup d'intérêt. Les toisant, elle réfléchit :

Oui, ce serait peut-être bien de jouer un peu avec la patience de Leifr !

Elle sourit à cette idée. Alors, la seiðkona fit tout d'abord signe aux deux hommes, qu'elle allait finalement les suivre. Puis, sans se presser, elle marcha lentement, attrapa son manteau et se délecta de son stratagème malicieux.

Ils arrivèrent enfin dans la pièce où Leifr l'attendait, tapotant la table des doigts. Il était vraiment à bout de patience, hors de lui.

— Tu en as mis du temps, Unni ! La disparition de mon fils ne t'inquiète donc pas plus que cela ? demandait-il d'une voix doucereuse.

Elle le fixa droit dans les yeux, un sourire moqueur sur le visage. Elle toisa le Jarl de toute sa hauteur. Leifr, embarrassé, baissa les yeux.

Maudite femme !

Unni possédait le pouvoir de lui donner ce sentiment d'infériorité. Elle seule osait le toiser de cette façon, comme s'il était une simple vermine. Ce n'était un secret pour personne qu'Unni n'avait aucune confiance en leur Jarl.

Le skáli était silencieux. Leifr soupira.

— Veux-tu prendre place, te joindre à nous pour partager notre repas ?

— Essayes-tu de m'amadouer avec un simple repas et quelques mots aimables ? Qui, cela dit, sortent avec grandes difficultés de ta bouche ! Que veux-tu de moi, *Jarl* ?

Leifr pinça les lèvres au ton moqueur donné par Unni à son titre.

— On m'a rapporté qu'Einarr était présent chez toi, hier. Est-ce la vérité ?

— Puisqu'on te l'a dit, c'est que c'est ainsi !

— Pourrais-tu, pour une fois dans ta vie, répondre clairement à mes questions ? Einarr était-il, oui ou non, chez toi hier ?

— En effet, avec Iona.

— Je m'en fous de la Skotar ! C'est pour mon fils que je m'inquiète !

— Tu t'en *fous* de Iona ? Réfléchis bien avant de répondre et rappelle-toi ce que les Nornes t'ont dévoilé la veille du départ de ton fils ! Tu te souviens, n'est-ce pas ?

Leifr blêmit en s'en souvenant :

Il va revenir accompagné de deux personnes : une qui revient du passé, un lointain passé et qui va révéler une trahison. L'autre personne va forger l'avenir proche et lointain.

— Toi et tes énigmes ! En quoi cette fille peut-elle forger notre avenir ? Einarr la reconduira chez son cousin, en Alba, au vár et bon débarras ! J'ai d'autres projets pour mon fils ! Il va épouser la fille du Jarl Tjodrek. J'ai arrangé cette alliance avec le plus grand soin. Cela nous rapportera une belle dot !

Unni foudroya le Jarl, elle s'avança vers lui, l'air menaçant.

— Comment oses-tu ! Jamais il ne l'épousera. Jamais ! Les Nornes ont d'autres projets pour ton fils et tu le sais ! ajouta-t-elle en pointant le Jarl du doigt. Les Nornes te les ont dévoilés ! Honte à toi, Leifr. Tu mets en péril tes gens ; tu seras leur perte. C'est toi *et toi seul* qui seras à blâmer quand ils auront tout perdu !

— Dis-moi où il est et qu'on en finisse ! s'époumona-t-il.

— Je le dirai au moment venu.

— Vas-tu enfin parler, femme ?

Unni fit non en ricanant. Avançant de quelques pas, le fixant toujours, Unni sortit de sa poche une petite bourse en cuir.

— Tiens, prends ceci. Bois-le ! Cela te dégoûtera de l'uisge-beatha !

— Pourquoi devrais-je m'en dégoûter ?

— Pour être moins imbécile !

Le Jarl fulmina. Ce que cette femme osait, jamais il ne le permettrait à d'autres.

Du coin de l'œil, il vit Ástríðr s'approcher vers Unni.

— Unni ?

L'interpellée se tourna vers l'épouse du Jarl.

— Sois sans crainte, Ástríðr. Ils sont là, où personne n'irait les chercher. Ils y seront en sécurité. Ils y resteront jusqu'à ce que ce soit moi qui leur fasse dire de revenir.

— Comment comprendront-ils que c'est à ta demande ? s'inquiéta Ástríðr.

— Parce que j'ai dit à Einarr *qui* j'enverrai les quérir. Tu les reverras, Ástríðr, sains et saufs et ton vœu sera accompli, ajouta-t-elle, une main sur celle d'Ástríðr.

— Comment connais-tu mon vœu le plus cher ?

— Voyons ! Comment peux-tu me poser une telle question ? demanda Unni la tête penchée d'un côté, souriant mystérieusement.

— Donc tu sais ? Les Nornes l'ont-elles confirmé ? demanda Ástríðr avec un sourire rayonnant !

— Oui, ainsi qu'ils seront là pour célébrer Jól avec nous. Les prédictions des Nornes seront toutes accomplies cette nuit-là.

Ástríðr fronça les sourcils.

— Quelles prédictions ?

— Celles dévoilées à la petite quand elle est venue me voir.

— Iona t'a rendu visite pour consulter les runes ? demanda Ástríðr, ébahie. Mais elle est chrétienne !

— Et alors ? Les Nornes n'en furent pas insultées ! Bien au contraire ! Elles aiment bien cette petite, sinon elles ne l'auraient pas amenée jusqu'à nous.

Unni arbora ce sourire énigmatique qui troublait toujours Ástríðr. Malgré les paroles rassurantes de la vieille femme, son cœur de mère lui disait qu'ils couraient tous deux un grand danger. Ne voulant pas offusquer Unni, elle le garda enfoui en elle.

Que pouvait-elle faire d'autre, sinon que d'attendre leur retour ? Après toutes les offrandes qu'elle avait faites aux dieux, ceux-ci le lui devaient bien ! Frigg ne veillait-elle pas personnellement sur eux ? Ne les avaient-elles pas réunis ?

Unni se tourna vers Thoralf.

— Mon garçon. Toi et les autres, vous devez continuer ce que vous avez décidé avec Einarr. Tu le sais, la survie de nous tous en dépend, ainsi que le retour de Einarr et de Iona.

Thoralf acquiesça.

— Alors, qu'est-ce que t'attends, fais-le ! ordonna-t-elle.

Thoralf quitta le skáli pour rejoindre les hommes chez Hákon. Tous semblaient présents.

— As-tu appris quelque chose ? Sais-tu où ils sont ? demanda Oddvakr d'emblée.
— Unni nous a dévoilé qu'ils sont en sécurité. Je suis certain que c'est elle qui lui a parlé en dernier. Je suppose également que c'est elle qui lui a dit où aller.
— Peut-on essayer de deviner où ils sont ? Pourquoi a-t-il emmené la fille ? s'enquit Oddvakr.
— Iona a été agressée dans l'écurie. Tu te souviens ? La bosse sur le crâne d'Hákon explique comment cet homme avait réussi à pénétrer dans le village sans être vu et agir en toute impunité, du moins, le soupçonnait-il.

Einarr protège Iona du mieux qu'il peut. Il n'était pas possible de partir en la laissant ici. En ce qui concerne d'essayer de les trouver, je ne crois pas que l'on puisse réussir. Unni a dit qu'ils sont là où personne ne penserait à les chercher. C'est ce qu'elle a dit à Ástríðr.

— Donc, ils ne sont pas dans les endroits où on se cachait habituellement ?

Thoralf fit non. Oddvakr se replongea alors dans ses pensées.

— A-t-elle dit quand ils sont partis ?
— Non, mais probablement avant qu'il se remette à neiger. Je n'ai trouvé aucune trace.
— À moins qu'ils n'aient pas quitté le village ? ajouta Oddvakr.
— Suggères-tu qu'on fouille partout ?
— Pas maintenant. Snorri et moi allons essayer de trouver des indices en premier. Puis n'oublions pas ce que nous avons décidé, tous ensemble, avant la disparition de Einarr et de la fille.
— Oui. Unni ne les fera pas revenir tant que ce problème persiste, j'en suis certain. Mais ils seront là pour fêter Jól avec nous, selon ses dires.
— Ce qui nous laisse trois vika pour agir. Dis-moi, Thoralf ? Est-ce uniquement pour la protéger qu'Einarr est parti avec elle ? demanda Oddvakr, d'un air malicieux qui en disait long sur ses pensées.

Ils connaissaient tous Einarr et ils avaient bien dû constater le changement qui s'était opéré en lui.

Thoralf lui répondit avec un sourire.

—Je m'en doutais un peu. Il était devenu bien susceptible, les derniers temps, conclut Oddvakr.

Tous rirent, car personne n'avait jamais vu Einarr agir ainsi !

—Bon ! recommença-t-il. Prenons nos tours de garde. Deux d'entre vous devront nous remplacer demain, Snorri et moi. Je pense qu'on prendra la journée pour découvrir des indices. Ceci pose-t-il un souci pour vous, je veux dire, de nous remplacer ?
—Non. Je prendrai ton tour. Vu que j'y vais maintenant et que toi tu prendras le dernier, j'ai le temps de me reposer, proposa Hákon.
—Qui prend celui de Snorri ? Il devra commencer le sien à la demi-journée du côté du lac, donc un peu plus froid, vu qu'ils sont très à découvert.

Yngvi leva la main.

—Couvre-toi bien, lui conseilla Snorri.
—J'ai ce qu'il faut : la peau d'un grand ours blanc. Elle est si grande qu'elle me recouvrira totalement.
—En plus, elle te camouflera entièrement ! ajouta Snorri. Nous aurions dû y penser avant. Cela aurait probablement évité une bosse au crâne d'Hákon !

Tous ricanèrent.

—Qui d'autre possède une peau d'un grand ours blanc ? demanda Oddvakr.

Tous levèrent la main.

— Dans ce cas, équipons-nous, les amis. Je crois que cette fois-ci, nous allons progresser, se soulagea Snorri, un sourire sournois aux lèvres alors qu'il les fixait tous un à un.

— Si nous creusions des trous en laissant les peaux d'ours sur place ? demanda Yngvi.

— Précise ta pensée, petit ! l'invita Snorri.

— Voilà : si nous creusions des trous là où nous montons la garde il ferait moins froid et on serait à l'abri du vent. En les recouvrant avec la peau, on est invisibles, surtout si celle-ci se recouvre d'un peu de neige.

Yngvi vit tous les regards braqués sur lui, dont Snorri qui plissa carrément les paupières.

— C'est qu'il ira loin, ce petit ! Ta suggestion est exactement ce qu'il nous faut. Mettons-nous au travail, immédiatement. Nous allons avoir besoin de torches et d'huile. Il va nous falloir faire fondre une couche de sol gelé avant de creuser les trous.

D'ici trois vika, au plus tard, nous devons être débarrassés de toute cette vermine. Nous fêterons Jól dignement et dans l'allégresse ! Einarr sera fier de nous. Soyons dignes de la confiance qu'il nous donne. Allons-y !

Tous passèrent devant Yngvi, lui donnant chacun une tape sur l'épaule. Il était heureux que sa suggestion aide à dénouer cette situation.

S'armant de pioches, certains d'entre eux commencèrent à creuser les trous aux endroits stratégiques, pendant que les autres montaient la garde.

Malgré les chutes abondantes de neige, ils préférèrent rester prudents. Jusqu'ici, les renégats ne s'étaient jamais aventurés jusqu'au village par ce temps exécrable, mais mieux valait être sur ses gardes. Leur sécurité et la survie de tous en dépendaient.

Snorri et Oddvakr se trouvèrent au sud du village. Toutes traces potentielles devaient être recouvertes par le tapis de neige fraîchement tombée.

— Que cherchons-nous, exactement ? demanda Oddvakr.

— Tout ce qui te semble anormal : une branche cassée, un bout de tissu accroché, tout ! Tu comprends ?

Oddvakr opina.

— Pourquoi penses-tu qu'ils aient pris le chemin vers le sud ?

— Une intuition. Quelque chose me dit qu'ils quittent le fjǫrðr. Pour ne pas être vus, ils ne longeront certainement pas la rive, ne se déplaceront pas à découvert, dans un premier temps. À leur place, je resterais à la lisière des sapins : pas tout à fait à couvert, pour avoir le plus possible de lumière, mais pas non plus à découvert pour ne pas être vu ! Tu comprends ?

— Oui, je vois où tu veux en venir. De cette façon, il y a malgré tout la neige qui recouvre le sol, vu que le vent vient de l'ouest. Mais pas une trop grosse couche qui rend le déplacement difficile.

— Thoralf a vérifié s'ils ont pris leurs skis ?

— Quoi, la jeune fille a des skis ?

— Parfois, Oddvakr, je me demande si tu vis bien parmi nous ! Nous le savons tous qu'Einarr lui a donné plusieurs leçons.

— Sérieusement ?

— Puisque je te le dis ! Tu as fait quoi pendant toutes ces vika ?

— Soit ! Imaginons qu'ils les aient pris, coupant ainsi court aux questions de son ami, ils doivent être bien loin, maintenant.

— Tout dépend de l'endurance de la jeune femme. C'est quoi son nom, déjà ?

— Fiona, ou quelque chose dans ce style, enfin je crois. Leur distance dépend aussi de quand ils sont partis. Unni aurait-elle donné cette information ?

— Je ne crois pas. Thoralf nous l'aurait communiquée. Unni est très mystérieuse ; elle ne dira rien si elle en a décidé ainsi. De toute façon, ici, près des sapins, ils ne les ont pas utilisés.

Il n'y a pas assez de neige ; la couche est trop fine et les racines les en empêchent. Donc s'ils sont passés par ici, c'est à pied ! Le tout est de savoir combien de temps ils sont restés cachés ainsi à la lisière.

— Et aussi, si c'est bien la direction prise, ou s'ils ont bien quitté le village. Qui sait ? Ils sont peut-être cachés à nous surveiller ! Unni a certainement des cachettes un peu partout. Nous devrions peut-être la surveiller discrètement ?

— Pourquoi veux-tu la surveiller ? s'étonna Snorri.

— Imagine qu'ils soient cachés dans le village. Elle doit, dans ce cas, aller les nourrir, non ?

Snorri médita les paroles d'Oddvakr. Il est vrai que personne n'avait la certitude qu'ils aient quitté le clan ni depuis quand exactement ils avaient disparu.

Prenant la décision de fouiller encore un peu plus loin vers le sud, Snorri étudia chaque sapin, chaque rocher, chaque racine dépassant.

Il ne trouva rien ni branche cassée ni bout de tissu, rien, aucun indice, aucune trace. Soit, ils se trouvaient toujours dans le village, soit Einarr était encore plus prudent que Snorri ne le croyait.

Dépité parce qu'il croyait fortement que son ami avait quitté le village, il prit la décision de rentrer. Si des traces, il y avait, il se faisait tard, la nuit allait bientôt tomber...

Pendant plusieurs jours et nuits, rien ne se produisit aux alentours. Les chutes de neige n'avaient pas cessé. Elles offraient le privilège de rendre les déplacements difficiles, mais elles avaient surtout le désavantage de brouiller la vue. Ils devaient tous rester sur leurs gardes : un ennemi ne serait visible qu'au dernier moment.

Ce détail tapa réellement sur les nerfs des hommes surveillant le village. Les trous creusés procuraient une isolation au froid, mais les incessantes chutes de neige, très lourdes, les obligeaient à souvent secouer les peaux d'ours les couvrant. Celles-ci, à cause du poids par la masse accumulée, risquaient de les ensevelir.

Chaque jour, Thoralf, Oddvakr, Snorri, les deux Hákon, dont un était le frère de Einarr, Gautie, Alvbjǫrn et le jeune Yngvi se retrouvaient dans la maison d'Hákon, leur forgeron. Ils avaient tous l'impression de ne guère avancer et de ne rien résoudre. Ils commencèrent à se lasser de cette situation.

— Tant que cette neige tombe, je ne crois pas qu'ils viendront, expliqua Thoralf. Attendre ainsi qu'elle cesse me rend fou ! On tourne en rond !

— Une suggestion ? lui demanda Oddvakr. Ils sont tout aussi immobilisés que nous. Que faire d'autre ? Par contre, ce que nous devons faire est de décider d'une stratégie. C'est bien de les attendre, de les éliminer, au fur et à mesure. Mais tôt ou tard, ils comprendront que nous les voyons arriver. Il nous les faut tous, pas uniquement quelques-uns. Sinon nous ne serons jamais en sécurité.

— Que suggères-tu ?

— C'est toi le stratège, Thoralf. Moi, je suis celui qui décortique les données. Selon toi, comment devons-nous agir ?

Thoralf plissa les paupières tout en réfléchissant aux paroles de son ami. C'est vrai, que les éliminer un à un ne résoudrait pas leurs problèmes. Ce qu'ils devaient découvrir c'était leur cachette, savoir où ils se terraient !

— Voilà ce que nous devons faire ! Nous continuons à surveiller, comme nous le faisons maintenant. On les laisse venir, restant sur nos gardes tant qu'ils sont ici dans le village. Ensuite, nous les suivons discrètement. C'est tout à fait possible !

On est ici chez nous ! Nous connaissons chaque recoin, chaque arbre, chaque grotte, fossé ou cachette de la région. On sait donc se rendre totalement discret. Ils ne savent pas qu'on s'est rendu invisibles pour monter la garde.

Nous les suivons jusqu'à leurs cachettes et les assaillons, sans pitié, ils doivent tous périr. Nous allons dès aujourd'hui recommencer à nous entraîner.

— Comment constater qu'ils sont dans le village ?

— Nous utiliserons les mêmes signaux que lors de nos félagis : l'imitation de cris d'oiseaux, tout en veillant d'imiter ceux qui sont présents parmi nous en Skammdegi ! Veillez-y surtout.

— Cela va pour moi, répondit Snorri. S'il faut, je partirai devant repérer les indices.

— Oui, ce serait parfait. Oddvakr, des suggestions ?

— Non. Ton plan me semble parfait. Espérons maintenant que les chutes de neige cessent. Cela nous rend nerveux de ne pas pouvoir agir. Autre question : quelqu'un a vu Unni, dernièrement ?

Tous le regardèrent avec étonnement. Hákon, le frère de Einarr, fronça les sourcils.

— Elle est venue voir ma mère, hier. Pourquoi ?

— Je me pose tout simplement la question. Aurait-elle pu cacher ton frère et la jeune femme quelque part dans le village ?

Hákon réfléchit.

— Tu penses que c'est possible ? Elle aurait des cachettes que nous ne connaissons pas ?
— Honnêtement ? Je suis d'avis que sa cabane à elle seule en est une immense ! marmonna Oddvakr.
— Il est vrai que c'est la personne la plus secrète que je connaisse. En même temps, c'est une seiðkona. Comment veux-tu qu'elle soit autrement que mystérieuse ? S'ils sont cachés ici, jamais elle ne le dira et jamais tu ne les trouveras ! répondit Thoralf.
— Cela m'inquiète, vois-tu ? Par ce temps, dehors, je n'ose imaginer qu'elle les ait envoyés dans cette tempête ! Je sais qu'Einarr pourrait y survivre, mais la jeune femme...
— Oui, mon frère est déjà allé plusieurs fois en retraite dans le Nord. Il a appris à se fier à la nature. Mais là, en plus, il doit tenir compte de la sécurité de Iona. Espérons que tu sois dans le vrai, qu'elle les ait cachés ici, quelque part dans le village ! Ce serait plus rassurant, expliqua Alvbjǫrn.
— Pourquoi les a-t-elle cachés, au fait ? s'enquit Yngvi.
— Les vermines ont tenté de les tuer tous les deux. Je suppose qu'elle a estimé plus prudent de les éloigner. Qui peut dire ce que pense Unni, exactement ?

D'après ce que j'ai pu comprendre, quand mon père l'a fait venir, la présence de la jeune femme était une prédiction des Nornes. Unni fera tout ce qu'il lui est possible de faire pour la protéger.

Père a déjà assez désobéi pour qu'Unni agisse en conséquence. À ta place, Oddvakr, je ne les chercherais même pas. Si elle les dit en sécurité, tu peux la croire, c'est qu'ils le sont.

— Espérons que tu dises vrai, Hákon, ajouta Oddvakr. Il serait peut-être utile qu'un de nous aille la voir, demander ce que les Nornes peuvent nous apprendre sur les conséquences de ce que nous avons décidé. Qui est volontaire ?

Oddvakr voulait bien faire cette suggestion, mais n'avait pas trop envie d'être celui qui lui rendrait visite. Depuis sa plus tendre enfance, il évitait cette femme autant que possible.

Il les observa l'un après l'autre. Tous semblaient dans le même état d'esprit que lui. Unni les angoissait ! Finalement, Yngvi se proposa.

— Entre, mon garçon ! dit Unni à la venue du jeune homme. Tu as bien grandi. Tu désires demander aux Nornes si votre plan pour vaincre ceux qui nous attaquent est le bon ?

Yngvi fut stupéfait ! Comment pouvait-elle connaître la raison de sa visite ?

— Oui, c'est exact. Thoralf a décidé d'une stratégie et nous aimerions apprendre si les Nornes approuvent cela.
— Je vois et Oddvakr n'a pas osé venir lui-même malgré que ce soit son idée de les consulter, n'est-ce pas ? dit-elle en ricanant. C'est un homme très courageux, très bon aussi. Mais moi, il me craint depuis qu'il sait marcher !

Yngvi rit aux paroles de la vieille femme. Il n'était nullement oppressé en sa compagnie. D'autres lui avaient expliqué à quel point elle pouvait être intimidante, mais lui se sentait bien.

— Tu te sens bien chez moi parce que *tu es* un homme au cœur pur, Yngvi. Tu n'as rien à craindre des Nornes, car elles t'apprécient. Tant que tu leur obéis, tout ira bien pour toi. Voyons si elles acceptent de nous répondre.

Unni lança sa poudre dans les flammes et commença sa séance de transe en se balançant d'avant en arrière, fredonnant des mots inintelligibles. Le jeune homme l'observa, fasciné. Il en avait déjà entendu parler, mais ne l'avait jamais vu de ses yeux.

Unni prit ses runes pour les lancer en l'air. Elles retombèrent dans un ordre bien précis. Ebahi, le jeune homme étudia chacune d'elles. Il fut subjugué par ce qu'il vit.

Relevant la tête vers Unni, il constata qu'elle l'observait attentivement en souriant mystérieusement.

— C'est ta première fois, n'est-ce pas ? Je croirais revoir Einarr à sa première venue ici. Il avait la même admiration et le même respect pour les Nornes que toi en cet instant. Elles t'apprécient énormément pour cela. Elles le disent très clairement.

— Remercie-les de ma part.

— C'est bien, mon garçon !

— Disent-elles autre chose ?

— Oui, naturellement. Elles disent bien plus que cela, voyons ! Écoute bien le message qu'elles te transmettent :

Après le loup et l'ours, tu trouveras là où aucun ne pensera. Discret, tu devras être, sinon, un s'en échappera.

Tous, tu peux les avoir, si tous, tu les vois. Quand aucun ne sera plus, vainqueur, tu reviendras.

— Pourquoi, uniquement moi ? Ne partirons-nous pas tous ensemble ?

— Si, mais c'est à toi qu'elles passent le message. À toi, maintenant, de le transmettre, mot pour mot. N'aie crainte, tu t'en souviendras.

— Merci pour ton aide et celle des Nornes. Demain, je t'apporterai une offrande pour les remercier dignement. En attendant, accepte ce présent, lui dit-il en lui offrant un bout de viande.

— Va, maintenant, mon garçon et veillez tous à respecter les prédictions. C'est très important !

— Nous le ferons.

— Attends, tu as bien dit : *Après le loup et l'ours ?* demanda Snorri.

— Oui, c'est ce qu'elles ont dit, confirma Yngvi.

— Serait-ce la grotte du Loup ? Thoralf et moi l'avions mentionnée, l'autre jour. L'ours serait quoi, selon toi, Thoralf ?

Le jeune homme se mémorisa les lieux qu'ils connaissaient tous. Lequel pourrait bien s'identifier à un ours ? Il ne vit aucun rocher ni grotte portant ce nom.

— Et si ce n'était pas un lieu ressemblant de près ou de loin à un ours ? suggéra Yngvi.

— À quoi penses-tu, précisément ? demanda Snorri.

— Peut-être un lieu où l'un de vous ou Einarr auraient affronté un ours. Un combat difficile.

— Effectivement, plus loin que la grotte du Loup, vers l'ouest, Einarr et moi en avons vaincu un. Nous étions réellement en difficulté pendant une grande partie du combat. J'en porte encore les marques sur mon torse.

— Donc après la grotte du Loup, nous devons prendre la direction où vous avez affronté l'animal. Ensuite, vient : *là où aucun ne pensera*. Comment trouver quoi que soit si nous ne savons pas quoi chercher ? se lamenta Yngvi.

— Cela doit être un lieu où plusieurs hommes peuvent se mettre à l'abri, un auquel nous ne penserions absolument pas ? demanda Snorri à Oddvakr.

Celui-ci, comme à chaque fois qu'il réfléchissait, mit ses coudes sur ses genoux. Il passa dans son esprit chaque endroit qu'il connaissait dans les parages où Einarr et Thoralf avaient combattu l'ours en question.

Il vit chaque rocher, grotte et bosquet. Il ne trouva pas où ils pourraient se cacher, étant donné que les Nornes avaient dit : *là où aucun ne pensera*. Comme il songeait aux grottes et cavernes, il devait donc trouver là où lui ne se cacherait pas. Creusant, réfléchissant, se concentrant, il scruta les méandres de sa mémoire.

Ô, Þórr, après toutes mes offrandes, aide-moi ! pria-t-il.

Inspirant profondément, il réalisa où se trouvait son erreur. Il devait voir dans son esprit les lieux en Skammdegi : couverts de neige et de glace. C'est ainsi et uniquement ainsi qu'il pourrait trouver des cachettes n'existant pas en été.

Il se remémora les lieux, mais cette fois-ci, sous un tapis blanc. Il s'imagina là où ses deux amis avaient combattu l'ours, debout, scrutant le paysage. Balayant son regard de l'Est vers le Sud, puis vers l'Ouest et ensuite vers le Nord. Soudain, il écarquilla les yeux, soupira profondément.

— Je sais où les trouver ! Les Nornes ont vu juste. Jamais je n'aurais pensé les chercher là. Cette cachette n'existe qu'en Skammdegi et elle comporte deux entrées.
— Où est-ce ? demanda Yngvi.
— Thoralf, tu te souviens où vous avez tué cet ours ? Au Nord, il y a cette cascade ? On s'y baignait souvent.
— Oui, effectivement ! Je m'en rappelle. Comment pourrait-elle être une cachette ?
— Mon grand-père m'a un jour parlé de cet endroit qui comporte deux entrées : une derrière la cascade que peu connaissent, puis une autre au-dessus de la grotte, par une crevasse. Malgré la neige et la glace, on devra trouver le moyen d'y pénétrer par ces deux accès en même temps.

Thoralf réfléchit à ce qu'ils devaient entreprendre pour réussir ce tour. Pourquoi attendre qu'ils viennent, vu qu'ils pourraient aller les surprendre à un moment où ils s'y attendaient le moins.

— Pourquoi ne pas partir demain ? Au lieu de rester ici ? On risquerait de ne pas tous les avoir !
— As-tu vu le temps qu'il fait ? Comment ne pas se perdre ? s'insurgea Alvbjǫrn.
— Nous irons à pied avec nos raquettes et nos skis. Ils nous seront très utiles. On s'attache les uns aux autres et pour la direction, comme en mer, nous allons emporter notre pierre du soleil. Nous ne partirons pas tous, pour ne pas laisser nos gens sans protection. Nous pourrons voyager uniquement de jour. Malheureusement, ils sont courts.
Si cette tempête continue, ce que j'espère, il nous faudra trois jours pour y arriver. Nous emporterons chacun deux épées, une dague et nos haches. Les plus habiles prendront

leurs arcs. Mais ils seront pratiquement inutilisables si la neige continue à tomber.

— Pourquoi espères-tu que la neige continue à tomber ? demanda Yngvi.

— Parce qu'ils ne quitteront pas leur cachette ! Ce n'est qu'ainsi que nous les aurons tous. Deux d'entre nous ne rentreront pas dans la grotte, mais resteront tapis à l'extérieur au cas où l'un ou l'autre s'échappe. Aucun d'entre eux ne doit rester en vie ! Nous devons tous les tuer !

On a l'effet de surprise pour nous. Nous y pénétrerons de nuit, quand ils dormiront. J'admets que c'est sournois et ce n'est certainement pas notre façon d'agir habituellement. Mais notre survie en dépend. De toute façon, aucun d'eux n'a droit de siéger au banquet d'Óðinn !

Oddvakr et Snorri hochèrent tous deux la tête. Ils allaient agir, pour enfin reprendre le cours de leur vie, paisiblement, comme chaque Skammdegi. Ils approuvèrent le plan de Thoralf. Voyant leurs meilleurs hommes acquiescer, les autres en firent de même. Ils devaient tous se préparer.

Thoralf donna les noms des vingt hommes qui feraient partie des attaquants. Les autres resteraient ici pour la protection de leurs gens, leurs familles, leurs amis.

Thoralf fixa le rendez-vous pour le lendemain, peu avant le lever du soleil. Il était possible d'effectuer une partie de la route de nuit. Ils se quittèrent en silence, leurs pensées déjà au futur combat. Ils allèrent vérifier et préparer leurs armes. Ils devaient essayer de passer une bonne nuit de sommeil. La route serait difficile, épuisante, mais ils croyaient en leur réussite.

Les vingt hommes arrivèrent en vue de la cascade. Ils avaient mis trois jours pour parcourir le trajet. La pierre les avait aidés à rester dans la bonne direction. Le trajet avait été semé de Embûches. Leurs pires ennemis étaient le froid et le vent, celui qui refroidit l'air encore plus, le rendant mordant, mais surtout les empêche de garder un feu allumé la nuit.

Les chutes de neige les rendaient aveugles, ne voyant souvent qu'au dernier moment les obstacles devant eux. Ils chutèrent maintes fois, mais continuèrent à avancer, bravant les éléments. Heureusement que la pierre leur indiquait toujours le bon chemin, même par temps couvert. Ils étaient heureux d'être arrivés en vie, sans blessures trop graves.

Rien ne les empêchait d'agir. Ils trouvèrent une cachette non loin de leur but, restant ainsi hors de vue de ceux qu'ils devaient occire.

La caverne qu'Oddvakr avait dénichée en arrivant, leur permit d'allumer un feu. Ils allaient pouvoir se réchauffer après ces courtes journées et longues nuits glaciales. Ils avaient bien trouvé la cachette de leurs assaillants. Un mince filet de fumée qui sortait par la crevasse du haut leur indiquait la présence du groupe.

La caverne où ils avaient trouvé refuge était profonde. Le trou dans la paroi se trouvait hors de vue de la grotte derrière la cascade. Thoralf leur ordonna de prendre du repos, reprenant ainsi des forces pour le combat à venir. Certains d'entre eux allaient devoir escalader une paroi très rocheuse, probablement glissante.

Snorri menait les hommes allant attaquer par le haut. Ils étaient partis en avance, étant donné qu'ils avaient besoin de plus de temps pour se rendre au-dessus de la crevasse. Le vent avait diminué de force ; la neige tombait plus faiblement. Dès qu'ils seraient en position, Snorri donnerait le signal dont il avait convenu avec Thoralf.

L'escalade se passa mieux que prévu. Snorri avait découvert une partie du flanc rocheux où des prises étaient aisément accessibles. Une heure leur suffit : tous se trouvaient à proximité du gouffre, se tenant légèrement à l'écart.

Après avoir sifflé le signal à Thoralf, ils attendirent le sien en retour, leur indiquant que l'attaque commençait. Tous se trouvaient à proximité du gouffre, se tenant légèrement à l'écart, évitant ainsi d'être incommodés par la fumée.

Dès le signal, ils lancèrent les cordes nécessaires à leur descente. En même temps, les autres entrèrent dans la grotte côté cascade. Tous les malfrats dormaient. Il n'y avait même pas un garde. Silencieusement, ils sortirent alors leurs dagues et égorgèrent les renégats. Ils étaient douze en tout.

À l'extérieur, tapi derrière un buisson du haut de la grotte, Yngvi montait la garde. Il vit une tête sortir de la crevasse, scrutant les parages. Ce n'était pas un des leurs, mais un fuyard. Prenant son couteau, Yngvi se mut silencieusement derrière lui, l'égorgea, puis descendit rejoindre les autres. Tous gardèrent le silence, soulagés.

Le danger était éliminé. Ils n'en retiraient pas une grande fierté, car il n'y avait pas eu de vrai combat. Néanmoins, ce n'était pas ce qu'ils avaient recherché. Ils voulaient juste obtenir la paix, la sérénité pour les leurs, la vie paisible de leur clan.

Ils passèrent le reste de la nuit dans la caverne pour prendre du repos pour le long et pénible chemin de retour. Ils emmenèrent de la viande trouvée dans la grotte comme butin : un cerf, probablement tué le jour même. Ils le réchauffèrent et s'en régalèrent avant de dormir pour reprendre des forces.

Le chemin du retour s'avéra plus aisé que celui de l'aller Le temps était calme, ensoleillé ; le vent s'était couché. Par sécurité, Thoralf ordonna qu'ils s'attachent les uns aux autres malgré le temps clément. Il veilla à ce que chaque homme rentre sain et sauf.

L'utilisation des skis leur procura une belle vitesse, leur permettant d'arriver au deuxième jour seulement. Ensemble, ils se dirigèrent vers la maison longue du Jarl.

Dès leur entrée dans le skáli, le silence se fit. Tous les scrutèrent avec étonnement. Le Jarl se leva.

— Vas-tu me dire, Thoralf, ce qui t'a permis de penser pouvoir disparaître avec dix-neuf de mes hommes ? hurla-t-il.

— Dix-neuf hommes de Einarr, Leifr, pas les tiens.

— Tout homme vivant dans ce clan est mien ! Ne l'oublie pas.

— *Tes hommes* et moi avons trouvé les renégats. Ils ne nous causeront plus de souci. Ils sont tous morts.

— Dis-moi, Thoralf, combien étaient-ils ? demanda une voix derrière eux.

Tout le monde se tourna vers l'entrée où Unni se tenait.

— Ils étaient treize, en tout, Yngvi ayant tué un fuyard, à l'extérieur de la grotte.

— Bien ! Ils le sont effectivement tous. Maintenant, allez à l'étuve pour vous purifier, mangez, puis prenez un repos bien mérité. Demain, viens me trouver, Thoralf. J'aurai à te parler.

Sachant qu'il était inutile d'argumenter avec la seiðkona, Thoralf acquiesça et obéit à ses ordres.

Chapitre 10

Dans la maison de Unni le jour de l'agression de Iona

— Tu n'as plus le choix, tu le sais !

Einarr était angoissé suite aux paroles de Unni. Tout en écoutant la vieille femme, il avait gardé son attention fixée sur Iona, paisiblement endormie. Il avait failli la perdre dans de terribles circonstances. Il en frissonna d'effroi !

Et maintenant ceci ! Unni venait de lui dévoiler que celle qu'il aimait était menacée, en plus du danger venant des renégats, il se profilait un danger venant de l'intérieur du clan ! Un nouveau frisson le secoua.

Se penchant en avant, il posa ses coudes sur ses genoux, se tenant la tête des deux mains. Les yeux dans le vide, il était perdu dans ses pensées. C'était impossible ! Unni devait se tromper. Il ferma les paupières et déglutit péniblement.

— Si tu te trompais ?
— Non, les Nornes ne mentent jamais !

— Ce que tu me demandes là est tout simplement dangereux et irréalisable ! Tu dois bien t'en douter ? l'interrogea-t-il en se levant pour se diriger vers le banc où Iona dormait paisiblement, inconsciente des événements qu'Unni venait de lui dévoiler.

Assis sur ses talons, à présent, il lui caressa la joue tendrement, en souriant.

Mon amour, pardonnez-moi !

Il prit la main de la jeune femme dans les siennes, posant ses lèvres sur ses doigts. Fermant les yeux, Einarr réfléchit. Unni attendait une réponse, il le savait. Mais quelle décision prendre ? Il ne pouvait pas la prendre seul, car Iona avait le droit de connaître la vérité. C'est ensemble qu'ils décideraient. Il n'allait rien lui imposer.

Soupirant profondément, il posa son front sur les phalanges de Iona. Unni le laissa ainsi un long moment dans ses réflexions. Ce qu'elle lui avait divulgué était difficile à admettre pour le jeune homme. Il devait assimiler le tout. La présence de Iona, même endormie, avait le don de l'apaiser.

Après un long moment, la seiðkona posa sa main sur son épaule. Il secoua la tête, prenant une longue inspiration.

— Non, elle doit tout entendre. Je ne déciderai rien sans Iona. C'est moi qui lui parlerai, seul à seul et nous prendrons la décision ensemble. Que tu le veuilles ou non, tu attendras !

— C'est bien, mon garçon. Je n'en attendais pas moins. Quand elle se réveillera, vous mangerez. Ensuite, je vous laisserai. Tu me feras part de ce que vous avez décidé. On agira selon ta réponse.

Il acquiesça.

Les images de ce qu'il avait vu dans l'écurie continuaient de le hanter. Il les voyait, encore et encore. Einarr avait failli la perdre. Cette seule pensée le bouleversait, réalisant que sa vie serait totalement vide de sens sans elle, sans sa présence.

Son existence même tournait autour de cette jeune femme : petite, courageuse, déterminée, belle et envoûtante. Seul, il n'était rien, mais depuis qu'elle était entrée dans sa vie, il se sentait entier. Il redevenait celui qu'il avait toujours eu envie d'être.

Il avait failli perdre tout cela. S'il était arrivé juste quelques instants plus tard, ou pire, si Thoralf ne lui avait pas fait comprendre qu'il avait bien entendu un cri étouffé, elle ne serait plus là. Comme si cela ne suffisait pas, il fallait qu'il apprenne de la bouche de Unni que le danger rôdait partout autour d'elle. D'un côté qu'il n'aurait jamais soupçonné.

Pourquoi les dieux s'en prenaient-ils à eux ? Il pria Frigg ainsi que Frœyja[72] ardemment pour qu'elles protègent leur amour, sa bien-aimée. Ensuite vint Óðinn pour qu'il lui procure la sagesse d'agir comme il se doit pour la protéger, qu'ils puissent sortir victorieux de cette épreuve.

À Þórr, il demanda la force de mener à bien ce combat, en même temps d'asséner un coup sur la tête de certaines personnes avec Mjǫllnir, non pas pour provoquer le tonnerre, mais pour terrasser les ennemis de son aimée. Il pria également Vali, dieu de la vengeance, pour qu'il l'aide à obtenir la sienne.

À Vár[73], il demanda qu'elle punisse ceux qui se sont parjurés, car jamais il ne pourrait pardonner. Pour finir,

---

[72] Déesse de la beauté et de l'amour, en vieux norrois.

[73] Déesse du mariage et des pactes. Elle punit les parjures.

étant baptisé, il pria également le Dieu des chrétiens. Ils avaient bien besoin de toutes les divinités disponibles, lui demandant la force, le courage et la détermination, ainsi que la protection de Iona. De les aider à prendre les bonnes décisions.

Il était toujours assis là, près de Iona, sa frêle petite main dans les siennes, son front appuyé sur ses doigts. Sans pouvoir maîtriser quoi que ce soit, il sentit des larmes couler sur ses joues, abondantes et silencieuses. Un homme ne devrait pas pleurer, encore moins un guerrier. Mais il n'arrivait pas à s'arrêter !

Pleurant et priant, Einarr sentit la tension dans ses épaules le quitter ; il redevint plus serein. Il inspira longuement et profondément. Par contre, ni le goût de bile, qu'il détestait tant, ni la boule dans sa gorge ne le quittèrent. Comme pendant la nuit après avoir tué Rókr, son ventre se tordit. Qu'il détestait ces sensations !

Il continua ses prières ardemment ; ils devaient vaincre, tous les deux. Après, oui, après, il ferait tout pour garder Iona à ses côtés. Jamais il ne pourrait la quitter. Il la ferait sienne.

Un demi æt[74] plus tard, Iona ouvrit enfin les yeux. Etonnée, elle trouva Einarr accroupi, lui tenant la main, celle-ci plaquée sur son front, et silencieux. Elle n'entendit que sa respiration.

Quand elle remua ses doigts, Einarr releva subitement la tête vers sa jeune aimée éveillée. Leur regard intensément plongé l'un dans l'autre, tandis que l'homme s'émerveillait, Iona scruta durement les traits tirés de son sauveur.

Jamais un visage aussi las, triste et angoissé comme le sien ne s'était profilé devant ses yeux encore embués. N'osant pas briser la glace ni l'un ni l'autre, Iona se délecta d'un langoureux baise-main qu'Einarr lui déposa.

---

[74] Un æt est équivalent à 3 heures.

— Je suis tellement désolé ! sanglota-t-il.

Iona se redressa et l'apaisa d'une douce caresse sur sa joue mouillée. N'en pouvant plus, il la saisit subitement contre son torse, l'entourant d'un long et affectueux câlin de retrouvailles. Leurs cœurs battirent à l'unisson tellement fort que l'on entendit plus que cela dans la pièce.

— Tellement désolé, tellement désolé, répéta-t-il en boucle.

Se sentant protégée, Iona laissa libre cours à ses larmes.

Après un moment, Unni les rejoignit, se raclant la gorge pour leur indiquer sa présence. Iona releva la tête, vit la vieille femme, puis jeta un regard circulaire autour d'elle. Fronçant les sourcils, elle ne savait pas où elle se trouvait exactement. Tout était brouillé dans son esprit. Elle reporta à nouveau son attention vers Unni.

— Tu es en sécurité ici chez moi, ma petite. Venez manger, tous les deux. Après, Einarr t'expliquera beaucoup de choses, ma chère enfant. Je vous laisserai seuls. Ensuite, si tu le désires, je répondrai à toutes tes questions. Approchez, je vais servir le repas.

Les deux jeunes gens s'installèrent auprès de Unni. Ils n'avaient pas très faim ni l'un ni l'autre, mais Unni insista. Ils devaient prendre des forces, argumenta-t-elle. Aucun d'eux n'osa lui désobéir.

Unni, après le repas, les laissa seuls comme elle l'avait promis. Ils s'assirent sur un banc devant le feu, l'un à côté de l'autre, main dans la main. Elle vit bien qu'il était très soucieux, plus qu'il ne l'avait jamais été auparavant. Elle sentit la tension dans son corps et cela l'angoissa. Il prit une longue inspiration en se passant les doigts dans les cheveux.

— Unni… commença-t-il. Unni m'a dévoilé certaines choses qu'elle a découvertes grâce aux Nornes. Je…

Il baissa la tête. Les mots franchissaient difficilement ses lèvres. Il ferma les yeux. Iona lui serra la main espérant ainsi l'encourager. Il releva les yeux, portant le regard au loin, dans le vague.

— Quand je vous aurai tout dévoilé, nous devrons prendre une décision. Nous le ferons ensemble.

Iona opina.

Unni avait bien estimé le temps nécessaire à Einarr pour tout expliquer à Iona. Elle observa les visages des deux jeunes gens. Comme elle pouvait s'en douter, Iona était aussi ébranlée qu'Einarr un peu plus tôt dans la journée.

Elle s'avança vers eux et s'installa sur le banc leur faisant face, de l'autre côté de l'âtre. Einarr avait veillé à ce que celui-ci ne s'éteigne pas. Il y avait une douce chaleur dans la maison, mais tous deux étaient glacés jusqu'au sang d'effroi et de stupeur.

— Iona a décidé que nous devons agir selon tes instructions.

Unni secoua la tête. Elle s'attristait pour eux, de ce qui leur arrivait, mais les Nornes avaient donné le pouvoir de prendre les choses en main, protéger leur destinée.

— Je vous aiderai à tout préparer. Je vais te dire ce que tu dois discrètement aller chercher et ramener. Pendant ce temps, Iona et moi allons organiser certaines choses ici. Vous devez être prêts avant le lever du jour.

Elle énuméra au jeune homme tout ce dont ils allaient avoir besoin. Il lui faudrait plus d'un aller-retour pour tout quérir en toute discrétion.

À chaque passage, il voyait les deux femmes préparer des onguents, envelopper des herbes, même couper des bandages. Il fronça les sourcils. Allaient-ils réellement en avoir l'utilité ? Ensuite, elles s'affairèrent autour de ce qu'Einarr ramena depuis la maison longue.

Quand Unni décida que tout ce dont ils avaient besoin était là, elle leur ordonna de prendre du repos. Ils devaient absolument dormir quelques heures, tous les deux. Elle leur donna un breuvage qui les y aiderait. Einarr avait poussé deux bancs l'un contre l'autre lui permettant ainsi de s'allonger à côté de Iona.

Bien qu'ils demeuraient en sécurité dans la maison de Unni, il préférait se trouver près de Elle. Ils s'endormirent rapidement et paisiblement, prenant des forces.

La seiðkona les réveilla deux heures avant le lever du soleil, leur ordonnant de se sustenter, puis les aida à se préparer.

Einarr s'arrêta en examinant derrière lui le chemin parcouru, espérant qu'Unni avait vu juste, que personne ne découvrirait leurs traces dans la neige. Pour qu'ils ne puissent également laisser aucun accroc de leurs vêtements aux branches les plus basses des sapins, Unni leur avait fourni des capes en peaux de phoques huilées qui, en plus, les protégeraient du froid. En souriant, il se dit qu'Unni leur serait bien utile lors des félagis qu'il organisait.

Il porta son attention vers Iona. Courageuse, elle marchait depuis des ættir[75], maintenant. Ils avaient pris une courte pause pour boire et manger un peu de pain et du fromage. La seiðkona leur avait empaqueté de la nourriture pour les deux premiers jours de leur voyage. Après, il devrait trouver un moyen de se munir en viande.

— Voulez-vous vous reposer un peu ?

La jeune femme cessa sa marche à son tour, puis scruta également le chemin parcouru. Elle décida alors que non :

— Si nous nous arrêtons maintenant, je n'aurai pas la force de me relever. Continuons, je vous prie ! Nous ne devons plus être très loin du refuge dont Unni parlait, n'est-ce pas ?

Einarr étudia le paysage devant lui, estimant la distance.

— Plus très loin, je pense. Nous y arriverons juste avant la tombée de la nuit, en tout cas.
— Dans ce cas, allons-y. Plus vite nous avançons, plus vite nous y arriverons.

Einarr lui sourit. *Courageuse petite Iona !*

Il donna une légère pression à la main de la jeune femme qu'il tenait depuis qu'ils avaient repris la route après leur courte pause.

— Nous réussirons, je vous le promets, dit-il tendrement.

---

[75] Pluriel de æt.

Iona lui répondit d'un charmant sourire. Oui, il aimait ce petit bout de femme !

Ils reprirent la route. Elle avait raison : plus vite ils avanceraient, plus vite pourraient-ils s'installer pour la nuit.

Les jours étaient tellement courts, en cette période, qu'ils durent progresser vite, laissant ainsi une longue distance entre eux et le village.

Dès que leur absence serait découverte, il en était certain, Snorri essayerait de les pister. Il le crut même capable de déduire leur direction. Scrutant le ciel, des nuages lourds se profilèrent et il en remercia les dieux. Leurs traces seraient recouvertes par une couverture blanche.

Toujours selon les recommandations de Unni, ils avancèrent jusqu'à l'orée de la sapinière. Elle avait prédit que le vent viendrait de l'ouest dans un premier temps, ce qui permettrait à la neige de camoufler leur passage. En souriant, il constata qu'elle avait vu juste.

Une heure avant la tombée de la nuit, le refuge se profila enfin devant eux. Ils avaient réussi ! Un large sourire illumina le visage de Iona.

— Vous croyez qu'on pourrait y allumer un feu ?
— Oui, on est loin du clan. Il n'y a pas d'habitation dans les parages. Personne ne peut nous découvrir, ici.

Iona soupira de soulagement. Elle ne sentait plus ses jambes ni ses pieds. Du repos lui procurerait le plus grand bien.

Ils entrèrent dans le refuge. Après avoir déposé leurs affaires, qu'il portait sur son dos, il chercha après sa pochette contenant son silex, l'amadou[76] ainsi que son couteau. Il alluma un feu dans l'âtre se trouvant au milieu de la pièce, soufflant sur les braises avant d'ajouter quelques brindilles. Les flammes prirent bien. Il y ajouta du bois trouvé dans un coin de la bâtisse. Une douce chaleur se propagea doucement autour d'eux.

Iona, après avoir ôté les moufles qu'Unni lui avait données, tendit ses mains vers les flammes. Chacun dans leurs pensées, ils observèrent le feu. Ils retirèrent leur cape et leur manteau. Einarr s'affaira ensuite dans la pièce cherchant la place idéale pour installer leurs couches, pendant qu'Iona préparait leur repas.

— Pouvez-vous me dire ce qu'est cette chose que vous portiez sur votre dos ? le questionna-t-elle en montrant du doigt une structure bizarre faite de bois et de fer.

— C'est un traîneau. Celui-ci est de petite taille, trop petit pour s'asseoir dessus. Je l'utilise pour faciliter le transport de ce dont nous avons besoin.

— On s'assied sur ces choses-là ?

— Parfaitement ! Je vous montrerai avec un plus grand. Vous allez apprécier la sensation !

— Mais vous l'avez porté sur votre dos !

— Il n'y avait pas assez de neige pour le faire glisser, sans parler du fait qu'il y avait des obstacles : les pierres ou les racines qui dépassaient du sol. Vous verrez demain quand nous serons à découvert, sur une épaisse couverture.

Iona lorgna ce traîneau mystérieusement tout en préparant leur repas.

---

[76] Un champignon utilisé en tant qu'allume-feu. Il a également la vertu d'arrêter les hémorragies.

— Je vais essayer de nous trouver un peu de bois pour la nuit. Je reviendrai très vite, n'ayez crainte.

Le temps qu'Einarr leur déniche de quoi se chauffer, Iona servit le souper. Unni leur avait donné de quoi préparer un ragoût.

Plus tard, les deux jeunes gens mangèrent en silence, savourant leur repas. Puis ils s'installèrent pour la nuit, blottis l'un contre l'autre, s'enlaçant, gardant ainsi le plus de chaleur possible.

Malgré la bravoure qu'elle lui avait montrée tout au long de la journée, il sentit bien qu'elle était angoissée. D'autres auraient paniqué pour moins que cela. Blottie contre lui, elle serra ses bras de toutes ses forces autour de Einarr.

— Essayez de dormir. Il nous faut beaucoup de force pour le reste de notre voyage.
— Demain, il y aura de la neige, n'est-ce pas ? Pourrons-nous avancer dans ces conditions ? Si nous nous perdons ?
— Impossible ! J'ai une pierre de soleil. On ne se perdra pas, même pendant de très fortes tempêtes de neige, la rassura-t-il. Dans un premier temps, nous continuerons vers le sud en longeant le fjǫrðr. On va suivre la lisière des sapins, abrités du vent et des chutes de neige. Nous avancerons plus vite.
— Vous me le promettez ? On ne se perdra pas ?
— Je vous promets que nous arriverons là où Unni nous a dit d'aller, lui murmura-t-il en la serrant plus fort contre lui.

Iona soupira.

— Vous voulez que je vous raconte une histoire ? proposa le jeune homme.

— Me prendriez-vous pour une enfant ?

— Non, mais cela vous aiderait à trouver un peu de repos. Qu'en dites-vous ? Nous, les Norrœnir, nous avons les plus belles histoires, vous savez !

— Vraiment ? Prouvez-le !

Un large sourire lui répondit indiquant ainsi qu'elle avait mordu à l'hameçon.

Il s'installa plus confortablement, la tenant toujours étroitement dans ses bras.

— Je vais vous conter celle de Baldr.
— Un de vos innombrables dieux ?
— Hum hum. Prête ?

Iona fit oui, le fixant droit dans les yeux.

— Baldr, le fils d'Óðinn et de Frigg se mit à faire des rêves sinistres sur sa propre mort, ceci effraya énormément les Æsir, quand il l'expliqua, Óðinn se rendit dans le Niflheim interroger l'âme d'une prophétesse défunte. Celle-ci lui révéla le sort de son fils. Il ne put faire autrement que de le dire à la mère de Baldr. Frigg fit alors jurer tous les éléments, les minéraux, les végétaux, les animaux de la création que jamais ils ne feraient de mal à Baldr. Tous promirent de ne lui faire aucun mal.

Il devint de ce fait invulnérable. Les Æsir s'amusèrent à jeter toutes sortes de projectiles vers Baldr, le frapper avec toutes sortes d'objets, pour le voir toujours indemne et les mettre tous à l'épreuve. Cependant, Loki, fripon et sournois, en conçut du ressentiment et, prenant l'apparence d'une femme, obtint de Frigg l'aveu qu'elle avait omis de demander au gui de prêter serment, tant cette plante avait l'air frêle et jeune.

Loki prit un bâton de gui, le donna à Höd, le dieu aveugle, guida son bras pour qu'il le jette sur Baldr, qui fut transpercé et mourut aussitôt. Le désarroi parmi les Æsir fut grand, Hærmóðr, frère de Baldr, se porta volontaire pour se rendre au royaume de Hel afin d'obtenir le retour de Baldr contre une rançon. Hærmóðr monta Sleipnir, un cheval fabuleux à huit jambes, capable de se déplacer au-dessus de la mer comme dans les airs, et se mit en route.

Entretemps, les Æsir célébrèrent les funérailles de Baldr. Ils voulaient l'incinérer sur son navire Hringhorni, mais le navire refusait de quitter la terre ferme. Ils firent venir du Jötunheim, une géante du nom de Hyrrokkin pour le déplacer, qui y parvint si bien que la terre trembla, des flammes naquirent du frottement des billots, ce qui mit Þórr en colère.

Il l'aurait tuée si les Æsir ne l'avaient pas supplié de lui laisser la vie sauve. Le corps de Baldr fut placé sur le navire, et son épouse Nanna en mourut de chagrin. Elle fut placée sur le bûcher, à ses côtés. Þórr consacra le bûcher avec son marteau Mjǫllnir, mais un nain du nom de Lit courut devant lui, et Þórr l'envoya dans les flammes d'un coup de pied.

Beaucoup furent présents à l'incinération de Baldr, premièrement Óðinn, accompagné de Frigg, des Walkyries et de ses corbeaux, pendant que Freyr conduisait un char tiré par un sanglier appelé Gullinbursti, Heimdall montait un cheval appelé Gulltopp, et Frœyja ses chats.

Étaient également présents une grande troupe de géants du givre et ceux des montagnes. Óðinn plaça sur le bûcher un bracelet appelé Draupnir qui eut, de ce jour, la propriété de produire huit bracelets de même poids toutes les neuf nuits. Le cheval de Baldr fut mené au bûcher, avec tout son harnachement.

De son côté, Hærmóðr chevaucha neuf nuits et atteint la rivière Gjöll, dont le pont, tout en or, était gardé par la vierge Modgud. Celle-ci s'enquit de son identité, de son lignage, lui demanda ce qu'il venait faire en Hel alors qu'il n'était pas mort. Hærmóðr lui révéla qu'il était venu chercher Baldr, Modgud confirma qu'il était bien passé par le pont.

Hærmóðr chevaucha vers Hel, en sauta les portes, monté sur Sleipnir, trouva son Baldr assis à la place d'honneur. Le lendemain, il supplia Hel de permettre à son frère de rentrer avec lui. Celle-ci déclara qu'elle accepterait, si tout dans le monde, vivant ou non, le pleurait. Cependant, si le moindre objet refusait de le faire, elle le garderait à jamais.

Puis Baldr confia le bracelet Draupnir à Hærmóðr, pour qu'il le rende à Óðinn, et Nanna (son épouse) lui donna une robe de lin, d'autres cadeaux pour Frigg, ainsi qu'un anneau pour Fulla. Hærmóðr rentra alors à Ásgard.

Puis les Æsir envoyèrent des messages aux quatre coins de l'univers, demandant à chaque chose de pleurer Baldr, ce que toutes firent, sauf une géante appelée Thokk, que l'on présume avoir été Loki déguisé. De ce fait, Baldr demeura en Hel.

Lorsque le monde renaîtra après le Ragnarök, Baldr reviendra de Hel pour y demeurer, il reviendra avec son frère Höd. L'herbe renaîtra et tous les fils et les filles des dieux survivants se réfugieront autour de lui sur l'Yggdrasil.

— Qu'est-ce que le Ragnarök ? demanda Iona, somnolente.

— Je vous le conterai demain, lui chuchota Einarr.

Il contempla la jeune femme fermer les yeux et s'endormir. Il lui caressa les cheveux du bout des doigts et lui glissa une mèche rebelle derrière l'oreille. La tenant tendrement contre lui, il plaça son menton sur la tempe de son aimée et s'endormit lui aussi.

— Je ne comprends pas. Vous dites qu'on va au sud jusqu'à la sortie du fjǫrðr et qu'ensuite nous continuerons vers le sud-est. Pourquoi ne pas prendre une de vos grandes barques à voile ?

Einarr s'arrêta, puis se retourna vers Iona.

— Parce que nos fjǫrðr gèlent, à cette époque de l'année !
— Pourquoi gèlent-ils ? Je n'ai jamais vu l'eau de mer geler !
— C'est de l'eau douce. Je peux même vous certifier que la couche de glace est épaisse. Pourquoi croyez-vous que nous ne naviguions pas en hiver ?
— À cause des tempêtes ?
— Ce n'est pas ce qui arrête un Norrœnir de naviguer, même si en hiver, elles sont plus fortes, mais bien la glace ! se vanta-t-il.

Iona jeta un coup d'œil en direction du fjǫrðr :

Donc tout cela c'est de la glace ? Fichtre ! C'est bien notre veine.

Dépitée, la jeune femme soupira. Tant qu'ils se trouvaient dans le fjǫrðr, ils avancèrent à pied à la lisière des forêts de sapins et relativement à l'abri. Il n'avait pas arrêté de neiger depuis qu'ils avaient pris la route au lever du jour.

Lui tenant toujours la main, Einarr avait adapté sa marche à celle de la jeune femme.

— Vous avanceriez plus vite sans moi.

Einarr s'arrêta si soudainement qu'Iona le heurta de plein fouet.

— C'est avant tout pour votre sécurité que nous avons entamé ce périple. Vous laisser en arrière n'aurait aucun sens, voyons ! expliqua-t-il.

— J'ai l'impression de vous faire perdre votre temps. Vous aviez certainement mieux à faire, comme la protection de votre clan !

— J'ai confiance en mes hommes, pour cela. Ne vous inquiétez pas. Pour répondre à l'autre partie de votre question : non, je n'avais rien de mieux à faire. Vous êtes ce que j'ai de plus important. Je ne laisserai plus rien ni personne vous faire du mal.

Mon sang s'est glacé quand je vous ai trouvée dans l'écurie, rajouta-t-il en se passant les doigts tremblants sur le visage. Une rage folle s'est emparée de moi. Je ne désirais qu'une seule chose : tuer votre agresseur ! Je désirais plus que tout voir son sang couler ! Vous allez devoir apprendre à vivre avec mon sens très élevé de protecteur !

— C'est que, jusqu'à maintenant, je n'ai connu ce sentiment qu'avec mon père. Je n'arrive pas encore à concevoir qu'un homme le veuille à ce point.

— Et Daividh ?

— Oh, il est très occupé. Il a une épouse et des enfants. Comment voulez-vous qu'il puisse être présent pour ma protection ? Il a de grandes responsabilités !

— Je lui dirai le fond de ma pensée à notre prochaine rencontre, je peux vous l'assurer, marmonna-t-il entre ses dents, envoyant Daividh au Hel ! Avançons, nous sommes presque arrivés à notre prochaine halte.

Tout en continuant de marcher, Einarr envoya mentalement, insultes et tous les mauvais sorts de sa connaissance vers Daividh !

Comment as-tu osé laisser ta cousine à la merci de son triste sort, en proie à tous ces mécréants ? Honte à toi, Daividh ! Tu ne perds rien pour attendre.

Einarr imagina très aisément tout ce qu'il ferait endurer à son ami dès qu'il le reverrait.

Oh oui, tu ne perds rien pour attendre. Quand j'en aurai fini avec toi, tu demanderas qu'on t'achève !

Ils arrivèrent plus tôt que ce qu'Einarr avait estimé à la cabane où ils passeraient la nuit. Marcher entre les sapins leur facilita la tâche et les fit avancer plus vite. Ils s'installèrent aussi confortablement que possible. Un bon feu réchauffait la pièce.

Ayant encore un peu de temps avant de consommer leur repas du soir, Einarr prit un morceau de bois ainsi que son couteau. Il commença une nouvelle sculpture. Iona était subjuguée par son habileté. Changeant de place, elle s'installa confortablement à côté de lui.

— Vous allez en faire quoi, une fois terminée ?
— Elle fera une belle poignée pour une dague. Vous aimez ?
— Énormément. J'ai rarement vu une telle précision ! C'est la tête et le cou d'un dragon, n'est-ce pas ?

Einarr fit oui en continuant son travail.

Après leur repas, préparé avec les ingrédients fournis par Unni, ils se couchèrent, comme la veille, pour une longue nuit de repos. Iona demanda qu'il lui conte comme promis l'histoire du Ragnarök, si important aux yeux des Norrœnir. S'installant confortablement, il commença à lui conter :

— Le Ragnarök sera d'abord annoncé par trois Skammdegi, où des guerres entre les hommes surgiront de par le monde, poussant les frères à s'entretuer, les pères à tuer leurs fils, ou à commettre des actes incestueux.

Un loup dévorera le Soleil, son frère la Lune. Les étoiles disparaitront. Arrivera ensuite un terrible Skammdegi nommé Fimbulvetr le *Grand Skammdegi* où le soleil ne brillera pas. En succèderont ainsi trois, sans Náttleysi pour les séparer. Ensuite, la terre tremblera, les montagnes s'écrouleront, tous les liens cèderont, libérant ainsi Fenrir. Le serpent géant Jörmungand gagnera le rivage, faisant déferler l'océan dans les terres.

Le bateau Naglfar, fait d'ongles humains, sera détaché et naviguera dans le déferlement de l'océan, piloté par le géant Hrym. Le loup géant Fenrir ira la mâchoire ouverte (la partie inférieure rasant la terre et la partie supérieure touchant le ciel), avec ses yeux et narines crachant du feu. À ses côtés, Jörmungand empoisonnera l'air et la mer de son venin.

Le ciel s'ouvrira, les fils de Muspellheim jailliront, entourés de flammes, ils seront commandés par Surt, dont l'épée brille plus que le Soleil. Brisant le pont Bifrost, ils se dirigeront alors vers la plaine de Vigrid, rejoignant ainsi Fenrir et Jörmungand, Loki, avec les morts de Hel, Hrym avec tous les géants du givre. La plaine *s'étend sur cent lieues dans toutes les directions.*

À ce moment-là, Heimdall soufflera dans Gjallarhorn, réveillant ainsi les dieux. Óðinn demandera conseil à la tête de Mimir. Yggdrasil tremblera, toutes les créatures auront peur. Les Æsir, et les Einherjar, armés iront vers la plaine, guidés par Óðinn.

Óðinn combattra Fenrir, Þórr combattra Jörmungand, Freyr combattra Surt et mourra car il lui manquera son épée, qu'il a donné à Skirnir. Le chien Garm sera aussi libéré et affrontera Týr, ils mourront tous les deux. Þórr tuera Jörmungand et mourra de son venin après avoir fait neuf pas. Fenrir dévorera Óðinn, mais le dieu sera ensuite vengé par son fils Vidar, qui déchirera la mâchoire du loup. Heimdall combattra Loki et ils s'entretueront. Enfin, Surt incendiera le monde entier.

Les demeures sont nombreuses, bonnes ou mauvaises. La meilleure sera nommée Gimlé, elle abrite une halle nommée Brimir, où il y aura abondance de boissons. Une autre halle nommée Sindri, sera la demeure des hommes bons et vertueux.

Aux Nastrandir, se trouvera une halle sinistre, faite de serpents, de sorte que le long de la halle coulent des fleuves de venin, dans lesquels marchent les parjures et les meurtriers. La pire demeure sera à Hvergelmir, là, le dragon Nidhogg tourmentera les cadavres des trépassés.

La terre resurgira de la mer, retrouvant sa beauté. Vidar et Vali survivront et habiteront à Idavoll, là où se trouvait auparavant Ásgarðr. Y viendront les fils de Þórr : Modi et Magni, avec le marteau Mjǫllnir.

Baldr et Hodr venus de Hel y iront aussi. Ils discuteront des évènements passés. Un couple d'humains survivra : Líf et Lifthrasir, s'étant cachés dans le bois de Hóddmímir pendant l'incendie de Surt. Sol aura donné naissance à une fille, tout aussi belle, qui la remplacera.

Iona s'était endormie profondément, bercée par la voix douce de Einarr contant le Ragnarök. La serrant toujours dans les bras, Einarr se sentait bien, malgré la menace qui planait au-dessus d'eux. Il osa envisager la possibilité d'un avenir avec la jeune femme. Il en était certain ! Une solution allait se présenter.

Après, quand tout ceci serait résolu, il trouverait un moyen. Il rêva d'elle comme épouse, ainsi que de leurs enfants. Imaginant cette vie future, un sourire se dessina sur son visage. Il imagina des filles aux mêmes traits magnifiques que ceux de Iona, mais surtout à la même chevelure, couleur des rayons lunaires. Ainsi que des fils, auxquels il transmettrait sa passion pour la mer.

De leur futur foyer où il installerait un atelier pour travailler le bois, en plus de l'élevage de moutons et de bovidés. Oui, il pouvait désormais en rêver, même espérer que les Nornes avaient prévu cette vie enchanteresse pour eux. Einarr s'endormit d'un paisible sommeil.

Le quatrième jour, ils laissèrent le fjǫrðr derrière eux, ils quittèrent également le refuge procuré par les sapins. Le plus difficile se profila devant eux. À découvert, ils allaient devoir continuer en skis, affrontant les fortes chutes de neige et le vent glacial soufflant du nord.

Pour ne pas se perdre, Einarr attacha une corde à sa taille qui le reliait à Iona. Une autre au traîneau qu'il allait tirer derrière eux. À l'aide de la pierre du soleil, ils se dirigèrent vers le sud-est, là où Unni leur avait dit de se rendre jusqu'à ce que le plus grand danger soit rayé : la mort des renégats. Après seulement, Einarr aura la possibilité de s'occuper de la menace venant de l'intérieur du clan.

À découvert, en proie aux éléments, il n'était plus possible de faire de halte pour reprendre leur souffle. Einarr adapta la progression au rythme de Iona. Ils ne se voyaient pas à travers les flocons, mais la corde entre eux les rassurait, car ils savaient qu'ils n'étaient pas éloignés l'un de l'autre.

Iona avança courageusement. Elle était exténuée par ce combat incessant contre le vent d'une violence inouïe, soufflant de fortes rafales glacées. Plusieurs fois, elle dut éviter de chuter. C'était grâce à la présence de Einarr qu'elle trouvait la force de continuer. Il n'était qu'une masse vague devant elle, mais au moins, elle le voyait et sentait sa présence.

La nuit était déjà tombée quand ils arrivèrent au refuge. Ils se contentèrent d'allumer un feu et de manger du pain accompagné de fromage en guise de repas. Iona s'assoupit rapidement sans une histoire contée par Einarr.

À l'abri près du feu, les deux jeunes gens dormirent à poings fermés, n'entendant pas les hurlements du vent. Comme chaque fois depuis leur départ, ils dormirent enlacés, se donnant mutuellement de la chaleur. Aucun bruit ni aucun cauchemar ne vint perturber leur repos.

Le cinquième jour des huit estimés par Einarr, la neige tomba moins fortement et le vent se calma. Les jambes de Iona, s'étant habituées aux mouvements demandés pour skier, ils avancèrent plus vite. Elle se mouvait plus souplement ; ses muscles ne se rebellèrent plus. Satisfaite de ce constat, elle prit plaisir à se déplacer de cette façon ! La fatigue se fit malgré tout sentir au bout de quelques ættir.

Elle pria intérieurement pour trouver la force de continuer encore. Elle était parfaitement consciente qu'elle les ralentissait, mais jamais Einarr ne lui en fit la remarque. Au contraire, il l'encourageait souvent avec un sourire, parfois accompagné d'un clin d'œil. Ces marques d'attention la revigoraient plus qu'il ne pouvait l'imaginer.

La confiance qu'il avait placée en elle l'encourageait malgré l'épuisement. Elle allait tenir, *elle devait tenir*, pour prouver qu'elle méritait cette confiance, pour qu'il soit fier d'elle. Que ne ferait-elle pas pour les sourires de Einarr et ses charmants clins d'œil ! Ils la faisaient fondre.

Le soulagement à la vue de la cabane, malgré son triste état, fut énorme. Ils y arrivèrent avant la tombée de la nuit.

Après avoir allumé un feu, Einarr, muni de son arc et de ses flèches, partit dans l'espoir de débusquer un lièvre pour le repas du soir. La saison et le sol gelé n'avaient pas permis à Iona de trouver des racines comestibles. Ils ne mangeraient donc pas de ragoût pour leur repas. Elle sortit le pain et le fromage, en attendant le retour de Einarr.

Une bonne chaleur régnait dans la cabane au retour du jeune homme. Ayant *dépiauté* le lièvre, il le mit à rôtir au-dessus des flammes. Epuisée, Iona s'endormit dans ses bras, juste après s'être sustentée, sans demander une histoire. Ils avaient parcouru plus de la moitié du trajet à effectuer. Satisfait, il suivit son exemple et s'endormit.

Le sixième jour, la neige cessa de tomber et le vent devint quasiment inexistant. Le soleil, faible, mais présent, reflétait ses rayons sur le sol, étant presque aveuglant. Le paysage les entourant était totalement enveloppé d'une couverture blanche. Les branches des sapins, au loin, se brisaient sous le poids de la masse tombée du ciel, ces derniers jours.

L'air était frais, mais vivifiant. Iona adorait ce pays, avec ses paysages sublimes, sa beauté presque mystérieuse, divine. Comme la veille, Einarr se retournait régulièrement, encourageant Iona, l'aidant à progresser à un rythme continu. Il était important d'effectuer une certaine distance pour trouver les refuges pour leurs nuits. Ils ne survivraient pas à l'extérieur, car les températures chutaient trop bas, du moins, pour Iona.

Ils avaient bien avancé tout au long de la journée, ne s'arrêtant que sporadiquement pour étancher leur soif.

Lors du dernier arrêt, Einarr lui confirma leur bonne progression. Ils étaient à moins d'un æt du refuge. Iona fut enchantée de cette nouvelle. Einarr prit la décision de bifurquer légèrement vers les sapins. Il y avait moins de réverbération avec le soleil couchant.

Soudain, il s'arrêta. Iona venait de crier son nom de manière angoissée. Se retournant, il se figea. Entre lui et Iona se tenait un loup ! Son sang se glaça. Dénouant à toute vitesse les deux cordes à sa taille, il dégaina une de ses épées, déchaussa ses skis, sortit son poignard et avança lentement en direction de la jeune femme. Le loup se tenait à moitié couché, sur le qui-vive, prêt à l'attaque au moindre mouvement de Iona.

— Surtout, ne bougez pas ! Ne détournez pas la vue. Continuez à le fixer ! ordonna Einarr.

Il avança lentement vers l'animal. Dès qu'il fut assez près, il attira l'attention du loup. Celui-ci se leva et se retourna vers Einarr. Montrant ses crocs menaçants, il se dirigea vers sa nouvelle proie. C'était un vieux loup solitaire et affamé ; ses côtes étaient visibles sous sa peau.

Il fixa le jeune homme en se léchant les babines. Einarr ne désirait qu'une chose : détourner l'attention du carnivore de Iona. Doucement, il s'avança alors vers lui, tout en se déplaçant sur le côté, de sorte qu'il se retrouva devant Iona. Celle-ci demeurerait à l'abri du danger, hors d'atteinte de l'animal.

Après un grognement, le loup sauta en direction du jeune homme. Le choc fut tel qu'ils tombèrent tous deux au sol, Einarr lâcha son épée. Sous le loup, il se débattit, armé seulement de son poignard qu'il extirpa de son fourreau accroché à sa ceinture.

Iona blêmit. Il demeurait en très mauvaise posture ! Tournant la tête dans toutes les directions, elle chercha de quoi s'armer pour lui venir en aide. Elle trouva une vieille branche d'allure assez solide qu'elle ramassa tout en la soupesant. S'avançant vers le loup, elle la souleva au-dessus de sa tête, puis l'abaissa tout en fermant les yeux.

Cette force dans son geste, ainsi que le sol glissant, la firent tomber de tout son long dans un cri d'effroi. Le loup, sonné par le coup, donna à Einarr la possibilité de lui planter son poignard en plein cœur. Celui-ci, mortellement blessé, s'écroula sur le jeune homme dans un dernier râle.

Sous le poids du loup, Einarr peinait à respirer. Il tenta de repousser le cadavre sur le côté, avec les dernières forces qu'il lui restait. Libéré, il se laissa retomber en arrière, pour un repos bien mérité, les yeux fermés. Quelques instants plus tard, le souffle retrouvé, il pensa à Iona. *Iona ! Faites que....* Il s'assit promptement en déglutissant. Les yeux embués, il la trouva couchée non loin de lui. Epuisé, il rampa vers elle aussi vite qu'il le put.

Non, non, non, faites que ....

Il la retourna pour absolument découvrir si un souffle de vie sortait d'elle. Elle devait l'être ! De ses doigts, il retira la neige couvrant ce beau visage. Un fin filet de sang coula sur son front. Elle était si pâle que son cœur se serra.

La soulevant à moitié dans ses bras, il approcha sa joue de la bouche de la jeune femme. Sentant sa respiration l'effleurer, il se calma de bonheur. Il lui caressa la joue. Péniblement, elle ouvrit les yeux. Soulagé, Einarr la berça. Il rit et pleura en même temps. N'y tenant plus, il posa ses lèvres sur celles de Iona. Il avait été si proche de la perdre, encore ! Relevant la tête, il lui prit le visage des deux mains.

— J'ai cru que je t'avais perdue !

Touchant son front du sien, il la fixa droit dans les yeux. Il était passé au tutoiement sans s'en rendre compte :

— Tu saignes ! As-tu mal ? La tête qui tourne ?
— Non, uniquement quand tu m'embrasses comme tu viens de le faire ! Pour ce qui est de mon front, il a heurté

un caillou lorsque je suis tombée. Je suis certaine qu'il y en avait un seul et que je l'ai trouvé.

—J'ai eu la peur de ma vie. Que deviendrais-je sans toi.

Il la serra à nouveau contre son cœur en la berçant. Il remercia les dieux pour la vie sauve de son aimée. Reprenant ses esprits, il inspecta autour de lui.

—Nous devons partir d'ici au plus vite. D'autres loups vont être attirés par le sang. Nous devons absolument trouver le refuge pour la nuit.

Se levant, il fit une grimace. Iona l'examina, anxieuse. Ses yeux s'écarquillèrent à la vue de la main droite de Einarr.

— Mon Dieu, tu es blessé !

Jetant un coup d'œil, il constata que celle-ci portait d'énormes traces, très profondes, de morsures. Il l'enfonça dans la neige en gémissant.

— Mais que fais-tu ?
—Le froid va arrêter le saignement et atténuer la douleur. On ne peut pas rester ici. On doit partir et ce, très rapidement.
— Combien de temps avant qu'on trouve un abri ? Tu ne vas pas tenir ! Je dois soigner ces morsures au plus vite !
—Pas longtemps, je te le promets, tout au plus, quelques lieues ! Mettons-nous en route.

Tous deux se levèrent. Einarr n'attacha que le traîneau à sa taille. Il ne perdrait pas Iona, cette fois-ci c'était lui qui les ralentissait.

Effectivement, ils arrivèrent rapidement en vue du refuge. Une fois à l'abri, Iona se retourna vers le jeune homme et poussa son deuxième cri. Einarr s'était instantanément écroulé au sol, au pas de la porte !

Chapitre 11

— Einarr ! Einarr, ouvre les yeux ! hurla Iona tout en secouant le corps inerte du jeune homme qui venait de perdre connaissance.

Un gémissement lui répondit. Agenouillée à côté de lui, Iona avait blêmi. Les morsures de sa main ne pouvaient, à elles seules, provoquer son évanouissement. Ou serait-ce parce qu'il l'avait plongée dans la neige glacée ? Elle continua à l'appeler. Il bougea légèrement et ouvrit des yeux vitreux.

— Tu dois te relever, s'il te plaît. Jamais je ne pourrai te faire glisser vers la paillasse.

Einarr, inspectant autour de lui, trouva l'endroit indiqué par Iona. Il tenta de se relever, mais s'écroula à nouveau.

— Essaie au moins de ramper jusque-là !

Un regard torve fut la réponse du jeune homme.

— Les hommes et leur fierté ! Je ne peux pas te porter ni te faire glisser. Je suis trop petite, tu te souviens ? dit-elle malicieusement. Puis qui te voit, à part moi ?

Toujours aussi mécontent, il se mut tant bien que mal vers la paillasse. Il s'installa dessus, aidé par Iona, s'évanouissant à nouveau. Iona observa son aimé, inconscient ; la panique la submergea. Elle inspira plusieurs fois, très profondément.

Je ne panique pas. J'ai déjà soigné des blessés. Je suis une guérisseuse, une bonne guérisseuse. Rectification : je suis une excellente guérisseuse ! Oui, mais c'est Einarr ! Non, non, non, je vais devoir imaginer qu'il est quelqu'un d'autre. Quelqu'un de laid, lourd, rempli de pustules, de marques de petite vérole, au gros nez avec un gros bouton tout poilu !

Inspirant à nouveau plusieurs fois, elle se mit au travail. Elle devait absolument commencer par le dévêtir. Pour calmer le tremblement de ses mains, elle décida de lui retirer ses bottes. Là, au moins, il n'y avait aucun danger de sentir son pouls s'accélérer :

Bon, je me calme, il est laid, gras et plein de pustules. Ne pas oublier les pustules ! Surtout, ne pas oublier les pustules !

Iona retira péniblement la première botte en tirant de toutes ses forces, au point de se retrouver sur ses fesses au sol, une chaussure dans les mains.

Aie ! La deuxième, maintenant.

S'armant de courage, elle s'attaqua à la seconde, avec le même résultat que pour la première. Se relevant en s'essuyant le front, elle réfléchit à ce qu'elle devait faire ensuite. Iona balaya la pièce du regard.

Un feu ! Je dois allumer un feu ! Je ne vais quand même pas le laisser mourir de froid une fois qu'il sera dévêtu ? Des pustules !!!!

Iona plissa les yeux. Elle réfléchit.

Où range-t-il son silex et l'amadou ?

Tapotant sa bouche de son index, elle se remémora les gestes de Einarr quand il allumait les feux.

Fichtre ! Il les a dans une bourse à sa ceinture. Bon, retirons-lui sa cape et son manteau ! Là, cela ne va pas encore le dénuder. Les pustules !

Péniblement, elle lui ôta sa cape. Le plus difficile fut de le retourner. L'état de Inconscience de Einarr le rendait d'autant plus lourd. Elle dut, en même temps, veiller à ce qu'il ne chute pas de la paillasse. Elle se frotta le front en sueur du bras.

Seigneur, je sue comme un bœuf et je n'ai encore retiré que deux bottes et une cape ! Allez, courage !

En ouvrant les deux pans du manteau du blessé, elle sauta un bond en arrière : du sang, liquide, chaud et visqueux. Ce n'était donc pas celui du loup, mais bien celui du jeune homme ! Sa tunique et sa chemise étaient en lambeaux. Elle vit alors son torse. Ebahie, elle fixa celui-ci, en sang. Le loup l'avait labouré avec acharnement. Les larmes commencèrent à lui brouiller la vue.

Je dois rester calme ! Reprends-toi, Iona ! Il a besoin de ton aide ! Un feu, je dois allumer ce feu, puis le soigner.

Elle trouva la bourse, prit également le poignard et alluma un feu.

Se dirigeant ensuite vers le traîneau, elle chercha méthodiquement tout ce dont elle allait avoir besoin. Iona trouva les simples et les onguents qu'Unni avait préparés. Elle était stupéfaite ! Il y avait exactement le nécessaire. Elle découvrit un petit coffre en bois qu'elle ouvrit. Des aiguilles !

Munie de tout ce dont elle aurait besoin pour les soins, elle retourna auprès de Einarr. Continuant à le dévêtir, son esprit était empli de... pustules ! Portant son attention vers le visage du blessé, elle constata qu'il était en sueur. Posant une main sur son front, elle ferma les yeux : il était fiévreux. Soupirant, elle s'ordonna de continuer, comme pour toute autre personne blessée.

Des pustules.

Après l'avoir entièrement et péniblement dénudé, elle positionna Einarr sur le dos, couvrant la moitié inférieure de son corps d'une couverture en peau. Elle nettoya soigneusement toutes les plaies. Certaines étaient très profondes. Iona comprit à cet instant la présence des aiguilles ! Elle ferma les yeux, réalisant ce qu'elle allait devoir faire : recoudre certaines des plaies ! Elle déglutit à cette pensée.

Seigneur, donnez-moi la force ! pria-t-elle.

Frénétiquement, elle chercha du fil. Unni avait oublié ce détail ! Juste Ciel ! Comment allait-elle devoir résoudre ce problème ? Réfléchissant en caressant la tête de Einarr, son attention se porta sur sa longue chevelure blonde aussi claire que le blé, si douce que l'on aurait dit de la soie.

De la soie ? De la soie ! Un sourire naquit sur le visage de Iona. *Pourquoi pas !*

Aussi délicatement que possible, elle lui retira quelques cheveux qu'elle mit à tremper dans l'uisge-beatha. Elle ne vit que cette solution : lui suturer les plaies avec ses cheveux ! S'armant de courage, elle s'attela à cette tâche hasardeuse.

Einarr demeurait toujours inconscient. S'essuyant souvent le front à l'aide de son avant-bras, elle cousit sans relâche et avec minutie. Sa main nécessita, elle aussi, quelques points, car les crocs du loup avaient laissé des morsures très profondes. Elle trempa également dans l'uisge-beatha quelques bandelettes de tissu.

Après avoir enduit certaines des plaies de l'onguent fourni, elle les recouvrit toutes de bandelettes imbibées et termina les bandages. Tâche difficile, étant donné qu'elle devait faire le tour du torse de Einarr, toujours inconscient et lourd.

Satisfaite de son travail, elle l'installa plus confortablement. Sa fièvre n'était pas retombée et son visage était tout en sueur. Iona prépara une décoction à l'écorce de saule. Relevant légèrement la tête du jeune homme, elle porta le gobelet à sa bouche, le forçant à avaler quelques gorgées. Maintenant, le plus dur se profila devant eux : l'attente !

Tout en rangeant les affaires qu'elle avait sorties des sacs, elle trouva un réel trésor : quelques légumes et un pain de savon emballé dans un bout de tissu en lin. Les larmes lui montèrent aux yeux.

Oh, Unni ! Tu es une femme merveilleuse ! Merci.

Après avoir ramassé un peu de neige à l'entrée du refuge,
elle la fit fondre près de l'âtre, dans une casserole trouvée dans la cabane. Elle s'activa à la préparation d'un bouillon nécessaire à la guérison de Einarr et qui lui redonnerait des forces.

Péniblement, elle redressa alors son torse, se plaça derrière lui, appuya sa tête sur son épaule. Il devait absolument se sustenter. Tant bien que mal, il arriva à en prendre la moitié. Il commença à s'agiter.

Secouant la tête frénétiquement, le jeune homme délira. Iona lui rafraîchit le front, tout en lui parlant d'une voix apaisante.

— NON !

Le cri et surtout le ton de Einarr la firent reculer d'un bond. Était-il éveillé ? Se rapprochant à nouveau de lui, elle constata qu'il était toujours endormi. Il se trouvait donc en plein cauchemar.

— Non ! Vous n'avez pas le droit. Je vous interdis de me toucher.

On aurait dit qu'il tentait de se délivrer d'une prise.

— Lâchez-moi. NON !

Il se débattit de plus en plus, puis se crispa d'un coup. Chacun de ses muscles était tendu. Un hurlement d'une atroce douleur déchira le cœur de Iona. Sa respiration devint rapide. Il haleta, puis se calma.

— Je vous hais, Angus ! Je vous HAIS ! Un jour, vous en pâtirez ! marmonna-t-il avant de s'évanouir de nouveau.

Il sembla à la jeune femme qu'il avait séjourné dans les ténèbres.

Les ténèbres ? Qu'avait dit Unni ? « Après le feu et le sang, la glace suivra. Quatre jours de ténèbres laisseront la place à la lumière. »

Iona ferma les yeux. Ils avaient eu le feu, puis le sang avec les blessures de Einarr à cause du loup. Il semblait donc que leur périple était la glace. Ils entamaient maintenant les quatre jours de ténèbres !

Seigneur, aidez-nous ! Ce n'est que le premier jour ! s'inquiéta-t-elle.

Plus tard, Iona se remémora le cauchemar de Einarr. Elle fronça les sourcils. Angus ! Elle savait qu'Einarr y avait séjourné deux ans pour poursuivre son éducation aux côtés de Daividh. Qu'avait bien pu faire son oncle pour qu'Einarr revive une telle douleur ? Son attention se porta sur l'épaule du jeune homme. Cette marque !

S'approchant pour l'étudier de plus près, Iona réalisa que c'était celle qu'Angus utilisait sur son bétail et sur ses serfs ! À l'aide d'un couteau chauffé, Angus traçait trois lignes pour former un *A*. Venant de comprendre ce qu'Einarr avait subi, Iona blêmit et sanglota. Elle couvrit soudainement sa bouche des deux mains, évitant ainsi de laisser échapper un cri d'effroi. Son père avait maintes fois parlé des atrocités commises par cet homme, mais elle n'arriva pas à imaginer ce que son aimé avait vécu.

Se penchant vers lui, elle lui donna un baiser sur le front tout en lui caressant les cheveux. Relevant légèrement le blessé, elle s'assit et reposa la tête sur ses genoux. Les tendres effleurements qu'elle prodigua à son patient la bercèrent doucement.

Rien qu'un peu, je prends qu'un petit instant de repos.

Elle finit par s'endormir.

Un bruit éveilla Iona. Ouvrant les yeux, elle balaya la pièce du regard. Elle l'entendit à nouveau. Des loups ! Une meute, non loin de là hurlait à mort. Son attention se précipita vers la porte pour vérifier si elle était toujours barrée. Soulagée, elle se détendit.

Qu'est-ce qui peut bien les attirer vers la cabane ?

Elle jeta un regard circulaire. Il n'y avait pas de viande qui traînait. Il devait y avoir autre chose ! Les vêtements ensanglantés, peut-être ! Dieu du ciel, oui ! Ils sont attirés par l'odeur du sang. Elle devait absolument les brûler pour éloigner les loups de leur refuge précaire.

S'apprêtant à les déchirer, elle se tourna vers le blessé endormi. Allait-il lui en vouloir ? Non, probablement pas. Il en possédait d'autres. Ce n'étaient pas une tunique et une chemise qui allaient le priver ! Elle plissa le front. En avait-il emmené d'autres ?

Avant de les mettre au feu, elle ferait mieux de vérifier. Elle n'allait quand même pas le laisser tout nu ! Quoi que… Non. Elle dut fouiller ce qu'ils avaient pris avec eux. Elle ne se souvenait plus exactement ce qu'Unni lui avait demandé de quérir dans la maison longue.

Dans un des sacs en peau de phoques, elle trouva une robe — Oh, *il a pris ma préférée !* —, puis une chemise — *Celle qu'Ástríðr m'a offerte...* — et enfin une smokkr — *Celle qui s'associe le mieux avec ma robe !*

Tournant la tête vers Einarr, elle le contempla en souriant, réalisant qu'il connaissait bien ses goûts. Par contre, devait-elle s'offusquer du fait qu'il avait fouillé ses affaires ? Non, elle s'apprêtait à agir exactement de la même façon !

Elle trouva une chemise, une tunique, ainsi que des braies ! Rien ne l'empêchait alors de déchirer en lambeaux les vêtements ensanglantés, puis de les brûler. Elle se mit à la tâche, priant que les loups s'éloignent.

Les jours passèrent lentement. Elle s'occupait à soigner, panser, nourrir, laver et consoler Einarr quand il faisait des cauchemars. Il en faisait un grand nombre, se déroulant pratiquement tous pendant son séjour chez Angus où il n'avait pas souffert que physiquement, mais très souvent mentalement. Angus avait dû être un véritable monstre !

J'espère qu'il brûle en enfer !

La fièvre ne baissait pas. Iona commença à réellement paniquer. Qu'avait-elle oublié ? Elle se remémora tous les soins donnés, mais ne trouva rien qui puisse l'expliquer. Soucieuse, elle se prépara pour la longue nuit, veillant Einarr et à ce que le feu ne s'éteigne pas. Épuisée, elle s'endormit, blottie contre lui, au-dessus de la peau qui le recouvrait.

Juste un peu pour reprendre quelques forces.

Quelque temps après, quelque chose d'humide sur sa tempe la réveilla ! Ouvrant grand les yeux, Iona tourna la tête vers Einarr. Une paire d'yeux très lucide l'observa, puis il l'embrassa tendrement. Elle fondit littéralement dans ses bras.

— Bonjour !

Iona déglutit. Einarr la troublait.

— Bonjour !

C'était la seule chose cohérente qu'elle trouva à répondre. Descendant de la couche précipitamment, elle se dirigea vers l'âtre.

— Je vais te préparer un peu de bouillon. Tu dois avoir faim.

Les mains de la jeune femme tremblaient à cause de son mal-être. Que pensera-t-il quand il découvrira qu'il était totalement dévêtu et qu'elle s'était blottie contre lui, malgré cela ?

— Que se passe-t-il, ma Douce ? Pourquoi es-tu aussi perturbée ?
— Moi perturbée ? Euh, non, je ne vois pas pourquoi ! Je… euh… je… inspira-t-elle profondément. Je vais te préparer ton repas. Je n'aurais pas dû dormir autant.
— Pourquoi pas ? Attends, je vais t'aider.

Voyant qu'il s'apprêtait à quitter le lit, Iona écarquilla les yeux.

— Non ! Non, non ! Surtout, reste couché ! Ne sors pas du lit. Je t'en conjure, *reste couché*. Tu as besoin de prendre des forces ! paniqua-t-elle.

Il la fixa en fronçant les sourcils. Sa réaction était insensée ! Soudain, son expression changea, devenant interrogateur. La rougeur sur les joues de la jeune femme semblait inquiétante. Il souleva la peau qui le recouvrait et jeta un œil à son propre corps pour confirmer ses soupçons. Il ferma les yeux en se recouchant.

Elle m'a dévêtu ! J'étais inconscient et elle m'a déshabillé ! Que s'est-il passé d'autre ?

Rejetant un œil sous la peau, il remarqua que son torse était bandé ! Einarr se passa une main sur le visage en se raclant la gorge. Tournant la tête vers Iona, il la trouva toujours debout de l'autre côté de l'âtre, les joues en feu.

— Tu peux expliquer ?
— Tu vois... heu... après que tu te sois péniblement installé sur la couche, après avoir très difficilement retiré ta cape et ton manteau, je… j'ai…

Sa voix était devenue pratiquement inaudible. Les yeux baissés au sol, elle tentait de trouver les mots exacts.

— Tu as… ? Continue, je te prie !
— Ta tunique et ta chemise étaient en lambeaux et ensanglantées. Il y en avait tellement ! Je… j'ai dû te les retirer. Ton torse était recouvert des griffures du loup, certaines très profondes et… et… et j'ai été prise de panique je… je… tu vois, je…

Des larmes coulèrent le long de ses joues. Inspirant plusieurs fois, elle tenta de retrouver un peu de courage avant de continuer.

— Ensuite, je me suis forcée à me calmer. J'ai trouvé ce qu'Unni avait mis dans nos affaires : les simples et les onguents. J'ai soigné minutieusement chacune de tes blessures sur ton torse et ta main. Je t'ai fait prendre plusieurs fois des décoctions à l'écorce de saule, puis du bouillon pour que tu récupères des forces.

Einarr l'observa attentivement. Il en était certain, il avait reçu les meilleurs soins de sa part. Il ne doutait pas de ses compétences de guérisseuse. Mais elle ne lui disait pas tout !

— Comment expliques-tu l'absence de mes braies ?
— C'est que... tu avais tellement de plaies et... et tu vois... je... je... je devais pouvoir les soigner toutes.

Elle chuchotait tellement bas qu'il devait tendre l'oreille pour comprendre les mots de la jeune femme. Einarr fixa le plafond, tentant d'assimiler ce qu'elle venait de lui expliquer.

— Einarr, je...

Il leva la main, signe qu'il voulait qu'elle se taise. Il ne la regardait toujours pas.
Après un long moment de tension, Iona n'y tenait plus. Elle avança de quelques pas vers Einarr, puisant du courage.

— Non ! Je ne me tairais pas ! Tu vas m'écouter ! J'étais seule, tu étais inconscient, gravement blessé. Oui, j'ai dû te dévêtir pour nettoyer et panser tes blessures. Ce loup ne t'avait pas seulement mordu la main, il t'avait labouré le torse aussi. Il y avait plusieurs blessures très profondes que j'ai dû recoudre.
Depuis trois jours, je te panse, je te soigne, je te nourris, je te veille et je te lave ! Tes vêtements, je les ai déchirés en

lambeaux, tes braies y compris. Ils étaient imprégnés de sang !

Une meute de loups était quasiment devant la porte. J'étais seule et effrayée. Que voulais-tu que je fasse ? J'ai brûlé tes vêtements pour faire disparaître l'odeur du sang. Maintenant, dis-moi ce que j'ai fait de mal ?

Einarr l'avait écoutée, mais ne décolérait pas. En vérité, c'était plus contre lui qu'il l'était. Oui, il était gêné du fait qu'il se trouvait entièrement nu, que pendant plusieurs jours, il avait été vulnérable. Il était un homme très pudique.

Il ne tourna toujours pas la tête vers Iona.

— Combien de jours, depuis l'attaque du loup ?
— C'est le quatrième aujourd'hui.
— Quatre ? En es-tu certaine ?
— Oui, les quatre jours les plus longs de toute ma vie ! Ce sont les *quatre jours des ténèbres* que les Nornes ont mentionnés.
— Pourrais-tu me donner des vêtements et te retourner, s'il te plaît ?
— Je dois faire tes soins, avant.
— Tu les feras après !

Il devait sortir d'ici, prendre l'air et se calmer. Elle les lui passa et se détourna. Il s'habilla difficilement, réalisant la gravité de ses blessures. Après s'être chaussé et avoir mis sa cape, il quitta le refuge sans un mot ni un regard pour Iona. Les larmes silencieuses de la jeune femme se transformèrent en sanglots.

Le jour ne s'était pas levé, mais Einarr y vit suffisamment net. La lune, pleine, offrait assez de lumière pour qu'il puisse voir où il mettait les pieds. Il n'avait pas neigé depuis leur arrivée ici. Leurs traces étaient encore clairement visibles.

Observant vers la direction d'où ils étaient arrivés quelques jours plus tôt, un détail attira son attention. Il avança de quelques pas et s'accroupit. Iona avait vu juste ! Une meute de loups était venue jusqu'ici très près du refuge.

Il ferma les yeux en soupirant. Il s'imagina sa peur, seule face à ce danger. Elle avait agi en conséquence et il n'avait aucun droit de lui en vouloir. Baissant la tête, il inspira plusieurs fois. Se relevant, il retourna auprès de Iona.

Elle était en pleine préparation d'un bouillon. Elle l'avait entendu entrer, mais refusa de se retourner. Il était conscient qu'il l'avait profondément blessée. S'avançant vers elle, il plaça ses mains sur ses épaules.

— Je suis désolé, j'ai très mal réagi. Tu n'as rien à te reprocher. Je suis un rustre.

Iona se retourna et se jeta dans ses bras.

— Ta fièvre persistait. Tu n'arrêtais pas de délirer et j'étais si désespérée. Je craignais que tu n'abandonnes le combat. J'avais tellement peur, si peur, que je… sanglota-t-elle.

Voyant la jeune femme dans cet état, Einarr se sentit d'autant plus honteux. Elle releva la tête, le visage toujours cramoisi et le fixa, anxieusement.

— Viens, le soleil n'est pas encore levé, murmura-t-il.

Main dans la main, ils se recouchèrent pour finir la nuit paisiblement. Iona le suivit timidement, mais Einarr la rassura d'un regard tendre. Il se colla contre le mur pour lui laisser de la place près de lui. Il l'invita à poser sa tête contre sur son épaule et la serra fort.

Il l'apaisa avec des caresses sur son dos qui la détendirent tellement qu'elle sanglota de plus belle. Après toutes ces journées épuisantes, elle relâchait le tout, à présent. Il la berça et lui chuchota des mots doux et au bout d'un moment, les larmes séchèrent enfin sur les joues de Iona.

Einarr vérifia son état et scruta le visage tiré de son aimée d'un regard pénétrant. Le désir de l'embrasser le tirailla, si bien qu'il ne s'en empêcha pas, ce durant un long moment.

L'inquiétude le gagna, soudainement.

— As-tu dormi pendant ces quatre jours ?
— Oui, un peu. Mais je t'ai surtout veillé, ainsi que le feu.
— Somnoler, tu veux dire ? Je ne crois pas que tu aies réellement dormi. Il me suffit de voir les cernes !
— Je t'en prie ! Ne te mets pas en colère ! Que voulais-tu que je fasse ? lui demanda-t-elle à nouveau anxieuse.
— Je ne me mets pas en colère.

Soupirant, Einarr posa son front sur celui de Iona tout en lui caressant la joue.

— Comment le pourrais-je, alors que tu m'as sauvé la vie deux fois ? la rassura-t-il d'une voix tendre.
— Comment cela, *deux fois* ?
— La première fois, quand tu as sonné le loup et…
— *Sonné* ? Je voulais l'assommer !
— Probablement à cause de ta chute. Mais le fait que tu l'aies sonné m'a permis de le tuer. N'est-ce pas le plus

important ? La deuxième fois tu m'as sauvé ici, dans ce refuge. Alors, dis-moi ? Pourquoi devrais-je être furieux ?

— Parce que j'ai brûlé tes braies préférées ? se hasarda-t-elle.

Einarr s'esclaffa. Iona était subjuguée par le changement de son visage. Il devrait rire plus souvent. De beau, il passait à sublime !

— Surtout, ne change pas, ma Douce. Ne change jamais ! lui susurra-t-il à l'oreille. Maintenant, tu vas dormir, c'est un ordre ! lui imposa-t-il, avec une tentative de gros yeux complètement ratée.

Il la fit tourner pour que le dos de son aimée soit contre son torse. Il l'entoura ensuite tendrement de ses bras et posa sa joue sur la tempe de la jeune femme.

— Dors, le jour n'est pas encore levé. Si le feu s'éteint, ma foi, on le rallumera, ajouta-t-il.

Epuisée, Iona s'était endormie avant même qu'il ait terminé sa phrase.

Une odeur plus qu'alléchante chatouilla les narines de Iona, à tel point qu'elle en saliva. Jamais ses rêves ne s'approchèrent ainsi de la réalité. Peut-être avait-elle rêvé plus tôt de viande qui grillait !

De la viande qui grille ?

Elle ouvrit les yeux. Elle était seule sous la peau qui la recouvrait. Se relevant sur son coude, elle jeta un regard circulaire dans la cabane. Il y avait un lièvre embroché au-dessus des flammes.

Elle saliva de plus belle. Cette odeur lui rappela à quel point elle était affamée. Einarr avait dû la quitter depuis un bon moment pour que ce lièvre soit pratiquement cuit à point. Mais où se trouvait-il ? Prise de panique, elle s'apprêta à quitter le lit ! Était-il tombé quelque part ? Un loup l'aurait-il trouvé ?

Soudain la porte s'ouvrit. Il entra dans la cabane portant deux seaux remplis de neige. La trouvant éveillée, il lui sourit tout en approchant les deux récipients près de l'âtre.

— J'ai vu qu'Unni nous a mis un pain de savon. Nous devrions en profiter tous les deux ! Je sortirai au moment de tes ablutions. Je procéderai aux miennes après toi.

— J'en profiterai pour changer tes pansements. Tu cicatrises vite, mais cela n'empêche pas qu'il faut les soigner. Tes blessures guérissent-elles toujours aussi rapidement ?

— Il semble, oui. Viens, mangeons. Tu dois prendre des forces.

Elle s'esclaffa.

— C'est toi, *le blessé*, mais c'est *moi* qui dois prendre des forces ! N'inverserais-tu pas les rôles ?

— Tu t'es exténuée en me veillant. Moi j'ai dormi plus de trois jours et quatre nuits, lui rappela-t-il en s'agenouillant devant elle.

— Tu étais souffrant !

— Je me sens en pleine forme, un peu raide, certes mais en excellente forme. Demain, nous reprendrons la route.

— Quoi, mais c'est trop tôt ! Tu dois te reposer !

— Non, demain nous partirons. Plus que deux jours ! Nous y serons bien plus en sécurité qu'ici.

Iona soupira. Jamais elle ne le ferait changer d'avis.

— Promets-moi de ne pas user de tes forces, le supplia-t-elle.
— Tu as ma parole. Il ne neige plus, en ce moment. Je ne sens pas de nouvelles chutes dans l'air. C'est le temps parfait pour mieux progresser.
— À skis ! Je ne veux pas que tu portes le traîneau !

Il lui répondit affirmativement avant de lui tendre la main.

— Viens, mangeons.

Le lièvre était cuit à point. Einarr l'épia, amusé.

— De quoi ai-je parlé pendant mes délires ? demanda-t-il soudainement.

Iona se figea. Pouvait-elle tout lui dire ?

— Laisse-moi réfléchir. Ah, oui ! Tu étais très en colère contre Rókr, concernant une fille !

Aïe, ai-je donné trop de détails ?

— Quelle fille ?
— Attends que je me souvienne du nom. Ah, oui ! Ása !
— C'est l'aînée de mes sœurs. En quoi concernait-elle cette colère ?
— Tu le houspillais et j'ai même l'impression que vous vous battiez.
— Quoi d'autre ? demanda-t-il innocemment.

— Il y avait des querelles avec Oddvakr. Tu étais également en colère contre Frœyja et ses chats, me semble-t-il. Laisse-moi réfléchir, encore... Ah, oui ! Il y avait énormément de ressentiment envers ton père.

— D'autres choses ?

— Que veux-tu savoir, exactement ? s'exaspéra-t-elle.

— Ai-je d'une façon ou d'une autre mentionné mon séjour en Alba, chez Angus, plus précisément ? osa-t-il.

Iona inspira profondément.

— Oui, à plusieurs reprises.
— Je vois !
— Mange ! Toi aussi tu dois reprendre des forces.

Sa respiration était devenue rapide, haletante. Iona lui serra la main, le fixant avec un sourire tendre.

— Mange ! C'est l'ordre de la guérisseuse !

Le regard indéchiffrable des jours où il ne lui parlait plus était de retour. Cela faisait bien longtemps qu'il ne l'observait plus ainsi. Elle en eut mal au cœur.

— Qu'est-ce que j'ai dit, concernant mon séjour chez Angus ? tenta-t-il une nouvelle fois.
— Einarr Leifrson !

Elle ne supportera pas qu'il lui désobéisse encore. Le repas terminé, Einarr resta un moment fixant le vide.

— Angus était une personne très sanguinaire. Son plus grand plaisir était de tourmenter ses proches, même ses enfants, surtout Daividh ! J'ai vu… j'ai... déglutit-il en inspirant profondément. J'y ai vu des choses qu'un enfant ne devrait jamais voir.

Le regard de Einarr était toujours perdu dans le vide. Iona posa sa main sur celle du jeune homme, la serrant en guise d'encouragement. Il lui sourit tristement.

— La marque sur mon bras est celle d'Angus. Tu l'avais certainement reconnue. Il l'a faite le jour de mon arrivée chez lui. Daividh a tenté de l'arrêter, tu sais, mais nous n'avions que douze ár !

Que voulais-tu qu'il fasse ? Deux de ses hommes m'ont tenu fermement et Angus m'a marqué avec son couteau chauffé. C'est Callum qui m'a soigné.

J'ai eu de la fièvre pendant une vika. Mais il m'obligeait à m'entraîner, malgré cela. Je ne suis pas très fier de te l'avouer, mais les nuits, je pleurais souvent, n'ayant qu'une envie : quitter Alba, Angus, surtout.

— C'est normal, non ? Tu n'étais qu'un enfant !

— À douze ár, certains nous considéraient déjà comme des hommes et exigeaient que l'on se comporte comme tel. J'ai détesté la plupart du temps être en Alba.

— La plupart ? Quels moments n'as-tu pas détestés ?

— Les heures passées avec Daividh et ceux avec Callum. Il m'a appris à lire et à écrire, même s'il s'y est pris d'une façon plutôt compliquée.

— Comment cela ?

— Il m'a appris à lire avec la Bible ! Je suis certain que tu l'as lue. Imagine que tu apprennes à lire avec la Genèse !

— Pas évident, j'en conviens ! Y a-t-il eu d'autres moments où tu te sentais bien, autres qu'avec Callum ?

— Oui, tous ceux où il n'y avait pas la présence d'Angus.

— Était-il souvent absent ?

— Pas assez, à mon goût. On aurait dit qu'il se faisait un plaisir fou de nous tourmenter, Daividh et moi. Selon Angus, c'était la meilleure façon pour devenir des hommes. Un jour, il a obligé Daividh à fouetter un jeune garçon, fils d'un serf. Comme il refusait, Angus a fait venir Catriona et l'a fouettée jusqu'à ce que Daividh cède et punisse le jeune garçon, comme il lui était ordonné.

— Tu veux dire qu'il a fouetté sa propre fille ? se choqua-t-elle, dégoûtée par ce qu'elle venait d'entendre.

— Oui ! Sa propre fille, devant tous ses gens ! Plus Daividh le suppliait d'arrêter, plus fort il la fouettait. Je ne sais pas comment Catriona a survécu ! Elle avait le dos en lambeaux. C'était quelqu'un de très sanguinaire, détestable, si cruel !

— Ton père t'a laissé chez lui ? Tu ne lui en avais pas parlé ?

— Oh, si ! Je lui racontais tout quand il venait. Mais Angus lui fournissait de l'uisge-beatha ! C'est mon grand-père, Alvaldr, qui m'a fait quitter Alba avant la fin de mon entraînement.

Angus ne voulait pas me laisser partir, mentionnant l'accord passé avec mon père. Mais Alvaldr a tenu bon ! Il lui rappela l'écrit qu'il avait forcé Angus à rédiger en amont, mentionnant le fait que si, d'une manière ou d'une autre, on ne me traitait pas selon les égards dus à un noble, j'avais le droit de partir.

Alvaldr est intelligent et rusé, bien plus qu'on ne le croit. Angus n'a donc plus eu le choix, surtout que mon grand-père s'était amené avec dix navires, au cas où !

— Dix ?

— Oui, mais des navires de commerce ! Angus n'a jamais réussi à faire la différence entre nos navires de combat et ceux de commerce. Alvaldr a joué sur ce détail !

Einarr la dévisagea tendrement en levant leurs mains jointes vers ses lèvres qu'il déposa sur les doigts de Iona.

— Mais si je n'avais pas connu Daividh, si nous n'étions pas devenus amis, jamais je ne t'aurais rencontrée. Cela vaut tous les maux que j'ai endurés, ajouta-t-il en attirant la jeune femme vers lui pour l'embrasser.

Après que leurs lèvres se soient séparées, il fixa la jeune femme tendrement dans les yeux et inspira longuement.

— Iona, acceptes-tu de devenir mon épouse ? Peux-tu envisager de lier ta vie à celle d'un Norrœnir ?

Les larmes montèrent aux yeux de la jeune femme, tandis qu'une boule se formait dans sa gorge. Ne sachant pas émettre de son, elle hocha frénétiquement la tête en se jetant au cou de Einarr. Ils s'enlacèrent un long moment.

Le lendemain, à l'aube, ils reprirent la route. Einarr avait raison, le ciel était dégagé. Ils ne risquaient pas de se trouver dans une tempête de neige.
Comme promis, ils utilisèrent les skis, Einarr tirant le traîneau derrière lui. Iona l'obligea à faire de courtes pauses, à cause de ses blessures. Souriant, il lui rappela qu'elle ne devait surtout pas oublier qu'il était un guerrier. Ils avancèrent côte à côte toute la journée.
Subitement, Einarr s'arrêta, observant le paysage devant lui très attentivement.

— Y a-t-il un souci ? demanda Iona angoissée.
— Non, j'ai seulement fait une erreur dans mon estimation. Que vois-tu là-bas, au loin ?

Iona scruta le paysage qu'Einarr pointait du doigt. On aurait dit de la fumée. Plusieurs volutes étaient visibles, en fait, comme celles qui sortaient des habitations. Elle fronça les sourcils.

— Il semble que c'est un village ?

Einarr l'observa en souriant largement.

— Viens, avançons. On y est presque !
— Vraiment ? Mais tu avais dit huit jours ! On est le septième. Es-tu certain que ce n'est pas un autre clan ?
— Oui, absolument ! Il n'y en a pas d'autre dans les environs ! On est bien arrivés ! Allons-y. Un bon feu et un délicieux repas nous attendent et j'en suis certain, également un bain !

L'idée d'un bain redonna de la force et du courage à Iona.

Bien que la nuit tombait, ils décidèrent de continuer. La lune, toujours presque pleine, leur procurait assez de lumière. Jamais le parcours ne sembla aussi long à Iona. Elle eut l'impression que le village s'éloignait au lieu de s'approcher.

À bout de force, elle puisa dans toute son énergie, afin de trouver le courage nécessaire pour glisser sur ses skis. Einarr l'était également, elle le voyait bien ! Il se remettait à peine de ses blessures.

Plus tard, elle eut enfin l'impression qu'ils se rapprochaient. C'est alors que totalement épuisée, elle chuta lourdement au sol. Einarr se baissa à ses côtés. Découvrant sa respiration haletante, les cernes sous ses yeux, il retira ses skis, ainsi que ceux de sa fiancée.

Il continua à pied en la portant et en tirant toujours le traîneau derrière lui, en même temps. Il n'allait pas abandonner si près du but ! Ne lui avait-il pas promis un bon repas et un bain ? Il allait tenir sa parole. Avançant péniblement, à bout de force lui aussi, Iona serrée dans ses bras, Einarr vit les habitations s'approcher un peu plus à chaque pas.

— Dépose-moi. Laisse-moi ici. Continue seul pour aller chercher de l'aide. Tu es épuisé !
— Non, je ne t'abandonnerai pas. On continue ensemble. Je ne veux aucune objection.
— Mais *qu'est-ce que* tu peux être buté !
— Tu devras t'y faire ! Tu vas épouser un homme très déterminé. Mieux vaut que tu t'y habitues immédiatement.

Il s'arrêta le temps de la repositionner dans ses bras. Elle vit les habitations s'approcher, de plus en plus près.

— Laisse au moins le traîneau, alors. Ne pourrions-nous pas demander que quelqu'un vienne le récupérer ? Il pèse quand même son poids, malgré le fait qu'il glisse !

Einarr s'arrêta en soupirant. Elle n'avait pas tort. Il déposa donc Iona délicatement, la tenant le temps qu'elle trouve son équilibre. Puis il détacha la corde liée au traîneau. Il reprit ensuite la jeune femme dans ses bras, redressa le dos et se remit en route. La progression fut plus aisée, en effet.

Il entendit Iona pousser un soupir de soulagement à la vue des premières habitations. Il ne restait plus très longtemps avant d'arriver en vue de la maison longue, celle où ils se rendaient.

Franchissant l'entrée, il soupira d'aise, posant Iona délicatement sur ses pieds. Tout en l'admirant tendrement, il lui caressa la joue.

— On est arrivés. Nous avons réussi ! Tout va bien se passer, maintenant, je te le promets. Viens, entrons dans le skáli.

Tenant la jeune femme par la main, il ouvrit la porte donnant dans la pièce de vie. À leur entrée, un silence s'installa. Cherchant autour de lui, Einarr découvrit un banc à côté de la porte sur lequel il aida Iona à s'asseoir. Puis il se retourna et fixa le Jarl qui se leva de sa place. Celui-ci avança vers le jeune homme.

— Einarr ? Mais que fais-tu ici ? Que se passe-t-il ?
— Nous venons te demander refuge, Iona et moi. Nos vies sont en danger.

Le Jarl étudia attentivement la jeune femme sur le banc, qui semblait plus qu'épuisée, très pâle, les yeux cernés. Il se tourna vers une femme et lança :

— Eidunn, occupe-toi de cette jeune femme. Elle est épuisée et certainement affamée. Elle est notre invitée !

Après ces paroles, il se tourna vers Einarr le dévisageant attentivement. Il y lut une immense fatigue, aussi.

— Vous êtes les bienvenus chez moi, mon garçon. Joins-toi à moi et explique-moi tout.
— Merci. C'est une longue histoire, tu sais !
— Nous, les Norrœnir, nous les aimons ainsi. Viens t'asseoir et raconte-moi.

Ils avancèrent vers la grande table. Einarr s'installa au côté du Jarl qui reprit son siège.

Ils avaient réussi, en bravant le froid, les chutes de neige abondantes, l'épuisement et l'attaque d'un loup. Iona avait tenu bon, courageusement, jusqu'au bout.

Maintenant, ils se trouvaient entre de bonnes mains, en sécurité. Ils étaient auprès de celui qui les protégeraient envers et contre tout : le Jarl Alvaldr Eríkson, son grand-père !

Chapitre 12

L'odeur alléchante de la viande fit grogner le ventre de Einarr. Il ne s'était pas rendu compte de la faim qui le tiraillait. Se servant, il tourna la tête vers la place où sa grand-mère était installée.

— Ne t'inquiète pas, mon garçon. Eidunn va très bien s'occuper de ta petite protégée. C'est bien la cousine de Daividh qui t'accompagne ?

Einarr hocha la tête tout en l'observant. Elle était tellement épuisée qu'il se demanda si elle arriverait à avaler une seule bouchée.

Sa grand-mère, consciente de l'état de la jeune femme, veilla à ce qu'elle prenne un peu de ragoût et du pain. Elle mangea lentement, fermant par moments les yeux pour savourer les mets. Il sourit intérieurement, elle se sustenta avec délice. Oui, elle aussi était affamée.

Rassuré, il se tourna vers son propre repas. Alvaldr le laissa se restaurer et se réchauffer. Il se doutait bien qu'ils venaient de braver plusieurs dangers, le froid n'étant pas le moindre. Pour que son petit-fils, accompagné de cette petite et frêle jeune femme, débarquent auprès de lui, demander sa protection, cela voulait dire que la situation devait être grave.

Rassasié, Einarr repoussa son bol. Ses yeux fixèrent rêveusement les flammes de l'âtre. Il s'adossa plus confortablement. Il se sentait mieux, le ventre plein. Il rêvait d'un bon lit au matelas douillet, d'une longue, *très longue nuit*.

Machinalement, il fit jouer les doigts de sa main blessée, qui le tiraillaient. Elle était en bonne voie de guérison, ainsi que son torse, grâce aux bons soins de Iona. Son attention se tourna vers la place où elle était assise avec sa grand-mère. Les sens en alerte, il scruta toute la pièce. Iona ne se trouvait plus là !

— Tout va bien ! Eidunn vient de l'emmener vers la maison des bains. Elle est entre de bonnes mains avec ta grand-mère, tu le sais bien !

Suite aux paroles d'Alvaldr, il se détendit. Ils avaient vécu tant de choses, avaient été entourés par tant de dangers, qu'il était constamment sur ses gardes. Un pli amer se forma sur ses lèvres en fermant les yeux. Dormir, oui c'est ce qu'il désirait par-dessus tout. Mais avant, il devait tout expliquer à son grand-père. Il se tourna alors vers le Jarl assis à ses côtés.

— Comme je te l'ai dit, c'est une longue histoire ! Tout a commencé quand Rókr a accepté cette mission en Alba.

Relatant tout ce qu'ils avaient vécu depuis ce jour-là : la présence d'étrangers dans le village, le meurtre de Ólafr et sa femme, l'incendie, l'attaque contre lui, puis celle contre Iona. Les divulgations de Unni, leur périple pour arriver jusqu'ici. Alvaldr l'écouta attentivement sans l'interrompre une seule fois.

Après qu'Einarr eut fini, le Jarl soupira profondément. Il se pencha vers l'avant, mettant ses deux coudes sur la table, reposa son menton sur ses mains. Alvaldr demeura pensif, les yeux fixant les flammes dans l'âtre.

— J'ai toujours su tout au fond de moi qu'il était fourbe. Mais là, cela dépasse toutes mes craintes ! Unni en est certaine ?
— C'est ce que les Nornes lui ont dévoilé.

Rageusement, Alvaldr donna un coup de poing sur la table.

— Je vais lui percer le cœur de mon épée, très lentement, qu'il souffre atrocement, qu'il me demande grâce, ce que je ne lui offrirai pas ! Personne ne touche impunément à mes petits-enfants ! hurla Alvaldr. Et ce qu'Unni t'a dit d'elle, c'est également les Nornes ?

Einarr répondit par un hochement de tête.

— Que compte faire Unni ?
— Je ne sais pas exactement. Elle nous a ordonné de quitter le village pour venir ici sous ta protection. J'ai laissé la décision à Iona.
— C'est vrai qu'auprès de moi vous êtes en sécurité, tous les deux. Mais vous faire faire ce périple en plein Skammdegi, avec les chutes de neige que vous avez eues, sans même parler de l'attaque de ce loup, c'était insensé, dangereux même ! Qu'aurait fait Unni si vous n'étiez pas arrivés ici ? Croit-elle réellement que je n'allais pas lui demander des comptes ?
— Je suppose que les Nornes ont dit que nous réussirions !

— Répète-moi exactement ce que les Nornes ont dévoilé à Iona !

— *Après le feu et le sang, la glace suivra. Quatre jours de ténèbres laisseront la place à la lumière et ensemble, ils ne sont plus qu'un ! Pendant la nuit de Jól, il sera créé, un qui sera l'avenir ici et au loin.*

— Vous avez eu le feu, le sang, la glace, puis selon Iona, les quatre jours de ténèbres pendant que tu étais inconscient à cause de ta fièvre. C'est bien ce que tu m'as dit ? Elle est toujours aussi énigmatique pour transmettre les messages des Nornes !

Alvaldr s'était retourné vers ses pensées en tapotant la table des bouts des doigts.

— Moi aussi j'ai des choses à te révéler ! Ta sœur est ici. Elle aussi est venue demander ma protection.

Einarr plissa les yeux.

— Laquelle ?

— Ása. Elle demande le divorce !

— Déjà ? Cela ne fait pas un ár qu'ont eu lieu ses épousailles !

— Il l'a rouée de coups, devant témoins. Tous ont témoigné qu'elle avait été battue en public. J'ai récupéré sa dot et elle est venue se réfugier ici. Ása ne veut pas que Leifr lui arrange une autre union.

— J'estime aussi qu'après cela, elle a le droit de se chercher elle-même son prochain époux.

— Tu connais Leifr, non ? J'ai également dû secouer un peu la famille de son ex-mari, car ils voulaient garder la dot !

Einarr rit de bon cœur imaginant son grand-père la récupérer.

— Où est-elle ? Je ne l'ai pas vue avec les femmes ?
— Elle est chez Brunhilde pour garder ses enfants.
— Ma cousine serait-elle souffrante ?
— Non, elle va bientôt enfanter. Ta sœur l'aide avec les autres. Ása m'a fait une confidence qui ne va pas te plaire.
— Laquelle ?
— Ton père a prévu tes épousailles avec la fille de Tjodrek. Il a négocié une fameuse dot.
— Tu peux répéter ? s'insurgea-t-il, le visage blême.
— Oui, il compte te marier à la fille du Jarl Tjodrek !
— Depuis quand a-t-il une fille ?
— Il en a deux et c'est l'aînée qu'il te donne en épouse. Elle a douze ár.
— Quoi ? Douze ár ? A-t-il perdu la tête ?
— Selon nos lois, elle est déjà adulte, donc épousable. C'est un rejeton qu'il a eu avec une de ses ambáttir, mais l'a reconnue en tant que fille légitime. Maintenant que la mère est morte, il veut à tout prix s'en débarrasser. Moins il la voit, mieux il se porte.
— Jamais je ne me marierai avec la fille d'une ambát et certainement pas avec un rejeton de Tjodrek ! Mon père a-t-il perdu la tête ?
— C'est l'appât de l'or, mon garçon ! Rien de plus. Mais j'ai une information de taille qui peut t'aider. Lors des négociations des fiançailles entre tes parents, j'ai fait ajouter une clause. Tu me connais ! Tout a été fait devant témoin, tout a été transcrit sur un bâton de runes que j'ai en ma possession.

Celle-ci stipule que Leifr ne peut obliger aucun des enfants nés de l'union avec ma fille, aux épousailles. Ils doivent tous, sans exception, s'unir avec la personne de leur choix. Il ne l'a pas respecté pour Ása, il va devoir me rendre des comptes ! En ce qui te concerne, tu es en droit de refuser le mariage avec la fille de Tjodrek.

Einarr inspira profondément en fermant les yeux.

— Il faut que tu saches que Ása n'a jamais refusé cette union.

Alvaldr fronça les sourcils.

— Que dis-tu ? Elle me donne une tout autre version.
— Elle était même enchantée ! Ne crois pas aveuglément les dires de ma sœur.
— Soit ! Mais revenons à toi, car un jour ou l'autre, tu devras bien en prendre une, ne crois-tu pas ?
— Justement ! Je vais avoir besoin de tes conseils. Je me trouve devant un problème.
— Lequel ?
— J'ai demandé à Iona de m'épouser et elle a accepté.
— Où est le problème ? s'étonna Alvaldr.
— Il y en a plus qu'un, en fait. Tu vois, quand je les ai découvertes, elle et Mildrun, en Alba, j'ai pris la décision de les emmener toutes les deux. Par la suite, j'ai dit à Mildrun de faire envoyer une missive à Daividh lui expliquant qu'elles étaient en danger, qu'elles partaient se mettre à l'abri et seraient de retour au vár.
— A-t-elle mentionné ton nom ?

Einarr fit non.

— Je l'avais exigé et elle ne l'a pas mentionné. J'ai vérifié.

— Connaissant Daividh, il doit se douter que c'est toi, ou moi, qui les avons emmenées, vu qu'il n'y a eu aucune demande de rançon, et surtout la promesse.

— Oui, je suppose.

— Où est ton problème ?

— Cette promesse. Comment puis-je l'épouser en l'ayant faite ?

Alvaldr réfléchit. Il y avait forcément une solution.

— As-tu dit dans quel état tu les ramenais, que tu les laisserais ensuite en Alba ?

— Que veux-tu dire ?

— Tu n'as pas stipulé qu'elle resterait en Alba. Vous y allez, rencontrez Daividh, tu lui expliques que vous êtes unis et qu'elle repartira avec toi !

— Il est son tuteur ! Que fais-tu de son consentement ?

— Il a perdu ce droit en la laissant en danger. C'est un argument que tu peux avancer.

— Elle est l'héritière d'un túath important ! Je n'ai pas envie de quitter mon pays, mon mode de vie ! Dois-je la priver de ses biens ? En ai-je seulement le droit ?

— Demande-lui ! Elle a bien accepté d'épouser un Norrœnir. Explique-lui que tu désires rester ici et que tu désires continuer à effectuer tes félagis qui te tiendront éloigné pendant quelques mánaðr.

Si elle accepte, j'en serai heureux pour toi. Concernant son túath, vous y mettez une personne de confiance. Vous dites à Daividh que votre deuxième fils en sera l'héritier. Il ne peut pas te le refuser alors que tu as sauvé sa cousine !

— Serait-ce si simple ?

— Les solutions le sont pratiquement toujours, mais on se borne trop souvent à chercher dans la complication. Quand voudrais-tu épouser cette jeune femme ?

— Dès que possible. Je n'ai pas envie de fiançailles d'un ár, comme c'est notre coutume. Si je pouvais m'unir à elle demain, je le ferais.

Alvaldr réfléchit tout en observant son petit-fils. Il avait mis du temps à se trouver une épouse, mais une fois fait, il devenait impatient ! Il sourit. N'avait-il pas agi de la même façon quand il avait rencontré Eidunn ?

— C'est tout à fait possible !
— Vraiment ?
— Mais oui ! Demain, je vous unis selon nos rites et dès ton retour chez toi, tu demandes à Callum de vous unir selon le rite des chrétiens. Qu'en dis-tu ?

Einarr réfléchit. L'idée le tentait. Mais qu'en penserait Iona ?

— Avant de te donner une réponse, je devrais lui en parler, tu ne crois pas ?
— Oui, mieux vaut connaître son avis. Demande à Eidunn où elle a installé ta fiancée. Mais avant, je dois absolument te poser une question indiscrète : est-elle toujours pure ?

Einarr fut offusqué par la question de son grand-père !

— Pour qui me prends-tu ? Je suis un homme d'honneur ! Je sais bien que nous avons passés plusieurs jours seuls, mais cela ne veut pas dire que je l'ai déshonorée !
— Je n'en doutais pas, mais je devais te la poser, mon garçon, parce que d'autres le feront.

Einarr se calma en voyant l'expression de son grand-père. Tous pourraient croire que certaines choses auraient pu arriver pendant les jours qu'ils avaient passés tous les deux.

— Je vais demander à ta grand-mère de vous laisser seuls afin de discuter entre vous. Quand tu reviendras me donner votre réponse, tu me diras également si vous voulez une alcôve ici ou si vous préférez une maison à vous. Un de mes hommes n'est pas rentré du dernier félagi et sa veuve loge parmi nous, maintenant. La demeure reste petite, mais confortable. Il faudra seulement y allumer un feu avant de vous y installer.
— Merci pour tout ce que tu fais pour nous.
— Va ! Va la trouver et dis-moi vite ce que vous avez décidé, s'impatienta le Jarl tout excité à la perspective de ce mariage d'amour.

Einarr dénicha Iona dans une alcôve bien douillette et chauffée. Il l'admira en train de brosser sa longue chevelure. Il n'avait jamais réalisé que ses cheveux étaient longs à ce point !

Il se racla la gorge signifiant sa présence. Iona se retourna lui souriant chaleureusement. Il ne l'avait plus vue aussi insouciante depuis trop longtemps. Un repas et un bain avaient produit des merveilles.

— Nous devons parler de certaines choses. Puis-je entrer ?

Elle tapota le coffre en face d'elle. Einarr s'y installa en se passant les doigts dans les cheveux, puis soupira.

— C'est ce que tu fais chaque fois que tu es nerveux !
— Quoi, donc ?

— Te passer les doigts dans les cheveux en soupirant ! lui fit-elle remarquer avant de devenir soucieuse. Les choses se sont mal passées avec ton grand-père ?

— Non ! Non, pas du tout, rassure-toi. Il m'a envoyé te parler, car il a besoin de quelques réponses.

Iona haussa les sourcils avec un air interrogateur.

— Elles me concernent ?

Il fit oui d'un signe de tête, puis inspira profondément.

— Quand je t'ai demandé de m'épouser, on n'a pas vraiment discuté de notre vie future. Je ne peux pas t'obliger à abandonner ta vie en Alba pour la mienne. Comme je t'ai déjà expliqué, j'ai ma patrie dans le sang, ainsi que mon mode de vie, la navigation, le négoce... lui souffla-t-il tristement droit dans les yeux, scrutant ses expressions.

— Une épouse ne s'installe-t-elle pas chez son époux ?

— Normalement, oui, c'est ce qu'elle fait, sauf que tu es l'héritière d'un túath important, ainsi que d'un titre.

Elle réfléchit à ce qu'il venait de lui dire.

— Mais si moi je ne veux plus de ce túath. Daividh ne peut-il pas le transmettre à quelqu'un d'autre ? Je suis heureuse ici, malgré ce que nous avons vécu. Je n'ai pas envie de repartir en Alba. Il n'est plus le même depuis la disparition de mes parents.

— Il reste ton héritage et celui de tes futurs enfants. Y as-tu pensé ?

Le visage de la jeune femme s'illumina.

— Veux-tu des enfants ?

— Bien sûr ! Quelle question !

— J'aimerais une demi-douzaine de petits guerriers qui te ressemblent, lui avoua-t-elle en posant sa main sur celle du jeune homme.

— Une *demi-douzaine* ! écarquilla-t-il des yeux. Et si nous avons des filles ?

— Oui, bien sûr que nous en aurons certainement, du moins, je pense. Il n'empêche que, j'aimerais une demi-douzaine de garçons ! Pas toi ?

— Je serais parfaitement heureux des enfants que tu me donneras : fils ou filles. Je ne suis plus tellement un guerrier, tu sais. Je fais principalement du commerce. Mais ce n'était pas la question, tu te souviens ?

— Ah, oui, le túath et si je m'adapte à ton mode de vie.

— Oui, c'est ce dont nous parlions.

— Les autres y arrivent bien à vous laisser partir. Pourquoi pas moi ?

— Elles y sont habituées, mais pour toi, ce sera nouveau. Tu vas te retrouver seule pour prendre les décisions et à devoir gérer le tout, pas seulement la maisonnée, mais aussi les semailles, les récoltes, le bétail.

— Que crois-tu que je faisais depuis le décès de mon père ? J'ai tout géré, même depuis sa maladie. Crois-tu sincèrement que vos femmes ne se tracassent pas quand vous partez ? Y as-tu déjà pensé que peut-être elles vous montrent un visage serein, mais qu'au fond, elles sont inquiètes et terrifiées ?

Einarr dut s'avouer qu'il n'avait jamais vu les choses sous cet angle. Il se remémora sa mère au moment des départs. Effectivement, son visage montrait de l'inquiétude et à chaque retour, du soulagement.

— Mais toi, pourrais-tu vivre ainsi ?

— Oui, si cela veut dire que tu me reviens pour de longs mánaðr.

— Il y a aussi nos noces. Normalement, nous avons des fiançailles d'un ár. Seulement, je n'ai absolument pas envie d'attendre si longtemps pour t'épouser.

— Vraiment ? demanda-t-elle arborant un large sourire.

— En fait, mon grand-père propose de nous unir dès demain.

Iona écarquilla grand les yeux.

— Demain ? *Vraiment* ?
— Cela te semble-t-il trop tôt ?
— Non ! Pourquoi le serait-ce ?
— Tu acceptes de devenir mon épouse demain, alors ?

Son rictus étiré et lumineux suffit comme réponse. Einarr approcha son visage de celui de Iona et l'embrassa tendrement. Heureux, il se sentit réellement en extase.

S'écartant ensuite de la jeune femme, il se racla la gorge.

— En fait, Alvaldr a probablement trouvé la solution concernant ton túath. Il suggère qu'on le transmette, ainsi que le titre, à notre deuxième fils. En attendant, nous y mettrons une personne de confiance.

— Tu m'avais bien dit qu'il était intelligent et rusé : il a trouvé la parfaite solution !

— Une dernière petite chose. Mon grand-père nous propose une maison vide dans le village, le temps de notre séjour ici. Il y a aussi la possibilité de rester ici, dans une alcôve bien à nous.

— Que préfères-tu, toi ?

— Non, c'est à toi de décider. C'est toi qui devras tenir une maison ou aider dans celle-ci.

— Je préfère la maison, si cela ne te dérange pas, naturellement.

— Non, dit-il très heureux, cela me convient parfaitement.

Il se leva prêt à quitter l'alcôve.

— J'ai moi aussi quelques questions à te poser. Tu es le seul que je connaisse, ici et c'est assez délicat. Il me faut une personne en qui j'ai totalement confiance.

Il vint reprendre sa place sur le coffre.

— Tu sais que ma mère nous a quittés il y a presque trois ár, maintenant. Il y a des choses qu'elle n'a pas eu le temps de m'expliquer.

— Je crois que je vais t'envoyer ma grand-mère, lui proposa-t-il en se relevant, mais la main de Iona le retint.

— Non ! S'il te plaît, je ne la connais pas. Comment veux-tu que je m'adresse à elle pour une chose aussi délicate ?

— Probablement parce qu'elle est une femme et moi un homme. Nous ne devrions pas parler de ces choses-là !

— Mais j'ai confiance en toi ! Je sais que tu ne me mentiras pas. C'est juste que je me sens si confuse, totalement dans le brouillard.

— Je ne comprends pas, quel *brouillard* ?

— Celui dans lequel Mildrun m'a mise.

Einarr ferma les yeux : *Mildrun !*

— Explique plus clairement !

— Tu dois savoir que quand Mildrun s'est reconvertie au Christianisme, c'est un peu comme si elle était entrée dans les ordres, vois-tu ?

— Pas exactement, non.

— Elle est devenue pire qu'une nonne !

Einarr écarquilla les yeux.

— À un certain moment, Père lui a demandé de m'expliquer certaines choses.

— À Mildrun ? Une femme non mariée ?

— Oui. Comme je t'ai dit, il a été souffrant longtemps. Elle m'a expliqué que les époux devaient *copuler* uniquement avec l'intention de concevoir un enfant.

Ai-je bien entendu ? Mildrun lui a parlé de « copuler » ? Einarr fronça les sourcils craignant la suite.

— Que c'est totalement interdit les dimanches, ainsi que les vendredis, pendant le carême, la semaine sainte, le lundi de Pâques, pendant l'Avent, Noël, les jours où l'on fête les Saints-Apôtres... en fait, *pas mal* d'autres jours que j'ai oubliés.

Surtout c'est totalement interdit si ce n'est pas pour procréer. Ensuite, elle a ajouté que l'épouse était obligée de subir *l'assaut lubrique* de son époux, stoïquement, sans bouger ni émettre un seul son. Elle a terminé en me décrivant l'acte, qu'elle appelle *barbare*. À vrai dire, ce qu'elle m'a décrit l'est, effectivement.

Par tous les dieux ! Cette femme est folle !

— Honnêtement, je me demande comment les nobles chrétiens font pour avoir autant de Enfants avec toutes ces restrictions ?

— Crois-tu que l'Eglise ait réellement dicté cela ?

— Je l'en crois bien capable !

— Mais tu vois, d'un autre côté, j'entendais bien nos servantes parler entre elles, de ce qu'elles faisaient avec leurs époux et cela ne ressemblait en rien à la description que Mildrun m'avait donnée. C'était même tout le contraire.

— Attends, tu me dis que tes servantes en parlaient ouvertement devant toi ? De ce qu'elles et leurs époux faisaient ? Mais, mais c'est une honte !

— Non ! Dès qu'elles constataient ma présence, elles se taisaient. Ensuite, il y a aussi eu ce que j'ai vu dans l'écurie.

— Iona, je…

Einarr se leva, très embarrassé.

— S'il te plaît ! le supplia Iona.

Il reprit sa place craignant ce qui allait suivre.

— Qu'as-tu vu dans l'écurie ? soupira-t-il.

— En fait, j'y allais souvent pour brosser ma jument, surtout après le décès de mon père. Je lui parlais, je lui faisais des confidences, de mes doutes, mes rêves, mes espérances. Le donjon était devenu tellement sinistre et froid que je m'en échappais, de lui et Mildrun, dois-je avouer.

Puis un jour, j'ai entendu le garçon d'écurie avec une de nos servantes. Je te promets que j'ai tout fait pour leur faire comprendre ma présence ! Mais rien ne les a arrêtés. Ma foi, j'ai regardé un peu.

— Iona !

— Là non plus, cela n'avait strictement rien à voir avec les explications de Mildrun !

Einarr ferma les yeux en se pinçant l'arête du nez.

— Ce n'était pas convenant de les épier !
— Prétendrais-tu que tu ne l'as jamais fait ?
— Effectivement et pas que *prétendre* : je ne l'ai jamais fait ! Que veux-tu savoir, exactement ?
— Je suis confuse ! Est-ce Mildrun qui a raison ou est-ce plutôt ce dont j'ai entendu parler par les servantes ?
— Et si je te donnais la réponse demain soir ?
— Tu vas me laisser si longtemps dans le doute ? s'insurgea-t-elle.
— C'est ce que je vais faire. Je ne veux plus jamais t'entendre parler des servantes et leurs histoires ; et encore moins de ce qu'il se passait dans ton écurie ! Je t'interdis même de recommencer !
— Est-ce un ordre ?
— Oui !
— Bien, je te le promets, baissa-t-elle les yeux.
— Essaie de dormir, maintenant. Une longue journée nous attend demain.
— Tu ne vas pas dormir, ici, toi ?
— Iona !
— Sois honnête ! Depuis que je suis arrivée dans ton pays, ce serait la première nuit sans toi, que ce soit sur une paillasse au pied du lit ou comme pendant notre voyage vers ici.
— Serait-ce si terrible ?
— Oui ! Je ne connais personne, ici. Je sais qu'on est en sécurité, mais je suis totalement perdue !
— Où est ma courageuse petite Skotar ?

— Restée dans le dernier refuge, je crois, ou bien là où je suis tombée en début de soirée.

Il posa une main sur sa joue.

— Ecoute, j'ai encore à discuter avec Alvaldr. Ensuite, j'ai réellement besoin d'un bain. Je reviendrai pour les pansements et on avisera. Cela te convient ?

Iona secoua frénétiquement la tête, soulagée.

Einarr quitta donc l'alcôve et retourna auprès de son grand-père. L'ambiance y était chaleureuse, ce qui n'était plus le cas dans celui de son père depuis bien longtemps.

Il reprit sa place au côté de son grand-père. Alvaldr scruta le visage de son petit-fils. Il semblait soucieux. Ce garçon avait toujours cet air grave depuis son séjour en Alba. Il espérait que sa future épouse lui rendrait les sourires qu'il arborait autrefois.

— Qu'avez-vous décidé ?
— Iona accepte nos noces demain et aimerait qu'on s'installe dans la maison que tu nous as gentiment proposée.
— Merveilleux ! Mais dis-moi une chose, mon garçon. Pourquoi ai-je l'impression de l'avoir vue avant que tu l'aies emmenée avec toi !
— Tu te souviens de la fillette coincée dans un arbre avec un chaton, chez Ewan ?
— Oui.
— C'était elle !

Alvaldr s'esclaffa en tapant dans le dos de Einarr.

— Ton union promet, mon garçon !

— Pourquoi cela ?

— J'ai bien vu le regard de Ewan. Il ne savait même pas se mettre en colère ; elle faisait de lui tout ce qu'elle voulait. Tu vas avoir du fil à retordre, crois-moi !

Mais au moins, ta vie conjugale ne sera ni monotone ni paisible, en quelque sorte. Sache que l'ennui tue un homme ! Je vous souhaite une longue, très longue vie heureuse pleine de petits Einarrson.

— En parlant de petits Einarrson, elle m'a demandé une demi-douzaine de petits guerriers, marmonna-t-il dans sa barbe.

Alvaldr rit de bon cœur. Oui, son petit-fils avait trouvé l'épouse qu'il lui fallait.

Après avoir longuement profité de son bain, Einarr s'habilla. Un de ses oncles lui avait fourni des vêtements propres. Ses blessures étaient en très bonne voie de guérison. Elles ne nécessitaient plus d'être pansées. Pour toute certitude, il les montrerait quand même à Iona. Il n'allait pas prendre de risques inutiles la veille de ses épousailles.

Le jeune homme la trouva dans l'alcôve, pensive, un air triste sur le visage. Soucieux, il s'accroupit devant sa promise.

— Ma Douce, que se passe-t-il ? lui demanda-t-il tendrement.

— Ta grand-mère vient de quitter la pièce, il n'y a pas longtemps. Elle était venue me faire essayer des vêtements pour demain. Je crois bien que je n'avais jamais rien vu de tel !

— Où est le problème ? Je ne comprends pas ? Cela ne te fait pas plaisir qu'elle s'occupe de toi ?

— Si ! Mais ce n'est pas le problème. Ils étaient tellement trop grands ! Elle m'a certifié qu'ils seraient prêts pour demain, qu'elles seraient nombreuses à la mettre à ma taille, lui signifia-t-elle, un voile triste qui assombrit son visage malgré tout.

— Et ?

Elle soupira profondément. Il en était certain, elle risquait d'éclater en sanglots.

— Es-tu réellement convaincu de vouloir m'épouser ? Je suis si petite comparée aux femmes d'ici. Je… murmura-t-elle.

Einarr la fit taire en mettant ses doigts sur les lèvres de sa jeune promise.

— Un jour, quelqu'un m'a dit que tu étais grande, pour une Skotar ! Tu t'en souviens ? lui demanda-t-il tendrement.

Elle opina.

— Je ne veux pas d'une autre épouse. Tu es une grande Skotar, semble-t-il, têtue, parfois obstinée, très souvent courageuse, constamment téméraire en présence d'un chaton dans un arbre, dangereuse, armée d'une branche et je le crains, d'une dague.

Tu es douce, tendre, affectueuse. Tu sais te servir de skis, même mieux que certaines Norrœnir. Tu seras très certainement une excellente patineuse ! Tu me fais rire de joie... En fait, pour faire simple, avec toi, je suis l'homme que j'ai toujours rêvé devenir.

Ma vie serait sombre, vide, froide et inutile, sans toi. Tu vois, pour toutes ces raisons, oui, je ne veux que toi comme épouse et aucune autre, jamais !

Il l'admira si tendrement que les larmes coulèrent spontanément sur les joues de la jeune femme. Elle se jeta dans les bras de Einarr. Il n'existait pas de plus belle déclaration que celle qu'il venait de prononcer.

— Je ne suis pas si obstinée que cela et je suis également très douée avec un arc et des flèches.
— Va pour l'arc et les flèches, mais je maintiens que tu es très obstinée. Ma Douce, ce n'est pas un défaut de l'être, pas à mes yeux. C'est ce qui t'a permis de réussir ce que nous venons d'accomplir : arriver jusqu'ici. Tu t'es obstinée à mettre un pas devant l'autre, pas uniquement déterminée. Je ne crois pas que tu réalises ce que nous avons fait ? Tes parents seraient tellement fiers de toi, tu peux en être certaine.
— Tu crois ?
— J'en suis certain. Moi je le serais, si ma fille réussissait un tel exploit. J'écrirais une saga. Tous les scaldes du pays ne parleraient que d'elle !
— Tu veux réellement une fille ?
— Je n'irais pas jusqu'à la demi-douzaine, même si cela voudrait dire que je devrais surveiller tous les hommes les admirant d'un peu trop près. Être armé d'épées, de haches et toutes autres armes disponibles pour les tenir éloignés !

Iona rit aux éclats en s'imaginant la scène.

Après une bonne nuit de sommeil, des voix de femmes, les unes plus excitées que les autres, réveillèrent Iona le matin de ses noces. Einarr était resté auprès d'elle, mais avait quitté l'alcôve avant le lever du jour.

Eidunn avait décidé que Iona ne prendrait pas son premier repas dans le skáli. Ce matin, elle le lui apporta ici. Elle était accompagnée d'une jeune femme, ressemblant étrangement à Einarr.

Le sourire de cette dernière plut énormément à Iona : franc, plein de gentillesse. Après s'être présentée, Iona comprit que devant elle se tenait la sœur de Einarr, la fille aînée d'Ástríðr.

— Ainsi, mon frère s'est enfin décidé à prendre une épouse ! J'en suis très heureuse. D'après ce qu'il m'a raconté, je ne pouvais espérer meilleur choix. En fait, tu es parfaite pour Einarr, exactement celle qui lui convient !
— Tu penses réellement ce que tu dis ?
— Je ne connais pas beaucoup de femmes dans le clan de Leifr qui auraient eu le courage de s'attaquer à un loup. À part ma mère et Unni, je n'en vois pas d'autre
— Unni ?
— Je crois qu'elle a déjà fait bien pire ! Elle a sauvé son frère d'un ours. Je te le jure, c'est vrai ! Elle n'en parlera jamais, mais son frère le racontait à chaque fois qu'il y avait un banquet. *Unni, la tueuse d'ours* !

Iona rit de bon cœur, s'imaginant Unni attaquer un tel animal. Oui, elle en était bien capable !

Après leur repas, les trois femmes se dirigèrent vers l'étuve. Eidunn lui expliqua que c'était ainsi qu'une jeune épouse se préparait pour ses noces.

Dans la première pièce se trouvaient plusieurs récipients contenant de l'eau chaude et plusieurs savons. Les trois femmes se baignèrent longuement. Le bain à l'eau chaude fut suivi par celui dans l'étuve. Ce fut une première pour Iona. Il y avait plusieurs grosses pierres chauffées sur lesquelles Eidunn aspergea de l'eau, créant ainsi de la vapeur.

La grand-mère de Einarr lui expliqua qu'il servait à la dépouiller de son statut de jeune fille et à la purifier pour la préparer à la cérémonie des noces. Prenant son courage à deux mains, elle fixa Eidunn, hésitante :

— Pourrais-je vous poser une question ?
— Certainement ! Si je connais la réponse, je te la donne volontiers.
— Ma mère m'a quittée, il y a quelques ár. Elle ne m'a jamais expliqué ce qui se passe entre un homme et son épouse lors de la nuit de noce.
— Je comprends. Tu n'en as aucune idée ?
— Pas très précise, non.
— Ce que je vais t'expliquer ne sert pas uniquement lors de ta nuit de noce, tu sais, mais pendant tous les ár d'épouse. Tu as la chance, tout comme je l'ai eue, de t'unir à un homme qui t'aime.
— Vous aussi ?

Le regard de Eidunn s'illumina.

— Oui et on s'aime toujours après tant d'ár. Pour en revenir à ta question, je vais t'expliquer. Mais je vais aussi te donner des conseils pour séduire ton époux en toutes circonstances. Ils n'en ont pas l'air, mais tous guerriers qu'ils soient, ils ne sont pas insensibles à un peu de séduction et de Initiatives venant de leur épouse. Cela met en valeur leur virilité, à laquelle ils tiennent tant.
— Pardon ?
— Oui, pour eux, cela veut dire qu'ils honorent si parfaitement leur épouse qu'elle en redemande ! N'essaie pas de comprendre ! Ainsi sont les hommes !

Iona en fut bouche bée !
Eidunn passa l'heure suivante à expliquer toutes les choses qui pouvaient se dérouler dans le lit conjugal.

Vint l'étape qu'Iona craignait le plus : se plonger dans une cuve d'eau froide. Selon Eidunn, cela servait à boucher les pores. Elle avait ajouté des herbes et des pétales de fleurs dans l'eau pour accroître la puissance magique purifiante, pour la puissance aphrodisiaque, puis à encourager la fertilité. Les explications de Eidunn amenèrent à Iona des images des fils qu'elle souhaitait donner à Einarr. Un sourire rêveur se dessina sur ses lèvres.

Après s'être séchées, elles retournèrent vers l'alcôve pour y habiller Iona en vue de la cérémonie. La robe, remise à sa taille, l'attendait sur le lit. Iona était subjuguée par le travail fourni par les femmes du clan. Les larmes lui montèrent aux yeux, émue par tant de gentillesse.

La robe était un présent offert par Eidunn, Ása, elle, lui offrit une magnifique chemise de nuit. Iona rougit en constatant qu'elle était tellement fine, qu'elle en était presque transparente ! Eidunn lui sourit tendrement, comprenant l'embarras de la jeune femme. Elle était passée par cette étape, elle aussi, il y a bien longtemps.

— Ne crains rien. Tout se déroulera très bien !

Iona hocha la tête courageusement. Oui, tout irait bien. N'allait-elle pas épouser celui qu'elle aimait !

Derrière le rideau de l'alcôve, un homme se racla la gorge. Eidunn alla voir qui pouvait bien les déranger. Elle y trouva son mari muni d'une épée et le laissa entrer.

— Je ne sais pas si tu connais nos rites pour les noces, demanda-t-il, à l'intention de la jeune fiancée.

— Eidunn m'en a expliqué le déroulement.

— Donc elle a dû te dire que la promise est précédée par une personne portant une épée qu'elle offre à son époux.

— Oui, mais je n'en ai pas à offrir à Einarr, cela me chagrine.

Alvaldr lui sourit tendrement.

— Voici une épée que Ewan, ton père, m'avait offerte, il y a bien longtemps. Je l'ai gardée parce que j'ai de Excellents souvenirs de l'homme qu'il était. Je te l'offre pour tes noces. Je suis certain qu'il le voudrait ainsi.

Iona fut très touchée par l'attention de Alvaldr. Sans la connaître, il l'avait acceptée ici, dans son clan, l'avait accueillie. Maintenant, il lui faisait ce présent pour qu'elle puisse s'unir selon le rite Norrœnir, avec une épée ayant appartenu à son père tant aimé. Une boule se forma dans sa gorge.

— Merci, cela représente énormément pour moi. C'est un peu de lui, ici, parmi nous.

Alvaldr lui sourit, puis quitta la pièce. Il devait aller rejoindre Einarr à l'étuve.
Pendant que les deux femmes aidaient Iona à l'habillage, Einarr, de son côté, se préparait également.
Comme la coutume le voulait, une épée d'un ancêtre lui était transmise par un membre de sa famille, déguisé en aptrgangr[77,] lui rappelant son histoire familiale et ses origines. Ayant la lame en sa possession, Einarr put se rendre aux étuves où il se purifia longuement en compagnie de son grand-père et de son oncle Jórekr, le fils aîné d'Alvaldr.

Les deux hommes lui expliquèrent ce à quoi il pouvait s'attendre dans sa nouvelle vie, sans oublier les changements d'humeur inconstants des épouses. Ils avaient tous deux des conseils pour réussir à vivre en paix avec une épouse, pour trouver le bonheur dans leur vie de couple.

Einarr était stupéfait de voir son grand-père et son oncle en compétition de celui ayant l'union la mieux réussie. Il en

---

[77] Fantôme en vieux norrois.

rit intérieurement. Au lieu de conseils, la conversation était devenue un concours entre les deux hommes.

Après sa baignade dans l'eau glacée, il ne lui restait plus qu'à se vêtir pour ses noces. Il avait hâte d'y être, d'épouser Iona.

Le moment tant attendu par Iona arriva. La cérémonie allait enfin avoir lieu. Eidunn lui avait expliqué que cela se faisait généralement à l'extérieur, mais que le froid de Skammdegi allait les garder à l'intérieur.

Précédée par Ása qui s'était proposée, étant donné qu'Iona n'avait aucun membre de sa famille présent, portant l'épée de Ewan, Iona se rendit au lieu de cérémonie. Subjugué, le jeune époux l'admira qui s'avançait vers lui. Ses cheveux étaient laissés libres, très longs et brillants de mille feux sous la lueur des torches.

Elle portait une couronne de noce offerte par Eidunn. Celle-ci était faite en argent, se terminant par une multitude de petites pointes représentant des feuilles de trèfles avec du cristal de roche et des galons de fils de soie rouge et verte.

Les deux jeunes époux se trouvaient l'un à côté de l'autre, à présent, face à Alvaldr, qui présidait la cérémonie. Il pria Þórr, Frœyja et Freyr[78] pour apporter bonheur et fertilité au jeune couple. Pendant tout ce temps, Einarr ne la quitta pas des yeux. Il ne se lassait pas de tant de beauté.

Il remercia Frigg d'avoir placé sur sa route cette femme courageuse et envoûtante. Consciente de l'attention que son futur époux lui portait, les joues de Iona prirent une couleur délicate et charmante. Timidement, elle lorgna Einarr, la tête légèrement baissée. Il était si beau, qu'elle en eut le souffle coupé.

---

[78] Dieu de la vie, de la fécondité et chef des Vanes. Il est le frère de Freyja.

Une coupe d'hydromel était posée sur un autel de pierre. Alvaldr y trempa un paquet d'aiguilles de pin, aspergea en premier le jeune couple, ensuite, toutes les personnes présentes. Einarr présenta l'épée de son ancêtre à Iona qu'elle devait garder pour la transmettre, un jour, à leur fils aîné.

Elle symbolisait les traditions familiales et la continuité de la lignée. Iona offrit ensuite celle de Ewan à Einarr. Elle était le symbole du transfert du pouvoir de tutelle et de protection à son époux.

Après l'échange d'épées, ils échangèrent leurs anneaux. Celui de Iona était présenté sur la poignée de la nouvelle épée de Einarr et vice et versa. Cette juxtaposition soulignait la sacralité du contrat entre l'homme et la femme, la nature de l'engagement qu'ils prenaient ensemble, de sorte que l'épée n'était pas une menace pour la femme seule, mais bien envers quiconque briserait le serment.

Avec les anneaux à leurs doigts et leurs mains jointes sur le pommeau de l'épée, Einarr et Iona échangèrent leurs vœux mutuels. Attirant la main de sa jeune épouse vers lui, Einarr lui fit face. Timidement, Iona releva la tête. Ce qu'elle découvrit en levant les yeux la laissa suffocante. Jamais elle n'avait vu un tel feu dans les prunelles de Einarr ! Déglutissant péniblement, elle se rapprocha munie du désir de se tenir tout contre lui. Il prit le visage de sa bien-aimée en coupe, lui caressant les joues des pouces. Sa peau était si douce, si veloutée !

Sans la quitter des yeux, elle vit son visage s'approcher avec une lenteur ensorcelante. Quand enfin les lèvres de Einarr se posèrent sur les siennes, elle soupira d'allégresse. Les bécotant délicatement, il la mena au supplice. Iona ne s'était jamais sentie aussi légère. Relevant la tête, il posa le front sur celui de sa jeune épouse, les yeux clos.

— Merci, chuchota-t-il. Tu me fais un immense honneur en m'acceptant comme époux.

Relevant les paupières, son regard se vrilla à celui de Iona. Elle y découvrit tout l'amour et la tendresse qu'il lui portait. Il émanait de ce beau visage tellement de sincérité qu'elle en eut une boule à la gorge. Déglutissant péniblement, Iona sentit des larmes couler le long de ses joues. Délicatement, les lèvres de Einarr burent les larmes de sa bien-aimée.

— Je t'aime tellement ! lui murmura-t-elle. Tu ne peux te l'imaginer.

Quand il s'apprêta à répondre, les doigts de Iona barrèrent ses lèvres. Depuis tout ce temps passé ensemble, elle le connaissait assez pour savoir qu'Einarr restait un homme taiseux, particulièrement lorsqu'il s'agissait d'évoquer ses émotions.

Ses mauvaises expériences en Alba le rendaient méfiant, mais sa droiture et son honnêteté le changeaient en quelqu'un de bon et de juste, n'accordant sa confiance et son amitié qu'à ceux qui le méritaient réellement.

En ce jour si précieux, Iona ne tenait pas à ce qu'il prononce ce genre de mots. Elle les lut sur son visage, les découvrait dans ses actes, dans sa manière de se comporter avec elle. Jamais elle ne s'était sentie aussi aimée, choyée et protégée, non pas pour un titre ou son fief, mais pour elle-même.

— Je sais, chuchota la jeune femme. Tu me l'as dit à maintes reprises sans avoir à le prononcer. Sache que jamais je ne t'y obligerai. Ils ne sont pas nécessaires. Je le sais et c'est suffisant pour moi. Les actes, mon tendre époux, sont plus éloquents que les paroles.

Qu'avait-il fait pour mériter une telle épouse ? Il se posa cette question, mais ne trouva pas la réponse. Il remercia à nouveau les dieux d'avoir amené cette sublime femme dans sa vie.

Reprenant délicatement les lèvres de Iona, il l'embrassa tendrement. Témoin de cet échange, Alvaldr eut une boule d'émotion dans la gorge. Il se tourna vers sa belle et douce Eidunn qui le comblait de bonheur depuis tant d'ár. Elle sourit en s'approchant de lui. Lui prenant la main, elle lui souffla à l'oreille :

— Lui aussi est arrivé à bon port. Je ne crois pas que tu aies encore trop à te soucier de lui. Il est entre de bonnes mains, avec une femme qui l'aime pour lui.

Alvaldr acquiesça suite aux paroles de son épouse.

Oui Einarr était arrivé à bon port.

Après la conclusion de la cérémonie de noces, vint alors le bruð-hlaup[79]. Se prenant au jeu, Iona se mit à courir vers l'entrée du skáli. Arrivée à la porte de la salle, elle fut arrêtée par Einarr qui lui bloqua l'entrée de la maison avec son épée découverte, mise en travers de la porte. Ceci lui permit de mener sa tendre épouse dans la pièce en la portant, s'assurant qu'elle ne trébuche pas sur le seuil. Iona rit aux éclats de bonheur.

Une fois dans le skáli, Einarr plongea son épée dans le pilier de soutien de la maison afin d'évaluer la chance du couple par la profondeur de la cicatrice ainsi faite. Ce qui reflétait sa virilité et la chance d'agrandir la famille par des enfants, fruits de leur union.

---

[79] Course de la mariée.

Tous s'installèrent pour le banquet. Le moment le plus important arriva : Einarr et Iona allaient boire l'öl nuptiale. En présentant une coupe de mjǫðr à Einarr, Iona cita les paroles appropriées :

— L'öl que je t'apporte, toi, le chêne-de-bataille, se mêle à la force et à l'honneur le plus brillant. Elle, faite de chants magiques et puissants, de charmes gracieux et de runes, exaucera tes souhaits.

En s'emparant de la coupe, Einarr la consacra à Þórr, porta un toast à Óðinn et but quelques gorgées, puis tendit la coupe à Iona. À son tour, la jeune femme porta un toast à Frœyja et but quelques gorgées, plaçant ses lèvres où celles de Einarr avaient touché la coupe. Chaque jour, pendant quatre vika, ils devraient boire du mjǫðr dans cette coupe.

Après cette cérémonie, empreinte de sérénité, le banquet organisé par Alvaldr commença. Iona était assise aux côtés de Einarr, son époux. Elle était subjuguée ! Les noces où elle avait été invitée en Alba semblaient plutôt calmes et disciplinées, comparées à ici où l'ambiance était chaleureuse, amicale et bruyante.

Des rires fusaient de partout. Certains s'adonnèrent même à des compétitions de bras de fer ou de celui qui réussissait à ingurgiter le plus d'öl avant de perdre connaissance ! Pendant toute la journée, nourritures et boissons furent servies. Jamais elle n'avait vu une telle profusion de mets. Des histoires parlant de Einarr se clamèrent de partout, des récits de ses voyages, de ses prouesses, souvent largement exagérées, selon les dires de l'intéressé. Tous rirent de bon cœur ! Alvaldr ne fut pas en reste !

Il possédait dans son répertoire un nombre incalculable de récits concernant son petit-fils, pour le plus grand plaisir de Iona. Einarr avait beau lui chuchoter à l'oreille que son grand-père en rajoutait largement, aidé par l'öl, Iona en était convaincue, Alvaldr disait la vérité. Aux petits soins envers son épouse, il lui donnait les meilleurs morceaux de viande, s'assurant également que son gobelet ne reste pas trop longtemps vide.

Plus tard, pendant que Jórekr défiait Einarr au bras de fer, Eidunn en profita pour signaler à Iona qu'il était temps de se retirer. Légèrement anxieuse et nerveuse, Iona la suivit vers la maison qui leur était attribuée par le Jarl. Ása les y attendait déjà. Ensemble, elles préparèrent la jeune mariée pour la nuit à venir. Elle garda, sur sa tête, la couronne de noce, Eidunn lui expliquant que c'était à Einarr de la lui retirer devant témoins. Les deux femmes parlaient gaiement, tentant ainsi de calmer les craintes de la jeune épouse.

Des cris paillards et beaucoup d'hilarité annoncèrent l'arrivée du jeune époux. Iona en devint toute tremblante. Les deux femmes l'installèrent dans le lit dans l'attente du nouvel époux. La porte s'ouvrit. Einarr accompagné de six personnes, dont son grand-père et un de ses oncles, entrèrent dans la maison. En vérité, ils le portaient bruyamment. Le déposant à côté du lit, ils braillaient tous.

Il était évident que certains avaient abusé de la boisson offerte par le Jarl. Einarr prit place sur le lit au côté de son épouse pour lui retirer sa couronne, comme symbole de leur union charnelle. Satisfaite, la compagnie quitta la maison tout en continuant de chambarder, criant des conseils à Einarr pour honorer sa jeune épouse dignement.

Par précaution, Einarr barra la porte. Il n'avait qu'une seule envie : être avec son épouse sans qu'on vienne les déranger. La découvrant nerveuse, Einarr lui versa une coupe de mjǫðr que sa sœur avait préparé à leur attention. Après la lui avoir donnée, Einarr s'assit sur le lit, puis retira ses bottes qui tombèrent lourdement sur le sol.

Allongeant ses jambes sur le lit, il retira la coupe des mains de Iona, qu'il déposa sur un coffre, à côté du lit. Enlaçant les épaules de son épouse, il l'attira vers lui et l'embrassa tendrement. Posant ensuite son front sur celui de Iona, il la fixa dans les yeux.

— Tout ira bien ! Ne crains rien, lui murmura-t-il, alors qu'il baisa sa délicate joue.
— Tu te souviens que tu m'as promis de me répondre ce soir.
— Hum, oui je me souviens, rétorqua-t-il en mordillant le lobe de son oreille.
— Et quelle est la réponse ? demanda-t-elle gémissant suite aux gâteries de son époux.

Il releva la tête, la fixant dans les yeux.

— Au lieu de te le dire avec des mots, je préfère te le montrer.

Elle déglutit bruyamment.

— Me montrer ? pipa-t-elle.
— Hum hum, je vais commencer maintenant.
— Euh, ne faut-il pas souffler les bougies ?
— Pourquoi ferait-on une chose pareille ? s'étonna-t-il.
— Je ne sais pas ? Cela ne se fait pas ainsi entre époux ?

Pourquoi n'ai-je pas posé la question à Eidunn ?

Einarr soupira.

— Si tu préfères, je veux bien les souffler.
— C'est que je désire faire les choses comme il faut, tu comprends, selon la bienséance.
— Laisse la bienséance hors de notre lit !

— Pardon ?

— Dans ce lit, il n'y a que toi et moi. C'est ainsi que cela restera : toi et moi, épouse et époux. Ni bienséance ni rien d'autre et surtout pas les enseignements de Mildrun ! Ils n'ont pas leur place entre nous. Maintenant, dis-moi : désires-tu que je souffle les bougies ?

Elle le contempla longuement, puis soupira.

— Je crois que je préfère que tu les laisses allumées.

Les yeux de Einarr s'éclairèrent. Il sembla satisfait.

— Laisse-toi aller et détends-toi. Je serai aussi doux que possible, lui susurra-t-il à l'oreille.
— Et moi je fais quoi ?

Un large sourire répondit à cette question.

— Plus tard. Après je te laisserai faire tout ce dont tu as envie de faire avec mon corps. Mais pas maintenant. Je vais t'honorer, te faire ressentir ce que j'éprouve pour toi.
— Mais tu m'as dit que Mildrun avait tort !

Einarr soupira.

— Oui, c'est-ce que j'ai dit. Mais je ne t'ai pas demandé de ne rien ressentir ! Tu veux bien me laisser faire, maintenant ?

Iona répondit oui d'un signe de la tête, ne pouvant plus répondre à cause de l'éclat dans les yeux de Einarr.

À partir de ce moment-là, elle ne fut plus que sensations. Les mains, les lèvres et la langue de son époux semblaient se trouver sur son corps entier, en même temps. Il embrassa chaque parcelle de son visage, descendant dans son cou. La peau de sa jeune épouse était douce.

Sa main défit les nœuds de sa chemise, écartant les pans au fur et à mesure qu'il mouvait les lèvres. Plus il descendait, plus haletante devenait la respiration de son amante. Il découvrit une poitrine haute et jeune à la peau si blanche qu'elle lui fit penser à la neige recouvrant les paysages chers à son cœur. Il embrassa le contour, décrivant des cercles, en s'approchant de plus en plus de son mamelon. Mais il l'évita, la menant au supplice.

— Je t'en prie, gémit-elle.

Souriant, il parcourut le chemin à l'envers délaissant ce magnifique téton érigé fièrement.

— Einarr, le supplia-t-elle en remontant sa poitrine espérant qu'il répondrait à sa demande.

À la place, il souffla délicatement dessus. Iona frissonna de tout son corps en gémissant. Il posa ses lèvres entre les deux seins sublimes et fièrement dressés. Son pouce caressa le mamelon érigé de cercles lents et troublants.

Il déposa des baisers aussi légers que les battements d'ailes d'un papillon, remontant vers sa gorge. Il les bécota tout en continuant la douce torture avec son pouce.

Relevant la tête, il vrilla son regard à celui de Iona. Lentement, il prit possession de ses lèvres pulpeuses. Il entamât une danse langoureuse de sa langue, laissant Iona gémissante sous ce doux assaut.

Sa main quitta sa poitrine et descendit lentement le long de son flanc, procurant des frissons le long de l'échine de la jeune amante. Il trouva les autres rubans fermant la chemise de nuit.

Délicatement, ses doigts les défirent un à un. Quittant les lèvres délicieuses, il se fit un devoir de goûter chaque parcelle de sa peau qu'il découvrait en écartant les bouts d'étoffe. La respiration de Iona se fit de plus en plus saccadée. Lui retirant sa chemise, il découvrit ce corps sublime et doux.

Jamais il n'avait contemplé autant de beauté et de grâce. Lentement, son index suivit les contours du corps de Iona jusqu'à son visage, lui procurant de délicieux tremblements. Il s'émerveilla à la vue de son magnifique petit nez et ensuite de cette arcade sourcilière admirablement dessinée. Il déglutit péniblement.

— Tu es tellement belle, chuchota-t-il.

Posant son front sur celui de Iona, il frotta son nez du sien.

— Je suis certain que tu es une sorcière m'ayant jeté un sort. Je n'ai jamais contemplé autant de beauté, ajouta-t-il sur le même ton avant de reprendre possession de ses lèvres.

Einarr recommença à honorer, ainsi que de sa langue, le corps de la jeune femme entièrement dénudé. Prenant les deux mains de Iona, il les plaça au-dessus de sa tête, relevant le buste de sa bien-aimée. Sa bouche se posa sur un de ses seins qu'il lécha, suça, mordilla. Iona gémit de plus en plus, se tortillant en quémandant plus.

— Einarr, je t'en supplie, gémit-elle haletante, mordillant ensuite sa lèvre inférieure pour retenir un cri naissant.

Après avoir fait subir à son autre sein la même torture, il releva la tête.

— Désires-tu me dévêtir ou préfères-tu que je le fasse moi-même, s'enquit-il en lui susurrant ces mots près de son oreille.

Rougissante, elle fronça les sourcils :

— Ne m'avais-tu pas dit de ne rien faire ? demanda-t-elle sur le même ton.
— Je me suis trompé, avoua-t-il en posant son front sur le sien les yeux clos.
— C'est que…, expliqua-t-elle timidement, je ne sais pas comment m'y prendre, termina-t-elle dans un souffle.

Relevant les paupières, il se noya dans les prunelles de la jeune femme.

— Ma Douce, jamais je ne te ferai ou ne t'obligerai à effectuer ce que tu n'aimes pas ou ce dont tu n'as pas envie, sauf si notre vie en dépendait.
— J'en ai envie, te dévêtir, je veux dire, mais… rougit-elle de plus belle.

Attendri, il posa une main sur sa joue, la caressant du pouce.

— Chut, murmura-t-il, tout va bien. Ce qui se passe entre un homme et une femme date depuis la nuit des temps. C'est une danse ancestrale qui est en nous. Laisse-toi aller. Tes mains savent très bien quoi faire. Ferme les yeux et laisse-toi guider par tes envies, tes désirs.
— Mais si je m'y prends mal ?

— N'aie aucune crainte, ce qui vient du cœur ne l'est jamais. Si tu le souhaites, je peux m'occuper de tes lèvres envoûtantes, ainsi, ton instinct se remémora ce qu'il sait depuis toujours.

Iona fit très lentement oui de la tête. Les lèvres de Einarr prirent alors possession des siennes, les bécotant délicatement. Comme plus tôt, cela eut le même effet. Iona n'était que sensation et anticipation.

Les doigts de Einarr remontèrent lentement le long de son dos, lui procurant de longs frissons. Comme par magie, ceux de la jeune femme trouvèrent les lacets fermant la tunique de son époux. Il arrêta ses caresses le temps de retirer le vêtement délacé sans pour autant quitter sa bouche.

Vint ensuite sa chemise. D'une lenteur ensorcelante, elle retira les pans hors de ses braies. Ses doigts se faufilèrent sous le vêtement, découvrant ce torse qu'elle avait déjà contemplé maintes fois.

Le corps de son époux fut parcouru d'un très long frisson. Effleurant ses deux tétons, elle découvrit que ceux-ci réagissaient comme les siens. Ils durcissaient. Le long gémissement de Einarr et sa langue approfondissant leur baiser l'encouragèrent à poursuivre sa découverte.

Redescendant vers le bord de la chemise, elle l'agrippa pour la lui retirer. Einarr lui reprit aussitôt les lèvres ne lui laissant aucune possibilité de réfléchir, mais uniquement de ressentir, de se fier à son instinct.

Les deux amants se caressaient langoureusement. Le jeune homme parsemait le visage de baisers tendres tout en découvrant les rondeurs du jeune corps.

Ne voulant pas rester inactive, Iona découvrait avec délice le pouvoir que ses mains avaient sur le torse musclé. La toison semblait soyeuse sous ses doigts aventureux ; ils chatouillaient lors de leurs passages. S'enhardissant, ils se frayèrent un chemin vers les lacets de ses braies. D'instinct, ceux-ci savaient comment les dénouer.

Se mouvant vers ses fesses rebondies, elles firent descendre le seul vêtement lui restant. La réaction à cette caresse ne se fit pas attendre longtemps. Celles de Einarr trouvèrent également le *fessier* de la jeune femme. Lentement, Einarr souleva un genou, puis l'autre, aidant de cette façon Iona à le libérer de ce dernier rempart.

Ils se découvrirent en se caressant mutuellement, s'embrassant, se délectant l'un de l'autre. De longs soupirs, des gémissements et des mots murmurés furent les seuls sons qui emplissaient l'alcôve. Tendrement, Einarr amena le corps de Iona au point culminant, prêt à le recevoir.

Après s'être positionné entre les cuisses de son épouse, Einarr plaça sa virilité à l'entrée de son fourreau, tout en vrillant son regard au sien. Lentement, il la pénétra ; elle était humide à souhait.

Il entra délicatement, la laissant s'habituer, pouce après pouce, à sa présence. Il voulait que ce moment lui reste un souvenir inoubliable, délicieux et empli de la tendresse et de l'amour qu'il ressentait pour elle.

Sentant son hymen, il arrêta sa progression. Posant son front sur celui de Iona, il lui caressa la joue s'apprêtant mentalement à la douleur qu'il allait lui causer.

— Je suis tellement désolé. Je crains que ce soit douloureux, murmura-t-il. Sache que ce n'est pas de ma volonté. Jamais je n'aurais envie de te faire souffrir.

Iona le regardait en opinant d'un signe de tête. Tout en continuant de la fixer, il brisa la barrière de sa virginité d'une forte poussée. Le cri et les larmes de son épouse lui déchirèrent le cœur. La berçant tout en lui murmurant des mots doux, il attendit que ses muscles se relâchent. Elle se détendit petit à petit.

Il put ainsi continuer sa lente progression jusqu'à ce que sa verge l'emplisse entièrement. Langoureusement, il commença ses longs mouvements de va-et-vient tout en scrutant les réactions de Iona. Il n'augmenta la cadence que très lentement, afin de l'amener à des sommets vertigineux avant lui.

Les hanches de son amante suivirent sa cadence, augmentant le plaisir des caresses que sa virilité lui procurait. Haletant de plus en plus et gémissante, Iona balança la tête jusqu'à ce qu'elle se jette en arrière, poussant un cri puissant en tremblant de tout son corps.

Alors seulement, il se permit d'aboutir lui-même à sa délivrance. Parcouru de frissons, la semence de Einarr se libéra dans le ventre de sa bien-aimée, tout en laissant échapper un gémissement rauque. Hors d'haleine, il se laissa tomber sur ce corps, lui ayant procuré une jouissance jusque-là méconnue.

Somnolente, Iona sourit lascivement. La tête posée sur le torse de son époux endormi, elle se remémora leur première nuit en tant qu'époux en s'étirant voluptueusement.

Les servantes qu'elle avait entendues parler étaient loin du compte, à moins que ce soit Einarr qui ait fait la différence. Lentement, tendrement, il l'avait initiée aux délices de l'amour avec ses doigts, ses lèvres, sa langue. Il avait partagé tout ce qu'il ressentait pour elle, sans la nécessité de paroles totalement superflues.

La première fois, il l'avait préparée longuement pour que tout se passe le mieux possible. Il y avait eu une douleur, mais qui s'était vite atténuée. Ce qu'il lui fit ressentir ensuite était divin, avec de langoureuses caresses et embrassades, dans les bras l'un de l'autre.

Elle soupira à nouveau, se serra un peu plus contre Einarr. Ensuite, par deux fois au courant de la nuit, il lui avait fait découvrir d'autres sensations. Jamais elle n'aurait pensé qu'il y avait plusieurs façons de s'unir, n'être plus qu'un, pas uniquement en étant couchée sur le dos.

Elle releva la tête, posa son menton sur sa main, l'admirant en train de dormir. Son visage était totalement détendu. Il respirait lentement et régulièrement. Elle le trouvait tellement beau ! Souriant coquinement, elle commença à semer des baisers sur son torse, montant vers sa gorge, puis son menton.

— Aurais-tu décidé d'avoir ma peau en m'épuisant ?

Le ton de sa voix ainsi que l'éclat dans son œil ouvert démentaient ses propos et il l'enlaça des deux bras, l'embrassant. Il la tourna jusqu'à ce qu'elle soit allongée sous lui et une fois de plus, il lui prouva son amour.

Longtemps après, il la tint contre lui, lui caressant le dos du bout des doigts.

— J'ai un cadeau du matin pour toi.
— Un, quoi ?
— *Un cadeau du matin*. Normalement, on aurait encore dû être séparés tous les deux. Les femmes devaient t'habiller selon ton nouveau statut d'épouse. Devant tous, j'aurais dû te l'offrir, preuve que nous avons consommé notre union : te remettre toutes les clés de la maison.

N'étant pas dans la nôtre, je me suis arrangé avec Alvaldr pour passer cette étape. Dès que nous aurons notre foyer, je te les donnerai. Honnêtement, je n'avais pas trop envie d'être séparé de toi, lui susurra-t-il tendrement.

Il quitta le lit, nu, ne semblant pas être gêné par le froid. Il fouilla dans les sacs qu'ils avaient emportés avec eux. Il revint se coucher, couvert de chair de poule. Einarr avait bien eu froid ! Il lui tendit une dague possédant le manche qu'il avait sculpté pendant leur voyage. Elle était magnifique. On aurait dit que le dragon prenait vie.

— Elle est splendide ! Merci.

Iona connaissait la meilleure des façons pour le remercier. Ils se trouvaient à l'aube d'une nouvelle vie, *leur nouvelle vie :* Einarr et Iona, rencontrés quand il était venu en Alba pour la sauver.

Chapitre 13

Entretemps, dans le clan de Leifr

— Tu désirais me parler, Unni ? demanda Thoralf au seuil de la demeure de la seiðkona.
— Oui ! Entre et ferme la porte. Laissons le froid à l'extérieur. Approche.

Thoralf s'installa devant l'âtre, face à Unni.

— Dis-moi ? Vous en avez bien tué treize, n'est-ce pas ?
— En fait, ils étaient quatorze, si l'on compte celui qu'Einarr a tué dans l'écurie.
— Non, celui-là n'appartenait pas au groupe de renégats que vous avez débusqués. Lui, c'était l'autre danger.

Thoralf fronça les sourcils.

— Que veux-tu dire ? Quel autre danger ?
— Celui qui vient d'ici, de l'intérieur du clan !
— Quoi ? s'ébranla-t-il, le visage livide. *De l'intérieur ?* Tu veux dire qu'il y a un traître parmi nous ?

— Ils sont deux.

— Mais que veulent-ils ?

— Eliminer Einarr et Iona. Pourquoi crois-tu que je les ai fait quitter le clan ?

— Tu ne les as donc pas cachés ici, dans le village ?

— Pour risquer qu'on les débusque ? Non, ils sont bien partis, là où personne ne penserait les trouver. Ils y sont arrivés, ne t'inquiète pas.

Mais avant de les faire revenir, je vais t'expliquer la situation, te dire ce que vous allez devoir faire. Tu sais, mon frère était le précédent Jarl. Peu s'en souviennent, mais il a été assassiné par celui que nous devons arrêter dans sa tentative de nuire à Einarr et Iona.

— C'est donc également ta vengeance, Unni ?

— En quelque sorte. Il sait que je connais la vérité et cela le détruit déjà lentement. Il craint que je la dévoile, que j'apporte des preuves. C'est en soi la plus belle vengeance : sa peur !

Mais là, s'en prendre à Einarr et à Iona, non, je ne le laisserai pas faire, ni elle, sa complice. Oui, Thoralf..., ajouta Unni voyant l'expression du jeune homme changer, cette femme est l'autre menace, une qu'on ne soupçonne absolument pas.

— Qui ? Dis-le-moi, que j'aille les tuer immédiatement, qu'Einarr puisse revenir parmi nous !

— Non, Thoralf ! Nous allons préparer le terrain. C'est la vengeance de Einarr ; tu dois la lui laisser. Quand le temps sera venu, tu iras les retrouver pour les ramener ici. Il saura ce qu'il aura à faire. Tu ne peux pas la lui refuser !

Je te promets qu'ils fêteront le Jól parmi nous. Eux sont partis à pied et à skis, toi, accompagné de deux autres, irez plus vite en prenant des chevaux. Mais avant, nous avons des choses à faire. Tu te souviens de ce que je vous ai demandé il y a deux ár ?

— Oui, nous avons pratiquement terminé.

— Reste-t-il beaucoup ?

— Nous avons commencé les trois dernières, mais le gel est arrivé trop tôt pour achever. Nous allons devoir attendre vár avant de continuer.

— Sont-elles les plus grandes ?

— Non. Celles-là sont toutes terminées !

— Donc il y a ce qu'il faut pour tous ?

— Oui, facilement, dans un premier temps.

— Bien ! Maintenant, vous allez discrètement y installer tout ce dont vous aurez besoin. Je vais également tout apprêter. Mais moi, j'attendrai ici le retour de Einarr.

— Comment veux-tu qu'on agisse discrètement ? Réalises-tu ce que cela représente comme travail ?

— Oui, je sais ! Mais qui est à l'extérieur par ce froid ? Ils sont tous autour de leurs âtres ou dans leurs lits ! C'est le moment propice pour agir. N'oublie pas Bjǫrn, surtout ! C'est un bon petit.

— Dis-moi, notre équipage entier est-il digne de confiance ?

— Oui, tous, sans exception ! Tu y ajoutes les deux frères de Einarr et Bjǫrn. Vous êtes prêts à agir.

— Tu réalises que ce sera difficile pour ce qui se trouve dans la maison longue ? Comment fait-on ?

— Quand ils dorment tous, en passant par la porte donnant accès à la maison des bains. Vous y arriverez, je le sais. Les Nornes l'ont dit.

— Quand doit-on commencer ?

— Aujourd'hui, si on veut que tout soit prêt pour Jól.

— Pour les deux traîtres, tu ne veux pas me dire qui ils sont ?

— Non, c'est Einarr qui s'en occupera. Cela ne regarde que lui. Je ne veux pas tous vous mettre en danger.

Thoralf réfléchit à ce qu'Unni venait de lui dire. Ils allaient tous devoir se montrer discrets, mais s'activer. Jól arrivait à grands pas et son plus grand souhait était de le célébrer avec son meilleur ami, son frère, son confident, celui qui lui avait sauvé la vie maintes fois. Einarr lui manquait terriblement.

— Tu le retrouveras bientôt. Va rejoindre tes compagnons et relate-leur ce que je viens de t'expliquer. Le temps presse ; vous devez vous mettre en action. Les dieux vous protègent, tu le sais bien.
— Ont-ils protégé Einarr et Iona ?
— Oui, ils sont entre de bonnes mains, en sécurité et à l'abri. Ne t'inquiète pas pour eux.
— Tu me le jures ?
— Oui.

Thoralf prit le temps d'assimiler les paroles de la vieille femme. Ils avaient pas mal de choses à faire, en si peu de temps.

— Y arriverons-nous ?
— Si vous le désirez. Mais il ne faut plus tarder. Tout dépend de vous, maintenant. Mieux vous vous organiserez, plus vite ils seront de retour parmi vous.

Thoralf hocha la tête et salua Unni.

Il se dirigea vers la maison de Snorri dans laquelle tous avaient répondu à la convocation ! Snorri observa autour de lui. Son skáli n'avait jamais eu tant de monde réuni en une seule fois, tout l'équipage entier, ce qui représentait trente-neuf personnes, plus Bjǫrn ainsi qu'Alvbjǫrn et Hákon, les frères de Einarr. Ses deux sœurs lui lancèrent des regards incendiaires. Comment allaient-elles nourrir tous ces hommes ?

Snorri inspira profondément, attendant que Thoralf prenne la parole. Celui-ci se leva, demandant l'attention de tous.

— Certains d'entre vous savent que Unni m'a ordonné de me rendre chez elle, aujourd'hui. J'en reviens à l'instant.

— T'a-t-elle dit où se trouve Einarr ? s'impatienta Alvbjǫrn.

— Non. La seule chose qu'elle ait dite est qu'ils ne sont pas ici, dans le village, mais ailleurs en sécurité, elle me l'a certifié !

Mais ce n'est pas pour cette raison que je vous ai fait venir. Unni nous a donné quelques ordres. Vous le savez comme moi : Unni ne demande pas, elle ordonne ! Nous devons nous préparer au retour de Einarr, mais pas ici !

— Comment cela, *pas ici* ? demanda Alvbjǫrn.

— C'est vrai que toi, ton frère et Bjǫrn, vous n'êtes pas au courant. Il y a deux ár, Unni nous a ordonné de construire des habitations dans la vallée, plus à l'est, au bord du fjǫrðr.

— Comment ?

— Oui, tout un village en fait. Nous comptons tous nous y installer, abandonner celui-ci et vivre plus paisiblement.

— Quand tu dis *tous*, qui est-ce ?

— Nous, ici présents et si vous le souhaitez, toi, ton frère et Bjǫrn.

Ce dernier et les deux frères de Einarr se regardèrent, éberlués.

— Que penserait Einarr de notre présence ? ajouta Alvbjǫrn.

— Il ne vous laisserait jamais derrière lui !
— Moi, je vous accompagne ! décida Bjǫrn.
— Bien ! Nous devons nous organiser. Tout doit être installé pour le retour de Einarr et de Iona. Tant qu'on n'est pas prêt, Unni ne nous enverra pas le rechercher.
— Comment procède-t-on, alors ? demanda Snorri.
— C'est pour cette raison qu'on est ici. Nous allons nous organiser ensemble et trouver le meilleur moyen d'être efficaces et rapides.
— Toutes les maisons sont construites ?
— Non, Alvbjǫrn, il nous en reste trois à terminer. En attendant, ils pourront s'installer dans la maison longue. Nous les achèverons dès que le dégel s'annoncera.
— Mon frère, Bjǫrn et moi irons où ?
— Einarr a prévu vos alcôves. Cela répond à ta question, quant à ce qu'il penserait de votre présence ?
— Il nous en a réellement prévues, dans sa demeure ?

Alvbjǫrn était stupéfait.

— Dans ce cas, on est avec vous. Comment procéder ?
— Nous devons en discuter pour trouver le meilleur plan. N'est-ce pas Oddvakr ?

Oddvakr sourit. Il attendait ce moment depuis près de deux ár. Avec ses amis, il s'était construit une très belle ferme, pour lui et sa famille, possédant son étuve personnelle. Il était le plus impatient de tous à s'y installer.

— Il y a juste le souci de notre bétail. Comment fait-on ? répondit-il.
— Je préconise d'attendre le retour de Einarr, pour ce détail. De toute façon, tout s'y trouve déjà pour nous nourrir.

— Attends, Thoralf ! Vous me prenez au dépourvu ! se perdit Alvbjǫrn, ne sachant plus où il en était.

— En fait, il y a les maisons, dont la longue, des fermes, aussi... N'est-ce pas Oddvakr ? Elles sont toutes meublées. Il y a tout ce dont nous avons besoin pour notre vie quotidienne ainsi que des réserves abondantes.

Unni nous a bien précisé d'en constituer assez. Nous n'avons pas pu tout récolter, ici. Les autres l'auraient remarqué. Nous avons rapporté, de nos félagis, ce qu'il nous fallait pour passer un hiver entier, surtout depuis Alba, avec l'aide de Daividh. Les épouses ont aussi participé. Tout ce qui nous reste à transporter sont nos affaires personnelles.

Snorri se racla la gorge, demandant l'attention.

— Oui ?
— Je crois que nous devrions commencer à chauffer les maisons. Je suppose que tu as remarqué que nous avons un Skammdegi très froid !

Tous étaient de l'avis de Snorri. En plein Skammdegi, ils risqueraient tous de tomber malades, ou pire, d'y laisser la vie. Ils n'avaient pas fait tout cela pour mourir de froid.

— Surtout que certains d'entre nous ont des enfants. Il y a même trois nouveau-nés, ne l'oublie pas ! précisa Hákon.
— Cela suppose que certains d'entre nous devraient y rester pour alimenter les âtres.
— Nous le ferons à tour de rôle, proposa Oddvakr. De toute façon, les maisons seront chaudes assez vite. Le temps de venir prendre ce qu'il nous faut.

Tous opinèrent du chef.

— Bon, maintenant, nous devons organiser l'ordre de départ avec ceux qui logeront dans la maison longue en dernier, pour plus de discrétion. Je retournerai auprès de Unni lui suggérer que ceux-là quittent ce village au retour de Einarr.

— Je propose que ceux qui sont les plus éloignés déménagent en premier, suggéra Snorri.

— Et rétrécir le cercle ? demanda Oddvakr.

— Oui. N'oublions pas Callum. Lui aussi vient avec nous, informa Snorri.

— Le connaissant, il va vouloir attendre Einarr, ajouta Alvbjǫrn.

Tous se mirent à rire, car effectivement, frère Callum attendrait son protecteur.

— Et ses abeilles ? reprit-il, en pensant à la grande passion du moine : ses ruches, surtout la fabrication de son mjǫðr.

— Je vais t'étonner, Alvbjǫrn, mais elles sont là-bas depuis le vár ! Einarr et moi l'avons aidé à les transporter avant notre félagi. Callum n'allait jamais les laisser ici, même en vintr[80]. Elles s'y sentent bien.

— Vous avez fait comment ?

— La nuit, quand elles dorment.

— Astucieux ! Donc, nous aurons du mjǫðr ! ajouta Alvbjǫrn en riant.

— Idée alléchante, oui, ajouta Snorri en riant aussi. Bon, Thoralf, quand commence-t-on ?

— Maintenant. Oddvakr, ta ferme est la plus éloignée des autres de nos habitations. Y a-t-il des affaires à emporter ?

---

[80] Hiver. Pas les longs mois d'hiver, mais la saison.

— Oui, sauf si tu désires que mon épouse me trucide avant l'heure !

— Ne nous tente pas, ricana Snorri, son meilleur ami, en lui tapant dans le dos.

Tous s'esclaffèrent !

— Bon, organisons-nous. Je suggère que nous utilisions des traîneaux et des chevaux. Plus vite nous serons installés, mieux ce sera, ordonna Thoralf.

— Je préconise de former deux groupes : un qui reste là-bas mettant en place le tout dans les habitations, un autre qui fait les allers et retours, suggéra Oddvakr.

Thoralf le fixa en souriant.

— Comme quoi, il est toujours bon d'avoir quelqu'un d'aussi organisé et méticuleux que toi. C'est une excellente idée, Oddvakr. Nous allons procéder ainsi. Ce groupe restera donc là-bas pour surveiller les âtres. Ils y passeront également les nuits.

Partons ensemble pour le premier déménagement. Ensuite, nous nous diviserons pour former les deux groupes. Oddvakr, pourrais-tu rester là-bas, vu ton sens de l'organisation ? Tu donneras tes ordres à ceux qui reviennent et tu superviseras ce qui se passe là-bas.

— Pas possible, non ! Je loge dans la maison longue, en ce moment. On remarquerait mon absence.

— Oui, j'avais oublié. Snorri ?

— Oui, pas de souci ! Je reste là-bas. Emmenez mes sœurs au dernier trajet. Je ne veux pas qu'elles restent seules, ici.

— Combien de temps cela nous prendra, crois-tu ? demanda Yngvi.

— Vu les ættir de lumière que nous avons, je dirais trois ou quatre jours, tout au plus.

Un large sourire se dessina sur le visage du jeune homme, impatient de vivre sa nouvelle vie.

Dix d'entre eux partirent quérir des chevaux et de grands traîneaux pouvant transporter le plus possible en un seul trajet. S'ils pouvaient effectuer le déménagement de tous en moins de quatre jours, ils en seraient très satisfaits. Ils attendaient ce moment depuis près de deux ár.

Ils étaient las de la passivité de Leifr, son incompétence à diriger un clan depuis qu'il s'était abandonné à la consommation d'uisge-beatha. Einarr leur avait toutefois bien expliqué qu'ils resteraient un clan sous la gouvernance du Jarl Leifr, mais s'établissant dans un village à part.

Néanmoins, ils prendraient les décisions concernant leur hameau sans le chef. Ils avaient accepté, difficilement. Mais sans cela, Einarr n'aurait jamais bâti ce village. Il restait fidèle à l'autorité de son père.

Comme prédit par Unni, ils ne croisèrent aucun habitant. Vidant en premier les maisons les plus éloignées, dont la ferme d'Oddvakr où il ne restait presque plus rien à emmener, ils se mirent en route vers leur nouveau village.

Ils avaient emporté une grande quantité de bois et de tourbe pour les âtres. Alvbjǫrn, Hákon et Bjǫrn le découvrirent pour la première fois, ses habitations, mais surtout la maison longue.

Un sourire illumina le visage du jeune homme. Elle était construite aux dimensions de celle du Jarl Alvaldr, avec des piliers merveilleusement sculptés par son frère aîné. Elle était accueillante, agréable et magnifique !

Les murs étaient recouverts de tapisseries. Il n'y avait pas à dire, Einarr s'y connaissait. Son frère Bjǫrn et lui choisirent leurs alcôves, laissant la plus grande et la plus douillette pour Einarr. C'était sa demeure, après tout !

Tous, s'organisèrent pour allumer tous les âtres et commencèrent à décharger des affaires personnelles emportées lors de ce premier voyage, une fois que les feux eurent bien pris. Le froid s'était bien installé dans les demeures. Il fallait les chauffer au plus vite pour accueillir les familles. Normalement, les premières devaient déjà s'installer avant la tombée de la nuit. Ils les amèneraient jusqu'ici au dernier transport de la journée.

De l'autre côté, les épouses aidaient à tout organiser, à préparer méthodiquement ce qu'ils emmenaient avec eux. Les deux sœurs de Snorri avaient pris la décision de partir avec le deuxième transport. Elles organisèrent au mieux les arrivées des familles et surtout préparèrent le repas du soir pour les nouveaux arrivants.

Ainsi, tous auraient le ventre plein pour cette première nuit dans leurs nouvelles maisons. Les mères auraient la possibilité de bien installer leurs enfants. Ce n'était qu'en s'aidant mutuellement qu'ils y arriveraient en trois jours. Les dieux étaient avec eux.

Le temps était froid certes, mais clair et ensoleillé, pas une seule chute de neige en vue. Il était maintenant évident que tous fêteraient Jól ici. Prévoyantes, les femmes avaient déjà préparé le nécessaire pour cette célébration.

Le deuxième jour, l'organisation avait pris une nouvelle direction. Les épouses arrivées la veille, ainsi que leurs enfants les plus âgés, prirent la relève de certains des hommes du groupe restés au village.

Plus nombreux à transporter les affaires, ils arrivèrent ce jour-là à installer pratiquement toutes les familles. Thoralf était très satisfait de la progression. Ils avaient réussi en deux jours seulement. Il se tourna vers Snorri et lui donna une tape sur l'épaule.

— On a réussi, Snorri ! Il ne reste que quelques familles à installer demain, les autres étant dans la maison longue. Ils attendront le retour de Einarr. Allons chez Unni pour voir si elle a déjà préparé certaines affaires pouvant être amenées ici. Je lui demanderai si je peux me mettre en route dès demain. Qu'en penses-tu ?

— Que c'est une excellente idée !

Unni les accueillit avec un large sourire, car elle savait qu'ils avaient progressé rapidement. Elle indiqua ce qu'ils pouvaient emporter avec eux pour sa nouvelle demeure. Einarr lui avait bâti une très belle petite maison, pratique, douillette, possédant une pièce des bains pour elle toute seule. Il l'avait réellement choyée.

— Unni, il ne reste plus grand monde à déménager. Ils auront terminé demain, dans la matinée. Avec ta permission, j'aimerais prendre la route dès le lever du jour, vers Einarr.

— Tu partiras un peu avant le lever accompagné d'Alvbjǫrn et Bjǫrn. Vous prendrez une monture en plus, pour Einarr.

— Seulement une ? Que fais-tu de Iona ?

Un sourire énigmatique lui répondit.

— Vous quitterez le fjǫrðr, ensuite vous vous dirigerez vers le sud-est. Tu les trouveras chez Alvaldr. Tu apporteras le trousseau des clés de la maison longue que tu donneras à Einarr.

— Chez son grand-père ? Ils sont chez le Jarl Alvaldr ?

— Oui, précisément !

— Tu les as envoyés là-bas en pleine tempête de neige ? Tu ne crois pas qu'on risque de tomber sur leurs cadavres en chemin ?

— Non, ils sont bels et bien chez Alvaldr. Ils sont partis avant que vous ne partiez à la recherche des renégats !
— J'espère que tu dis vrai, Unni !
— T'ai-je déjà trompé une seule fois, Thoralf ?

Thoralf étudia les traits de Unni. Elle avait toujours dit vrai. Mais ne suffisait-il pas d'une première fois ? La panique s'installa.

— Jusque-là, non.
— Bien. Vous partez demain. Une heure avant le lever du soleil, vous irez jusqu'à la cabane à la sortie du fjǫrðr, à mi-chemin. Vous continuerez le lendemain, jusqu'au village d'Alvaldr. Prenez des provisions avec vous.

Dans la cabane, vous trouverez le nécessaire pour préparer vos repas. Einarr et Iona y ont séjourné également. Ils ont certainement laissé une marque pour te faire comprendre qu'ils vont bien. Ramène les sains et saufs, tous les deux !

— J'espère réellement qu'ils le sont, *sains et saufs*, Unni !

Prenant les affaires qu'elle avait préparées, Thoralf et Snorri quittèrent sa demeure. Thoralf était en colère et anxieux. Tous deux se dirigèrent vers leur nouveau village.

Arrivé dans la maison longue, Thoralf ne décoléra pas. Alvbjǫrn le fixa suspicieux. Il devait certainement y avoir un souci. Unni lui avait-elle interdit de prendre la route demain ? Il se tourna vers Snorri, espérant une réponse. Celui-ci soupira en se frottant le visage, paniquant également.

— Elle les a envoyés chez ton grand-père.
— Quoi ? s'écria Alvbjǫrn.

— Tu as bien compris ce que Snorri vient de te dire ! Cette... Cette femme de malheur les a envoyés, à pied, vers l'endroit le plus éloigné qu'on puisse imaginer, en pleine tempête de neige ! À pied, tu m'entends ! Einarr, notre frère, notre ami, elle l'a précipité vers une mort certaine !

Comme si ce n'était pas encore assez dangereux, il y avait Iona avec lui. Par tous les dieux, s'il leur est arrivé malheur, je la tue de mes propres mains !

Thoralf donna un gros coup de poing dans un des piliers du skáli.

— Qu'a-t-elle dit d'autre ?

— Que toi, Bjǫrn et moi partirons demain, une heure avant le lever du soleil, avec seulement une monture en plus.

— Une seule monture en plus ! l'interrogea Alvbjǫrn, le visage blême et déglutissant péniblement. Il y a peut-être une autre raison pour qu'elle nous le demande !

— Ah oui ? Dis-moi laquelle je te prie, Alvbjǫrn !

— Combien de temps faut-il pour arriver jusque chez mon grand-père, à cheval ?

— Unni parle de deux jours en s'arrêtant pour la nuit.

— Je pencherais pour un jour et demi, intervint Snorri. J'ai déjà effectué ce trajet à cheval, il y a quelque temps, avec Einarr.

— Et si nous ne nous arrêtions pas la nuit ?

— Il n'y a pas assez de clair de lune, Thoralf. Mieux vaut que vous vous arrêtiez là où Unni te le conseille. La cabane dont elle parle a également de quoi abriter les montures. Il y a des loups dans les parages, qui sont certainement affamés.

Thoralf paniqua de plus belle. Des loups ! Einarr avec une jeune femme ne connaissant rien à leurs vintr, qui ne savait pas encore se mouvoir rapidement sur des skis, il en était certain, ils allaient retrouver leurs dépouilles. Il baissa la tête ; son cœur saignait. Mieux valait se préparer au pire !

Assise près de l'âtre, Iona épiait Einarr depuis un moment. Il avait cet air soucieux depuis le matin. Depuis leur arrivée ici, surtout depuis leur union, ils avaient vécu des jours idylliques, parfaits. Mais aujourd'hui, elle le sentait absent. Il était assis là lorgnant son repas sans y toucher, soupirant plusieurs fois.

— Y a-t-il un souci avec le ragoût ?

Il releva la tête en fronçant les sourcils.

— Pas que je sache. Pourquoi ? Aurais-tu essayé une nouvelle recette ? Ou pire, tenterais-tu déjà de m'empoisonner ? s'ingénia-t-il ironiquement pour dérider l'ambiance.
— Non, mais tu le regardes depuis que je te l'ai servi, sans y toucher.

Il lui montra un sourire navré.

— Excuse-moi. Je suis certain qu'il est aussi bon que tout ce que tu me prépares. C'est simplement que je suis soucieux. Rien de grave, rassure-toi.

Iona se leva pour aller s'asseoir au côté de son époux, puis elle posa une main sur la sienne.

— Qu'est-ce qui te tracasse à ce point ? Tu ne veux pas m'en parler ?

Einarr soupira profondément et lui sourit.

— Je ne vais pas dire que je ne me plais pas ici, avec toi. C'est juste que ce n'est pas *chez nous*, tu vois ? Unni tarde à nous envoyer Thoralf, mon frère et Bjǫrn nous chercher. Jól arrive à grands pas. J'ai très envie de fêter cette célébration avec toi, dans notre foyer, celui bien à nous, tu comprends ?

Elle lui serra la main tout en posant son front sur celui de son mari.

— Ils seront bientôt là. Unni nous l'a promis. Aie confiance.
— Puissent les dieux t'entendre. Il me tarde de te donner les clés de ton nouveau foyer.

La jeune femme pencha la tête ne comprenant pas de quoi il parlait, exactement.

— Nous ne retournons pas dans la maison longue de ton père ?

Einarr secoua la tête signifiant non.

— Non ? Que veux-tu dire ? Où irons-nous ?

Il soupira, un sourire énigmatique aux lèvres.

— Dans *notre* foyer, celui que j'ai construit il y a deux ár.

— Dans le village ?

Il fit à nouveau non. Iona fronça les sourcils de plus belle, car elle n'y comprenait plus rien !

— Est-ce un secret ?
— Pas pour toi. Il y a deux ár, Unni m'a dit que nous devions nous établir un peu plus loin, à un endroit non visible du clan. Les hommes de mon équipage ont tous accepté de s'y établir. J'ai souvent prévenu Père, que si rien ne changeait, je partirais.

Nous avons commencé à construire tout un village, avec une habitation pour Unni et une pour Callum. J'ai construit une maison longue à l'image de celle d'ici pour les proportions et l'agencement des alcôves. J'ai toujours rêvé d'en avoir une comme celle de mes grands-parents, aussi accueillante.

J'ai passé des vikas à sculpter les piliers. Elle est exactement comme je la voyais dans mes rêves, ponctua-t-il en se tournant vers Iona.

Il prit ses deux mains dans les siennes et posa ensuite son front sur celui de la jeune femme.

— J'espère qu'elle te plaira ! J'espère du fond du cœur, que tu y trouveras un vrai foyer, le *nôtre*.
— Ne sais-tu pas que ce sont ses habitants qui font d'une maison un foyer ?
— Tu as certainement raison. Revenons à ce village, Unni nous a ordonné d'y stocker des réserves pour tenir jusqu'aux récoltes. J'en déduis que nous allons nous y installer à notre retour et y fêter Jól.
— Nous célébrerons Jól dans ce nouveau village, tu dois y croire, de toutes tes forces.

— Tu as parfaitement raison. Maintenant, je vais faire honneur à ton ragoût, femme ! Après, je te mets au lit, car tu me sembles exténuée.

Iona rit aux éclats. La bonne humeur de Einarr était revenue. Depuis leur mariage, ils allaient se coucher tôt, parce que les nuits de Skammdegi en Rygjafylke étaient longues, très longues !

Peu avant la mi-journée du lendemain, trois hommes pénétrèrent dans le skáli d'Alvaldr. Le Jarl étudia attentivement le visage de l'un d'eux et un large sourire apparut.

— Alvbjǫrn, mon garçon ! Mais c'est que tu es devenu un homme, mon petit ! Approche, que je te serre contre mon cœur.

L'accolade du Jarl était accompagnée de fortes tapes dans le dos du jeune homme, aussi ravi de revoir son grand-père.

— C'est que nous avons là un beau Norrœnir ! Eidunn, viens voir ce petit ! Ce qu'il a grandi ! cria-t-il à l'intention de son épouse. Un homme, je te le dis, il est devenu un homme. Il doit faire tourner les têtes de pas mal de jeunes filles. Dis-moi, Alvbjǫrn, tu te comportes bien avec elles ?
— Oui, Alvaldr, ne crains rien de ce côté-là.

Le Jarl rit de bon cœur !

— Venez prendre place, vous réchauffer un peu auprès de l'âtre. Je suppose que vous êtes ici pour Einarr et Iona ?

Thoralf fut soulagé en entendant leur nom.

— Ils sont donc bien ici ?
— Où donc croyais-tu qu'ils seraient, jeune Thoralf ?
— J'ai craint pour leur vie quand j'ai su qu'Unni les avait envoyés se protéger chez toi, par ce temps hivernal.
— Ils sont bien arrivés ici, tous les deux, exténués, mais en vie. En doutais-tu ?
— C'est que la jeune femme est petite et frêle.
— Je suis du même avis : elle est petite. Mais tu te trompes du tout au tout ; elle ne semble pas aussi *frêle* que cela !
— Vraiment ?
— Oh oui, crois-moi.
— Où sont-ils ?
— Pas loin et en excellente santé. Je te dirai où les trouver quand tu auras bu à la santé d'Óðinn, avec moi. Qu'en dis-tu, jeune homme ?
— Je ne refuserai jamais une telle proposition, Alvaldr.
— Venez, nous parlerons en vidant nos gobelets.

Les quatre hommes s'installèrent à la table d'Alvaldr.

— Einarr m'a expliqué la situation. Je présume donc que vous avez achevé votre partie de la tâche ? Unni ne vous aurait jamais envoyés, sinon ! Vous avez eu les renégats ?
— Oui tous, les treize hommes que nous recherchions, bravant les chutes de neige et le vent glacial. Ils sont tous morts, sans leurs armes en mains !

Ils séjournent au Hel[81], s'exprima-t-il. Ils ne le méritaient pas ! Ensuite, on a installé tout le monde dans le nouveau village, sauf ceux qui séjournent dans la maison longue. Ceux-là attendent le retour de Einarr.

— Je vois que vous avez bien suivi les conseils de Unni.

— Avons-nous le choix, quand cela vient d'elle ?

Alvaldr s'esclaffa à nouveau en tapant dans le dos de Thoralf.

— Il est vrai qu'il vaut mieux lui obéir pour ne pas fâcher les Nornes ! Tout est prêt, alors ?

— Il ne manque que la présence de Einarr. Je ne sais pas ce que les Nornes ont prévu à son retour ; Unni n'a rien voulu me dire.

— Si elle ne t'a rien dit, c'est qu'elle avait une raison. Einarr sait ce qu'il a à faire, tu peux lui faire confiance. Il le fera, quoi que cela lui coûte. Vous fêterez donc Jól dans vos nouvelles demeures ?

— Oui ! Nous attendions ce moment avec impatience.

— Je vous comprends. Je l'aurais été moi aussi. Que les dieux puissent bénir vos nouvelles habitations et vos familles !

— Merci, Alvaldr. Qu'ils vous bénissent toi et les tiens, également.

— Merci, mon garçon.

— Peux-tu me dire, maintenant, où trouver Einarr ? Est-il loin d'ici ?

— Il est dans une maison ici dans le village. Je vais t'indiquer comment le trouver.

---

[81] Hel ou Helheim est l'un des Neuf Mondes de la mythologie nordique. C'est un endroit froid et brumeux où vivent les morts.

Thoralf, Alvbjǫrn et Bjǫrn se rendirent vers la maison indiquée par Alvaldr.

— Thoralf, pourquoi Unni ne nous a-t-elle fait prendre qu'une seule monture en plus, alors que mon grand-père a bien dit qu'ils sont ici tous les deux ?
— Honnêtement ? Je n'en ai aucune idée !
— Mon frère la laisserait ici ?
— J'en doute fortement !

Thoralf frappa fébrilement à la porte. Quand une douce voix l'invita à entrer, lui et ses deux compagnons se regardèrent, hébétés. En pénétrant dans la maison, ils trouvèrent Iona en train de pétrir de la pâte, seule, là où un individu masculin, Einarr, en l'occurrence, devait habiter.

Par Loki, que fait une femme dans la même habitation qu'un homme sans qu'ils soient unis par des noces ? La jeune épouse leur sourit, heureuse de les voir et pressée de découvrir la joie de son mari. Elle devina également leur désarroi, ce qui l'amusait intérieurement

— Vous êtes là, enfin ! Einarr devenait très impatient. Asseyez-vous ! Il va revenir dans peu de temps. Il espère trouver un lièvre pour le repas du soir. Cela va de soi que vous êtes nos invités.

Thoralf était le premier à retrouver sa voix.

— Iona, que s'est-il passé ?
— Comment cela ? Que veux-tu dire ? feignit-elle l'incompréhension.
— Tu viens de dire, *nos invités* ? Que faites-vous ensemble dans la même demeure ? demanda-t-il offusqué.

— Parce que généralement, des époux partagent la même ! répondit une voix tant attendue, derrière eux.

Aucun des trois hommes n'avait entendu Einarr entrer. Thoralf s'était relevé, le regard ébahi qui allait de Einarr à Iona.

— Ton *épouse* ?
— Tu as bien entendu ! rétorqua l'intéressé devant lui, les bras croisés.
— Comment peut-elle l'être ?
— Après des noces, comme tout le monde !
— Des *noces* ?
— Vas-tu répéter ce que je dis encore longtemps ? Nous n'avancerons pas très rapidement, si je dois continuer à faire la conversation seul !
— Attends : depuis quand ?
— Le lendemain de notre arrivée ici, Alvaldr nous a unis, selon nos coutumes. Pourquoi est-ce si important ?

Thoralf secoua la tête, toujours sous le choc par ce qu'il venait d'entendre.

— Comment Leifr va-t-il accepter la chose, crois-tu ? Il a arrangé tes noces avec le Jarl Tjodrek pour épouser l'aînée de ses filles ! Il a obtenu une fameuse dot, je te signale !
— Tjodrek peut oublier cet arrangement. Je ne l'épouserai pas.
— Tu t'es pris une épouse sans l'accord de ton père qui, de plus, est ton Jarl ! Dois-je te le rappeler ?
— Non, je sais très bien qui est Père, merci ! J'ai choisi et épousé Iona. Tjodrek peut s'en aller avec sa fille, jamais

je ne l'épouserai ni elle ni une autre femme ! Que ce soit clair !

— L'affrontement sera orageux.

— L'orage ne m'a jamais effrayé, mon père encore moins, sois-en certain. Il n'a plus de pouvoir en ce qui concerne ma vie.

— Je n'arrive toujours pas à croire que tu as une épouse, reprit Thoralf, bien droit devant Einarr, les poings à la taille, le suspectant d'un regard lourd de sens. Le pire c'est que je n'étais même pas présent pour fêter cela dignement !

L'atmosphère autour d'eux se détendit. Les deux hommes se firent une accolade fraternelle.

— Je suis heureux pour vous deux. Je vous souhaite une ribambelle de petits Norrœnir, ajouta-t-il en se raclant la gorge, gêné. Je suppose que tu sais pourquoi nous sommes ici !

Einarr acquiesça.

— Tout est fin prêt ? demanda-t-il.
— Tout, sauf ceux qui logent dans la maison longue, qui attendent ton retour pour déménager. Je peux te dire qu'Oddvakr est pressé. Son étuve s'impatiente, selon ses propres paroles !

Einarr s'esclaffa. Il reconnaissait bien là Oddvakr.

— Y a-t-il eu des complications ?
— Non, nous avons tout bien organisé. Ta nouvelle demeure t'attend avec un bon feu !

Einarr sourit à cette pensée. Il se tourna vers Iona, souriante, elle aussi. Leur demeure, *leur foyer* les attendait !

— Unni ne t'a-t-elle pas dit que tu devais me remettre quelque chose ?
— Oui, j'oubliais.

D'une bourse attachée à sa ceinture, Thoralf sortit un trousseau de clés qu'il tendit à Einarr. Le jeune homme se dirigea vers son épouse pour lui fixer le trousseau à une de ses fibules.

— Je t'avais promis les clés de ton foyer tu en es la húsfreyja. C'est toi qui y gouverneras, uniquement toi. Tu en es la maîtresse, la protectrice et la gardienne. Ce sera à toi de transmettre nos coutumes à nos futurs enfants.

Emue aux larmes, Iona serra le trousseau dans ses doigts.

— Notre foyer, Einarr, prononça-t-elle dans un chuchotement.
— Crois-tu qu'il soit possible de tout empaqueter assez vite ? J'aimerais qu'on puisse partir aujourd'hui et atteindre le premier refuge. Demain, je te le promets, nous serons chez nous.
— Oui, je m'y mets tout de suite.

En très peu de temps, Iona avait emballé leurs affaires. Ensemble, ils se rendirent auprès d'Alvaldr et de Eidunn pour leurs adieux. Le Jarl avait fait la promesse de venir les visiter dès le dégel.

— Où allons-nous en premier ? demanda Alvbjǫrn à son frère. Au nouveau village ou voir Père ?

— Nous allons voir Père, puis nous irons avec ceux qui nous attendent vers nos nouvelles demeures.

Alvbjǫrn observa Iona.

— Crois-tu que ce soit une bonne idée d'y aller avec Iona ? Père ne la porte pas dans son cœur, tu le sais !

— Je sais. Mais elle est sous ma protection. Ne crains rien.

— Je suppose qu'Unni est déjà présente dans le skáli !

— N'en doute pas, Alvbjǫrn, elle y est ! Sa présence est la meilleure protection pour nous tous ! Père la craint.

Peu de temps après, le groupe arriva en vue du clan de Leifr. Le village était calme par ce grand froid. Tous étaient près de leurs âtres. Einarr n'était pas mécontent. Iona avait fait le voyage, assise devant lui sur sa monture, entourée et protégée par la cape. Elle était bien au chaud contre le torse de son époux, mais était heureuse qu'ils soient arrivés.

Tous les cinq entrèrent dans le skáli où le Jarl Leifr était attablé à sa place habituelle. Le silence était total. Lentement, Einarr avança vers son père, suivi par Iona et ses autres compagnons de route. À la vue de son fils, Leifr se leva, mais son regard devint mauvais quand il aperçut Iona à ses côtés.

— Tu daignes enfin revenir et te montrer devant ton père ! hurla Leifr. Mais elle, ne pouvais-tu pas la perdre en chemin ? ajouta-t-il en pointant Iona du doigt. Nous n'avons pas besoin de cette Skotar ici.

Elle n'y a pas sa place. Tu n'as qu'à la mettre sous la protection de Callum jusqu'à son retour en Alba. Je doute fort que l'épouse que je t'ai choisie accepte sa présence dans ton alcôve !

— Iona reste à mes côtés, que cela te plaise ou non.

— Ma foi, elle peut faire une bonne concubine.

— Jamais elle n'en sera une, Père ! Elle est bien plus que cela.

Plissant les yeux, le Jarl fixa son fils :

— Qu'est-ce que cela signifie ?

— Qu'elle est mon épouse.

— QUOI ? vociféra-t-il. Ton épouse ? Tu n'avais pas mon consentement et tu ne l'auras jamais ! Tu m'entends ? Jamais !

— Je dois t'avouer un petit détail, Père. Iona et moi avions trouvé refuge chez Alvaldr. Il m'a passé une information de taille concernant les arrangements que vous avez pris lors de tes fiançailles avec Mère. Vois-tu de quelle clause je parle ?

Le sang du visage de Leifr se retira.

— Je ne vois absolument pas de quoi tu parles !

— Vraiment ? Explique-moi ta soudaine panique, dans ce cas ! As-tu dit à Tjodrek que tu n'as aucun droit d'arranger mes épousailles sans mon consentement ?

— Ce ne sont que des bêtises.

— Des *bêtises*, Père ? Est-ce ainsi que tu vois ton accord de fiançailles ? Vois-tu, je sais que mon grand-père a fait ajouter, devant témoin et avec ton accord, une clause stipulant qu'aucun enfant de votre union ne pourrait être fiancé de force, qu'ils épouseraient uniquement la personne de leur choix. Je ne donne pas mon accord à une union avec la fille de Tjodrek ni à aucune autre.

De blême, Leifr était passé au rouge ! Une colère foudroyante s'empara de lui.

—Et tu as épousé cela ? il pointa Iona du doigt.
—J'exige donc ton respect envers mon épouse !
—Jamais, tu m'entends ? Qui vous a unis ?
—Alvaldr, devant l'entièreté de son clan. Ils peuvent tous témoigner que nous nous sommes unis selon nos coutumes.

La respiration de Leifr devint laborieuse. Einarr tourna le regard vers Bjǫrn.

—Fais ce que je t'ai demandé, lui dit-il discrètement, avant de se tourner vers son frère et Thoralf pour leur signifier également d'accomplir les dernières tâches, d'un signe de la tête.

Les trois hommes obéirent.
Bjǫrn quitta le skáli, Alvbjǫrn et Thoralf se dirigèrent vers les alcôves. Einarr avança vers son père, lentement.

—Nous avons d'autres comptes à régler, n'est-ce pas, Père ?
—De quoi parles-tu ?
—Pour commencer, celui du meurtre d'un Jarl perpétré, il y a de longs ár, par traîtrise. T'en souviens-tu ? Je me suis toujours demandé d'où te venait cette peur viscérale dès qu'Unni était dans les parages, avec tes sueurs, tes soudaines pâleurs, parfois même ton bégaiement. Dis-moi, Père ? Que ressent-on quand on tue un homme dans le dos ?

Un bruit de pas indiqua qu'une personne avançait vers Einarr. Les yeux de Leifr s'écarquillèrent en voyant Unni arriver vers eux !

— Tu ne peux rien prouver, rien !
— C'est vrai ! Nous n'avons pas de preuve à soumettre au Þing, mais ta réaction en est une assez éloquente pour toute l'assemblée ici. Qu'en dis-tu ? Tes gens auront-ils encore confiance en toi ? Le meurtre de deux hommes dont le Jarl Randmod, le frère de Unni, ne sont pas tes seuls crimes, n'est-ce pas ?

Sur ces mots, un fracas à l'entrée résonna dans le skáli. Toute l'assemblée sursauta, puis s'indigna à la vue d'une bannie censée ne plus se trouver dans le village. En effet, Gudrun se dévoila, poussée par son propre fils Bjǫrn, qui la débusqua dans la cachette qu'Einarr lui avait indiquée.

Elle hurla et essaya de s'enfuir, devinant ce qui allait advenir d'elle. Les habitants protestèrent ! Mais ce fut sans compter Thoralf et Alvbjǫrn qui revenaient déjà avec un coffre. Ils l'ouvrirent promptement devant Leifr, mais surtout, aux yeux des témoins présents :

— Tu vois, Père ? reprit Einarr. On a fini par comprendre pourquoi tes concubines n'avaient soudainement plus le droit d'entrer dans ton alcôve. Tu y cachais les pièces que Rókr avait reçues pour occire Iona !

Tu t'es allié avec Gudrun qui n'a jamais quitté le village malgré l'ordre de bannissement. Votre soif à tous les deux pour les retrouver vous était montée à la tête. Pour obtenir l'aide de Gudrun, tu as accepté qu'elle puisse commanditer mon meurtre. J'étais un danger pour toi aussi, n'est-ce pas ?

Tu savais très bien que cet or, je ne te laisserais pas le garder, parce qu'il appartenait à Iona. Oui, Gillespie le lui a volé ! Toi, tu as exigé le meurtre de Iona, à défaut de pouvoir demander une rançon à Daividh avec qui nous commerçons.

Ne crains rien de moi, Père. J'ai trouvé le meilleur châtiment, te concernant. Je vais te laisser la vie et tu peux même rester ici, dans ton siège de *Jarl*.

Oui, je t'abandonne avec les tiens, ceux qui te ressemblent, tes alliés. Nous, mon équipage, mes frères, Bjǫrn, Unni et Callum, nous partons. Nous avons construit notre village qui nous attend en ce moment.

Tu vas dépérir ici, abandonné de tes plus valeureux hommes. Gudrun sera la seule châtiée. Elle sera pendue, comme la loi l'indique, pour deux tentatives de meurtre envers moi.

L'homme qui a agressé Iona est mort. On ne peut donc pas t'impliquer, même si je sais que cela vient de toi ! conclut-il avant de quitter la pièce sans détour, suivi par les ultimes habitants qui demeuraient encore chez le Jarl.

Devant la porte, il se retourna pour un dernier signe vers son père. Unni jeta un regard vers le Jarl :

— Les Nornes t'avaient prévenu, Leifr : *tu perdras tout, pas uniquement ton fils.*

C'est avec fierté qu'Einarr amena Iona dans leur habitation. Les personnes déjà présentes avaient veillé aux feux et préparé un réel festin pour leur première soirée à tous. Iona retrouva la même joie, la même gaieté que lors de son banquet de noces. Les Norrœnir savaient comment se réjouir de se trouver ensemble pour un bon repas.
Vers la fin de la soirée, Einarr l'emmena vers la maison des bains, barrant la porte. Il avait décidé de lui faire découvrir d'autres délices qu'on pouvait y trouver.

Ce fut très tard qu'ils rejoignirent leur lit dans leur alcôve, un lit immense avec le matelas le plus douillet qu'Iona n'ait jamais connu.

Le lendemain, tous allaient préparer la célébration de Jól ! Einarr les avait tous invités à le fêter dans la maison longue.

Chapitre 14

Dans le nouveau village, jour de la célébration de Jól, 866

— Einarr, il serait bien que tu m'expliques en quoi consiste la célébration de Jól, tu ne crois pas ? Si je ne sais pas de quoi il s'agit, comment veux-tu que je la prépare ? l'enguirlanda-t-elle, les poings fermés sur sa taille.

Non pas que cela put être menaçant devant un homme la dépassant de plus d'une tête, mais elle l'impressionnait, malgré tout.

— Es-tu certaine que je ne te l'aie jamais expliquée ?
— Non, tu t'es uniquement borné à me dire que tu souhaitais qu'on soit tous réunis pour la célébration !
— Borné ? Comment cela, *borné* ? Je ne le suis pas, jamais !

Iona soupira en secouant la tête.

— À ma connaissance, tu es l'homme le plus borné ! Maintenant, au lieu de tourner autour du pot avec des futilités, explique-moi cette célébration !

Einarr fronça les sourcils, doutant de ne l'avoir jamais raconté. Ne lui avait-il pas conté tellement d'histoires concernant leurs dieux et leurs coutumes ?

Chaque nuit, depuis leurs noces, elle lui en demandait une, pour mieux connaître son nouveau peuple. Il était certain qu'il lui avait expliqué cette célébration.

— Tu l'as probablement oublié, voilà tout ! Mais je vais te réexpliquer.
— Je n'ai rien oublié. Je *n'oublie jamais rien*.
— Tu prétends que c'est moi le borné ?
— Einarr, la célébration, je te prie ! soupira-t-elle.
— C'est le moment de l'ár où Heimdall accompagné des Æsirs revient visiter ses enfants, les descendants des Jarlar. Ils visitent ainsi chaque foyer pour récompenser ceux qui ont bien agi durant l'année, laissant un présent dans leur chaussette.

Ceux ayant mal agi à l'aube trouvent celle-ci emplie de cendres. Jól est aussi une fête où les gens de leur côté, les dieux du leur, se rencontrent pour partager un repas, raconter des histoires, festoyer et chanter.

Les habitants préparent un grand festin appelé *le banquet de Jól*, dont les restes sont laissés aux démons. Il en va de même avec le jolenisse pour qui l'on prélève toujours un peu de jolegroden : la bouillie de Jól. Cette portion est généralement placée à l'entrée de la grange.

Durant cette fameuse nuit du solstice d'hiver, il est dit que les cieux résonnent du bruit des cavaliers accompagnant Óðinn dans sa chasse d'Ásgard. Ces cavaliers sont des défunts qui, n'ayant pas commis d'assez grands péchés au cours de leur existence, ne sont pas admis dans le Hel, mais qui n'ont pas non plus eu une conduite assez exemplaire pour mériter l'accès au Valhǫll. Leur châtiment est alors de galoper jusqu'au jour du Jugement, montés sur des chevaux noirs aux yeux flamboyants.

Nous fêtons ainsi le retour de la lumière, celle qui revient alors que les jours rallongent. Avec le retour des jours plus longs, nous nous réjouissons du retour de la vie. La mère Nature engendre son fils : l'Enfant Soleil. Nous apportons un sapin dans le skáli.

Celui-ci représente Yggdrasil, que nous décorons de pommes de pin, de rubans et de friandises. Aux enfants, nous offrons un objet ayant appartenu aux grands-parents disparus, en signe de leurs ancêtres, qui, avant eux, avaient aussi autrefois affronté le long hiver, avaient survécu grâce à la famille qui se soude et s'entraide dans la saison sombre.

Des roues de houx et des branches de pins parsemées de gui, symbole de la cyclicité, ornent nos portes. Les autres t'apprendront comment les confectionner, n'aie crainte.

Le houx est éternel et vert et de ses piquants, il protège le gui. Le gui tueur de Baldr est sacré quand il est trouvé sur le chêne de lumière. Le houx repousse le mal et protège la maison et le gui de lumière purifie les lieux des mauvais esprits.

Ainsi, le dernier sang du soleil se retrouve dans le gui, il porte chance. Le sapin, lui aussi reste vert, symbolisant aussi le feu et la lumière, ainsi que les pommes de pin.

Une boule de gui sera accrochée à l'entrée du skáli sous laquelle nous embrassons ceux qu'on y croise, comme Frigg nous l'a ordonné, suite à la mort de Baldr. La chaleur humaine remplace la chaleur du soleil pendant le long hiver.

C'est aussi une tradition liée à Frœyja. Le gui serait une partie d'elle, embrassant tous les arbres. La blancheur et la pureté de son amour, le gui reste vert désignant alors que l'amour de Frœyja demeure pendant tout le cycle.

Maintenant, je vais aller au sacrifice du porc qu'Oddvakr a engraissé spécialement pour la célébration. J'y vais avec les hommes et Unni. Elle va récupérer le sang pour tous nous bénir, ainsi que nos habitations, nos granges, étables et ateliers, toutes nos constructions, sans oublier nos navires.

Dès que nous aurons fini, on vous amènera le porc pour préparer la bouillie de Jól. Ensuite, Unni devra graver des runes de protection sur les troncs que nous avons abattus, un pour chaque maison. Nous les placerons dans nos âtres, ils devront brûler pendant douze jours pour nous porter bonheur, santé et prospérité, tout au long de l'ár.

La légende dit qu'Heimdall vient rendre visite aux maisons pour déposer des présents dans les chaussettes, mais nous allons faire une petite entorse à la saga de nos anciens.

En fait, c'est Óðinn lui-même qui a apporté ce changement. Il vient, habillé d'un long manteau bleu, un déguisement, cela va de soi, sur son traîneau, offrir aux enfants un fruit et une pièce pendant le banquet, à chaque enfant présent.

— C'est une très belle fête et importante à vos yeux, si je comprends bien.

— Oui, c'est le retour de la lumière du soleil, le retour des jours qui vont devenir plus longs, puis plus chauds. Nous quittons les ténèbres des jours courts, sombres et des nuits interminables. Quoique celles-ci ne me déplaisent plus depuis quelque temps ! lui chuchota-t-il en la fixant avec émerveillement.

Iona rougit.

— Mais la naissance de l'Enfant Soleil, ne l'avez-vous pas *empruntée* de la naissance du Christ ?

— Non, c'est l'inverse !

— Mais non, voyons. Tu dois te tromper, forcément. J'en suis certaine !

— T'ai-je déjà menti ? La chrétienté a placé la naissance de Jésus de Nazareth au moment du solstice d'hiver, parce qu'énormément de peuples païens fêtent le renouveau, qu'on soit Norrœnir ou même Celte. Ils le fêtaient tous avant de se convertir. Même en tant que chrétiens, beaucoup d'entre eux le célèbrent encore. On ne raie pas facilement des traditions.

Iona réfléchit aux dernières paroles de son mari. Était-il dans le vrai ? Voyant le doute de son épouse, Einarr se pencha vers elle.

— Parles-en avec Callum. Il te dira exactement la même chose.

— Tu crois ?

— J'en suis persuadé. Il vient fêter Jól avec nous, tu lui poseras la question ! Il ne nous accompagne pas pour le sacrifice, mais participe au reste des festivités. C'est un peu trop païen pour la paix de son âme, mais pas pour la naissance de l'Enfant Soleil. Il va bientôt arriver ; il nous apporte l'hydromel pour le banquet.

— Je lui poserai la question, sois sans crainte.

— Ma douce épouse, je ne crains pas sa réponse. Je vais aller rejoindre les autres pour le sacrifice rituel. Les femmes ont fait savoir qu'elles viendraient ici pour t'apprendre à confectionner les décorations.

Je crois qu'elles ont prévu une sorte de cortège pour que vous décoriez toutes les portes de chaque habitation ensemble, pour suspendre les boules de gui. Ne t'inquiète pas, elles vont t'aimer, je suis certain que vous allez passer un bon moment.

Après un dernier sourire, il quitta la pièce. Le sacrifice n'allait pas l'attendre éternellement.

Les femmes arrivèrent ensemble joyeusement, en riant, tout excitées à l'idée de préparer les réjouissances ! Pleine d'appréhension, Iona les recevait dans sa demeure. Elle n'en connaissait aucune. Elle avait déjà vu l'épouse d'Oddvakr, mais elles ne s'étaient jamais adressé la parole. Vivre sous la protection d'Ástríðr et de Einarr l'avait tenue éloignée des autres femmes.

Grâce à la gentillesse d'Helga, l'épouse d'Oddvakr qui est également la sœur de Snorri, Iona se détendit et se sentit totalement à l'aise avec toutes. Les deux autres sœurs de Snorri, Norfrid et Magnvor, lui montrèrent avec beaucoup de patience comment fabriquer les couronnes : une roue de houx, de gui et de branches de sapins, le tout retenu par des rubans rouges et verts.

Elle représentait la roue solaire et le changement des saisons, le cycle de vie et de mort et un bon augure pour l'année à venir. L'ensemble était splendide.

Très vite, Iona arriva à en confectionner d'aussi belles que les autres. Elle adora ce moment passé avec ces femmes, bavardant gaiement, relatant les maladresses de leurs époux, leurs défauts, qui selon ces derniers n'étaient que des qualités.

C'est ainsi que Mildrun les trouva, riant aux éclats par les récits d'Helga, narrant la course effrénée d'Oddvakr pour rattraper une truie qui s'était enfuie, conduisant à maintes chutes dans la boue.

Le regard de Mildrun se fit dur, ses lèvres s'étaient transformées en une ligne cruelle. Elle les avait rejoints dans ce nouveau village un peu plus tôt dans la journée. Lors du retour de Iona la veille, elle se trouvait au chevet d'une femme âgée du clan de Leifr.

Voir sa pupille rigoler et préparer des décorations pour une fête païenne la mit hors d'elle. C'était encore pire que d'apprendre qu'elle était l'épouse d'un Norrœnir !

—IONA ! hurla-t-elle, jusqu'à en faire trembler les murs du skáli.

Toutes les femmes présentes se turent, tournant leurs têtes vers la nouvelle venue.

— Mildrun, te voilà enfin ! Je suis si heureuse de te revoir !
— Remercie le Ciel, surtout, que je sois arrivée juste à temps pour te sauver des foudres de Notre Seigneur ! Comment oses-tu te joindre à ces païennes pour préparer une célébration offensant Dieu ! fulmina-t-elle, avançant vers sa pupille d'un pas décidé.

Iona, livide, recula de quelques pas. Observant autour d'elle, les femmes attablées, les décorations qu'elles avaient confectionnées, elle ne comprit pas où Mildrun voulait en venir. Qu'avait-elle fait de mal ?

— Mais de quoi parles-tu ?
— Aurais-tu oublié d'où tu viens ? Qui tu es ? Une noble Scot chrétienne !

Réalisant où Mildrun voulait en venir, une colère sourde monta en Iona.

— Avant de m'accuser *d'oublier qui je suis et d'où je viens*, ma chère Mildrun, ne devrais-tu pas te poser ces questions à toi-même ?

Mildrun leva le menton fièrement, dardant furieusement la jeune femme.

— J'ai trouvé la Foi, Iona, la seule, la vraie. Je n'en ai rien à faire de cette célébration ! Toi, tu ne devrais pas non plus.

Je ne parle même pas de ton union avec Einarr ! Heureusement que c'était un rite païen ! Mais en attendant, Daividh et moi allons avoir la difficile tâche de te trouver un époux convenable, maintenant.

Parce qu'il t'a dépucelée, n'est-ce pas ? Il t'a initiée à des coutumes barbares entre un homme et une femme. Je crains qu'il ne te reste que la possibilité d'entrer au couvent et de faire pénitence le restant de ta vie !

— Il suffit ! s'insurgea Iona. Mildrun, tu vas trop loin ! Je suis l'épouse de Einarr et je le resterai jusqu'à mon dernier souffle !

— Oh, non, ma chère enfant ! À partir d'aujourd'hui, je t'interdis de partager sa couche. Votre union n'a aucune valeur devant Dieu !

— C'est là que tu te trompes, Mildrun.

Une voix venant de l'entrée du skáli les interrompit. Mildrun se retourna vers Callum qui franchit le seuil.

— Vraiment ? Je ne crois pas que ces épousailles aient aucune valeur aux yeux de notre Seigneur.

— Non, j'ai béni leur union hier soir.

— C'est impossible ! Des noces entre une chrétienne et un païen ne trouvent pas grâce aux yeux de Dieu.

Callum s'avança vers Mildrun.

— Mais tu te trompes à nouveau, Mildrun. J'ai baptisé Einarr quand il avait douze ár, dès son arrivée chez Angus. Je lui ai appris à lire et à écrire. Il a lu la Bible. Je peux te dire qu'il connaît bien les Saintes Ecritures sur lesquelles nous avons souvent débattu, d'ailleurs. Je suis même certain qu'il les connaît mieux que toi !

Mildrun écoutait Callum, les yeux écarquillés. Cela ne pouvait être vrai ! Einarr priait et honorait toujours les Dieux Norrœnir, car il était un païen. C'est alors qu'elle prit conscience de sa présence derrière Callum.

— Tu pries toujours tes dieux, ceux des Norrœnir, puis tu continues à faire des sacrifices et frère Callum te dit chrétien ? Mais de qui te moques-tu ? Tu es aussi chrétien que tous les autres ici présents. Tu as amené Iona, une jeune innocente, à une vie de débauche et de fornication que vous pratiquez tous !

Einarr en avait plus qu'assez entendu ! Jamais il ne laisserait qui que ce soit parler de cette façon de son épouse.

— En quoi suis-je mauvais, Mildrun ? lui demanda-t-il fermement, tout en s'approchant de sa tante, le torse bombé.

Mildrun, effrayée par la physionomie de son neveu, commença à reculer.

— Je vais te dire ce que j'en pense de tes *chrétiens* que tu affectionnes tellement, Mildrun. J'ai vécu auprès l'un des plus grands, selon les dires de *ton* Eglise, uniquement parce qu'il leur faisait des dons importants et qu'il les invitait à sa table richement fournie. Les hauts dignitaires de ta foi désignent les exemples à suivre selon les richesses qu'ils reçoivent.

Plus tu leur donnes, meilleur chrétien tu deviens ! Pourtant, j'ai vu ce *grand et bon chrétien* perpétrer les pires atrocités envers ses semblables, pires même que celles dont on accuse *mon* peuple.

Mais ils fermaient les yeux, parce qu'il leur donnait de l'or, des richesses. Est-ce ainsi que tu juges un homme, Mildrun, selon sa religion ? Ou le juges-tu selon ses actions ?

Je n'ai jamais pris de force une enfant, lui plantant ma semence dans son ventre, pour qu'elle meure ensuite en couche. Mais un grand chrétien l'a fait et l'Église a fermé les yeux.

J'ai vu ce même homme fouetter sa fille parce que son fils ne voulait pas châtier un enfant qui venait de laisser tomber un œuf. Cet homme, ce si grand chrétien, marquait ses serfs comme il marquait son bétail : au fer.

Est-ce le genre d'époux que tu désires pour Iona, un homme qui ne la respecterait pas, qui la battrait par simple plaisir, la prenant aussi pour une jument poulinière ? Est-ce réellement ce que tu lui souhaites ? En quoi suis-je barbare ?

Dois-je te rappeler que c'est un *bon chrétien* qui a fait de toi une ambát de lit, que même son épouse, tout aussi *bonne chrétienne*, le laissait agir de la sorte ? Détail que *tu as omis* de préciser à Iona, n'est-ce pas ?

Tout aussi bonne chrétienne que tu te dises, tu oublies le premier enseignement de ton Dieu : *aimez-vous les uns les autres* ! Où places-tu ton amour pour ton prochain, dis-moi ?

— Il parlait des chrétiens. Nous devons nous aimer entre nous.

— Vraiment ?

— Oui ! répondit Mildrun en levant le menton.

— Dans ce cas, explique-moi une chose : comment un juif a-t-il pu demander cela uniquement à des chrétiens ?

— Le Christ a donné les paroles de son père, mais certainement pas aux juifs. Tu ne sais pas de quoi tu parles !

— Ah, vraiment ? Je crois que c'est toi qui n'y connais rien. Jésus était juif, descendant du roi David qui l'était, lui aussi. Même qu'il était un rabbin. Il a soigné des Romains, dont le fils de Ponce Pilate. Tu te souviens de cette partie des Saintes Écritures ou les tries-tu selon tes envies ? S'il ne devait guérir que les chrétiens, il n'aurait guéri personne parce qu'il n'y en avait pas encore de son vivant.

— Il n'était pas juif ! Je t'interdis de l'insulter !

— Oh, mais si qu'il l'était ! Quand a-t-il été fait prisonnier ? Le sais-tu ? Après avoir fêté Pessa'h avec ses apôtres, au cours de laquelle les juifs célèbrent l'Exode hors d'Égypte, celle des þrælar juifs, guidés par Moïse, une célébration juive. Pourquoi l'aurait-il célébrée, s'il ne l'était pas ?

Mildrun, perdue, chercha Callum du regard.

— Dites-lui, vous, qu'il se trompe !
— Non, il a raison en tout.
— Quoi ? Comment osez-vous ! Vous êtes resté ici bien trop longtemps. Vous avez complètement perdu la raison. Vous brûlerez en enfer, Callum.

— Non, tout ce qu'Einarr vient de t'expliquer est vrai. Les Saintes Écritures le disent : Jésus était juif ! Quand il a dit que nous devions nous aimer les uns et les autres, il n'a fait aucune distinction. Il parlait de *tous* les hommes.

Le Seigneur nous juge d'après ce que nous avons dans notre cœur, non pas dans notre bourse. Cela aussi est indiqué dans les Évangiles ! Que cela te plaise ou non, Iona et Einarr sont époux, unis devant Dieu, avec ma bénédiction.

— Vous brûlerez tous en enfer ! J'exige une maison pour moi et Iona, jusqu'à notre retour en Alba. Plus jamais tu ne la souilleras !

— Tu n'as rien à *exiger* ! Tu resteras parmi nous jusqu'à ce que ton père vienne nous rendre visite, au dégel. Tu retourneras avec lui, dans son clan, jusqu'à ce qu'on prenne la mer vers Alba. Tu retourneras auprès de tes chrétiens que tu préfères à ton propre peuple.

Mais Iona, tu ne la menaces plus, tu ne l'approches plus, si c'est pour lui lancer tes insanités. M'as-tu bien compris ? Maintenant, si Iona a envie de célébrer Jól avec nous, c'est son droit le plus absolu.

Libre à toi de te joindre à nous. Mais je te préviens, si tu as envie de manger, tu viens dans le skáli, personne ici ne te servira dans ton alcôve. Les enfants boudeurs et capricieux, nous les ignorons ! Tu es prévenue. Maintenant, je ne veux plus t'entendre pour le restant de cette journée !

Einarr s'apprêta à quitter la pièce quand il se ravisa.

— En fait, non. Tu dormiras dans le skáli. J'étais venu informer mon épouse que Mère venait d'arriver, accompagnée de plusieurs personnes du village de Père.

Elle va demander le divorce et l'obtiendra sans difficulté. Je suis certain que cela ne la dérangerait pas de partager une alcôve avec toi, sa sœur, tandis que toi, tu le refuseras avec une *païenne*, divorcée, qui plus est !

Tu trouveras une place ici à ta convenance, sinon il y a les étables et les écuries ! conclut-il avant de s'en aller, cette fois-ci, avec Iona dans son sillage.

Un silence gêné s'installa dans le skáli. Mildrun ne sut pas très bien où se mettre, car toutes les femmes présentes dans la pièce l'ignoraient totalement. Callum lui tourna également le dos.

Les yeux larmoyants, elle se dirigea alors vers les cuisines. Elle y trouverait certainement la solitude recherchée. Jamais elle ne pardonnerait Einarr d'avoir épousé sa pupille, sa douce Iona. Elle se promit de ne plus jamais lui adresser la parole. Elle avait perdu Iona à tout jamais.

Iona accueillit Ástríðr chaleureusement, la serrant contre son cœur. Elle lui avait tellement manqué ! Les deux femmes échangèrent gaiement entre elles en pénétrant dans le skáli. Émerveillée par les décors pour la fête de Jól, elle prit place parmi les femmes. Iona lui donna des nouvelles d'Ása qu'elle avait rencontrée chez Alvaldr.

L'ambiance joyeuse, avant l'entrée fracassante de Mildrun, était revenue. Les couronnes terminées, tous se mirent à la fabrication des boules de gui qui seraient suspendues aux entrées de chaque skáli des habitations.

Les enfants jouaient tous gaiement dans la grande pièce, sous les regards attentifs de toutes les femmes réunies.

Les décorations terminées, elles les placèrent dans un traîneau. Allant de maison en maison, toutes furent décorées. Pendant ce temps-là, les hommes apportèrent les sapins à mettre dans chaque skáli, ainsi que les bûches marquées de runes par Unni. Femmes et enfants décorèrent les sapins de pommes, de noix et de friandises. Vers la mi-journée, elles se rendirent aux cuisines de la maison longue.

Il n'y avait pas que la bouillie de Jól à préparer, avec le porc sacrifié. Elles avaient toutes, sans exception, décidé de préparer du ragoût de poulet à l'öl ainsi que le jambon de Jól découpé dans un sanglier également sacrifié aux dieux plus tôt dans la journée, le tout servi avec des légumes-racines glacés au miel, des crêpes aux fruits rouges.

Tous, hommes et femmes, avaient fait un serment en posant les mains sur les poils de la bête. La première célébration dans leur nouvelle communauté devait se fêter dignement et joyeusement. Les scaldes en parleraient pendant des siècles ! Leur premier Jól ici serait mémorable.

Peu avant le début du banquet, Unni bénit, avec le sang du porc sacrifié, toutes les nouvelles habitations, terminant par la maison longue, demandant aux dieux et aux déesses d'y veiller. Einarr, ses frères, Thoralf et Bjǫrn, avaient leurs places à la grande table, ainsi que Callum, l'invité de Einarr. Les femmes commencèrent à servir le repas de célébration.

Exceptionnellement, Einarr décida qu'elles devaient toutes prendre place auprès des hommes pour ce premier Jól. Cela fut accepté avec joie par tous. L'ambiance était très festive et tous promirent de ne pas tenir compte de certains propos qui pourraient être dits dans un état d'ébriété. Le mjǫðr de Callum coula à flots. Cette cuvée spéciale de Jól fut au goût de plusieurs des invités.

Des blagues commencèrent à fuser de tous les coins des tables, ainsi que des anecdotes de leurs félagis. Les femmes riaient de bon cœur, mais ne furent pas en reste, surtout Helga, contant les nombreuses prouesses de son cher Oddvakr, qui avaient beaucoup de succès. Elle était digne des meilleurs scaldes.

Régulièrement, ils lançaient des toasts pour les divinités, pour leurs défunts, même pour leurs épées de prédilection, tous trouvaient une raison. Des chants se faisaient entendre, certains commençaient des concours de bras de fer, tandis que d'autres sortaient des quilles et des anneaux.

Les enfants jouaient tous dans la joie et la bonne humeur. Callum, à la droite de Iona, riait lui aussi de bon cœur. Elle constata qu'il avait trouvé la paix ici, parmi les Norrœnir. Se remémorant la conversation avec Einarr, elle se tourna vers le moine :

— Puis-je vous poser une question, Callum ?
— Mais certainement, mon enfant !

— Ce matin, Einarr m'a certifié que ce sont les chrétiens qui ont changé la date de naissance du Christ pour la faire coïncider avec le solstice d'hiver. Est-ce vrai, dites-moi ?

— Oui. Il a raison, mon enfant. C'est ce qui s'est réellement passé.

Iona fut stupéfaite par la réponse de frère Callum.

— Mais comment est-ce possible ?

— Ah, mon enfant ! Pour un pape, beaucoup de choses le sont. C'est le Pape Libère qui déplaça la date de naissance de Jésus en l'an 354. De fait, au commencement du christianisme, la naissance du Christ fut d'abord estimée en avril, puis en mars ou encore en janvier. Il la fixa officiellement au 25 décembre afin de séduire les populations très attachées à leurs croyances liées à la Nature et au cycle des saisons.

Pour plus de crédibilité, il leur expliqua que Jésus avait été conçu le 25 mars lors de l'équinoxe de vár, période de fertilité, ensuite qu'il était né le 25 décembre, lors du solstice d'hiver, période de renouveau, puis enfin mort le 25 mars. La boucle était bouclée, le cycle des saisons aussi.

— Mais Pâques ne tombe pas forcément le 25 mars ?

— Effectivement, puisque nous le fêtons trois jours après que les juifs célèbrent Pessa'h ! Einarr est très intelligent, mon enfant. Il va toujours au bout des choses. Il désire tout comprendre, tout débattre, depuis tout jeune, déjà.

Il ne peut pas admettre qu'il ne puisse pas prier plusieurs dieux et déesses, pendant que nous, chrétiens, prétendons qu'il n'y a qu'un seul Dieu, mais que nous prions une grande quantité de Saints.

Pour lui, c'est exactement la même chose. Il y a Óðinn, le dieu suprême, puis les autres. Il avait, lors d'un de nos innombrables débats, affirmé qu'Óðinn était Dieu, Þórr le Christ et Frigg la Sainte Vierge.

Ses arguments étaient si cohérents et tellement bien justifiés, à part l'absence de virginité de Frigg et qu'elle ne soit pas la mère de Þórr, que j'en suis arrivé à me dire que les Norrœnir avaient tout simplement donnés d'autres noms, des prénoms en somme.

Il a également rencontré des juifs avec qui il commerce en Alba et en Eire et avec qui il a des liens très amicaux. Le connaissant, je sais très bien qu'il leur a posé *pas mal* de questions. Comme j'ai dit : Einarr aime aller au bout des choses, comprendre, mais surtout apprendre. Ton époux est un homme bien.

Iona observa toutes les personnes attablées dans le skáli, tout en se remémorant les paroles que Callum venait de dire. Étaient-ils réellement les barbares sanguinaires et cruels que toute la chrétienté décrivait ?

Ceux qui l'entouraient ne semblaient pas y correspondre. Eux étaient des commerçants, des négociants. Certes, elle en était certaine, parfois ils étaient également des guerriers. Iona avait appris à les connaître, à les apprécier. Elle se sentait heureuse ici !

La célébration fut une réussite. La jeune femme avait été entourée de nouvelles amies, en plus d'Ástríðr à ses côtés. Elle était devenue comme une mère, pour elle. Iona ne s'était plus sentie aussi heureuse depuis des années, depuis le décès de sa propre mère.

C'est ici, entourée de Norrœnir qu'elle se sentait entière, femme, mais surtout acceptée et appréciée, non pas pour un rang ou un fief, mais pour sa personne, pour elle, tout simplement.

Iona tourna la tête vers Einarr qui l'observait de la façon qui la troublait tant. Il se pencha vers elle :

— Heureuse ? chuchota-t-il à son oreille.
— Je ne l'ai jamais été autant.

Dans ses yeux, Einarr découvrit avec émerveillement l'éclat de bonheur de son épouse.

Soudain, un bruit se fit entendre à l'extérieur. Tous se levèrent et sortirent, les enfants en premier. Ils criaient tous de joie ! Il arrivait enfin ! Óðinn dans son déguisement pour Jól, avec sa longue barbe blanche venait leur distribuer des cadeaux. Pour chaque enfant, il avait une pomme et une pièce en argent. Après cette tâche, Óðinn reprenait la route vers le Valhǫll, Jól étant le seul jour de l'ár où il daignait frayer avec les mortels.

La célébration toucha à sa fin et certains, trop éméchés, restèrent pour la nuit dans la maison longue, alors que d'autres retournèrent chez eux, chantant et racontant des blagues. Einarr était très satisfait de cette première fête dans leur nouveau village.

Il se rendit dans son alcôve où son épouse l'attendait déjà pour d'autres délices. La nuit fut longue, langoureuse et tendre pour les deux jeunes époux. Ils profitèrent pleinement de la plus longue nuit de l'ár.

Unni, trottant vers sa demeure, sourit. Les prédictions des Nornes continuaient à se filer :

Pendant la nuit de Jól, il sera créé.

Oui, Unni sourit d'allégresse et de bonheur.

Chapitre 15

Rygjafylke, dans le village de Einarr, Gói[82] 867

Iona, couchée dans les bras de son époux, aimait ces moments où ils étaient seuls dans leur alcôve, dans leur lit douillet. Comme chaque matin, Einarr la tenait contre lui, en position de cuillère, la serrant, sa joue contre la tempe de Iona. C'était le moment de la journée où ils discutaient des choses qu'ils avaient à faire avant le coucher du soleil.

— Quand m'as-tu dit qu'Alvaldr viendrait nous rendre visite ? commença Iona, confortablement lovée.
— Il va bientôt arriver. Le dégel est bien entamé. Crois-moi, il ne tardera plus. On se retrouve chaque ár en cette période. Nous organisons nos félagis pour la bonne saison et discutons de ce dont nous avons besoin pour nous, de ce que nous souhaitons commercer, avant qu'il ne se rende au Þing.

Là, tous discutent de leurs projets. Normalement, c'est moi qui le rejoins chez lui, mais cette fois-ci, il désire découvrir notre nouveau village.

---

[82]   Période de la mi-février à mi-mars.

— Vous partez quand ?

— Mi Skerpla[83], juste après les semailles. Nous ne laissons jamais nos femmes seules pour les faire, certainement pas pour le labourage. Nous revenons en fin de Tvímánuður[84]. Mais tu sais que nous allons retrouver Daividh en premier ? Je te ramène ici, puis je repartirai pour nos félagis.

— Comment réagira-t-il, tu crois ?

Einarr déposa un baiser sur la tempe de son épouse, la serrant un peu plus contre lui.

— Ne t'inquiète pas, je m'occupe de ton cousin. Il acceptera mon argument.

Iona sourit, car les argumentations de Einarr tournaient souvent en sa faveur. Elle n'en douta donc pas ! Daividh ne pourrait qu'accepter.

Soupirant d'aise, elle voulait se retourner, faire face à son époux.

— Non ! Tu ne m'auras pas, cette fois-ci ! devinant les intentions de sa femme. Nous avons *pas mal* de choses à faire. Nous n'avons plus le temps de rester au lit, ponctua-t-il en la tenant fermement, sans lui faire mal, néanmoins.

— Je te jure ! Ce n'est pas ce à quoi je pensais. J'ai quelque chose d'important à te dire.

— Tu m'as déjà fait ce coup, il y a quelques jours, dit-il en réfutant ses propos de la tête. Tu ne m'auras plus.

— Cette fois-ci, c'est différent, promis.

---

[83]   Période de la mi-mai à mi-juin.
[84]   Période de mi-août à mi-septembre.

Einarr scruta l'expression de sa femme qui semblait sérieuse ! Mais ne l'était-elle pas chaque fois ?

— Lâche au moins une de mes mains.

Il plissa les paupières, suspicieux.

— Je ne pourrais pas me retourner avec une seule main lâchée, voyons !

Il décida de lui accorder sa confiance en desserrant lentement ses prises ; Iona pu enfin se retourner. Elle plaça ensuite une main de Einarr sur son ventre, pressant la paume doucement pour en ressentir plus intensément le contact sur sa peau. L'homme comprit qu'elle essayait de lui faire passer un message.

Alors que la jeune femme étudiait l'expression de Einarr, celui-ci dévoila toute une palette d'émotions. D'abord, il s'interrogea, puis quand il devina la chose, il ressembla à un enfant découvrant le plus beau des cadeaux. Une joie immense l'envahit et illumina son visage.

— Est-ce ce que je pense ?
— Si tu penses à un petit guerrier, oui. C'est effectivement le cas !

Einarr baissa les yeux vers le ventre de sa femme tout en le caressant tendrement. Un sourire se dessina sur son visage.

Un enfant ! Elle porte notre enfant !

Ému, il ferma les yeux. Après un long moment, il les rouvrit. Ils étaient légèrement humides. Il posa son front sur celui de sa femme.

— Quand crois-tu que notre enfant naisse ?
— Tu te souviens de ce que les Nornes avaient dit ? *Pendant la nuit de Jól, il sera* créé. Sa venue au monde serait donc mi-Haustmánuður[85.] Tu seras de retour de ton félagi. Unni a confirmé que tu seras là pour la naissance.
— Parce que tu en as parlé à Unni avant de me l'annoncer ? s'insurgea Einarr.
— Non ! C'est elle qui me l'a dit sans que je ne lui demande quoi que ce soit. Es-tu heureux de devenir père ?
— Laisse-moi te montrer à quel point cette nouvelle me rend heureux, lui chuchota-t-il à l'oreille.

Quand il fallait mettre des mots sur des émotions, Einarr n'était jamais à l'aise. Ce matin-là, ce ne fut pas Iona qui les empêcha de quitter leur couche !

Deux jours plus tard, le Jarl Alvaldr et quelques-uns de ses hommes arrivèrent dans la mi-journée. Exceptionnellement, Eidunn l'accompagnait, ainsi qu'Ása, la sœur de Einarr.

Le grand-père de Einarr fut en admiration devant le village qu'il avait créé avec l'aide de ses compagnons. Dans le skáli de la demeure de son petit-fils, un bon feu les accueillit.

— On se sent bien chez toi, mon garçon. Je suis fier de ce que tu as accompli ici. Es-tu devenu le Jarl ?

---

[85] Période de mi-septembre à mi-octobre.

— Non, Père l'est toujours. On est seulement un de ses clans.

— Crois-tu réellement que ce soit une bonne chose ? On peut demander sa destitution au prochain Þing. Je suis certain que tu serais élu Jarl !

— Il reste mon père, Alvaldr. Je ne peux donc pas me résoudre à une telle décision.

— Réfléchis ! Il n'est plus celui qu'il était. Sa consommation d'uisge-beatha a fait de lui un homme démuni. D'après ce que j'ai entendu, il ne quitte même plus sa couche ! Peux-tu réellement laisser tous ces gens sous sa gouvernance ?

Il ne prend plus aucune décision. Depuis plusieurs ár, c'est toi qui décidais déjà de ce qu'il y avait à faire avant les départs, qui gérais tout à ton retour. Tu prenais le rôle du Jarl. Alors pourquoi ne le ferais-tu pas en le devenant réellement ? Qu'est-ce qui te retient ?

— Je ne crois pas que ce soit ce dont j'ai envie ! C'est vrai, j'assumais le rôle du Jarl, parce que quelqu'un devait le faire. Mais le devenir réellement, non, cela ne m'attire pas.

— Dommage ! Tu serais un très bon Jarl ! Mais je ne vais pas t'obliger à faire ce dont tu n'as pas envie. Au Þing, je vais malgré tout demander sa destitution.

Vous organiserez ensuite une élection. Tu ne peux pas laisser un clan important aussi démuni ! Cela risque d'attirer des soucis. Des hommes peu scrupuleux pourraient s'attaquer à vous. Cela se produit trop souvent !

— Oui, tu as entièrement raison. Il y a des hommes parmi nous qui feraient un excellent Jarl. L'élection devra se faire avant notre départ.

— Entendu ! J'en parlerai au Þing. J'y donnerai les noms des candidats. Parlons de nos félagis, maintenant. Combien de knǫrrer as-tu de prêts pour partir ?

— Cette saison, nous en avons six, deux de plus que la saison dernière. D'autres villages de notre clan se joignent à nous.

— En plus des huit que je possède, je pense que nous aurons une saison fructueuse. Tu reprends la mer vers les îles et Írland, comme les autres ár ?

— Je suppose que oui. Mais n'oublie pas, je dois en premier me rendre auprès de Daividh, avec Iona et Mildrun. Pour Mildrun, tu la reprendras avec toi, elle ne reste pas ici. À notre départ, nous l'embarquerons et la laisserons en Alba.

— Pourquoi ? Elle ne veut pas rester ici auprès de ton épouse ?

— Elle n'est plus l'une des nôtres. Iona est bien plus Norrœnir que ta fille qui en est une de naissance ! Non, je ne la veux plus ici. Par tous les moyens, elle tente de culpabiliser Iona d'avoir épousé un Norrœnir barbare, païen, cruel et fornicateur. Iona ne veut plus d'elle ici, non plus ! Et moi je veux la paix dans notre foyer.

— Oui, comme tout homme. C'est ce que nous recherchons après nos félagis. Pourquoi agit-elle ainsi ?

— Iona m'a expliqué que quand Mildrun s'est convertie au christianisme, c'était comme si elle était entrée au couvent.

— Pour parler de ton épouse, on voit qu'elle est heureuse ici, parmi nos semblables.

Einarr sourit.

— Elle attend notre premier enfant qui devrait naître un peu après le retour des félagis.

Alvaldr rit aux éclats, heureux pour son petit-fils et sa jeune épouse. Il donna de forts coups dans le dos de Einarr.

— Je me souviens avec quelle force tu as plongé ton épée dans le pilier le jour de tes noces. Elle l'avait pénétrée très profondément ! Par Óðinn, je vous souhaite un fils robuste et fort, à l'image de son père ! Je suis vraiment heureux que tu aies trouvé un tel bonheur dans ton union.

— Quand Eidunn va l'apprendre, je vais en entendre parler jusqu'à mon départ ! rit-il de plus belle. Avant que je n'oublie, continua-t-il, ta sœur Ása aimerait rester ici, parmi vous. Elle appartient à ce clan, après tout.

— Je l'accepte parce que c'est le souhait de Mère. Mais si cela ne tenait qu'à moi, elle retournerait chez toi ou auprès de Père. Pourquoi a-t-elle finalement décidé de revenir, d'ailleurs ?

— C'est la demeure de Leifr qu'elle évitait. Mais maintenant que tu as la tienne, elle désire retrouver les siens.

— Mère et Dagny sont également ici. Elle désire le divorce et va certainement te demander de présenter sa demande au Þing.

— Quel argument avance-t-elle ?

— Le fait que Père ait comploté avec Gudrun, une bannie, accepté que celle-ci commandite mon meurtre et lui celui de Iona, une femme libre, sous ma protection.

— Elle l'aura, cela ne fait aucun doute. A-t-elle récupéré sa dot ?

— Non, Père ne veut pas la rendre.

— Je m'occupe de cela, également. Quel âge a Dagny ?

— Ma sœur va bientôt avoir dix ár. Elle et Iona s'entendent très bien. Mon épouse a toujours souhaité une jeune sœur.

— Décidément, les Nornes ont vraiment très bien filé, en ce qui vous concerne, tous les deux !

— Oui, mais j'aurais préféré les dangers en moins.

— Je n'en doute pas ! Mais certains obstacles nous forgent. Ils ne se présentent pas à nous sans raison.

— Ta sagesse fait de toi un excellent Jarl, Alvaldr !

— Moi qui croyais que c'était parce que je suis bel homme !

Tous deux s'esclaffèrent. Alvaldr n'était pas réputé pour sa modestie.

— Après le Þing, je passerai en premier ici, avant de retourner chez moi. Maintenant, il serait peut-être temps de parler de l'organisation de nos félagis. Je dois les présenter au Þing, ne l'oublie pas.

Einarr demanda à ses hommes de se joindre à eux. Ils organisèrent les différentes routes et décidèrent des comptoirs qu'ils visiteraient, pendant les trois jours suivants.

Le prochain Þing avait lieu début Einmánuður[86]. Tout devait être planifié consciencieusement, avant le départ d'Alvaldr.

Après le Þing, le Jarl passa par le village de son petit-fils. Le divorce d'Ástríðr avait été prononcé. Alvaldr devait se rendre auprès de Leifr pour récupérer la dot de sa fille et la lui rendre.

Le Þing avait également ordonné la destitution de Leifr en tant que Jarl et avait approuvé la liste des candidats. Il ne leur restait plus qu'à élire leur nouveau Jarl.

Quatre jours plus tard, tous les hommes libres du Jarldom s'étaient réunis dans la maison longue de l'ancien Jarl.

Les trois candidats exposèrent leurs visions pour le clan. Sans grande surprise, Magnar, le frère aîné d'Oddvakr, fut élu. Il était connu pour son honnêteté, sa bonté et son grand sens de l'organisation.

---

[86] Période de mi-mars à mi-avril.

Leifr fut expulsé de la maison. Magnar, son épouse et leurs enfants s'y installèrent à sa place.

Einmánuður arriva. Les températures réchauffaient lentement la terre. Les nuits étaient encore fraîches, mais les journées, de plus en plus longues, devenaient progressivement plus chaudes. Le dégel apporta avec lui des torrents dans les différents ruisseaux. Les glaces du fjǫrðr dégelaient également et il serait bientôt navigable.

Les hommes commencèrent par pêcher. Un grand nombre de truites devaient être séchées au soleil, d'autres fumées. Tous devaient aider à constituer des réserves pour les hommes quittant le clan pour leurs félagis.

Les bêtes partaient progressivement vers les pâturages. Oddvakr comptait le plus grand nombre de têtes. À lui seul, il possédait plus de soixante bovidés. Parmi les vaches, beaucoup devaient vêler. Il possédait également une trentaine de chèvres, ainsi qu'une cinquantaine de porcs, dont une majorité étaient des porcelets.

Il était leur plus grand fournisseur en lait, que les femmes transformaient en beurre, petit-lait, fromages, lait caillé, skyr et babeurre. Les Norrœnir ne consommaient que très rarement le lait en tant que tel.

Le temps des semailles se profilait à grands pas. Les hommes commencèrent à labourer leurs nouveaux champs. Ce seraient leurs premières semailles, puis leurs premières récoltes dans leur nouveau village.

Les emplacements avaient été choisis avec soins, pensant aux femmes qui devraient s'occuper de tout pendant l'absence de pratiquement tous les hommes.

À proximité des habitations seraient semés les légumes, tels que les carottes, les navets, les pois, les céleris, les épinards, les choux, les radis, les endives et les fèves. De croissance plus rapide que les céréales, elles auraient ainsi plus de facilité pour les récoltes. Après les semailles des légumes, il serait temps de passer à celles des céréales, qui seraient récoltées au retour du félagi.

Ils cultivaient principalement de l'orge, du lin, de l'épeautre, un peu d'avoine et de seigle. Près de la maison longue, les femmes avaient semé de l'aneth, du cresson, du fenouil, du raifort, du persil, de la marjolaine et du thym. En trois vika, toutes les semailles furent effectuées.

Einarr était satisfait. Tous s'étaient bien organisés. Ils avaient également fait les réparations nécessaires aux habitations et aux navires, bien que ces derniers fussent à l'abri dans des hangars spécialement conçus.

Les hommes partaient toujours plus sereinement quand ils savaient que leur village se trouvait en bon état et que les femmes et les enfants ne manqueraient de rien et étaient dans de solides habitations en bon état.

Dans trois jours, le navire de Einarr prendrait la mer avant les autres pour se rendre auprès de Daividh. Ils partiraient à une vingtaine d'hommes. Ce n'est qu'à leur retour que tous partiraient pour leurs félagis. Des hommes d'autres villages sous l'autorité du Jarl Magnar viendraient les retrouver ici pour embarquer dans les différents navires.

Il se tourna vers son épouse qui l'avait rejoint pendant qu'il examinait son navire. C'était la première fois qu'elle le voyait malgré que ce fût celui-ci qui l'avait amenée d'Alba puisqu'elle était inconsciente tout le long du voyage.

Il était impressionnant et magnifique. Einarr lui expliqua qu'ils installeraient une tente en peaux de phoque pour procurer aux deux passagères un cabinet d'aisance.

Il l'observa, elle semblait soucieuse. Son ventre commençait à s'arrondir ; sa grossesse devenait visible de tous. Ce n'était encore qu'un petit gonflement de son bas-ventre, mais Einarr était fier que son futur enfant se vît déjà. Contrairement à la majorité des femmes, elle n'avait pas été incommodée par des nausées ni par des vomissements. Par contre, elle avait de nombreuses *fringales* à son grand dam.

— Tu me sembles très soucieuse ! Qu'y a-t-il, ma Douce ?
— J'appréhende quelque peu la rencontre avec Daividh. Dans quel état d'esprit sera-t-il en apprenant que je suis devenue ton épouse et grosse ?
— Tout ira bien, je te le promets. Si sa foudre doit tomber sur quelqu'un, ce sera sur moi. Je ne le laisserai pas s'en prendre à toi, même pas verbalement !

Iona soupira. Elle espérait qu'il dise vrai, mais elle doutait que cela se passe pour le mieux. Ils embarqueraient dans trois jours, probablement les plus longs de son existence.

— La traversée prendra combien de temps ?
— Quatre jours, tout au plus. Tout dépendra des vents qui souffleront. Détends-toi ! Ce n'est pas bon pour notre enfant que tu sois aussi soucieuse. Viens, rentrons !

Quelques journées paisibles plus tard, Einarr, ses compagnons, Callum et les deux femmes naviguèrent jusqu'en Alba. La traversée se passa sans encombre. Ils avaient eu des vents forts, mais pas violents. Iona avait aimé se trouver à bord, sentir l'air marin.

Contrairement à ses craintes, elle n'avait pas été prise de mal de mer. Le plus clair du temps, elle se tenait auprès de son époux, assise sur un coffre. Elle lui posa énormément de questions sur la navigation auxquelles il répondit, en y ajoutant pas mal d'anecdotes pour mieux expliquer ce dont il parlait.

Iona restait le plus loin possible de Mildrun, qui tentait encore et toujours de la forcer à quitter Einarr. Le jeune homme était bien conscient des agissements de sa tante, mais il n'était pas intervenu, il avait confiance en son épouse. Les nuits, ils dormaient enlacés sur le pont-arrière, près du gouvernail, sous une couverture en peau de phoque.

Le quatrième jour, ils arrivèrent au fjǫrðr du fleuve. La nervosité de Iona se fit palpable. Elle allait revoir son túath, la maison qui l'avait vue naître, après huit mánaðr d'absence. Ses mains devenaient moites. Daividh serait-il là comme Einarr le prétendait ? Elle appréhendait cette rencontre !

L'embarcadère s'approcha lentement et plus ils avançaient, plus ses battements de cœur s'accéléraient. Einarr avait décidé de rejoindre seul Daividh, laissant les deux femmes et ses hommes à bord. Il lui certifia une nouvelle fois que tout se passerait bien. Dès que le snekkja fut amarré, les doigts de Iona tremblèrent fortement.

— Tout ira bien, je t'en donne ma parole. Reste ici avec les autres jusqu'à ce que je revienne te chercher.

Ne sachant pas émettre un seul son, Iona opina uniquement de la tête.

Pourvu qu'il dise vrai et que tout aille bien !

Les habitants du hameau entourant le donjon paniquèrent à la vue du navire des Nortmans quand il s'approcha.

Enfin ! pensa Daividh se tenant non loin de l'embarcadère. Il pouvait apercevoir les allées et venues sur les flots. Il était certain qu'il gagnerait son pari contre Aidan. Pour son homme de confiance, Alvaldr serait sûrement la personne qui avait emmené Dame Iona et

Dame Mildrun. Mais pour Daividh, il en avait la certitude, c'était Einarr !

Il admira ce magnifique navire approcher. Il n'y avait pas à dire, ils savaient les construire. Il était impressionné par la longueur et la ligne de ce navire. C'était sans aucun doute le plus impressionnant qu'il ait jamais vu !

Deux hommes sautèrent sur le quai afin d'amarrer cette merveille flottante. Un autre descendit et se dirigea seul vers Daividh d'un pas nonchalant, un Northman d'une taille impressionnante. L'attendant les bras croisés, Daividh sourit : pari gagné ! Se tournant vers Aidan, il haussa un sourcil :

— Ne te l'avais-je pas dit ? C'était bien Einarr ! Tu me dois une cervoise !

— Il est toujours possible que ce soit Alvaldr, mais qu'il ait demandé à Einarr de les ramener.

— Je ne te savais pas aussi mauvais perdant, Aidan. Cela me déçoit, dit-il en riant.

— Pourquoi arrive-t-il seul ? Où sont les deux femmes ?

— Elles sont à bord. Regarde à l'arrière du navire, à côté du gouvernail. Je suis étonné de voir Einarr en un morceau, après huit mois en compagnie de ma chère et tendre cousine.

Einarr se dirigea à pas mesurés vers Daividh qui ne sembla pas surpris. Malgré la joie de retrouver son ami de longue date, Einarr se jura qu'il commencerait par lui casser le nez.

— Einarr ! Tu ne peux imaginer le bonheur qui m'habite de te revoir. Cela fait trop longtemps, mon ami ! s'extasia-t-il tout en scrutant le visage de son ami. Mais il semblerait que je sois le seul à me réjouir ! ajouta-t-il.

— Heureusement que je suis ton *ami* ! Tu mériterais de porter les marques de mes coups sur tout ton corps. Quelques côtes brisées, les yeux tuméfiés, la mâchoire difforme et même deux ou trois dents en moins me procureraient un bien fou, crois-moi ! s'énerva le Northman.

Daividh écarquilla les yeux.

— Pourquoi une telle animosité ?

Einarr avança de quelques pas. Se trouvant pratiquement contre son ami, il lui dardait un air furieux.

— Parce que c'est dans cet état, à part les dents, que j'ai trouvé ta cousine, ta *pupille*, si j'ai bien compris, une jeune femme sous ta protection !

Daividh plissa les yeux.

— Comment ? Mais de quoi parles-tu ?
— De ce que Gillespie lui a fait subir, voilà de quoi je te parle ! À mon arrivée, elle gisait inconsciente et blessée sur son lit. Ce porc s'apprêtait à la violer ! Oui, tu as bien entendu : la *violer* pour ensuite l'occire !

Est-ce ainsi que tu agis envers les personnes des fiefs que tu possèdes et protèges ? Est-ce de cette manière, aussi peu bienfaiteur, que tu te comportes à l'égard de ta propre famille ? haussa-t-il le ton.

Daividh était devenu blême.

— Mais ce n'est pas tout, *mon ami* ! reprit Einarr. Il avait payé Rókr cent pièces d'or pour l'occire ! C'est ainsi que j'en ai eu vent et qu'on est venus ici pour la secourir avec l'intention d'enlever cette *vermine* ! Ne voyant pas Rókr arriver, cette *ordure* avait décidé de s'en occuper personnellement. Honte à toi ! Je te prenais pour un homme d'honneur. Je dois malheureusement constater que tu as bien changé !

— Premièrement, je ne savais pas que Gillespie était ici. J'en ai eu vent après ton départ !

— Cela ne t'excuse en rien ! hurla Einarr. Tu pouvais mettre ici des personnes de confiance pour la protéger. Tu en as tous les moyens. Gillespie avait envahi les lieux avec des mercenaires avides de sang !

Où étais-tu, pendant ce temps-là ? Avais-tu tellement mieux à faire que de mettre en place une protection pour un túath aussi important ? Ne le devais-tu pas au moins en mémoire de Ewan ? Il te faisait confiance, à un tel point qu'il a fait de toi le tuteur, le *protecteur* de sa fille !

Daividh avait la décence de baisser les yeux. Il avait failli à son devoir. Il le savait très bien. Mais se l'entendre dire par son ami était gênant et douloureux.

— Aidan, laisse-nous. Je dois parler seul à seul avec Einarr.

— Crains-tu que d'autres apprennent de quoi tu es coupable ? Pourquoi renvoyer Aidan ? Il n'est fautif en rien, lui !

Daividh soupira et ferma les yeux.

— Comment va-t-elle ?

— Elle a mis du temps à guérir, à pouvoir rouvrir les yeux. Iona avait des marques sur le cou, comme ci ce *pleutre* avait tenté de l'étrangler. Elle ne voyait rien, ne pouvait pas parler, se trouvait entourée d'étrangers ! Comment crois-tu qu'elle se sentait ?

La seule voix qu'elle connaissait était celle de Mildrun. Cette histoire n'étant pas suffisante, celle-ci critiquait chaque soin qu'Unni lui prodiguait. Cela tournait chaque fois en querelle inutile, ce qui rendait le rétablissement moins facile pour Iona. J'ai éloigné Mildrun, demandant à ma mère de s'occuper de Iona à sa place.

— Et maintenant ?

— Elle se porte à merveille !

— J'ai hâte de la revoir. Pourquoi tu ne la fais pas débarquer ? Y aurait-il un souci dont tu ne me parles pas ?

— Elle veut retourner à Rygjafylke !

— QUOI ? Il n'en est pas question ! s'insurgea-t-il, les joues rouges de colère. Elle reste ici dans son túath. On va lui trouver un époux avec le plus grand soin. Tu as ma parole. Qu'est-ce qu'elle s'est mise en tête ! C'est un túath important !

— Non.

— Qu'est-ce qui te laisse croire que je vais te regarder l'emmener sans rien dire ?

— Tu es incapable de la protéger. On l'a constaté. Elle en a subi les conséquences. Iona revient avec moi !

— Tu crois réellement que je vais te laisser faire ?

— Exactement.

— Tu ne l'emmèneras pas avec toi. Elle reste ici où est sa place dans ce donjon et où ses gens l'attendent. Ce fief est d'une très grande importance !

— Iona ne représente que *l'importance d'un fief*, pour toi ? Que fais-tu d'elle, de ses souhaits, de ses rêves, de ses désirs.

— Ce n'est pas de ma faute si elle s'est retrouvée héritière de ce lieu ! Crois-tu que j'aie souhaité le trépas de son frère ?

— Je n'irai pas jusqu'à prétendre une telle chose.

— Elle reste ici, je l'ordonne !
— Je refuse.
— Ne me pousse pas à bout !
— Iona revient avec moi parce qu'elle est mon épouse.

Hébété, son poing voulut atterrir sur la mâchoire de Einarr. Mais celui-ci réussit à arrêter le geste d'une poigne forte. Daividh tenta vainement de récupérer sa main avant de la sentir se broyer dans celle immense de son frère de cœur.

— Comment as-tu pu me faire une chose pareille ? demanda-t-il en continuant de tenter de récupérer de sa main. Je suis son tuteur et elle n'avait pas mon consentement. Comment TOI as-tu pu ?
— Alvaldr estimait que nous pouvions nous en dispenser, vu tes manquements concernant la protection de Iona. Je suis du même avis que lui. Tu as perdu tout droit le jour où je l'ai trouvée à moitié morte.
— Lâche ma main, Einarr !
— Si tu promets de ne plus tenter de me nuire.
— As-tu perdu la tête ? Tu mérites mon poing dans ta belle gueule ! Je te croyais mon ami et tu as agi en traître !
— En quoi en suis-je un ? Explique-moi, ici et maintenant !
— Tu m'as donné ta parole, de la ramener saine et sauve !
— Elle l'est ! Je n'ai pas trahi ma promesse.
— Mais tu l'as épousée, en passant ! Est-ce ainsi que tu les tiens ? Veux-tu bien me rendre ma main, sacrebleu !

Einarr lâcha le poing. Les yeux de Daividh lancèrent des éclairs pendant qu'il se frottait les doigts.

— Pourquoi a-t-elle accepté de t'épouser, crois-tu ? Par gratitude : parce que tu lui as sauvé la vie ! Y as-tu pensé ? Et toi ? Pour quelle raison ? Ce fief, pour que tu puisses te l'approprier sans avoir à combattre ?

— C'est toi qui vas finir par recevoir mon poing dans la gueule ! Pour qui me prends-tu, à la fin ?

— Pour quelle autre raison que ce fief l'as-tu épousée ?

— Tu n'es qu'une fiente de troll[87] ! Ton fief, tu peux te le mettre où je le pense, le vendre, l'offrir ou l'annexer au tien ! Pour ce que j'en ai à faire ! Tu crois réellement que tout tourne autour de ceci ! hurla Einarr en écartant les bras comme pour envelopper le fief. Je suis un Norrœnir et fier de l'être.

J'aime mon pays avec ses longs Skammdegi interminables, ses fjǫrðr, ses cascades, ses lacs à l'eau cristalline, ses montagnes à perte de vue et me mesurer aux éléments.

J'adore apercevoir dans la voûte étoilée du ciel les armures des Valkyrja[88] apparaître les nuits de Skammdegi. Je me réjouis d'entendre le vent hurler et se déchaîner, amenant avec lui quantité de neige.

La sensation de ce même vent sur mon visage quand je tiens mon gouvernail m'enivre, tout comme explorer les mers, négocier et marchander. Ton fief, tu te le gardes, Daividh. Mais Iona revient avec moi en Rygjafylki, dans notre demeure où on se sent bien, ponctua-t-il en reprenant son souffle, tant la colère l'envahissait.

Daividh recula de quelques pas tout en observant la physionomie de son ami. Consterné, la vérité se profila dans son esprit.

---

[87] Insulte Viking.
[88] C'est le terme viking pour les aurores boréales.

— Donne-moi la vraie raison de ces épousailles ? demanda-t-il la voix adoucie.

Einarr baissa la tête et ses joues prirent un léger hâle cramoisi. Lorgnant vers son ami, un sourire timide apparut.

— Jésus, Marie, Joseph... Tu es..., se surprit Daividh par ce qu'il semblait comprendre.

Fronçant les sourcils, son attention se dirigea vers le navire.

— Et Iona ? Est-ce réciproque ?

Einarr inspira profondément.

— Oui.

Daividh dut assimiler ce qu'il venait d'apprendre. Après ce que sa cousine avait vécu, n'avait-elle pas le droit au bonheur ? N'était-il pas le plus à même de le comprendre ?
Observant Einarr, il s'avoua qu'il était un homme bien. N'était-il pas son meilleur ami depuis l'enfance ? Ayant les mêmes valeurs ?

— Ce n'est donc pas par gratitude qu'elle t'a épousé ?
— Non, répondit Einarr à voix basse.

Daividh se frotta le visage. Posant ses mains sur ses hanches, il scruta encore une fois le navire.

— C'est un autre pays, d'autres coutumes que ce qu'elle a connu jusqu'à présent, continua le jeune homme. Tu vas la quitter pour plusieurs mánaðr.

— Elle en est consciente. Iona aime ma patrie ; elle s'y sent très bien ! En toute vérité, on a eu bien plus de soucis avec Mildrun, une Norrœnir, qui plus est, qu'avec Iona.

Elle et Mère s'entendent à merveille. Si tu pouvais les voir ensemble... ! À part la taille, elle passe aisément pour l'une des nôtres. Nous avons frôlé la mort, Daividh.

J'ai failli la perdre ! J'ai... se racla-t-il la gorge. Elle est si courageuse et téméraire. Elle... fronça-t-il les sourcils. Elle donne un sens à mon existence, finit-il par murmurer.

Connaissant Einarr de longue date, Daividh savait à quel point il était difficile pour son ami de prononcer les mots qu'il venait d'entendre. Portant à nouveau son attention vers le navire, il sentit l'angoisse de sa cousine rien qu'à sa façon de se tenir.

— Pourquoi n'est-elle pas descendue avec toi ? demanda-t-il, fixant toujours la silhouette de sa parente.

— Elle craignait ta réaction à la nouvelle de nos épousailles.

Daividh se tourna vers son ami, les sourcils arqués d'étonnement.

— Vraiment ?

Einarr hocha la tête affirmativement.

— Voilà une information difficile à assimiler. C'est une première ! Rien ne l'a jamais empêchée de me balancer au visage ses pensées les plus crues, pourtant.

Je suis heureux pour vous deux, ajouta-t-il. Mais je te préviens ! Connaissant le tempérament de ma cousine, je te plains, tu ne vas pas avoir une vie facile.

— Il me plaît de te décevoir, mais je ne m'en plains pas, tout au contraire !

— Quand ont eu lieu les noces ?

— Mi Jólmánuðr[89,] chez Alvaldr. Callum a béni notre union par la suite.

Daividh avait du mal à se remettre de ses émotions : sa cousine, mariée à son meilleur ami, à un Norrœnir... !

— Reste la question du túath, tu t'en doutes bien !

Einarr acquiesça.

— Pourquoi ai-je l'impression que tu as ton idée à ce sujet ?

— Nous devons nous mettre d'accord, Daividh, pour trouver une personne de confiance qui va gérer ce domaine, selon les souhaits de Iona.

Nous te proposons que notre deuxième fils en devienne l'héritier, vu qu'en Rygjafylke mon ainé héritera de mes biens[90].

Elle ne veut pas revenir ici, mais je n'ai pas le droit de priver son fils de son héritage. Nous ne l'avons pas en mémoire de Ewan, de ce qu'il a bâti ici.

Daividh réfléchit à cette proposition.

---

[89] Période de mi-novembre à mi-décembre.
[90] Le fils ainé était le seul héritier chez les Scandinaves.

— On doit en parler plus amplement, tous les deux, ainsi qu'avec Iona, avant que je puisse te donner mon accord. C'est un túath très important. Néanmoins, avec du bon sens, nous y arriverons, j'en suis certain.

Portant à nouveau son attention vers le navire il ajouta :

— Tu peux la faire venir ! Jamais je ne m'en serais pris à elle. Au moins, j'espérais qu'elle en serait consciente.
— Nous avons vécu des moments troubles, ne lui en veux pas. Il arrive d'apprendre que ceux en qui nous avions confiance ne sont pas ce qu'ils prétendent être.

Daividh hocha la tête en méditant les paroles de son ami.

— Une personne en particulier ?

Einarr se tourna également vers le snekkja :

— La traversée n'a pas été aisée avec Mildrun à bord. Elle ne pardonne pas à Iona de m'avoir épousé et encore moins à Callum d'avoir béni notre union.
— Hum, je vois. Mildrun ne retourne donc pas avec vous ?
— Certes, non. Je veux la paix dans ma demeure !

Daividh se tourna vers son ami d'enfance :

— Fais-la descendre. Nous avons pas mal de choses à régler. Je vous donne ma bénédiction, n'aie crainte.

Einarr retourna vers son navire. Il aida son épouse à descendre. Ensemble, ils se dirigèrent vers Daividh suivi de

Mildrun et de Callum. Il étudia sa cousine pendant qu'elle marchait vers lui.

Elle portait une longue cape, cachant sa physionomie. Mais il constata que son visage rayonnait de santé. Il la trouva épanouie, devant admettre ne l'avoir jamais vue aussi belle.

Elle s'arrêta devant lui, le regard craintif, se rapprochant de son époux, cherchant sa protection.

— J'ai appris que des félicitations sont de mises ! Te voilà l'épouse de ce grand gaillard à côté de toi. Qui aurait pu croire une telle chose ? Es-tu heureuse ?

Iona, ayant une boule dans la gorge, fit oui. Un large sourire se dessina sur le visage de Daividh.

— Je ne crois pas, après réflexion, que tu aurais pu trouver meilleur que lui, te connaissant. Approche, que je t'embrasse comme il se doit, après une si longue absence.

Iona, souriante, avança vers son cousin, qui l'enlaça. Sentant le léger gonflement du ventre, il fit un pas en arrière.

— Il me semble que je doive te féliciter doublement !
— Oui, effectivement ! dit-elle le visage rayonnant.

Daividh n'avait jamais vu Iona aussi heureuse.
Il entendit un reniflement derrière elle. Levant la tête, il découvrit la haine de Mildrun se manifester sur son minois.

— Auriez-vous un souci, Dame Mildrun ?

— Je n'arrive pas à concevoir que vous puissiez accepter ce péché aussi aisément, Messire, répliqua-t-elle, la tête haute, le défiant du regard.

— En quoi est-ce un péché ? Einarr m'a informé que Callum avait béni leur union. L'avez-vous fait, Callum ?

Le moine affirma.

— Dans ce cas, Dame Mildrun, vous devez savoir que ce que Dieu a uni, nul homme ou femme ne peut le désunir. Quoi que vous puissiez penser, je ne peux imaginer meilleur époux pour ma chère cousine, rajouta-t-il, avant que Mildrun pût reprendre la parole.

Je connais Einarr de très longue date et je sais qu'il la respectera toute sa vie durant, que jamais il ne lèvera la main sur elle. Que puis-je espérer de mieux, hum ?

— Un bon chrétien, Messire ! Comment pouvez-vous en douter ? demanda-t-elle sarcastiquement.

— Je ne tolérerai aucune ingérence de votre part, concernant cette union qui a également ma bénédiction ! riposta-t-il, le regard très froid, avant de se tourner vers Callum, tout sourire. Callum, vous me voyez heureux de vous retrouver en si bonne santé. Êtes-vous revenu pour rester ?

— Non, Messire. Je suis ici à la demande de Einarr et de Dame Iona. Je transcrirai toutes les décisions qui seront prises concernant le túath.

— Vous êtes le bienvenu. Espérons tous que nous arrivions à ce que tout se déroule pour le mieux, pour chacun.

— Partez en avant. Je vais donner des instructions à mon équipage.

Einarr se dirigeait déjà vers l'embarcadère. Iona posa sa main sur son bras.

— Dis-leur de venir dans la grande salle où un léger repas leur sera servi. Ils pourront aussi s'y installer.

Le jeune homme prit la main de son épouse, la porta à ses lèvres.

— Je leur dirai. Avancez. Je crois qu'il y a pas mal de personnes qui souhaitent te revoir après cette longue absence.

Iona, accompagnée de Daividh, de Callum, de Mildrun et d'Aidan, se dirigea vers son ancienne demeure. Les habitants des chaumières, la reconnaissant, sortirent tous pour la saluer chaleureusement. Certains se signaient même.

Tous avaient constaté qu'elle était revenue sur un navire nordique. D'autres, plus francs, lui demandèrent comment elle avait survécu parmi des barbares sanguinaires. En entendant certains propos tenus par ses gens, Iona blêmit. S'arrêtant, elle fit signe à Daividh de se rapprocher d'elle.

— Je vais attendre Einarr et son équipage ici, à l'entrée du hameau.
— Aurais-tu peur qu'il puisse se perdre en chemin ? lui demanda-t-il sournoisement.

Il pensait surtout qu'elle n'aimait pas l'idée d'être séparée de lui, même pour un instant très bref.

— Non ! Tu ne les entends donc pas ? Quand Einarr et les autres vont arriver, ils vont se faire injurier ou pire, ils se feront jeter des pierres. Je ne le tolérai pas ! Je reste ! Si tu ne veux pas attendre avec moi, vas-y et je te rejoindrai dans la grande salle.

Daividh, aux mots de sa cousine, observa autour de lui, sentant, lui aussi cette tension.

— Ils avaient pourtant connaissance que ton père faisait des affaires avec des Nortmans ! Me tromperais-je ?

Iona fit non.

— C'est qu'ils venaient rarement ici. Mon père les rencontrait le plus souvent à l'estuaire où plusieurs navires pouvaient accoster.
— Je vois... Je reste avec toi.

Iona le remercia d'un sourire.
Einarr et l'équipage approchèrent. L'animosité des habitants monta d'un cran ; Iona en trembla de crainte. Daividh avança vers Einarr en souriant largement.

— On a décidé de t'attendre, lui expliqua-t-il d'un clin d'œil et en lui tapotant l'épaule.

Einarr plissa les paupières. Sentant la tension des habitants, il comprit le geste de son ami et l'en signifia en retour.

— Allons-y. Nous avons pas mal de choses à discuter. Ton équipage aimerait un peu d'ale et du fromage. Venez, mes amis ! Une bonne table vous attend avec impatience !
— Que se passe-t-il, exactement ? chuchota Einarr.
— Iona a senti une certaine animosité après les propos qu'elle a entendus de ses gens. Elle a préféré qu'on vous attende ! Je dirais qu'elle n'a pas eu tort ! Certains s'étaient déjà munis de pierres.

— Je vois ! Qu'auraient-ils fait si nous étions arrivés armés, portant nos casques et nos boucliers, dis-moi ?

— Ils se seraient cachés, très certainement. Ils ont de la bravoure seulement devant un Nortman non armé. Ne le savais-tu pas ? Vous êtes trop forts, trop bien armés et organisés.

— Là où l'on va habituellement pour nos félagis, on nous reçoit les bras ouverts !

— Je vois. Je prierai pour que cela change ici. Ils y seront contraints, de toute façon.

— Je vais trouver un moyen pour nous faire accepter. Donne-moi trois jours et ils nous mangeront dans les mains.

— Si tu le dis ! Es-tu prêt à parier ?

— Et toi, es-tu prêt à perdre la mise, comme chaque fois que tu en places une contre moi !

— Il y a toujours une première fois ! Que parie-t-on ?

Einarr réfléchit, puis un large sourire se dessina sur ses lèvres.

— Je trouverai, ne t'inquiète pas. Je te donnerai ma réponse quand tu auras perdu. Apprête-toi à ce que ce soit à la hauteur de tes frasques que tu m'as fait subir chez Alvaldr !

Un rire que Daividh n'avait plus ouï depuis plus de trois ans se fit entendre derrière lui. Stupéfait, il se retourna.

— Thoralf !

Les deux hommes se firent une accolade chaleureuse.

— Heureux de te revoir ! Toujours le bras droit de ce vieux grincheux ?

— Faut bien que quelqu'un se dévoue à surveiller ses arrières !

Ils rirent de bon cœur.

— Je ne suis pas le seul parmi nous que tu connaisses bien ! reprit Thoralf.

Daividh dévisagea les hommes présents, un à un. Trois visages lui amenèrent un très large sourire.

— Snorri, Oddvakr et Hákon ! Pourquoi cela ne m'étonne pas ! Non, ce n'est pas tout à fait la vérité. Comment se fait-il, Oddvakr, que Snorri ne t'ait pas encore occis ?

Ce fut l'hilarité générale !

— J'ai épousé sa sœur et lui ai fait trois enfants. S'il me tue, il devra les prendre chez lui. Radin comme il est, il y a réfléchi à deux fois.

Les habitants du hameau s'étonnèrent des échanges entre leur mormaor et les Nortmans. Petit à petit, ils se déridèrent tous, retournant à leurs occupations, constatant que ces barbares-ci ne présentaient aucun danger.
Einarr était resté sur ses gardes, malgré tout, surveillant leurs réactions. Se tournant vers son ami Skotar, il le remercia d'un signe de tête.
Iona était également soulagée du danger passé, remerciant le Seigneur d'avoir aidé Daividh à sauver la situation. Ils reprirent tous la direction de la grande demeure.

Iona trouva que son ancienne tutrice arborait soudainement un sourire de satisfaction qui l'inquiéta fortement. Elle en comprit assez rapidement la cause.

En effet, les servantes manquaient cruellement de respect envers leurs invités, dans la manière de les servir le pain et le fromage. C'est à peine si l'on ne le leur jetait pas la nourriture sur la table.

Aucun de leurs gobelets n'étaient rempli. Iona ne supportait plus les manigances de Mildrun et certainement pas l'attitude de ses gens. Elle se racla la gorge en s'avançant vers Mildrun :

— Je constate qu'une fois de plus, tu viens d'abuser d'une autorité que tu n'as pas. La Dame, ici, c'est moi ! Tu as tout au long de ces derniers mois mis à mal ma patience. Cette fois-ci, c'est celle de trop !

Tu n'as aucune autorité dans ce lieu. Je vais demander à Callum de m'indiquer le couvent te convenant le mieux et j'espère que tu y vivras assez longtemps pour faire pénitence.

Voyant que Mildrun voulait intervenir, elle leva la main :

— S'il le faut, je demanderai à Daividh d'en donner l'ordre par écrit ! Tu nous as rendu service de nombreuses années, tu nous as soutenus, mon père et moi, lors du trépas de ma chère mère et de mon frère.

Je t'en serai éternellement reconnaissante. Or, depuis quelques mois, tu sembles en proie du démon. Le couvent est le seul lieu pouvant sauver ton âme. Je prierai pour ton salut.

Se tournant vers Aidan, elle continua :

— Messire Aidan. Pourriez-vous, je vous prie, ordonner à ce que tous nos serfs et vilains, toutes les familles habitantes du hameau, nous rejoignent ici, dans la grande salle ? Pourriez-vous également faire venir chaque personne travaillant ici. Daividh va leur présenter leur nouveau seigneur : le toísech Einarr, mon époux.

Tous lui prêteront allégeance. Dites-leur également que mon époux et moi-même désirons voir les livres des comptes ainsi que l'inventaire de toutes les réserves, de nos biens, des semailles, du bétail, les comptes du moulin et de la scierie, dans les plus brefs délais. Je vous remercie.

À tous ici présents, je vous ordonne de traiter les hommes de votre nouveau toísech avec tout le respect qui leur est dû. Je ne tolérerai aucun manquement d'aucun de vous. Ces hommes que vous méprisez sans même les connaître m'ont sauvé la vie ainsi que celle de Dame Mildrun, même si celle-ci semble vouloir l'oublier.

Aidan, étonné par l'attitude de la jeune femme, se tourna vers Daividh qui, par un signe de tête, lui fit comprendre d'obéir en souriant à sa cousine. Iona se dirigea vers la grande table, prit place sur la chaise de l'épouse du maître des lieux. Einarr la fixa fièrement et lui fit un clin d'œil avant de prendre place à ses côtés.

— Je suis extrêmement fier de toi, même en me prenant au dépourvu avec le titre de toísech ! N'avions-nous pas décidé de le transmettre à notre deuxième fils ?

— Si ! Mais en attendant, c'est toi leur nouveau seigneur. Ils te prêteront allégeance. S'ils avaient réagi différemment envers nos amis, si Mildrun était restée à sa place, je n'aurais pas eu cette réaction, crois-moi ! Cela te dérange-t-il de devoir rester quelques jours pour étudier les registres ?

— Pas du tout, ma Douce. J'avais prévu que nous resterions ici une vika.

— Dans ce cas, tout est parfait, n'est-ce pas ?

L'éclat dans les prunelles de son époux était la seule réponse dont elle avait besoin. Elle lui sourit tendrement.

Les gens, *leurs* gens, à Einarr et elle, pénétrèrent dans la grande salle. Une fois tout le monde réuni, Daividh se leva et commença son discours.

Il insista fortement sur la valeur d'un serment d'allégeance, puis aux châtiments encourus en cas de traîtrise et de désobéissance. Tous prêtèrent allégeance à Einarr. Le jeune homme les observa tous, un a un, de toute sa hauteur, si impressionnante pour les Skotar.

— L'allégeance que vous venez de me prêter vaut également pour mon épouse, votre Dame. Vous lui devez une totale obéissance. Demain matin, les hommes d'armes s'entraîneront avec les miens au maniement de l'épée. Vous allez devoir devenir excellents, sachant manier une épée des deux mains, avec la même dextérité qu'un Norrœnir.

Ensuite, mes hommes vous aideront à défricher des terres, à labourer et avec les semailles. Lors de nos repas ici dans la grande salle, mon épouse et moi-même aimerions vous voir tisser des liens. Nous sommes amenés à nous voir régulièrement, autant en lier le plus vite possible. Y a-t-il des questions ?

Un des fermiers se racla la gorge.

— Messire, vous dites que vos hommes vont nous aider dans les champs. Que connaissent-ils de la vie d'un paysan ? Ce sont des guerriers !

— Un Norrœnir sait tout faire, mon ami ! Rien ne l'effraye, à part mourir sans son épée à la main. Mes hommes sont tout autant fermiers que toi. Y a-t-il d'autres questions ?

Tous se lorgnèrent, mais personne ne prit la parole.

— Dans ce cas, vous pouvez tous retourner à vos occupations. Sachez que vous pouvez venir nous trouver, moi ou mon épouse, si vous avez un problème.

Tous quittèrent la grande salle, lançant des œillades inquiètes vers ces gigantesques Nortman. Allaient-ils réellement devoir travailler ensemble ?

Le reste de la journée, Iona, Einarr et Daividh discutèrent de l'avenir du túath. Le mormaor et le Norrœnir ne furent pas forcément du même avis sur tout, mais avec l'aide de Callum, ils arrivèrent à trouver des accords qui les satisfaisaient tous les deux. Ils augmenteraient considérablement la quantité de terre cultivable.

Cette année, ils y sèmeraient du lin, d'une croissance plus rapide que les céréales. Les Norrœnir ne l'utilisaient pas uniquement pour tisser des étoffes, mais en faisaient également de la farine. À partir de l'année prochaine, ils augmenteraient les cultures de blé et d'orge.

À la fin de la saison des félagis, Einarr viendrait les charger pour leurs réserves, en laissant largement pour le túath ici en Alba. En contrepartie, il fournirait une grande quantité d'armes, la saison prochaine. L'alliage que les Norrœnir utilisaient forgeait des épées plus solides et légères.

Callum demanda qu'une clause soit ajoutée afin de spécifier qu'à l'avenir, Einarr pouvait venir s'établir ici de façon permanente et que dans ce cas, l'héritier serait le fils aîné et non pas le deuxième. Daividh étudia le visage de Einarr, mais celui-ci ne laissait rien paraître.

Y avait-il anguille sous roche ? Son ami lui cacherait-il un élément ? Sa conscience lui interdisait de refuser, Einarr était déjà le toísech du túath ! Ne venait-il pas de le reconnaître comme tel devant tous leurs gens ? Il l'accepta, se jurant de soustraire quelques renseignements à son ami.

À la moitié de l'après-midi, les deux hommes se trouvèrent sur le navire assis l'un à côté de l'autre, comme jadis, quand ils étaient enfants en apprentissage chez Alvaldr. Un jeu de tafl se trouvait entre eux.

— Dis-moi, Einarr ? Qui est ce Harald *Cheveux-Enchevêtrés* dont j'entends parler par d'autres Norrœnir venant commercer ici ?

Einarr, les yeux dans le vague, réfléchit. Ce fut la pire des questions qu'il aurait pu poser, sa plus grande angoisse.

— C'est une plaie !
— Mais encore ?
— Ce n'est pas une histoire très joyeuse, du moins, pour moi.
— Une digne des Norrœnir, dans ce cas !

Einarr lui lança un regard noir. Daividh comprit qu'il s'agissait là d'un sujet pénible.

— Haraldr Lúfa[91] ! Il a succédé à son père Halfdanr Svarti alors qu'il n'avait que dix ár. Il est monté sur le trône de plusieurs petits royaumes assez dispersés. Halfdanr les avait soit conquis, soit en avait hérité. C'est en raison du dédain de Gyða Eiríksdóttir, la fille du roi Eirík de

---

[91] Harald Cheveux-Enchevêtrés, en vieux norrois. Plus tard, il devient Harald à la Belle Chevelure.

Hǫrðaland[92], qu'Haraldr a fait le vœu de ne pas couper ou peigner ses cheveux jusqu'à ce qu'il soit le seul roi d'un large territoire, tous nos petits royaumes, en fait, même le Rygjafylke.

La fille de Eirík a refusé, en effet, de l'épouser, ou même de devenir sa concubine avant qu'il ne le soit. Ce vœu de ne plus se coiffer ni de se couper les cheveux ainsi que sa barbe, il l'a fait pendant une célébration de Jól, en touchant les poils du sanglier sacrifié. Il a commencé à conquérir *pas mal* de nos petits royaumes, malheureusement. Il a une forte armée, bien entraînée et il est surtout déterminé. Les rois et les Jarlar conquis sont mécontents.

Certains parlent de s'exiler, de quitter nos terres pour s'installer ailleurs. Je les comprends, car ils ne peuvent plus rien décider pour le bien de leur peuple. C'est Haraldr qui règne d'une poigne d'acier, l'épée à la main.

Que veux-tu qu'ils fassent ? Tu sais comme moi que les Norrœnir ne sont pas de soumission facile. Mais nous avons notre justice et nos þing où tout homme libre a le droit de décision, le droit de débattre, durant lesquels on doit être écouté. Lui arrive pour les yeux doux d'une femme à détruire le tout !

Je ne sais pas si c'est la solution de fuir, de s'exiler. Mais une chose est certaine, s'il attaque le Rygjafylke... Non, je rectifie : quand il attaquera, on sera à sa merci. Le pire, c'est qu'il a les mêmes coutumes que nous, mais il n'en a rien à faire.

Si encore il n'avait pas d'épouse ! Mais il est déjà uni à Ása Haakondóttir, fille de Hákon Grjotgardrsson, jarl de Hlaðir[93]. Il a des concubines et plusieurs enfants.

C'est uniquement parce que cette Gyda lui a lancé un défi. Maudite soit cette femme ! Oui, je crains pour l'avenir de mon pays. Je ne sais même pas si je me battrais, tu vois ?

| 92 | Hordaland, en vieux norrois. |
| 93 | *Jarl de Lade*, en vieux norrois, se prononce *Hladir*. |

Lever l'épée contre des amis ou des alliés d'hier me répugne au plus haut point. Rien que d'y penser, j'en ai un goût de bile dans la gorge ; mon ventre se tord.

Daividh médita les paroles de Einarr. C'était pire que ce qu'il craignait.

— Qu'en dit Alvaldr ?

— On est du même avis : pas envie de se battre contre d'anciens alliés, encore moins de se soumettre à un roi vaniteux et sanguinaire, de perdre nos coutumes.

— Et ton père ?

— Il n'est plus. Il est décédé, il y a quelques vika. L'uisge-beatha a commencé par avoir sa peau. Son divorce avec ma mère, mais surtout sa destitution de Jarl et de se faire chasser de la maison longue l'ont achevé. Il n'était plus qu'une ombre de l'homme qu'il a été.

On avait quitté le village à plusieurs, juste avant Jól, vers un autre qu'on a construit. C'est là que nous habitons, Iona et moi. On y est très heureux. Ma mère, mes frères et deux de mes sœurs vivent avec nous, ainsi que Bjǫrn, le fils de Gudrun.

— Comment va-t-il, après tous ces événements, le jeune Bjǫrn ?

— Je dois dire qu'il va bien. Mes frères, Thoralf, son frère Svein et moi l'entourons du mieux possible. On l'entraîne, car il participera à son premier félagi. Je suis certain qu'il va devenir un homme bien.

— J'en suis heureux. Trop souvent on juge les enfants selon les agissements de leurs parents.

— Tu sais de quoi tu parles. Ont-ils fini par réaliser que tu n'es pas Angus ?

— Cela commence à rentrer dans leurs esprits, mais j'ai l'impression que ce sera la bataille de toute une vie !

— Alvaldr m'a souvent dit à quel point il pouvait être pénible de démontrer qu'on n'est pas ce que les autres pensent. Ils finiront bien par comprendre, crois-moi. Tu ne ressembles en rien à Angus.

— Merci, c'est le meilleur compliment qu'on puisse me faire.

— Restes-tu ici, le temps de notre séjour ?

—À une seule condition, que vous restiez dix jours et je fais venir mon épouse.

Einarr rit aux éclats. Comment refuser à son ami de rester un peu plus longtemps.

— Marché conclu. Tu vas juste m'aider à persuader Iona.

— Tu en as fait une vraie petite Norrœnir.

— Non, je n'y suis pour rien ! Elle a fait cela seule.

— Elle est heureuse, voilà tout ! Je ne l'avais plus vue aussi épanouie depuis des années.

— Elle me rend très heureux.

— Oui, j'ai vu de quelle façon tu l'observes. Tu l'aimes réellement, n'est-ce pas ?

— Plus que tu ne peux te l'imaginer, bien plus.

Les deux hommes continuèrent ainsi leur partie de tafl, tout en échangeant des souvenirs, des nouvelles de leurs connaissances : Daividh, de ses quatre enfants, donnant des conseils à son ami concernant la paternité.

Peu avant les vêpres, ils reprirent la direction du donjon, continuant à discuter et à rigoler. Ils étaient heureux de passer quelque temps ensemble.

ÉPILOGUE

La côte se profila au loin ! Einarr sourit, car ils arrivaient chez eux. Il n'en fut pas mécontent. Le temps lui avait semblé long, loin de Iona ! Ses hommes, tout au long de la saison, avaient été surpris de l'attitude du jeune homme. Les Norrœnir n'étaient pas très réputés pour leur fidélité envers leurs épouses.

Pendant les escales, beaucoup d'entre eux visitaient des ribaudes ! Lui n'avait plus regardé une seule femme depuis ses noces ! Il avait présenté ses frères, surtout le jeune Bjǫrn, à ses anciennes habituées. À Thoralf, il avait expliqué qu'elles devaient parfaire son éducation. Ce n'était pas les trois jeunes qui s'en étaient plaints !

Leur saison s'était avérée fructueuse. Le knǫrr était chargé de différentes sortes de farines protégées dans des sacs en peaux de phoques huilées, pour les rendre imperméables, ainsi que des épices rares et des étoffes fines pour leurs épouses.

Einarr avait déniché pour Iona une étoffe en soie d'un bleu nuit profond, des pains de savon et des huiles. Il lui avait même trouvé quelques bijoux qu'il comptait lui offrir après la naissance de leur premier-né. Ils ramenaient également pas mal de pièces d'argent et d'or grâce aux ventes de ce qu'ils avaient emporté.

Il avait hâte de retrouver Iona, de constater par lui-même qu'elle allait bien. Ils venaient d'entrer dans le fjorðr ; leur village serait bientôt en vue. Un son d'une corne, au loin, annonça qu'ils étaient repérés. Un deuxième confirma que c'était un navire-ami. S'approchant de la jetée, l'attroupement les attendant grossissait. Tous avaient compris que leurs hommes étaient de retour. Les femmes allaient retrouver leurs époux, frères, fils ou petits-fils. Elles allaient les garder auprès d'elles pendant Skammdegi !

Tout comme son équipage, Einarr scruta les gens sur le quai. Il vit sa mère et sa jeune sœur. Une panique s'installa en lui. Il avait beau chercher encore et encore, il ne trouva pas Iona parmi eux. Son regard se reposa à nouveau vers sa mère. Celle-ci lui sourit !

L'enfant serait-il déjà venu au monde ? Pourtant, Unni avait certifié qu'il serait là à temps. En y réfléchissant, Unni était également absente. Or, elle était là à chaque fois ! Son ventre se tordit ! Pourquoi ? Pourquoi sa tendre épouse n'était-elle pas là ? N'y tenant plus, il fut parmi les premiers à quitter le navire avant que celui-ci ne soit amarré et courut vers Ástríðr.

— Où est Iona ? Que s'est-il passé ?

— Sois sans crainte, elle va très bien ! Unni est auprès elle.

— Unni, notre *guérisseuse* et tu me dis qu'elle va bien !

— Tu as ma parole, elle va très bien. Iona est juste fatiguée. Unni l'a mise au lit avec l'interdiction de le quitter.

— Et notre enfant ?

— Il va naître d'ici quelques jours ou même quelques ættir, selon Unni. Va la retrouver, elle t'attend.

Scrutant le visage de sa mère, il n'y trouva aucun signe d'inquiétude. En tant que femme, il supposa qu'elle était plus à même de juger de la grossesse de Iona. Il déglutit. Il prit la direction de sa demeure, accompagné de sa mère et de sa sœur, sans accepter la coupe d'hydromel de bienvenue que lui présentait Inga au passage. Son but restait de retrouver sans tarder son épouse.

Elle se trouvait là, dans leur lit, souriante, parlant gaiement avec Unni. Entre ses doigts, elle tenait un travail d'aiguille. En l'examinant, il vit un vêtement de très petite taille. C'était pour leur enfant à naître qu'elle confectionnait un habit. Einarr se détendit alors ; elle allait bien ! Le ventre de sa bien-aimée s'était beaucoup arrondi. Il l'admira avec émerveillement. Le visage de Iona était rayonnant, d'une beauté éclatante !

Tournant la tête vers l'entrée, le plus beau des sourires se dessina sur le visage de la future mère. Jamais il n'avait été accueilli avec un tel éclat dans les yeux. Souriant, il avança vers elle. Unni se leva, prétendant avoir à régler des choses importantes, les laissant seuls pour leurs retrouvailles.

Einarr s'assit là où Unni était encore il y a quelques instants. Délicatement, il plaça une main sur le ventre de sa bien-aimée. Surpris, il la retira aussitôt ! Il venait de recevoir un coup ! Riant aux éclats, Iona la reposa sur son ventre et la tint avec les siennes.

— Permets à ton fils de te souhaiter la bienvenue, de te faire comprendre qu'il est heureux de ton retour, voyons !

Einarr sentit d'autres petits coups. Il passa par différentes émotions. Jamais il n'avait ressenti autant de fierté : son enfant, dans le ventre de sa mère, qui bougeait sous sa main. Soudainement, une angoisse prit possession de lui.

— Cela ne te fait pas mal ? Désires-tu que je retire ma main ? Je ne veux pas que tu souffres, ma Douce !

— Non, laisse-la bien où elle est. N'aie aucune inquiétude ! Cela ne fait pas mal, bien au contraire. Parfois, j'avoue que c'est un peu fatigant, surtout quand j'essaie de dormir et que ton fils a décidé de bouger. J'aime bien sa vigueur !

— Que fais-tu quand il bouge autant alors que tu as plutôt envie de dormir ?

— Je lui raconte une histoire et il s'endort.

Einarr sourit en imaginant ce qu'Iona lui expliquait.

— Heureusement que nos divinités nous ont laissé beaucoup de sagas !

— Non, celles-là, je te les laisse. Je préfère lui parler de son père. Je lui explique comment ce grand guerrier m'a sauvé la vie.

La main toujours sur son enfant à naître, Einarr pencha la tête vers celle de Iona, plaça son front contre le sien et frotta leurs nez.

— Je ne peux pas te décrire à quel point j'étais angoissé par ton absence parmi toutes celles qui nous attendaient.

— Je vais bien. Unni m'a simplement ordonné de rester ici pour le bien de notre enfant, pour qu'il ne naisse pas trop tôt, qu'il prenne en vigueur, c'est tout. Maintenant, je t'en prie, pourrais-tu enfin m'embrasser !

Einarr n'avait pas besoin d'autre invitation. Sa main caressant toujours le ventre de son épouse, il l'embrassa tendrement.

Einarr se trouvait avec Thoralf et Oddvakr dans le skáli. Il était nerveux, inquiet, n'arrivant pas à rester en place.

Était-ce toujours aussi long ? Le lendemain de leur retour, le travail avait commencé. Auprès de Iona se tenaient Unni, la mère de Einarr et Helga, l'épouse d'Oddvakr. Il attendait depuis de nombreux ættir et son angoisse montait de plus en plus.

— Tu sais, cela peut prendre plusieurs jours. Helga a mis deux jours avant que notre premier fils vienne au monde.

Einarr avait envie de l'étrangler, épouvanté par les paroles qu'il venait d'entendre.

Deux jours ? Frigg, faites qu'elle ne souffre pas deux jours ! Je ne supporte pas de la voir ainsi !

Bien qu'elle se trouvât dans la maison des bains, il l'entendait jusque dans le skáli. Il se passait souvent nerveusement les doigts dans les cheveux. Il s'asseyait par moments, puis se relevait et marchait. De temps à autre, Alvbjǫrn passait la tête, mais à la vue de celle de son frère, il se retirait très rapidement.

Soudain, les pleurs d'un nouveau-né résonnèrent. Einarr se figea ! Son enfant venait de naître ! Un fils ? Une fille ? Il devait attendre patiemment que sa mère vienne lui présenter son enfant. Les pleurs étaient tellement puissants que quasiment tous ses hommes entrèrent dans le skáli.

— C'est un fils, Einarr ! Je n'ai jamais entendu une fille pousser de tels cris, lui signifia Oddvakr, une main posée sur l'épaule du jeune père.

Le cœur en chamade, il attendit.

Ástríðr apparut enfin dans le skáli, portant un nouveau-né en pleurs dans les bras. Elle le posa sur le sol devant Einarr.

Subjugué par ce petit être gigotant, pleurant de toutes ses forces, il se baissa vers son enfant, le souleva, puis le plaça dans les plis de sa cape. Jamais il n'avait vu une telle merveille. Il sourit en inspectant son enfant. Il vit à quel point il était fort et vigoureux en l'aspergeant d'eau.

Se retournant vers ses hommes :

— Je vous présente Alvaldr, fils de Einarr, fils de Leifr, fils de Sigurdr.

Einarr venait d'accepter son fils et l'avait présenté à toute l'assemblée, reconnaissant également qu'il était en bonne santé, n'ayant aucune anomalie. Tous les hommes présents lancèrent des cris de joie en le félicitant.

Fièrement, Einarr admira son fils, puis fronça les sourcils.

— Mère, pourquoi a-t-il ce ruban autour du poignet ?
— Je n'en sais rien. Unni et Iona m'ont ordonné de le lui mettre dès sa naissance, si c'était un fils.
— Elles ne t'ont pas dit pourquoi ?

Ástríðr fit non de la tête.

— Comment va Iona ?
— Elle se porte à merveille ! Unni et Helga s'occupent d'elle. Viens, je crois que tu peux aller la voir, maintenant.

C'est alors qu'un cri se fit entendre.

Iona !

Une sueur froide secoua Einarr.

Non, non, non ! Pas Iona ! Cela ne se passe pas bien, je le sens.

Rendant son fils à sa mère, il se précipita vers la maison des bains. Il devait la voir, rester auprès d'elle, la secourir. Sa mère le suivit tout aussi angoissée que lui. Arrivés devant la porte, ils entendirent un deuxième cri. Or, ce n'était pas celui de son épouse, mais d'un nouveau-né ! Einarr se pétrifia !

Un deuxième enfant ?

Son cœur s'emballa et sa respiration devint saccadée. Il se tint là, devant cette porte avec mille questions passant dans la tête.

Soudain, Helga apparut souriante, portant un nourrisson dans les bras.

— Un deuxième fils, Einarr !

Chancelant, il recula d'un pas. Helga, comme Ástríðr un peu avant, déposa l'enfant sur le sol. Tremblant et ébahi, Einarr le souleva et le plaça comme pour son frère aîné dans les plis de sa cape, tout en inspectant son second fils. Il était aussi parfait que son frère ! Son épouse venait de lui donner deux fils vigoureux.

Après l'avoir aspergé d'eau, lui aussi, il se retourna vers ses hommes. Quel nom allait-il lui donner ? Se remémorant les discussions qu'ils avaient eues, lui et Iona, il se souvint qu'elle lui avait demandé plusieurs noms Norrœnir.

Savait-elle depuis longtemps qu'elle attendait des jumeaux ? Il fronça les sourcils. Elles étaient deux dans le secret ! Sinon, pourquoi auraient-elles insisté pour que le premier-né porte ce ruban au poignet ? Iona aimait particulièrement Ulrik. Il sourit, car il venait de trouver comment le prénommer.

Einarr tint son fils fièrement :

— Je vous présente Ulrik, fils de Einarr, fils de Leifr, fils de Sigurdr.

Il se tourna vers sa mère qui admirait ses deux petits-fils, tous deux identiques. Ils avaient les cheveux couleur de blé mûr, comme les siens.

— Ils te ressemblent ! Je te revois quand je t'ai mis au monde.

Einarr sourit. Le désir de sa tendre épouse était exaucé. Elle avait demandé un fils qui lui ressemblerait et il lui en avait donné deux ! Que ne ferait-il pas pour combler son épouse, sa bien-aimée, la femme de sa vie ?

— Quand puis-je la voir ?
— Helga va prendre Ulrik. Quand nous aurons installé Iona dans votre alcôve avec tes deux fils, je viendrai te quérir.

Einarr tendit avec réticence son fils à Helga et retourna dans le skáli. Les hommes n'avaient absolument pas attendu sa présence pour fêter les deux naissances comme il se devait !

Un peu plus tard, Ástríðr lui fit signe qu'il pouvait aller retrouver Iona. Il la trouva dans leur lit, contemplant leurs deux enfants qui dormaient dans un immense berceau. Secouant la tête, il avait devant lui la preuve qu'au moins une personne savait qu'il y avait deux enfants à naître, vu ses dimensions.

Il avança vers le lit et s'installa dessus, à côté de Iona, tout en la prenant dans les bras. Il la fixa tendrement avec admiration ! Cette petite femme, si frêle d'apparence, ne venait-elle pas de mettre leurs deux fils, costauds et vigoureux, au monde ?

— Merci, chuchota-t-il avant de l'embrasser, tout en remerciant les dieux d'avoir placé cette merveilleuse femme sur sa route.

Personnages principaux

— **Einarr Leifrson** : fils du Jarl Leifr Sigurdrson et Ástríðr Alvaldrdóttir. Sur ses jeunes épaules reposent les responsabilités de Jarl, que son père n'effectue plus. Il est un homme respectueux, digne de foi et très attaché aux lois et mœurs scandinaves, il ne désobéit jamais aux Nornes.

— **Iona** : jeune écossaise, héritière d'un fief. Son cousin Daividh, est un des meilleurs amis de Einarr Leifrson depuis l'enfance.

— **Unni** : Elle est une prêtresse très reconnue. C'est par son intermédiaire que les impitoyables Nornes dévoilent leurs messages. Très peu connaissent son âge, mais ne le dévoilent pas.

— **Thoralf Reiðulfrson** : Fils d'un ancien guerrier du Jarl Leifr. Très jeune orphelin de mère. Au décès de son père, lui et son jeune frère Svein furent adoptés par le Jarl. Il est non seulement le bras droit de Einarr, mais également son meilleur ami et frère de cœur.

— **Leifr Sigurdson** : il est un Jarl et possède un Jarldom très puissant. Il a deux épouses : Gudrun Thorolfdóttir et Ástríðr Alvaldrdóttir, ainsi que plusieurs concubines et maitresses. Gudrun a deux fils Rókr et Bjǫrn. Ástríðr a six enfants : Einarr, Alvbjǫrn, Ása, Hákon, Érika et Dagny.

— **Ástríðr Alvaldrdóttir** : 2e épouse du Jarl Leifr Sigurdrson et mère de Einarr, elle est l'ainée des filles du Jarl Alvaldr Eríkson.

— **Alvbjǫrn Leifrson** : frère de Einarr, deuxième enfant de la fratrie.

— **Hákon Leifrson** : frère de Einarr, quatrième enfant de la fratrie.

— **Alvaldr Eríkson** : un Jarl très puissant en Rogaland, très lié au roi Hjorr. Il a une seule épouse : Eidunn Alfríkrdóttir, qui lui a donné de nombreux fils et filles, il n'a aucune concubine. Il est le grand-père maternel de Einarr Leifrson.

— **Daividh Stewart** : mormaor écossais, très proche du roi de son pays. Non seulement il est le cousin de Iona, mais une très longue amitié le lie à Einarr. À l'âge de 8 ans, il a commencé son apprentissage auprès d'Alvaldr Eríkson, en Rogaland.

— **Callum** : Moine écossais ayant pris la fuite avec l'aide de Daividh et Einarr. Il vit dans le clan de Einarr depuis trois ans. Il est très lié d'amitié avec Unni, la seiðkona. Il est très apprécié pour son hydromel par les deux jeunes frères de Einarr.

— **Snorri Haakonson** : un excellent pisteur. Meilleur ami d'Oddvakr Sorrenson. Lui, Einarr, Thoralf et Oddvakr ont fait leur apprentissage auprès du Jarl Alvaldr.

— **Oddvakr Sorrenson** : troisième enfant de la fratrie Sorrenson. Ses deux frères ainés sont Gautie Sorrenson et Magnar Sorrenson. Ils ont une sœur, Dagmar la plus jeune de la fratrie, ainsi que deux autres frères, plus jeunes, que vous découvrirez dans la suite de la saga. Il a épousé Helga la sœur de Snorri.

Lexique

— **Rogaland** en vieux norrois Rygjafylke. Avant Harald Ier et la bataille de Hafrsfjord, il était un royaume. Actuellement un comté en Norvège occidentale, bordure de Hordaland, Telemark, Aust-Agder, et Vest-Agder. Au cours de la domination du Danemark de la Norvège jusqu'à l'année 1814, le comté a été nommé Stavanger amt, après la grande ville de Stavanger. Le premier élément est le pluriel de rygir qui fait probablement référence au nom d'une ancienne tribu germanique. Le dernier élément signifie « terre » ou « région ». Dans les temps anciens Nordiques, la région a été appelée Rygjafylki. Rogaland est principalement une région côtière avec des fjords, des plages et des îles, l'île principale étant Karmøy (Kormt en vieux norrois). La grande Boknafjorden est la plus grande baie, avec de nombreux fjords bifurquant de celui-ci. Il y a des restes des temps les plus reculés, comme le prouvent les fouilles dans une grotte à Viste dans Randaberg (Svarthola). Ceux-ci comprennent la découverte d'un squelette d'un garçon de l'âge de pierre. Diverses découvertes archéologiques proviennent des périodes suivantes, l'âge du bronze et l'âge du fer. Beaucoup de croix de style irlandais ont été trouvées. Les Rugiens étaient une tribu peut-être liée à Rogaland.

— **Les Nornes**, ces créatures féminines seraient sorties de la mer peu de temps après que les dieux eurent commencé à exister. Elles sont connues pour présider le destin des hommes et les diriger sans pitié. Elles dirigent aussi ceux des dieux scandinaves car ces derniers n'ont, pas plus que les hommes, le pouvoir de se dérober au destin. Par exemple, elles sauveront la vie de Gudrun, veuve du héros Sigurd dans le seul but qu'elle voie ses enfants illégitimes mis à mort. Ces trois Nornes, du nom d'Urd, Verdandi et Skuld, vivaient près de l'arbre Yggdrasil et assuraient sa survie grâce à l'eau de la source du Puits d'Urd (Urdarbrunn).

— **Le hnefatafl** est un jeu de stratégie combinatoire abstrait d'origine scandinave de la famille des jeux de tafl, populaire lors de l'époque viking. Il est assez fréquemment cité dans les sagas nordiques. Les Norrois considéraient la pratique du jeu hnefatafl comme importante, et dans une histoire, un joueur en tue un autre en raison d'un désaccord sur le jeu. Cependant, les règles du jeu n'ont jamais été retrouvées, et seuls quelques pièces et quelques fragments de tablier nous sont parvenus. On ne connaît donc pas les règles exactes.

— **Les Vikings**, lors de leurs raids, capturaient souvent les jeunes femmes (en âge de procréer). Ceci n'était pas, (contrairement à la croyance populaire) forcément pour les violer, les prendre comme esclaves de lits ou esclaves tout court. La communauté Scandinave était partagée en plusieurs castes. Il y avait, en premiers la caste la plus élevée les Konungar (Konungr au singulier), les Jarlar (Jarl au singulier) et les Godar (Godi au singulier), c'est-à-dire respectivement les rois, les comtes et les chefs de clan. La caste moyenne était celle des Boendr (Bondi au singulier) c'est-à-dire des hommes nés libres, qu'ils soient propriétaires, paysans, pêcheurs, commerçants, artisans ... La caste la plus basse était celle des Þraelar (Þraell au singulier) les hommes esclaves et des Ambàttir (Ambàt au singulier), les femmes esclaves. Les hommes de la première caste pouvaient prendre plusieurs épouses et des concubines. Ce qui laissait les hommes de la deuxième caste avec le problème de trop peu de femmes à marier. Les enlèvements des femmes en âge de procréer étaient donc, en premier lieu, pour fournir des épouses au Scandinaves de la deuxième caste. Lors de fouilles en Islande, et des tests ADN effectués sur les dépouilles des premières femmes arrivées en masse lors de l'exode norvégien ont révélé qu'elles étaient d'origine irlandaise et écossaise.

— **Un pied** est égal à 30,48 cm, six pieds sont égaux à 182,88 cm. La taille moyenne d'un homme médiéval, dans nos contrées, était de 1 m 55 à 1 m 57. Les Scandinaves mesuraient, en moyenne entre 1 m 78 et 1 m 80, ce qui était considéré comme très grand. Des fouilles ont permis de trouver, et dater, des dépouilles mesurant jusqu'à 1 m 87.

— **Les Walkyries**, dans la mythologie nordique, sont des vierges guerrières, des divinités mineures qui servaient Óðinn, maître des dieux. Les Walkyries, revêtues d'une armure, volaient, dirigeaient les batailles, distribuaient la mort parmi les guerriers et emmenaient l'âme des héros au Valhalla, le grand palais d'Óðinn, afin qu'ils deviennent des Einherjar. Les Einherjar ou Einheriar (Einheri au singulier en vieux norrois), « ceux qui constituent une armée » ou « ceux qui combattent seul à seul », sont des guerriers d'exception qui étaient morts bravement lors des combats, « l'arme à la main ». Ces héroïnes sont destinées à se battre aux côtés d'Óðinn à la venue du Ragnarök. Elles sont à l'image de ces femmes guerrières, les Skjaldmös que content les sagas nordiques. L'étymologie de leur nom provient du vieux norrois valkyrja (pluriel : valkyrur), des mots val (choisir) et kyrja (abattre) (littéralement : « qui choisit les abattus » ou « qui choisissent les morts »).

— **Le Thing** : Assemblées gouvernementales dans les anciennes sociétés germaniques de Europe du Nord, composées des hommes libres de la communauté et présidée par des Lögsögumad (littéralement « Celui qui dit la loi », est une fonction légale uniquement présente dans les pays scandinaves.). Aujourd'hui, le terme existe encore dans les noms officiels de Institutions politiques et judiciaires de pays de Europe du Nord.

— **Les Nordiques** ont la réputation d'avoir accordé peu d'importance à l'hygiène corporelle et l'imaginaire populaire en a souvent fait des sauvages sales et hirsutes. Mais c'est là une opinion contredite par toutes les découvertes archéologiques. En réalité, les Nordiques prenaient soin de leur toilette personnelle, de se baigner et de se coiffer. En été, la baignade pouvait s'effectuer dans les lacs ou les ruisseaux. Mais les fouilles archéologiques ont permis de découvrir des bassins et des étuves (à peu près semblables au sauna), en de nombreux endroits dans les pays scandinaves. Bon nombre de grandes fermes possédaient un cabinet de toilette attenant au logis principal. On estime que les Scandinaves prenaient un bain – et changeaient à cette occasion de linge – au moins une fois par semaine. Ils possédaient également des accessoires de toilettes tels que : peignes, cure-oreille et pince à épiler. Des découvertes archéologiques ont permis d'attester que les pinces à épiler étaient aussi utilisées pour les sourcils. Le samedi, était d'office un jour de bains, étant donné qu'il était le jour des lessives.

— **Harald Chevelures-Enchevêtrés**, premier roi de Norvège (872 (?)-931) après l'unification. En 866, il commence une série de conquêtes sur les nombreux petits royaumes qui composent alors la Norvège. Les trois derniers royaumes à être annexés étaient Hordaland, Rogaland (où se déroule ce roman) et Agder. La datation, concernant la bataille finale, est encore, à ce jour, un sujet obscur parmi les historiens. Les trois dates, faisant polémique, sont 872, 875 et 900. Les Vikings n'ayant laissé aucune preuve écrite, les datations sont complexes, compliquées et souvent sujettes à polémique. Suite à l'annexion des trois derniers royaumes, il changea de nom et devient Harald à la Belle Chevelure, après qu'un ami lui ait coupé cheveux et barbe.

Un message de Màirie

Un grand merci à mes enfants. Sans votre tolérance à laisser Maman à l'ordinateur pendant des heures innombrables, que ce soit pour des recherches ou pour l'écriture, ce livre aurait mis des années à voir le jour. Je vous aime.

À Cyril, pour ton aide concernant les Vikings, tu m'as aidée quand je doutais des informations que je trouvais.

À Yolande qui m'a sauvée du désespoir, tu es un ange.

À Michel pour ton soutien, tes encouragements, à m'obliger à croire en moi, sans quoi tu venais me tirer les oreilles.

À Marit Synnøve Vea, historienne et responsable du Nordvegen Historiesenter sur l'ile de Karmøy en Norvège. Son aide, très précieuse, m'évite de faire des erreurs historiques.

À Carine B qui nous a soutenus et aidés, moi et mes enfants, lors de l'année la plus noire de notre vie.

À « ma Lili », ma meilleure amie depuis plus de treize ans. Depuis le début, tu es là, présente, comme toujours, à mes côtés. Je t'envoyais chapitre par chapitre, souvent suivi par les réécritures. Sans tes encouragements, je ne crois pas que je serais allée jusqu'au bout. Tu croyais en moi bien plus que moi je le faisais. C'est pour cette raison que je te dédie la série « Le Destin des Runes », à toi et à notre amitié.

To Andrew. You came into my life so suddenly, in such a strange way. Even though I wanted you to go, you held on, patiently. I have to admit you did well. Once my heart was opened, I discovered a wonderful person, charming, charismatic, with a lot of humor. I never would have believed that a man like you existed…. Now, more than a year later, we are talking about more serious things, like *our* future, as well as *our* children. You see my children as if they are your own and vice versa. How can I thank you for the light and warmth you brought back into my life ? How can I thank you for accepting me with all my faults? How to thank you for your love ? There are not enough words in this world to express my gratitude. One thing is certain, I love you like I have never loved a man before. Thank you for being you, for being there by my side, for your trust and above all for all the respect I feel. I bless the day you turned my life upside down. I love you, your Màirie.

L'adresse de mon site où vous trouvez les parutions ainsi que de nombreuses informations :

https://mairiedheydge.lescigales.org/index.html

Facebook : https://www.facebook.com/mairiedheydge

Instagram : https://www.instagram.com/mairie.d.heydge_autrice/

Rogaland

Printed in France by Amazon
Brétigny-sur-Orge, FR

13775816R00271